VIAJA CONMIGO

UN ROMANCE DE VIAJE DONDE LOS OPUESTOS SE ATRAEN

SYNERGY
LIBRO 3

MICHELLE MCCRAW

I0694309

lazy dog
books

1

SAM

NO CUALQUIERA METERÍA a su perro a escondidas en un almuerzo de recaudación de fondos. Su perro adorable, que casi nunca ladra y que, sin duda —bueno, casi—, no suelta pelo.

Pero, para eterna decepción de mi madre, yo no soy cualquiera.

Cualquiera desearía tener tus privilegios.

Cualquiera debería casarse con alguien que encaje en su círculo social. Con eso, se refería a alguien adinerado.

Cualquiera querría ser un Jones.

Pero en algún momento de los últimos veinticinco años, debería haberse dado cuenta de que soy un poco... diferente.

—Bilbo Baggins —siseé, levantando el mantel blanco de una gran mesa redonda.

—¡Sam!

Haciendo una mueca, dejé caer el mantel y me giré bruscamente hacia mi hermana menor. Me miraba desde arriba con sus tacones de infarto, una mano en la cadera y la otra sosteniendo un cóctel rosa que combinaba con el rosa pálido de su vestido de seda. Ella siempre se veía tan natural en estos eventos. —¿Qué estás haciendo? —susurró.

—Eh, ¿buscando un arete?

Natalie me entrecerró los ojos. —No llevas aretes.

—Ah. Entonces supongo que estoy buscando los dos.

—Perlas. Deberías llevar perlas. —Me escaneó de pies a cabeza y yo escondí mi enorme bolso negro detrás de la espalda—. Ese traje es de hace dos temporadas. ¿No te envió mamá uno nuevo?

Miré la punta redonda de mis zapatos de tacón bajo, recordando cómo había dejado caer esa monstruosidad rosa chillón en el contenedor de donaciones. Este traje no estaba tan mal. Lo había comprado cuando todavía tenía dinero para ropa nueva y era de mi color favorito: negro.

La voz de Natalie sonó más suave de lo que la había oído en mucho tiempo. —La próxima vez, dile lo que quieres.

—Lo que quiero es no estar aquí —masculló.

—Ah, ¿en serio? ¿Cómo se habría sentido papá con eso? —Sus ojos adquirieron un brillo inusual antes de darse la vuelta sobre sus sandalias brillantes y marcharse a grandes zancadas.

¿Papá? Cometí el error de mirar su foto en el cartel de la entrada del museo. Habría estado demasiado ocupado trabajando como para venir a un evento como este, aunque llevara su nombre. Me froté el punto en el pecho que todavía me dolía, después de catorce años.

Yo no estaba ahí por él. Aunque habría preferido estar investigando, acurrucada con Bilbo Baggins en mi sofá o que me extirparan el apéndice de nuevo, estaba ahí por mi madre. Exigía que su familia se presentara impecable en los eventos de la fundación.

Y eso me recordó que tenía que encontrar a Bilbo Baggins antes que ella. ¿Adónde podría haber ido? Normalmente no era tímido. No se escondería bajo una mesa. A diferencia de mí, estaría en el centro de la acción, haciendo amigos. Giré en círculo, recorriendo la sala con la mirada.

Una larga mesa de bufé ocupaba un lado del espacioso museo

de techos altos. A mamá normalmente le horrorizaba la idea de que la gente sostuviera comida, pero las mesas de comedor no habrían encajado con las grandes esculturas. El otro lado de la sala estaba salpicado de mesas más pequeñas que servían aperitivos. Quizás había ido a suplicar por una alita de pollo. No es que mamá sirviera alitas de pollo, que eran un desastre para comer, pero Bilbo Baggins no lo sabía.

Había dado un paso en esa dirección cuando una mano suave como la seda, pero firme como el acero, me rodeó la muñeca. —Samantha, *¿qué* es eso?

Frenética, examiné el área cercana. ¿Lo habría visto?

Unos dedos pálidos con manicura francesa pellizcaron la correa de mi bolso. —¿Por qué no dejaste tu bolso de estudiante en el guardarropa?

Me giré lentamente para mirarla. —Madre, ahí es donde tengo la cartera y las llaves. —Y a mi perro, también, antes de que hiciera su gran escape.

Sus labios rojos se curvaron hacia abajo. —¿Qué pasó con el bolso que te di para tu cumpleaños?

—No combinaba con mi traje. —Señalé con la mano mi traje de pantalón negro y mi camisa blanca. No mencioné que cuando vendí el bolso fucsia floreado en eBay, cubrió la visita anual al veterinario de Bilbo Baggins, además de su preventivo para el parásito del corazón y sus medicamentos para la alergia.

—No me hagas empezar con ese traje —murmuró, quitándome una mota del hombro—. Ahora, ¿dónde está tu cita?

—¿Mi cita?

—Sí, recuerda, te dije que William Winford quería conocerte.

—No mencionó que era una cita.

Sus ojos azules, más pálidos que los míos, se posaron en mi cuello, que enderezó. —Es muy respetado. Y brillante. Por lo que he oído, ha triplicado su fideicomiso.

Que no empiece a hablar de fideicomisos. —¿Cuál es su negocio, capo de la droga? ¿Traficante de armas?

Su boca formó una *O* roja de asombro. —Samantha Renée Jones, sabes que no nos relacionamos con gente así.

—Madre, solo era una bro…

—Puedes confiar en que tu familia no te dejará caer víctima de gente así.

Abrí la boca. No se atrevería a sacar a relucir mi horrible error aquí, ¿o sí? El corazón se me aceleró.

—Samantha. —Me puso una mano en la manga—. Necesitas confiar en la gente que te quiere. Te ayudaremos a encontrar una pareja que pueda mantenerte.

—Puedo mantenerme sola. —Quizás tomaba pésimas decisiones sobre hombres, pero no necesitaba que me buscara pareja. Tenía un plan para mi vida. Me crucé de brazos—. Lo último que necesito es una pareja.

—Necesitas seguridad. He visto esa pocilga en la que vives. Eso no es…

—Madre. —La gran mano de mi hermano mayor se posó en el hombro de su chaqueta.

—Ah. Jackson. —Su voz se suavizó al oír el nombre de mi hermano, como nunca lo hacía cuando decía el mío.

Él se inclinó para besarle la mejilla, pero su sonrisa ladeada fue toda para mí. —Necesito a Sam por un minuto.

—Pero iba a presentarle a William Winford. Ya sabes, el *banquero de inversiones.* —Frunció los labios hacia mí.

—Puede conocer a tu tipo más tarde. Tengo a alguien más en mente.

Lo miré con los ojos entrecerrados. Mi hermano no me ofrecía como si nada ni intentaba usarme como un peón en su juego de negocios. Pero no delató nada bajo la mirada de mi madre.

—Está bien. Te buscaré más tarde, Samantha. Con William. —Se marchó a grandes zancadas, con sus tacones repiqueteando en el suelo de madera.

—Qué demonios, Jacks…

—No habrás traído a esa rata gigante que llamas perro, ¿verdad? —Le dio un toque a mi bolso.

Contuve el aliento. —¿Lo viste?

—Por la mesa de embutidos y quesos.

—Oh, no. —Con Jackson justo detrás, corrí hacia la mesa llena de bandejas de carnes y quesos. Me agaché y levanté el mantel que la cubría, pero el espacio bajo la mesa estaba vacío—. No está aquí.

—Sam, ¿por qué traerías a tu perro a la fiesta de mamá?

Me levanté y palmeé mi bolso como si Bilbo Baggins pudiera haber reaparecido mágicamente donde debía estar. Con mi perro pegado a mi costado, mis manos habían dejado de temblar y mi ritmo cardíaco había bajado de la velocidad de un colibrí a la de un conejo asustado. —No lo sé. —Pero no pude evitar mirar el gigantesco cartel con el rostro de mi padre, más grande que la vida misma.

Su sonrisa se desvaneció. —También lo odio, Samwise. Pero la gente paga un dineral por venir a comer queso de lujo, y el dinero va a una buena causa.

La causa favorita de papá, no hacía falta que lo dijera.

—Lo sé, pero... —Los eventos de la Fundación Jones eran lo peor. La gente quería hablar de libros, que yo ya no leía, o de papá, lo que hacía que me doliera el corazón como si se hubiera ido hacía solo un año y no más de la mitad de mi vida—. ¿Por qué no pueden simplemente extender un cheque y dejarme en paz?

Se encogió de hombros. —Te guste o no, eres una Jones.

No podía escapar de mi apellido, no aquí en San Francisco. Pero algún día —dentro de un año, si lograba encarrilar mi proyecto de tesis—, podría liberarme. Encontraría un puesto de profesora investigadora en algún lugar lejano, en el centro del país, donde mamá no iría. Dakota del Sur o Iowa, o incluso Arkansas. No me importaba dónde, siempre que no hubiera tiendas de diseñadores ni donantes. Todo lo que necesitaba era un laboratorio de computación y un apartamento lo suficientemente grande para mí y...

—Bilbo Baggins —siseé de nuevo, en voz baja. Con sus orejas

gigantes, debería haberme oído incluso por encima del bullicio de los comensales.

—Mira, nos dividiremos y buscaremos. Tú cubre esta mitad de la sala y yo revisaré por la mesa del bufé.

—¿Y si salió corriendo? —Había zorros y halcones, quizás hasta coyotes, en el parque de los alrededores.

—Ese perro nunca te abandonaría, Samwise. Solo fue a buscar un bocadillo. Lo encontraremos.

Me ardió un poco el interior de la nariz mientras extendía la mano y apretaba el brazo de Jackson. —Gracias.

—No te preocupes. Esto es mucho más entretenido que hablar con esos tipos literarios estirados. Oye, ¿recuerdas cómo cazábamos gnomos en ese juego que hicimos juntos?

—¿*Gnome Dome*? Eso fue hace años. —Historia antigua—. Y Bilbo Baggins es mucho más escurridizo que los gnomos que programamos.

—Es bastante predecible cuando hay bocadillos cerca. —Me guiñó un ojo antes de dirigirse hacia el bufé.

Me volví hacia las mesas de aperitivos. Tenía que estar por allí, suplicando por un premio. Escaneé el suelo. Ni rastro de su pelaje negro.

Una risa, grave y sonora, captó mi atención. No era la risita educada que la gente usaba para señalar su diversión, generalmente falsa, en estos eventos. Era pura y desenfrenada. Y fuerte. Miré para ver quién había roto el pacto social.

Era grande y… y radiante, como si estuviera en llamas por dentro. Su pelo era del mismo color que el cielo durante los incendios forestales del verano pasado, un rojizo intenso. Pecas doradas cubrían su piel. Tenía el físico de alguien que jugaba a uno de esos deportes en los que se lleva una pelota por un campo, ancho de hombros y de cintura estrecha. Alguien que se vería más natural con una capa forrada de piel y empuñando un hacha que vistiendo un traje gris marengo y sosteniendo un…

—¡Bilbo Baggins! —Me detuve en seco frente al vikingo.

—¿Disculpa? —Con una mano enorme y pecosa, acunó a Bilbo

Baggins más cerca de su pecho. Me clavó un par de ojos azules. No. Eran verdes. Motas doradas los iluminaban como chispas. Sus pestañas eran rojas. ¿Había un dios nórdico de la llama? Porque este tipo era una fogata, cálida y acogedora, pero también chispeante de peligro.

Miré a derecha e izquierda antes de acercarme. Más suavemente, dije: —Ese es mi perro. Bilbo Baggins.

—¿Este tipo de aquí? —Miró los saltones ojos marrones de Bilbo Baggins. Bilbo Baggins sacó su lengua rosada para lamer la barbilla bien afeitada del hombre, y luego se retorció en sus brazos—. Se parece más a Totó que a un Hobbit.

No podía arquear una ceja como Natalie, pero levanté las dos. —¿Y eso te convierte en la Bruja Mala del Oeste, secuestrando a mi perro? —Referencias de películas, eso sí sabía hacer. Este tipo parecía más un *linebacker* que un bibliotecario; si nos quedábamos en aguas poco profundas, no tendría que delatar mi ignorancia literaria.

Una sonrisa se extendió por su rostro como la miel. —¿Secuestrarlo? Más bien ponerlo a salvo. Parece que Bilbo Baggins estaba listo para una misión. Aportando algo de emoción a su vida monótona.

—La emoción está sobrevalorada. —Se me hizo un hueco en el estómago. Ni siquiera podía mirar a Bilbo Baggins a los ojos—. Sé que no debería haberlo traído. Es que… —Apreté los labios. No podía decirle a este extraño que necesitaba a mi diminuto perro para defenderme de las emociones que me amenazaban aquí.

—Eh, eh. —Esperó hasta que volví a levantar la vista—. Está bien. Ya está a salvo. ¿Ves? Yo lo tengo. —Bilbo Baggins suspiró y se apretó contra su pecho.

Ojalá yo también pudiera acurrucarme junto a él.

El hombre se rio entre dientes. —Claro, hay mucho sitio para los dos.

—Mierda, lo dije en voz alta, ¿verdad?

—«Ningún legado es tan rico como la honestidad». —Miró alrededor de la sala—. Aunque no lo dirías por esta multitud.

Ladeé la cabeza. —Eso suena a Benjamin Franklin.

—Shakespeare, en realidad.

—Ah. —A pesar de su apariencia, a pesar de su opinión sobre los asistentes a la recaudación de fondos, era uno de los tipos literarios—. Te agradecería que me devolvieras a Bilbo Baggins ahora.

Sus cejas rojas se fruncieron, pero me extendió a Bilbo Baggins, y mi perro nadó con sus diminutas y peludas patas directamente a mis brazos. Lo acurruqué contra mi pecho. Demasiado cerca, descubrí cuando soltó un eructo.

—No le habrás dado queso, ¿verdad?

El vikingo abrió la otra mano y me mostró una servilleta arrugada que contenía un único cubo naranja. —Solo uno o dos trozos.

Hice una mueca. —Voy a sacarlo de aquí antes de que se… antes de que tenga problemas gástricos, quiero decir. —Arrugué la nariz—. No tolera los lácteos.

—Lo siento. Parecía que le gustaba. —Su voz, como su risa, era grave y sonora. No culpaba a Bilbo Baggins por correr hacia él. Demonios, yo me acurrucaría contra este hombre mientras me daba de comer bocadillos.

Un ligero olor a queso apestoso me llegó a la nariz. Metí a Bilbo Baggins en mi bolso.

—Le encanta el queso, hasta el momento en que sus pequeños intestinos se descontrolan. —¿Fue demasiada información? Probablemente. Cuando estaba nerviosa, mi boca era más desenfrenada que los intestinos de Bilbo Baggins después de comer Muenster.

Hizo una mueca de dolor. —De verdad lo siento.

—No pasa nada. Me dará una excusa para irme temprano. — Pero mis pies se quedaron ahí mismo, frente al gigante amistoso que había rescatado a mi perro.

—Soy Niall Flynn. —Extendió su mano derecha.

—Samantha. —Mi mano desapareció en la suya, mucho más grande, sus dedos tan largos que rozaron la piel sensible de mi muñeca. Mi pulso se aceleró y contuve el aliento.

Hizo una mueca. —Lo siento. Manos ásperas.

Era verdad. Los callos endurecían su palma y cada uno de los dedos que cubrían el dorso de mi mano. La mayoría de los hombres en estos eventos no hacían nada más agotador que hacer clic con un ratón, y sus manos eran más suaves que las mías. Niall tenía que ser un atleta. La fundación se asociaba con algunos deportistas profesionales.

—No pasa nada. Me... me gusta. —Observé cómo las mangas de su saco se estiraban sobre sus bíceps. Mi amiga Marlee me diría que me lanzara. Que coqueteara. Que me tomara una copa con él. Pero yo no era Marlee. Debí estar en el laboratorio de computación cuando daban las lecciones sobre cómo echarse el pelo hacia atrás y mantener una charla trivial. En la escala de conversación, desde la charla ligera hasta lo mortalmente serio, yo solía pasarme de intensa.

Dándome cuenta de que todavía me sujetaba la mano, la saqué de su agarre. —Bueno, gracias por salvar a Bilbo Baggins de ser aplastado por el tacón de alguien.

—Espera. —Me estaba estudiando, con un lento escrutinio de mi cara, como algunas personas miran el arte, no como el cálculo mental que la mayoría de la gente hacía cuando miraba a un Jones.

Parpadeé. —¿Tengo algo en la cara?

Sacudió la cabeza. —Lo siento, es que... supongo que me sorprendió encontrar a alguien como tú aquí.

—¿Alguien como yo? —Arrugué la nariz—. ¿Qué se supone que significa eso? —¿Qué había descubierto sobre mí en nuestros diez minutos juntos?

—Alguien... real. Y a la vez no. Es como si fueras a convertirte en una criatura del bosque cuando se ponga el sol. —Su cara se puso roja, incluso las pecas.

—¿Como en *Ladyhawke*?

—Sí, como...

—¡Niall! Ahí estás. —Una mujer de mi altura, con el pelo oscuro y rizado y la piel bronceada, agarró la manga de Niall. Una ráfaga de clics detrás de ella me dijo que había traído un fotógrafo. Me encogí y di la espalda al sonido—. ¿Qué haces escondido aquí? Tenemos que hacer que salgas y te relaciones.

—Estaba hablando con Samantha. —Extendió su mano hacia mí. De ninguna manera me iba a dejar arrastrar a su sesión de fotos. Cada clic del obturador aumentaba la fría pesadez en mi estómago. ¿Cómo pude haberme equivocado tanto otra vez? No era un gigante gentil. Era una celebridad menor que venía a soltar dinero por publicidad.

O peor, era como Stephen, atrayéndome a su trampa, esperando para cerrarla. De alguna manera, me había relacionado con la familia Jones, aunque no le había dado mi apellido. Maldito aquel ridículo retrato familiar que ponían en un caballete para estos eventos. Tenía diez años, con mi pelo liso y oscuro con una raya en zigzag, una sonrisa de boca cerrada que ocultaba mis frenillos y unos ojos demasiado grandes para mi cara. Ahora mi pelo estaba recogido en una coleta baja y los frenillos habían desaparecido, pero todavía me parecía a esa niña preadolescente demasiado despistada para saber que estaba a punto de perder a su padre.

La mirada de la mujer se posó en mí, aún más penetrante que la de Niall. —¿Cuál es su apellido, Samantha?

—Gabi —dijo Niall—, necesito otro minuto con Samantha. —Normalmente no me gustaba mi nombre completo, pero la forma en que rodó en su voz grave me hizo estremecer. O quizás fue un temblor de advertencia de Bilbo Baggins. ¿Para qué podría necesitar Niall otro minuto? ¿Para quitarme el pelo de perro del traje para una foto? Una vez, había estado dispuesta a ser un adorno en el brazo de un hombre, sonriendo para fotos que no quería. Nunca más.

Levanté las palmas de las manos frente a mi pecho como si pudiera apartarlos a ambos. —No pasa nada. Ya terminamos. Encantada de conocerte, Niall. —Caminé hacia la salida, dejando a Niall y a su séquito frente a la mesa de embutidos y quesos.

Cuando llegamos a una zona de césped fuera del museo, Bilbo

Baggins saltó de mi bolso para librarse del malvado queso, mirándome como si lo hubiera traicionado. —Fue tu nuevo amigo, Niall, quien te envenenó —dije mientras limpiaba el desastre—. Y no valió la pena en absoluto. Es igual que Winford Nosequé. Quiere usarme como una credencial de acceso para entrar en fiestas de mierda como esa. —Agité la bolsa de plástico con la caca del perro—. No soy el boleto dorado de nadie. Voy a obtener mi doctorado y a largarme de aquí. ¿Entiendes?

Bilbo Baggins ladeó la cabeza.

—Lo sé. Tú lo entiendes. —Tiré la bolsa a la basura y me eché gel desinfectante en las manos.

Mientras le enganchaba la correa al collar, mi teléfono vibró desde el bolsillo exterior de mi bolso. El tono del Dr. Martell. Por lo general, respetaba mis fines de semana. Quizás se había olvidado de algunos exámenes que necesitaba que calificara.

—Hola, Dr. Martell.

—Samantha. Pensé que me saldría su buzón de voz. ¿No tenía alguna fiesta esta tarde?

—Yo… ya terminé. —Llevé a Bilbo Baggins a un banco y me senté, quitándome los tacones.

—Bien. Bien. —Casi podía oír su cerebro volviendo al modo de investigación. Siempre me había gustado el enfoque de mi asesor en lo que era importante.

—Tenemos que hablar de su investigación. Lunes por la mañana a las nueve, en mi oficina.

Mi estómago gorgoteó como si yo también me hubiera comido el queso en mal estado. —Sé que no ha ido muy bien, pero…

—No se preocupe, Samantha. Es una oportunidad.

La última oportunidad que me había dado me había metido en un callejón sin salida, y todavía estaba intentando reconducir el proyecto. —Una oportunidad.

—Le va a encantar. Nos vemos el lunes.

No había duda en su voz. Supervisaba no solo mi beca, sino también mi doctorado. Sin su firma en mi tesis, sería la versión sin doctorado de Samantha Jones, incapaz de conseguir el puesto de investigadora que necesitaba para escapar. —De acuerdo —dije.

Ya había colgado.

Dejé caer el teléfono en mi bolsillo. —Vámonos a casa, Bilbo Baggins. —Me volví a poner los zapatos y me levanté. Pasando junto a la fila de Mercedes y Bentleys negros y el llamativo Lamborghini amarillo de Jackson, caminé con paso cansado hacia la parada de autobús más cercana.

2

NIALL

NO PODÍA NEGARLO mientras entraba a la suite de mi hotel y arrojaba la tarjeta de acceso sobre la encimera de la cocinita.

Me hormigueaban los dedos.

Aun así, no me atreví a ilusionarme. Podría haber sido el champán que había bebido o el asfixiante traje de etiqueta.

Mientras tiraba de la corbata que Gabi no me había dejado quitar ni siquiera en el auto, ella arrojó su bolso junto a la tarjeta y tecleó en su teléfono. —¿Todavía estás de mal humor?

—Claro que no. —Jugueteé con los botones de mi camisa de vestir e intenté sonreírle, pero no levantó la vista de su dispositivo. Había hecho tanto por mí: el contrato del libro, el programa de televisión. Acompañarme en esta larga y pesada gira promocional. No debería haber estado enojado con ella. Hasta que recordé la forma en que los grandes y hermosos ojos de Samantha se habían vuelto de piedra cuando ese fotógrafo comenzó a tomar fotos.

¿Grandes? ¿Hermosos? Era escritor; podía hacerlo mejor que eso. O tal vez ya no era escritor. ¿Seguías siendo escritor si no habías escrito una palabra en más de un mes? ¿Era una cualificación que tenías que renovar, como un certificado de granja orgánica? ¿O era algo que se quedaba de por vida, como la condición de veterano del abuelo? Se sentía como un músculo que había dejado atrofiarse por falta de uso, demasiado débil para funcionar como antes.

Excepto que… me hormigueaban los dedos.

—Vaya, vaya, vaya. —Gabi me recorrió con la mirada, finalmente distraída de su teléfono—. No es que no lo haya visto antes, pero la mayoría de mis clientes prefieren mantener la ropa puesta delante de su agente.

Sin siquiera pensarlo, me había quitado el saco, la camisa y los zapatos, y estaba de pie en medio de la habitación del hotel, vestido solo con los pantalones del traje.

—Mierda. Lo siento. —Recogí la ropa tirada y entré en el dormitorio más pequeño de la suite. Cuando estuve vestido con jeans, una camiseta suave y una camisa de franela desabrochada sobre ella como si fuera un saco, salí a la sala de estar.

Gabi estaba sentada en el sofá, todavía con su vestido rojo cayena. Tecleaba en su teléfono. —Hoy conseguimos algunas fotos buenas. Qiana estará extasiada. Tú con Audrey y Natalie Jones, tú con esa escritora de ciencia ficción… —Chasqueó los dedos.

—Tamarah Starr.

—Esa misma. Aunque me hubiera gustado que te hubieran tomado una con esa tal Samantha. Creo que también es una Jones. Tenía ese aire.

—¿Una Jones?

Puso los ojos en blanco. —La familia a cargo de la fundación de alfabetización. El padre, Jasper, murió joven antes de que su compañía despegara de verdad, pero ahora están nadando en dinero. Dicen que al padre le gustaban los libros y por eso crearon la fundación. O tal vez solo es una deducción de impuestos. ¿Quién sabe? En fin, la madre, Audrey, dirige la fundación. Las hijas son socialités y los hijos están en la tecnología, como su padre.

Samantha no parecía una socialité. Se veía tan incómoda como me había sentido yo. Ese perro minúsculo suyo corriendo hacia mí y arañándome los tobillos había sido lo mejor de mi tarde..., hasta que la misma Samantha apareció de repente.

Tampoco hablaba como una socialité. Había sido sincera, abierta. A diferencia de toda esa gente plástica y de cuerda que había allí. Incluido yo.

Hasta que Gabi y su fotógrafo se acercaron y se quedó rígida como un ciervo asustado. ¿Qué habría pasado si Gabi no nos hubiera interrumpido? ¿Habríamos profundizado un poco más, expuesto una parte de nosotros mismos, creado una conexión real que no se tratara de lo que yo podía hacer por ella y lo que ella podía hacer por mí? *Sinergia*. Esa era la palabra que lanzaban por aquí como mis amigos y yo solíamos tirar piñas en el bosque.

Hablando de gente de plástico... —¿Ningún correo de... de él?

Gabi dejó de teclear en su teléfono y levantó la vista; la lástima suavizaba sus ojos marrones. —No, lo siento, cariño. Pero recibí la notificación de envío de que la copia de tu libro fue entregada en su oficina.

Sacudí la cabeza como Sally, nuestra cabra, se sacude las moscas. —No importa. Estoy seguro de que está ocupado.

—Estoy segura de que lo está. —Apretó los labios por un segundo y luego estalló—: Pero es tu papá. Podría haber enviado un mensaje.

Irónico, eso. Mi padre era el director ejecutivo de una de las compañías de tecnología telefónica más exitosas del mundo, y no podía molestarse en enviarle un mensaje a su hijo. O más bien, no le había enviado un mensaje a mi agente, ya que los restos del último teléfono que me había dado estaban en el fondo del estanque de nuestra granja.

Junto a Gabi, en la mesa auxiliar debajo de una copia de *Publisher's Weekly* y la novela de misterio que estaba leyendo, asomaba la cubierta roja demasiado nueva y rígida de mi cuaderno de escritura. Me hormigueaban los dedos.

Caminé hacia la mesa, con cautela, como me habría acercado a un ternero asustado o a un perro herido. Algo que podría atacarme y herirme si no tenía cuidado. Puse una mano sobre el libro y la revista y lentamente saqué el cuaderno.

Gabi me observó hacerlo. Quizás ella también contuvo la respiración.

—¿Vas a escribir esta noche?

—No lo sé. —Mejor no tentar a la suerte, al diablo con el hormigueo en mis dedos. Ya me habían engañado antes.

Se deslizó hacia adelante y tomó uno de mis bolígrafos favoritos de la mesa de centro, del tipo con tinta de secado rápido que no se corría cuando arrastraba la mano sobre las palabras. —Ten. —Luego vaciló por un segundo, como si no quisiera romper la burbuja de magia que me rodeaba—. ¿Quieres que me vaya a otro lugar?

—No, yo... —No había pensado a dónde llevaría el cuaderno. Pero un aroma a eucalipto, real o imaginario, me decidió—. Voy a ir al parque.

Miró por la ventana. —Solo quedan unas pocas horas de luz.

—Será suficiente. —No me atrevía a suponer que mi musa se quedaría conmigo más de unos segundos, y ciertamente no horas.

—Aun así, mejor lleva una linterna. —Se levantó de un salto, fue a su dormitorio y salió con una linterna de bolsillo. Me la tendió—. Por si acaso.

Asentí como si me hubiera dado el detonador de la bomba que iba a hacer estallar la guarida del genio malvado. Aunque le habíamos echado la culpa al contrato de televisión y a la consultoría que había hecho en los guiones, ambos sabíamos lo grave que había sido mi bloqueo de escritor. Ya con un mes de retraso en mis páginas, le había pedido que negociara una prórroga con mi editora. Desafortunadamente, eso significaba un retraso en nuestro anticipo. Mamá y el abuelo necesitaban ese dinero para comprar fertilizante orgánico. Gabi necesitaría su parte para el alquiler y la comida cuando finalmente termináramos esta gira. Y ella no lo diría, no ahora que había alcanzado mi cuaderno por primera vez en un mes, pero la gente de la televisión se estaba poniendo nerviosa. Sin un segundo libro, no podían hacer planes para una segunda temporada del programa. Y ambos sabíamos lo que diría Heidi si pedíamos otra prórroga.

Me guardé la linterna en el bolsillo de los jeans y deslicé el bolígrafo dentro de la espiral. Tomando la tarjeta de acceso de la encimera, salí sigilosamente, arrastrando los pies por el pasillo y saliendo por la puerta como si cualquier ruido fuera a asustar a mi musa.

Afuera, el sol se posaba a un par de palmos de las copas de los árboles en el parque al otro lado de la calle. Volví a percibir un aroma a eucalipto. Los árboles me llamaban.

Esquivando autos, crucé la calle. No me molesté en buscar una entrada; en su lugar, subí por el terraplén directamente hacia el bosque. Los árboles me dieron la bienvenida con caricias de sus frondosas ramas. A menos de un minuto de caminata dentro del parque, los sonidos de la ciudad se atenuaron.

Los gorriones se llamaban entre sí. Las ardillas parloteaban. Deambulé entre encinos espinosos y eucaliptos fragantes, abriéndome paso entre helechos, llenando mis fosas nasales con el agudo aroma del pino y el humus.

Una mariposa pasó rozando mi hombro y casi pude imaginar que era un duendecillo que venía a susurrarme al oído. Se alejó volando hacia la penumbra, dejándome solo.

El tronco profundamente agrietado de un pino de Monterrey, no tan diferente de los pinos blancos de casa, rogaba ser acariciado. Mis manos se habían ablandado; los callos de la granja seguían ahí, pero más suaves después de meses sin tareas agrícolas. Solo quedaba el callo en el costado de mi dedo medio izquierdo, e incluso ese se había reducido.

Me recosté contra el tronco y me deslicé hasta sentarme en su base. Presioné mi espalda contra las crestas de la corteza. La tierra húmeda se filtró en mis jeans, y si ignoraba el eucalipto, olía igual que el verano en los bosques de la granja. Cuando era niño, cada vez que podía, corría hacia el bosque para acostarme en el suelo y soñar con elfos del bosque, duendecillos y troles.

Si tan solo uno de esos elfos del bosque saliera y me dijera cómo terminar la historia.

Inclinando la cabeza, miré hacia el dosel. Una persona de ciudad como Gabi podría haber confundido la mancha moteada con la luz del sol atravesando los árboles, pero era una lechuza moteada. Estaba perfectamente quieta en la rama.

Hasta ahora, no había escrito ninguna lechuza en la historia. Una de ellas podría entrar volando para rescatar a Nieven, quien, en la última escena que había escrito, había caído con su caballo, Winter, a través de un agujero en la guarida de una araña gigante. Uf, no. Podía oír las palabras de los críticos: poco inspirado, predecible, derivado. Perezoso. Además, estaba el caballo. La suspensión de la incredulidad era una cosa, pero de ninguna manera los lectores se tragarían que una lechuza sacara un caballo de un agujero.

Las manchas de la lechuza, blancas sobre marrón, agitaron algo en mi cerebro. No blancas sobre marrón, sino marrones sobre blanco. Pecas. Una constelación de ellas, sin maquillaje para ocultarlas, a través de la nariz de Samantha. Esa nariz que me arrugó cuando había comparado a su perro con Totó.

Y sus ojos.

Nadie que hubiera conocido a Samantha podría olvidar sus ojos. Azul oscuro. No, maldita sea, era un escritor, un artífice de palabras. No necesitaba una maldita tarjeta de membresía o certificación. Índigo. Violeta. Las montañas distantes. El cielo nocturno sobre la granja. Las lobelias desbordándose de las macetas que mamá plantaba cada primavera.

Lobelia. Un nombre apropiado para un elfo. No, un hada. Samantha podría haber sido una, con su complexión delgada y rasgos delicados. El traje negro que llevaba como armadura. Un poco más de cuero, y tal vez una capa, y habría encajado perfectamente en una de mis historias. ¿Un hada? ¿Un pixie? Más cerca.

Un duendecillo. Un duendecillo del bosque. Eso era. Y si le daba alas al duendecillo del bosque, podría volar hasta la guarida de la araña.

¿Qué le diría Lobelia a Nieven? Samantha y yo habíamos hablado de queso. De su perro. Y, brevemente, de *Ladyhawke*. Solo la mejor película de fantasía de la historia. Tal vez, si Gabi no me hubiera encontrado tan pronto, podríamos haber hablado de libros. O de por qué estaba en la recaudación de fondos, aparentemente a regañadientes. De nuestras esperanzas y sueños. Algo real. Si el fotógrafo no la hubiera ahuyentado, podría haber conseguido su número.

Pero ya era tarde para eso y, mierda, me había olvidado —otra vez— de Winter. ¿Cómo podría un diminuto duendecillo del bosque sacar a un elfo adulto y a su corcel de la trampa?

Miré fijamente a la lechuza que se aferraba a la rama con sus garras. Un duendecillo del bosque tendría algún tipo de magia de árboles, quizás. Los duendecillos ayudaban a los árboles a brotar en primavera y cambiaban el color de las hojas en otoño. Podría hacer que la raíz de un árbol creciera dentro del agujero y creara una escalera —no, una escalinata— para que Nieven y Winter la usaran para escapar. Si añadimos a la araña grande y peluda pisándoles los talones, y…

Abrí mi cuaderno, lo volteé para que la espiral metálica no se clavara en mi mano al escribir, y puse el bolígrafo en la parte superior de la página. *Capítulo 17*, escribí, *El Escape*. Pero ni siquiera mi ritual pudo lograr que me concentrara en Nieven y su aprieto, no pudo disipar la imagen de sus ojos azules riéndose mientras me miraban. Así que empecé a escribir sobre ellos. Sobre ella.

Con mis manos hormigueando, las palabras fluyeron.

Como el arroyo que borbotea en la granja, como el viento salado del océano Pacífico que se enroscaba entre los árboles del parque, las palabras salieron a borbotones de mi bolígrafo hacia el cuaderno. Tal vez Lobelia estaba allí en el bosque, susurrándomelas al oído. En ese momento, me importaba un carajo de quién eran las palabras.

Eran palabras.

Cuando garabateé una palabra en una página que se resistía a mi bolígrafo, entrecerré los ojos para enfocar mi vista ardiente y nublada en el cuaderno. Había llegado a la cubierta rígida. El final del grueso cuaderno. Hojeé hacia atrás páginas de palabras garabateadas que no podía leer. El cielo se había vuelto púrpura en los huecos del frondoso dosel sobre mi cabeza, y espesas sombras ocultaban el suelo del bosque. La lechuza moteada se había ido.

Cuando me puse de pie, el aire fresco golpeó mis jeans, húmedos por la tierra. El frío había penetrado en mis músculos, y me estiré para desentumecerlos, sacudiendo mi mano izquierda. Pero el frío, los dolores, el hormigueo decreciente en mis dedos eran el mejor tipo de incomodidad. El tipo bien ganado.

Pero no había terminado. Necesitaba más páginas. Mientras trotaba de regreso al hotel, mi cerebro permanecía en el bosque mítico con Nieven, quien ahora le debía la vida a Lobelia y estaba a punto de perder su corazón por ella también.

3

SAM

EMPUJÉ el gancho con el traje negro hasta el fondo del armario, donde estaban los vestidos ridículamente femeninos que mamá me obligaba a ponerme para el brunch de los domingos y el brillante vestido de noche negro que no quería volver a usar nunca más. Del centro del armario, saqué un par de pantalones cargo, comprados de segunda mano y ya desgastados hasta quedar suaves, de un negro tan desteñido que podría pasar por gris.

Ya llevaba puesta una camiseta negra de manga larga, igual de lavada y desteñida. Después de ponerme los pantalones, me até las botas de combate.

Bilbo Baggins bailoteaba junto a la puerta de mi apartamento. Sabía lo que significaban las botas.

—Tenemos que ser rápidos hoy, ¿de acuerdo, Bilbo Baggins? Tengo que ir al campus —. Para la reunión con Martell. Sobre la *oportunidad*. La pesadez en mi estómago vacío me decía que esa oportunidad no me iba a gustar.

Bilbo Baggins temblaba mientras le enganchaba su diminuto arnés. Correteó por el pasillo, con sus cortas patas moviéndose tan rápido que tuve que trotar para seguirle el ritmo. Me guio escaleras abajo hasta la calle, donde la gente le sonreía y lo saludaba. A mí, casi siempre me ignoraban. Yo solo era la que sostenía la correa de aquel perro encantador con una personalidad arrolladora.

Lo apuré y, quince minutos después, lo dejé encerrado en mi apartamento con agua fresca y su cama para perros colocada donde le daría el sol. Luego, caminé las pocas cuadras hasta el campus.

¿De qué podría querer hablar Martell? Probablemente quería una actualización del estado de mi proyecto, ya que lo había estado evitando. Se suponía que mi IA, CASE, debía tomar los resultados de una investigación y convertirlos en un artículo académico. Me había imaginado a académicos de todas partes subiendo sus datos a CASE, que produciría un artículo listo para ser enviado en segundos. Se acabaría lo de escribir durante semanas o meses, quitándoles un tiempo valioso de su investigación. ¿Cuánto más eficiente podría CASE hacer a los investigadores? ¿Cuánto más rápido avanzaría la ciencia? Las posibilidades me volaban la cabeza.

Pero CASE tenía mente propia. En lugar de un resultado aceptable como: *La estructura esférica hueca del C60, con 30 dobles enlaces carbono-carbono conjugados y su orbital molecular más bajo desocupado, le permite eliminar el exceso de radicales libres*, escribía: *La extrañamente hermosa estructura del C60 solo pudo haber sido diseñada por criaturas mitológicas*.

Cargar la IA con obras de ficción para que comprendiera mejor el lenguaje podría haber sido un error.

Entonces, una noche, tarde, se me olvidó cargar los datos de prueba. Me desperté a la mañana siguiente con una novela en toda regla que CASE había titulado *El Mago en la Máquina*. Cuando CASE me la leyó en voz alta, me reí de aquella historia sin sentido, que se centraba en un mago que vivía dentro del paisaje de la CPU de una computadora y luchaba contra un nigromante malvado y su ejército de zombis. El Mago moría al final de la historia, no sin antes derrotar heroicamente a El Nigromante. Los zombis sobrevivían y se apoderaban del reino de silicio.

Se la había enviado a Martell como una broma. Pero al día siguiente, me encontró en mi diminuta oficina y me preguntó si CASE podía producir más historias como esa. Me encogí de hombros. ¿Qué sentido tenía? La única forma en que *El Mago en la Máquina* podía ayudar a los investigadores era si los ayudaba a conciliar el sueño por la noche para que tuvieran la mente más despejada al reanudar su trabajo.

Martell no podía estar a punto de cancelarme la beca, ¿o sí? Se me revolvió el estómago. Pero, como solía decirme papá sobre los desafíos en la escuela, la única salida era atravesarlos. Y tenía que superar esta reunión con mi tutor para escapar del alcance del apellido Jones.

Mostré mi credencial en la entrada del reconfortantemente anodino edificio de ciencias de la computación y subí las escaleras hasta el tercer piso. Mientras caminaba por el pasillo con mis botas, Kyle se asomó por la puerta de nuestra oficina compartida.

—Oye, Sam, varios de nosotros vamos a salir más tarde. ¿Quieres venir?

—No creo —. Mi respuesta se había vuelto automática. En el segundo en que me aparté de él el mes pasado, me di cuenta de que añadirle beneficios a mi amistad con mi compañero de oficina había sido una pésima idea. Claro, prefería los orgasmos que no requerían baterías, pero acostarme con Kyle no era como mis líos de una noche al otro lado del campus.

El arrepentimiento me invadió tan pronto como el subidón de endorfinas se desvaneció. Había sentido algo al mirar los amables ojos de Kyle. Cariño, tal vez. Pero el cariño era un sentimiento, y yo ya no me permitía esas cosas. Nunca más me permitiría ser vulnerable. El dolor inevitable no valía la pena.

Stephen me había desviado tanto del camino que casi no me gradué. Por eso seguía en California para el posgrado y no en la Costa Este como había planeado. ¿Cómo podía saber si Kyle no quería algo de mí, algo que usaría mis defensas bajas por el sexo para conseguirlo? Nada, ni Kyle ni nadie, iba a impedirme terminar mi tesis y conseguir mi primer puesto de investigación posdoctoral a cientos de kilómetros del vuelo directo más cercano desde SFO.

—Está bien, quizás la próxima vez —. Con una sonrisa irónica, se retiró a su escritorio, y yo me arrastré hasta el final del pasillo y la puerta de Martell.

Llamé y, ante su brusco «Adelante», giré el picaporte y entré.

El Dr. Martell había apartado sus cuatro grandes monitores de computadora para tener una vista despejada de las sillas de invitados al otro lado de su escritorio. La de la derecha estaba vacía. Pero alguien estaba sentado en la de la izquierda.

Se puso de pie cuando entré, su corte bob entrecano balanceándose al girarse. Era más baja que yo, menuda, pero la energía flotaba a su alrededor como un halo.

—Samantha —. Martell también se puso de pie—. Le presento a mi amiga, Heidi Lentz. Heidi y yo estudiamos juntos en la universidad…

—No hablemos de cuántos años hace de eso —. La sonrisa de Heidi era aguda—. Digamos simplemente que John y yo nos conocemos desde hace mucho tiempo.

Le estreché su mano helada. —¿Usted también trabaja en ciencias de la computación? —. Mi tutor había mencionado una oportunidad. ¿Era Heidi una inversionista de capital de riesgo que quería darnos dinero para CASE?

—No —. Soltó una risita tintineante que habría encajado en uno de los eventos de mi mamá—. Me dediqué al mundo editorial cuando John se fue a hacer el posgrado. Fui ascendiendo en varias editoriales grandes hasta que fundé mi propia editorial hace unos años.

—¿Ah, sí? —. Mi atención ya había empezado a divagar hacia la pila de papeles atados con una goma elástica sobre el escritorio de Martell, por lo demás impecable. Me habría costado leerlo de todas formas, pero al revés, no había ninguna posibilidad.

Martell señaló la silla vacía y, mientras me sentaba, dijo: —

Samantha, Heidi dirige Happy Troll, una editorial de ciencia ficción y fantasía pequeña pero en crecimiento.

—Somos vanguardistas. Innovadores. Rompedores —añadió Heidi, enarcando las cejas como si yo fuera a entender por qué estaba allí, hablando conmigo.

No lo entendía. —Qué bien.

Las fosas nasales de Heidi se ensancharon. —John compartió un manuscrito muy interesante conmigo. *El Mago en la Máquina.*

Se me escapó el aliento como si me hubiera dado un puñetazo en el estómago. —¿Qué?

—Entiendo que fue generado por inteligencia artificial. ¿Salió así de la computadora? ¿Usted no lo editó ni le pidió a un amigo que lo hiciera?

—No, yo… —¿Qué estaba pasando aquí?—. CASE lo produjo, tal como se lo envié al Dr. Martell.

—¿Y CASE es su IA?

—Es el acrónimo de Motor de Análisis y Síntesis por Computadora. Para producir artículos académicos.

—Pero produjo *El Mago.*

—Sí —. Arrugué la nariz. Estábamos dando vueltas en círculo.

—Entiendo… —Heidi se dio unos golpecitos en la barbilla—, que la mayoría de los programadores usan material de origen para enseñar a la IA a escribir. ¿Así es como programó a CASE?

—Mmm, sí. Quiero decir, sí —. Heidi era demasiado lista para alguien que no estudiaba ciencias de la computación.

—¿Los autores de este material de origen… —levantó sus cejas oscuras— están muertos?

—Sí —. Los favoritos de papá habían sido los clásicos: J.R.R. Tolkien, C.S. Lewis, Octavia Butler, Madeleine L'Engle, así que cargué esos—. Excepto… —El último que introduje, el que me había recomendado la bibliotecaria de la universidad, había sido un título reciente. Las letras de la portada se arremolinaban en mi memoria—. Algo sobre elfos. De Nail Flying.

Sus labios se curvaron en una sonrisa. —¿*Secretos de los elfos del bosque* de Niall Flynn, querrá decir?

Se me acaloró la cara mientras luchaba con las letras en mi memoria. Conocía ese nombre. La imagen de un hombre corpulento y pelirrojo acunando a Bilbo Baggins en la recaudación de fondos del fin de semana pasado me bloqueó el cerebro. —¿Niall Flynn el… atleta?

—No, es un escritor.

¿Un escritor? Habíamos hablado de películas. *Ladyhawke*.

La voz aguda de Heidi me devolvió a la oficina de Martell. —¿Es el único autor vivo que usó?

—Así es.

—Entonces no hay problema. Me gustaría publicar *El Mago en la Máquina*. Tener la primera novela del mundo generada completamente por IA encajaría perfectamente con la marca de Happy Troll.

—¿Publicarla? ¿Se refiere a un artículo sobre ella en una revista académica?

Sus fosas nasales se ensancharon de nuevo. —No, Samantha. Me refiero a ponerla en las estanterías de ficción de las librerías. Vender el libro electrónico en línea. Producir un audiolibro con una voz generada por computadora si me es posible.

El Dr. Martell dijo: —Dado que CASE se ejecuta en los servidores de la universidad, *El Mago en la Máquina* técnicamente pertenece a la universidad. Ya he aceptado que Happy Troll lo publique.

—Ah. De acuerdo —. Casi podía sentir la vibración de la sala de servidores del sótano a través del suelo. Miles de servidores zumbaban allí abajo, y uno de ellos ejecutaba el código de CASE. Entonces, ¿estaba aquí solo para que me informaran?

—Probablemente se esté preguntando por qué la llamamos — dijo Heidi, suavizando la voz de una manera que sabía que significaba que la petición estaba por venir.

Asentí. ¿Querían que CASE escribiera otro libro? ¿Una secuela? Sería un problema interesante de resolver, ya que *El Mago en la Máquina* había surgido de casualidad, y los personajes principales estaban todos muertos. Y si yo…

—Todavía no estoy lista para revelar la procedencia de la novela. Quiero asegurarme de que sea un éxito antes de hacerlo. Así que necesito un autor —. Se recostó en su silla.

Parpadeé, apartando los pensamientos sobre cómo establecer los parámetros de la secuela. —¿Usted es editora. No tiene un montón de autores?

—Mis autores están todos escribiendo más libros. La necesito a usted.

Todo, desde la punta de mi nariz hasta los dedos de los pies, se entumeció como si me hubiera sumergido en agua helada. —¿A mí?

—Necesito un nombre de autor para poner en la portada.

—¿Por qué tiene que ser mi nombre?

Intercambió una mirada con Martell. —Por su conexión con el libro. Es más sencillo así.

Entrecerré los ojos. —¿Qué es más sencillo? —. Las cosas sencillas de mamá, como la recaudación de fondos del sábado, siempre tenían una complicación, como Winford no-sé-quién.

—Como incentivo —Martell se inclinó hacia adelante—, estaría dispuesto a acelerar la aprobación de su tesis. No habría necesidad de completar el alcance original de su plan. Podría empezar a escribir su tesis ahora basándose en lo que ha hecho.

—¿Ahora? —. Masajeé mis dedos para que recuperaran la sensibilidad. Me ahorraría meses de trabajo en CASE, buscando y arreglando los errores que lo hacían escribir con palabras tan rimbombantes. No habría dudas sobre si cruzaría el escenario la próxima primavera, recibiría mi diploma de manos del rector de la universidad y luego me subiría a un avión con Bilbo Baggins — dos o tres aviones serían aún mejor— a alguna universidad remota, donde podría empezar de nuevo. Sin la historia oscura y la desconfianza, sería libre de marcar una diferencia en el mundo en mis propios términos. Si pudiera solucionar los errores de CASE, quizás ayudaría a los investigadores.

Además, escaparía de las maquinaciones de mamá para siempre.

El pensamiento feliz debió de reflejarse en mi cara porque Heidi se recostó. —Hay una condición para nuestro trato.

—¿Una condición? —. Me incliné hacia adelante.

—Usted dirá que escribió la novela. No hará ninguna conexión entre *El Mago en la Máquina* y CASE o la inteligencia artificial hasta que yo lo anuncie.

Odiaba mentir. Además, nadie que me conociera lo creería. Me imaginé la cara de mi mamá al otro lado de la mesa en el brunch del domingo diciendo: «Samantha, ¿cómo es que *tú* escribiste una novela?».

Pero, al final, la mentira me libraría de muchos brunchs de domingo. Y de citas a ciegas con tipos como Winford. Como Stephen.

—¿Podemos usar un nombre falso?

—Por supuesto que podemos usar un seudónimo. Todo lo que necesito es que usted sea la persona detrás del nombre —. Heidi juntó las yemas de sus dedos bajo la barbilla.

Era por la ciencia. Por CASE. Podría llevar mi idea original a un laboratorio diferente, muy, muy lejano, y convertirla en lo que había imaginado: un ahorro de tiempo para los científicos. Aceleraría tantas investigaciones. Como la prevención de enfermedades cardíacas. Para evitar que otras niñas perdieran a sus papás.

—De acuerdo. Lo haré.

Los labios de Heidi se curvaron en una aproximación de sonrisa. —Excelente. Le enviaré los papeles a John para que los firme.

Eso me sonó a despedida. —¿Ya me puedo ir? —le pregunté a Martell. Sentía la piel tirante, de la misma manera que cuando salí corriendo del apartamento de Kyle mientras él se quedaba en bóxers en el umbral de la puerta con el ceño fruncido.

—Por supuesto, Samantha. Estoy seguro de que estará de acuerdo en que esta será una excelente oportunidad para el departamento y la universidad.

—Claro —. En ese momento, no me importaba ni el departamento ni la universidad. Ignoré la pesadez en mis entrañas. Por la ciencia.

Pero debería haberme importado. Debería haberme importado los papeles que estaba a punto de firmar sin leerlos y las mentiras que ya empezaban a envolverme como a una presa en la telaraña de una araña.

4

NIALL

SEGUÍ A GABI A TRAVÉS del laberinto de manteles blancos del restaurante junto a la bahía, hacia donde Heidi estaba sentada, saludando con la mano, en una mesa junto a la ventana. Las alegres notas de la canción de los noventa «Breakfast at Tiffany's» servían de contrapunto al tintineo de los cubiertos sobre la porcelana.

Apuré el paso para alcanzar a Gabi y le susurré al oído:

—No menciones que estaba bloqueado, ¿de acuerdo? Ya todo está bien.

Era una mentira a medias. Me hormiguearon los dedos por unos días después de aquel evento para recaudar fondos, pero mi musa era caprichosa, propensa a abandonarme cuando más la necesitaba.

—Más te vale que ya estés bien, carajo. Necesito mi quince por ciento en octubre. Mis sobrinos quieren regalos de Navidad de la tía Gabi.

Se me oprimió el pecho. Gabi lo decía a la ligera, pero tanto mi familia como mi mejor amiga y agente necesitaban el dinero. Me encerraría en un armario durante una semana con una caja de Red

Bull antes que aceptar otra prórroga que retrasara el día de pago de nuevo.

—¡Niall! —Heidi se puso de pie cuando llegamos a su mesa y me indicó con un gesto que me acercara para darme un abrazo. Me incliné y le di unas palmaditas suaves en sus delicados hombros. Sin embargo, era fuerte, y sus pequeños y nervudos brazos se cerraron alrededor de mi pecho. Después de que abrazó a Gabi, tomé la silla más cercana a la ventana, desde donde podía echar un vistazo a las nubes que descendían afuera. Sus bases eran oscuras, prometiendo lluvia. ¿Estaría lloviendo en la granja? Tenía que llamar a casa pronto.

En el árbol enmacetado al otro lado del cristal, un gorrión cantor se posó y abrió el pico. Lástima que no podía oír su canto por encima de la música fuerte del restaurante, que pasó a «Take On Me» de A-Ha. Gabi se sentó en la silla a mi lado, frente a Heidi.

—Gracias por reunirte conmigo antes de que tenga que volver a Nueva York —dijo Heidi, revisando su celular—. ¿A dónde vas ahora?

Gabi tecleó en su celular.

—Nos vamos a la Comic-Con el sábado.

—Mejor ustedes que yo. Necesito estar en mi oficina para poder hacer algo de trabajo —dijo Heidi, levantando la vista de su propio teléfono—. ¿Cómo va el libro, Niall?

Me atraganté con el agua que me había atrevido a tomar y Gabi me dio una palmada en la espalda. Finalmente, balbuceé:

—Bien.

—Bien, bien. ¿Vas bien para cumplir con la fecha de entrega?

—La cumpliré.

Heidi apartó la mirada de su teléfono ante mi gruñido.

—Claro que lo hará. —Gabi me fulminó con la mirada antes de dedicarle una sonrisa resplandeciente a Heidi—. Te encantará el nuevo personaje que ha introducido. Solo está añadiendo esos últimos toques mágicos.

—¿Ah, sí? —Heidi me clavó su mirada más astuta—. ¿Un

interés amoroso para Nieven? —Había estado insistiendo en una subtrama romántica desde que compró mi primer libro.

—Tal vez. —Todavía no estaba seguro. Después de que Lobelia liberara a Nieven y a Winter de la guarida de la araña, se había vuelto fría y silenciosa. Nieven avanzaba a trompicones como de costumbre, pero, hasta ahora, Lobelia no había tenido nada que decirle ni al elfo del bosque ni a mí.

—Pensé que Nieven podría terminar con Greva. —El teléfono de Heidi vibró, y ella lo miró.

No miré a Gabi. En vez de eso, tomé mi menú. Ella sabía que había modelado la amistad de Nieven y Greva a partir de la nuestra. Y aunque habíamos salido en la universidad —brevemente, hasta esa desafortunada visita a la granja sin wifi—, funcionábamos mejor como amigos. Y como socios de negocios. Como Nieven y Greva.

—¿Quién dice que tiene que haber un interés amoroso?

El tema musical de *Friends* empezó a sonar. La música iba a hacer que se me revolviera el estómago.

—Nadie —dijo Heidi, con un tono neutro—. No puedo esperar a leer sobre este nuevo personaje.

—¿Todavía planeamos lanzarlo el próximo verano? —preguntó Gabi.

—De hecho… —La sonrisa de Heidi escondía un secreto—. Vamos a adelantarte.

—¿Adelantarnos? —Gabi dejó caer su menú sobre la mesa y tomó su celular—. ¿Me envías el nuevo calendario?

—¿Cuánto antes? —El corazón se me subió a la garganta, cortándome la respiración.

—Tenemos una oportunidad para un doble golpe. —Heidi tecleó en su teléfono. Deseé poder lanzarlo por la ventana—. No puedo decir nada hasta que se anuncie oficialmente, pero he firmado un Libro Muy Emocionante. —Heidi tenía una forma de poner mayúsculas en su discurso así—. Es un híbrido de fantasía urbana con ciencia ficción, y tendrá Sinergia con tu base de fans. Sale en unos meses y espero que genere mucho Ruido. Tal vez incluso un Contrato Cinematográfico. Su estudio lo está leyendo ahora y han aceptado cofinanciar una Gira Conjunta. Le he pedido a Qiana que la organice. En febrero. Es una excelente oportunidad para ti.

No podía tragar. Iba a desmayarme si no tomaba aire pronto.

—¿En febrero? —repitió Gabi.

—Ya estamos promocionando *La traición de los elfos del bosque*. Tendremos que acelerarlo, pero no quiero perderme esta Oportunidad.

—Por supuesto que no. —Gabi sonrió radiante, pero debajo de la mesa, me pateó la espinilla. Fuerte. Jadeé, y eso me hizo volver a respirar.

Me bebí de un trago lo último que quedaba de mi agua y dejé el vaso con un golpe seco. Faltaban nueve meses para febrero. No podía incumplir ni un solo plazo, ni siquiera por un día. Me puse de pie.

—Voy a lavarme las manos.

«Torn» sonaba mientras pasaba junto al puesto de la anfitriona. Miré con anhelo la calle de afuera, las hojas verdes de los árboles atrofiados que crecían en la acera. Pero no huiría. No podía. El abuelo, mamá y la granja dependían de que terminara el maldito libro a tiempo.

Además, le debía demasiado a Gabi como para fallarle. Había creído en mí. Incluso después de que rompimos, venía a mi mesa en la biblioteca donde yo garabateaba mis historias. Las leía. Algunas le gustaban; otras, me hacía tirarlas a la trituradora.

Después de que nos graduamos, me escribía —me escribía cartas de verdad porque sabía que odiaba el correo electrónico— y me presionaba para que terminara mi novela. Cuando quise tirarla a la pila de compost, me obligó a enviársela por correo, la editó y me la devolvió. Luego habló con algunas personas que conocía. Antes de que me diera cuenta, tenía un contrato por tres libros con Happy Troll e interés de Hollywood. Le debía muchísimo.

Incluyendo el ataque al corazón que estaba a punto de darme.

—Febrero —jadeé en el pasillo fuera del baño de hombres.

—No te asustes, Niall. —La pequeña mano de Gabi apretó la mía. Siempre podía contar con ella para ver cómo estaba—. Tú puedes con esto.

—No… no lo sé.

—Sí puedes. Solo necesitas inspiración. Vamos a hacer que salgas y te revuelques en la naturaleza y esas cosas. Lo que sea necesario, ¿de acuerdo?

—No creo que tenga que revolcarme en la mierda para inspirarme.

Ella sonrió.

—Lo que necesites, me lo dices, ¿sí?

¿Puedes encontrarme a Samantha y sus ojos violetas? No, no podía pedirle eso. Porque lo haría, y eso sería de lo más incómodo. Tenía razón. Pasaría la tarde en el parque e intentaría invocar a mi musa.

Tenía que hacerlo. Por Gabi. Y por el abuelo. Y por mamá. Y, maldita sea, por mí también. Yo no era una maravilla de un solo éxito como Natalie Imbruglia. Tenía un contrato de tres libros y una serie de televisión que quería una segunda temporada. Me sequé las palmas sudorosas en los pantalones.

—Estaré bien. Lo prometo.

La ceja levantada de Gabi me dijo que ella tampoco me creía.

5

SAM

GOLPEÉ LAS BOTAS contra el tapete justo al entrar en el café y me pasé las manos por las mangas para quitarme un poco el agua. Me asomé a mi bolso de lona, que había metido debajo de mi chaqueta.

—¿Estás bien, Bilbo Baggins? —susurré.

La bolsa se sacudió con la fuerza del contoneo de su trasero.

—Qué bueno. Yo también. *Hasta ahora.*

Recorrí el café con la mirada, pero todavía no veía a Heidi ni al Dr. Martell. Se me relajó un poco el estómago mientras elegía una mesa alejada del grupo de adolescentes que se reían y cerca de una ventana junto al ruido blanco de la lluvia. Quizás no aparecerían. De todos modos, ¿de qué podíamos tener que hablar? Yo había firmado los papeles, tal y como me habían dicho que hiciera.

La puerta se abrió y levanté la vista, pero solo era una pareja, con las manos en los bolsillos traseros del otro. Se sentaron en la esquina opuesta, cerca de los adolescentes. Les daría a Martell y a Heidi quince minutos. ¿No era esa la regla para los profesores? Él siempre era puntual, así que nunca había importado. Revisé mi reloj y le eché un premio para perro a mi bolso de lona. Bilbo Baggins lo trituró con sus dientecitos.

Diez minutos después, Heidi entró, sacudiendo un paraguas negro. Cuando me vio, sonrió, una sonrisa afilada, y se dirigió a grandes zancadas hacia la mesa.

—¡Samantha! —Abrió los brazos.

Me quedé quieta para su abrazo y dejé que me diera sonoros besos al aire cerca de ambas mejillas. A donde yo iba con mi doctorado, no habría besos al aire. Ni cafeterías. Solo mi laboratorio tranquilo y Bilbo Baggins esperándome en casa.

Le hizo una seña al mesero antes de sentarse al otro lado de la mesa redonda. Después de que hicimos nuestros pedidos, solté:

—¿Dónde está el Dr. Martell?

—Él no necesita estar aquí para esto. Nuestra discusión de hoy nos involucra solo a usted y a mí.

Tragué saliva. —¿Tiene todo lo que necesita? ¿Necesito enviarle el manuscrito en un formato diferente? O, este, ¿pasarle el corrector ortográfico? —Aunque CASE nunca cometía errores de ortografía. Pero yo no sabía nada sobre la publicación de libros. Los pocos artículos académicos en los que había trabajado con el Dr. Martell habían implicado un montón de complicaciones con el formato y la gramática, que era una de las cosas que estábamos —habíamos estado— tratando de facilitar con CASE.

—No, no. —Dejó escapar una risita tintineante y desestimó mis preguntas con un gesto, como si espantara una mosca—. Necesitamos hablar sobre la promoción.

—¿Promoción? —Mi cerebro batalló para encontrarle un contexto a la palabra, pero no encontró nada.

Ella apretó los labios como si intentara contener las palabras y una sonrisa al mismo tiempo. Sus ojos brillaban. —La enviaremos a una gira de promoción la próxima primavera.

Mi cerebro volvió a buscar de dónde agarrarse, pero resbaló con esas palabras sin sentido. —¿Una… una gira de promoción? ¿Y necesita que vaya *yo*?

—El libro no puede ir de gira solo. —Su risa tintineó de nuevo como un cristal al romperse—. Los lectores quieren conocer a la autora.

—Pero yo no soy... —El Dr. Martell conocía mis dificultades con la lectura, por lo que me había señalado las cláusulas en el contrato que especificaban las consecuencias por romper el acuerdo de confidencialidad. Y como había donado mi fondo fiduciario al cumplir veinticinco, no tenía el dinero para pelear con nadie en un tribunal. Los nervios treparon desde mi estómago hasta mi garganta, haciendo que susurrara—: No soy la autora.

La mirada brillante de Heidi se tornó letal. —Por supuesto que lo es, Samantha. Su seudónimo estará impreso en la portada. Usted es Sam Case.

El mesero regresó con nuestras tazas de café, y yo acuné la mía entre mis manos para ocultar cómo temblaban. —¿Qué tengo que hacer?

Apaciguó la llama en su mirada. —Todavía estamos trabajando en el itinerario. Estimo que serán una docena de ciudades en tres semanas. La mayoría de los eventos se llevarán a cabo en librerías. Usted dará una charla sobre el libro y luego firmará ejemplares.

—¿Una charla sobre el libro? —No tenía nada que decir sobre libros. Mis pulmones habían olvidado cómo funcionar. Me estaba ahogando ahí mismo, en el café.

Abrió los ojos desmesuradamente. —¡Casi olvido decirle la mejor parte! Tendrá un compañero de gira, Niall Flynn.

Eso hizo que mis pulmones volvieran a funcionar de golpe. —¿Qué? Pero yo...

—Resulta que Niall es un autor de Happy Troll y va a sacar un libro nuevo esta primavera. —Metió una mano en su bolso de diseñador y sacó un libro grueso de tapa dura. La portada sí me resultaba familiar, una ilustración de una persona de orejas puntiagudas con una capa verde oscuro y montada en un caballo blanco como la nieve. Una larga espada brillaba a su costado. Me tomé unos segundos para descifrar el título en la parte superior. *Secretos de los elfos del bosque*. —Usted leyó este, ¿verdad?

—Oh. Mierda. —Por supuesto que no lo había leído. Jamás intentaría leer algo tan grueso. Ya no. Simplemente había cargado el archivo en CASE. ¿Estaba tratando de castigarme por eso? ¿Cuán incómodo iba a ser cuando me presentara en la gira y dijera: «*Oye, tu libro ayudó a crear esta novela que no escribí en absoluto, pero finjamos que sí*»?

Como si pudiera leer los pensamientos en mi cara, dijo: —No se preocupe por Niall. Yo me encargaré de él. Solo recuerde el acuerdo de confidencialidad. Sería mejor si no hablara con él sobre… —su mirada recorrió la cafetería antes de susurrar el final de la frase— la I.A. Su padre es Paul Swift, el creador del Swiftphone, ya sabe.

Había conocido a Paul Swift un par de veces en los eventos a los que mamá me arrastraba. La gente de tecnología orbitaba a su alrededor como planetas atrapados en el campo gravitacional del sol. Con razón Niall era tan vibrante. Su padre también lo era.

Ella sonrió de nuevo. —Entonces, como le decía, usted y Niall se harán preguntas y hablarán sobre sus libros. Qiana, nuestra publicista, les enviará una lista de temas. Y luego aceptarán preguntas del público. Ah, pero primero leerán un breve fragmento del libro.

—¿Leer? ¿En voz alta? —La parte pensante de mi cerebro se apagó, dejando funcionando solo la parte que hace que el corazón se acelere, las palmas suden y el cuerpo tiemble. La parte que recordaba leer frente a la clase en la escuela. Las burlas. Las risitas. La mirada impaciente de la maestra.

—Por supuesto, en voz alta. Solo un fragmento corto. Puede memorizarlo si quiere. Esperamos atraer a un par de cientos de personas en cada evento. Niall es maravilloso en estas cosas. No tiene nada de qué preocuparse.

¿Nada de qué preocuparme? Cada parte de esta gira era algo de lo que tenía que preocuparme. Para ocultar el temblor de mis dedos, abrí el libro por el final. En la contraportada había uno o dos párrafos de texto, y encima una foto en blanco y negro. Un hombre agachado en un campo junto a un perro. Si no lo hubiera visto en persona, habría asumido que era un hombre de pelo castaño con un perro de tamaño normal. Pero conocía esa cara y el pelo rojo fuego que la coronaba. Y considerando lo alto que era Niall, ese perro tenía que ser una especie de bestia infernal porque era tan alto como el hombre agachado a su lado.

Apreté los ojos con fuerza. Niall era un autor célebre que desviaría la mayor parte de la atención de mí, lo cual era bueno. Pero habría atención, y se esperaría que yo hablara —que leyera— en público. Dos cosas aterradoras.

—Bilbo Baggins viene conmigo a la gira. —Era la única forma en que sobreviviría.

—¿Quién? —Por fin, había logrado poner a Heidi en desventaja.

Me agaché y puse mi bolso de lona en mi regazo. Las orejas peludas de Bilbo Baggins asomaron primero, y luego su cara sonriente. —Bilbo Baggins.

Frunció el labio. —¿No es un roedor, o sí?

—Es una mezcla de chihuahueño. Y va a donde yo voy. —Mi voz fue más fuerte de lo que esperaba.

—No creo que eso sea posible. —Cuando miró a Bilbo Baggins con el ceño fruncido, él se metió de nuevo en la bolsa, temblando.

—Usted necesita una autora. O viene él o no voy yo. —No tenía ningún argumento legal a mi favor, y Martell se enfurecería conmigo si me echaba para atrás. Aun así, levanté la barbilla y mantuve la cabeza en alto, de la misma manera que lo había hecho cuando el abogado de nuestra familia había intentado convencerme de no donar mi fondo fiduciario.

—De acuerdo. Aunque no todos los lugares serán aptos para perros. Tendrá que quedarse en su habitación de hotel.

—Está bien. Y además, nada de fotos.

—¿Qué quiere decir con «nada de fotos»? ¿Se refiere a que no quiere fotos publicitarias, o también se refiere a…?

—Nada de *selfies*. Nada de fotos con los lectores. Nada de redes sociales. Ninguna imagen mía será publicada en relación con la gira.

Parpadeó. —No sé si eso es…

—Haga que suceda, o no voy. —Había jurado nunca más tomarme otra foto después de lo que había pasado con Stephen. No importaba que esta vez fuera inteligente y estuviera vestida. Cualquier foto podía ser alterada. Sabía exactamente lo que la I.A. podía hacer.

Frunció los labios. —De acuerdo. Pero no más condiciones. Si tan solo pide una almohada extra para la cama, la demandaremos por incumplimiento de contrato.

Maldición. Ahora sí que deseaba haber leído el contrato. Mamá me habría matado si hubiera sabido que firmé papeles que su equipo legal no había revisado. Pero yo me había enfocado en una sola cosa —mi doctorado— y en el camino más corto entre yo y la libertad.

Aparte de librarme de la gira por completo, llevar a Bilbo Baggins conmigo y evitar las fotos me daría la mejor oportunidad de sobrevivir.

Asentí. Había agotado todo mi valor. Abracé a Bilbo Baggins dentro del bolso. Era inteligente. Podía encontrar alguna manera de salir del lío en el que de alguna forma me había metido.

6

NIALL

FRAUDE.

Esa era la palabra en el cartel que imaginaba colgado de mi cuello. Cada vez que respondía a una de las preguntas de los estudiantes, ganaba otro kilo de peso, agobiando mis hombros. ¿Cómo podía hablarles a estos chicos sobre escritura? Después de ese día glorioso del fin de semana pasado, mi musa me había abandonado.

El día anterior, había deambulado, inquieto, por el parque. El bosque. La playa. La pradera. Ninguno de ellos me inspiró. Ninguno de ellos me susurró las palabras de Lobelia. Garabateé algunas ideas en una página de mi cuaderno, pero al final la arranqué y la tiré. Todas eran terribles.

Y, sin embargo, estos universitarios esperaban que les dijera cómo escribir.

¿Cómo podía hacerlo si ni siquiera yo sabía cómo?

Cuando mi charla terminó y los estudiantes se dispersaron, salí del auditorio y crucé la biblioteca hasta llegar al exterior, donde aspiré el aire fresco como si fuera una cura para mi impostura.

Percibí un destello negro por el rabillo del ojo y mi dedo índice izquierdo se crispó. Escudriñé el pórtico de la biblioteca. Un par de estudiantes subían las escaleras con dificultad. Una ardilla gris se aferraba al tronco de un árbol cercano. Sacudí la cabeza. Estaba imaginando cosas. Buscaría un parque diferente. Quizás Lobelia me hablaría allí.

Pero antes de que pudiera salir de debajo del pórtico de la biblioteca, una pequeña barrera con una mata de cabello oscuro se interpuso frente a mí.

—Hola, Niall, soy Kari Singh, y escribo un blog de celebridades aquí en el campus.

Arrugué la frente. —No puedo decirte mucho sobre blogs, pero supongo que escribir es escribir. ¿Qué es lo que se te dificulta?

Ella curvó un labio. —A mí me va bien. Pero tengo algunas preguntas para ti.

—¿Para mí? —entrecerré los ojos—. No soy ninguna celebridad.

—Mira, eres lo más parecido que hemos tenido en meses desde que una de las hermanas de Mark Zuckerberg se perdió y terminó en el campus. Esta es una escuela para nerds. Saben quién eres.

—Oh. De acuerdo. —El diagrama de Venn de los nerds y los lectores de fantasía tenía una intersección considerable. Además, Qiana y Gabi me habían preparado para esto. Se suponía que debía ser positivo pero vago: *Sí, el libro está casi terminado. Sí, volverán a ver a todos sus personajes favoritos. Sí, habrá algunos personajes nuevos y sorpresas. Sí, los productores de la serie recibirán una copia tan pronto como esté terminado.*

Como autor, debería haber estado encantado de que me preguntaran sobre una serie de televisión basada en mis libros. Debería haber estado extasiado por tener esta oportunidad que tantos otros escritores no tenían. Pero el miedo que se enroscaba en mi pecho estrangulaba mi emoción. ¿Y si no podía terminarlo?

—¿Has visto a tu padre últimamente?

—¿Mi... qué? —di medio paso hacia atrás. Nadie me preguntaba por él. No desde hacía mucho tiempo.

Ella sonrió, depredadora. —Estás en San Francisco, y él está muy cerca, en Silicon Valley. ¿Lo has visto?

—No. —Se me quebró la voz como la última vez que lo había visto en la granja, cuando tenía unos doce años. Me aclaré la garganta—. No. No lo he visto. No somos cercanos. —Eso era quedarse corto. Él se había marchado de nuestras vidas y había construido una nueva familia, una legítima, que iba a juego con su negocio tecnológico multimillonario.

Un movimiento detrás de ella captó mi atención, pero cuando miré hacia allí, no había nada más que la ardilla.

—¿Y por qué es eso, Niall? —Me tendió su celular para grabar mi respuesta. Era uno de los de él. Lo supe por el icono plateado de un pájaro en vuelo en la parte trasera—. ¿Por qué no son cercanos tú y Paul Swift?

No pensaba explicarle a esta completa extraña cómo él se había ido desvaneciendo de nuestras vidas tan lentamente que casi no me había dado cuenta. Cómo sus viajes de negocios se alargaban cada vez más. Cómo, en lugar de aparecer en Navidad como había prometido, había enviado una caja. Dentro había tres Swiftphones nuevos, de última generación.

Uno de mis amigos había puesto el mío en una subasta en línea por mí, y finalmente convencí al abuelo de que aceptara el dinero para las semillas de esa temporada. Incluso a los doce años, aprecié la ironía de hacer que mi padre pagara por la vida rural que odiaba.

Me sentí más enojado y egoísta cuando envió el segundo, cuando yo tenía quince años. Lo hice pedazos, usé el celular de mi amigo para tomar una foto y se la envié por mensaje de texto a mi padre. No había enviado otro.

Pero nada de eso era asunto de esta bloguera. Me encogí de hombros. —La gente se distancia. Él tiene su vida y yo la mía.

Su boca se tensó, pero un brillo apareció en sus ojos. —¿Estás saliendo con Lulu Bridges?

Retrocedí otro medio paso y choqué con una de las columnas de la biblioteca. Había sido idea de Gabi que me vieran en un restaurante con una actriz cuando estuve en Los Ángeles el mes pasado. La gente de Lulu había estado de acuerdo —Qiana, la publicista de Happy Troll, lo había arreglado—, así que nos sentamos en un café al aire libre y dejamos que los paparazzi tomaran fotos.

—No, no estoy saliendo con nadie, y Lulu es una amiga. —Eso era mucho decir. Habían sido dos horas aburridas. Ella había querido hablar de mi rutina de ejercicios, mi dieta, mis diseñadores favoritos. Y, por supuesto, de la serie y de si podría conseguirle una audición. Le dije que la recomendaría la próxima vez que viera a los productores, y ella me dio el nombre de su gurú de meditación.

Gabi había intentado ocultármelo, pero una revista había impreso una foto nuestra junto a una foto aún más grande de mi padre en el escenario con una de sus camisas negras de botones bordada con el logo de SwifTech, un micrófono inalámbrico curvándose a lo largo de su mandíbula.

Esa vez, sí vi el destello negro mientras se movía al descubierto a través de la explanada. Y aunque solo la había visto una vez, había revivido nuestra interacción tantas veces en mi imaginación que reconocía esa figura esbelta. Ese largo cabello oscuro recogido en un moño caído. Si se hubiera dado la vuelta, habría visto una constelación de pecas y los ojos más impresionantes que jamás había visto.

Lobelia. No, Samantha.

—Discúlpame, Kari.

—Espera, tengo…

Pero yo ya bajaba volando las escaleras de la biblioteca y recorría el sendero que bordeaba la explanada. No podía dejar que desapareciera en uno de los edificios de acceso restringido con tarjeta. Afortunadamente, sus zancadas no eran rival para mis largas piernas, y la alcancé justo cuando salía de la explanada hacia una acera estrecha. —Samantha.

Se detuvo, con los hombros hundidos. Corrí dos pasos más para pararme frente a ella. —Hola de nuevo.

—N-no te estoy acosando.

Sentí que mis labios se curvaban. —¿Ah, no?

—No. Yo estudio aquí. Te vi cuando pasaba por aquí.

—Pasando por aquí, ¿eh? —No le creí, no del todo. Pero la pequeña posibilidad de que no me hubiera buscado me provocó una punzada en el estómago.

Se acomodó la mochila en el hombro. —No me dijiste que eras escritor.

Me encogí de hombros. —Lo soy.

Me fulminó con la mirada. —Un escritor famoso. Con una serie de televisión basada en tu novela.

Me crucé de brazos. —No sé qué tan famoso soy. Tú no sabías quién era yo.

Ella imitó mi postura. —Tú tampoco mencionaste que eres el hijo de Paul Swift. O que sales con actrices.

Abrí los brazos. —Hablamos menos de media hora. No tuve tiempo de contarte la historia de mi vida. Y no salgo con actrices. Fue algo de relaciones públicas, nada más. —No sabía por qué necesitaba decir eso. Apenas conocía a Samantha. No tenía que darle explicaciones.

Era la forma en que se había erguido. Era diminuta, comparada conmigo, pero lograba parecer más alta, como si estuviera en un estrado por encima de mí y yo fuera un siervo solicitando un favor a mi señora. Mis dedos hormiguearon.

—¿Quién eres? —murmuré, más para mí que para ella. No era ninguna persona de la alta sociedad, sin importar lo que hubiera dicho Gabi.

—Soy una estudiante de posgrado. Iba camino a mi oficina cuando te vi. —Levantó la barbilla.

—¿De veras? —Tenía aspecto de estudiante de posgrado. Pantalones cargo negros, una camiseta negra, botas de combate. No encajaba con la imagen de socialité que Gabi me había pintado.

—Ciencias de la computación. —Agitó la mano, y la gracia de ese gesto me dejó sin aliento.

—Vaya. —Mis dedos volvieron a hormiguear. Eché un vistazo al edificio bajo y de ladrillo beige con muy pocas ventanas. No era un palacio de hadas.

Una mente analítica. ¿Sería también adicta a la tecnología, como Gabi? Intenté superponer la imagen de Samantha de hoy —recelosa, cortante, reservada— con la mujer atractiva y divertida con la que había hablado en el evento. Y luego intenté añadir lo que Gabi me había contado sobre su familia de la alta sociedad. Fracasé. Hasta ahora, Samantha Jones era un enigma.

—¿Cómo está tu perro?

—¿Bilbo Baggins? —Una lenta sonrisa se extendió por su rostro—. Se recuperó del incidente del queso. Ya está bien.

—Qué bueno. —Me mecí sobre los talones. Era un rompecabezas, y no podía hacer que todas las piezas encajaran. Quizás podría agitarlas un poco y verlas de otra manera.

—Conozco tu secreto.

Sus mejillas palidecieron, y el salpicado de pecas en su nariz pareció oscurecerse. —¿Qué secreto?

—Tu identidad secreta.

—¿Cómo...?

—Gabi me lo dijo. Eres Samantha Jones, de la familia de la Fundación de Alfabetización Jasper Jones.

Se desinfló. —Jasper Jones era mi padre.

Hice una mueca. En mi deseo de ser Hércules Poirot, había olvidado que ella podría extrañarlo. —Siento tu pérdida. —Salió forzado. Jasper Jones probablemente había sido mejor padre que el mío. No habría hecho falta mucho.

—Gracias. —Pero no me miró. Su mirada estaba perdida, como si viera algo que otros humanos —que yo— no podíamos.

Mis dedos volvieron a hormiguear. *Más tarde*, les dije. Samantha era más que una inspiración. Era alguien a quien quería conocer.

—Oye, ¿puedo invitarte a almorzar? ¿O un café? —Si pudiera

pasar un poco más de tiempo con ella, podría desvelar sus secretos.

Parpadeó y volvió a mirar el edificio antes de encontrarse con mi mirada. Nunca había visto unos ojos de ese color. Si fuera pintor, ¿qué tintes mezclaría para replicarlo? ¿Y cómo lograría que parecieran tan claros, inteligentes y alertas, como si me juzgaran y me encontraran deficiente?

—Yo... ah. Supongo que no... —Hizo una mueca—. Por supuesto que no. O tú... Ojalá pudiera. Pero de verdad tengo que ir a trabajar. Tengo un montón de exámenes que no se van a calificar solos. —Me dedicó una sonrisa. Una comisura se levantó más que la otra, como si los secretos pesaran en el otro lado.

Quería descubrirlos todos.

—Mañana, entonces. Mierda, no, nos vamos mañana. —¿Cuándo volvería a San Francisco? No por un tiempo, no hasta... —. La próxima primavera. Sé que falta mucho, pero estaré de gira para mi próximo libro, y estoy seguro de que nos detendremos aquí.

Las persianas se cerraron sobre esos ojos opacos justo antes de que bajara la vista a la punta de su bota. —Y-yo podría tener una obligación entonces. Estoy tratando de librarme de ella, pero...

Se me oprimió el pecho. —Ni siquiera te he dicho las fechas.

—Lo sé, pero es ese tipo de conflicto, ya sabes, que seguro se solapará. Pero si puedo, iré a verte cuando vuelvas a San Francisco. Lo prometo.

—Si me das tu número o tu... tu correo electrónico —para entonces podría recordar cómo iniciar sesión en mi correo, ¿no?—, te enviaré el programa. Podemos quedar para vernos.

—Simplemente iré a buscarte. Es más emocionante así, ¿no?

—La emoción está sobrevalorada. —Cuando nos conocimos, había dicho que quería acurrucarse junto a mí. ¿De dónde había salido esta nueva frialdad?

Arrugó la nariz, eclipsando algunas de sus pecas. —Creo que el misterio te atrae, Niall Flynn. Mantengámoslo así. —Y sin siquiera un beso californiano en la mejilla o un apretón de manos, se alejó de mí hacia el edificio beige.

Mi cerebro tardó unos segundos en reaccionar. Por fin, parpadeé y la vi caminar hasta la entrada, pasar su identificación por el sensor, abrir la puerta y desaparecer a través de ella, todo sin una sola mirada hacia mí.

Esperé medio minuto, esperando que ella… *¿hiciera qué, exactamente, Niall?* ¿Salir de nuevo y gritarme su número de teléfono? ¿Deslizarse por las puertas con su traje de superhéroe después de deshacerse de su disfraz de apacible estudiante de posgrado?

Mis dedos volvieron a hormiguear, la sensación aguda esta vez. Al ver un banco bajo un árbol a unas pocas decenas de metros, me dirigí hacia él, sacando ya mi cuaderno del morral. Tenía razón. No era entender a Samantha lo que me inspiraba; era el misterio. Con mi imaginación, podría resolver el enigma yo mismo.

Pasé a la siguiente página en blanco del cuaderno, y antes de que siquiera hubiera apoyado el bolígrafo en ella, se formó una imagen. Una princesa disfrazada, en busca de aventuras. Protegiendo no solo su identidad sino también su corazón.

Llené página tras página del cuaderno hasta que se me acalambró la mano. La sacudí y continué a pesar del dolor hasta que Lobelia reveló sus secretos a Nieven… y a mí, su creador.

7

SAM

ME AJUSTÉ MÁS el abrigo contra el frío húmedo de enero y subí con paso pesado por la entrada inclinada de la casa de mi madre y Charles. Parecía que fuera otra Sam la que había pasado sus años de secundaria y preparatoria en el dormitorio de arriba que mi madre todavía llamaba mío.

La única vez que mi madre había visitado mi apartamento tipo estudio cerca de la universidad, me había preguntado por qué insistía en vivir en una pocilga. A pesar de las grietas en el techo, el grifo del baño que goteaba y el ocasional sonido metálico y fantasmal de las tuberías, me encantaba porque era mío, pagado con mi beca y no por la empresa que finalmente solo había tenido éxito después de que papá trabajara hasta la muerte por ella.

Subí los escalones hasta la puerta principal y me di un momento para hacer de tripas corazón. Culpando a mi trabajo, me había saltado el brunch durante meses. Pero mi tesis ya estaba en manos del Dr. Martell, lo había estado desde justo después de Año Nuevo. De eso hacía semanas. Cuando le pregunté al respecto, dijo que era un buen primer borrador, pero que quería ver si podíamos obtener más «resultados del mundo real». Las ventas habían sido buenas, según Heidi, desde que *Magician in the Machine* se había publicado hacía tres meses, pero Heidi esperaba un «empujón» con la gira.

Por mucho que le supliqué, Martell no me libraría de ello. Él veía la gira como una parte clave del experimento, queriendo medir cómo reaccionaba la gente a un libro que creían escrito por un humano y cómo cambiaba esa respuesta cuando se enteraban de que había sido escrito por una máquina. Era un argumento válido.

Pero había ignorado el aspecto personal para mí. ¿Qué tan incómoda iba a ser la gira después de que no le mencioné mi seudónimo a Niall Flynn aquella vez que lo acosé en la biblioteca del campus el verano pasado? Para estas alturas, Heidi o la publicista, Qiana, ya debían de haberle dicho que yo era Sam Case. No le había dado mi número, así que al menos no tenía una sarta de mensajes de texto acusatorios de su parte. Pero encontrarme con él en nuestra primera parada en Ohio en un par de semanas iba a ser un caos. Especialmente cuando intentara leer.

Pero antes de poder llegar a esa pesadilla, tenía que superar esta: decirle a mi familia que me iba de la ciudad sin romper el NDA.

La puerta se abrió y mi amiga Marlee salió.

—¿Qué haces aquí? —mi madre no consideraba a Marlee, que trabajaba para Jackson, parte del círculo del brunch de los domingos.

—¿Hola a ti también? —Marlee se aferró a su abrigo rosa contra el cuello.

—¿Perdón, yo… —hice una mueca—. Estaba pensando en otra cosa y me sorprendiste.

Ella sonrió—. No te preocupes. Recuerda, trabajo para tu hermano. Sé cómo operan ustedes los genios. Tenía que dejar unos papeles. De Weston. —Frunció el ceño.

—¿Nada terrible, espero? —Jackson me había contado historias sobre su némesis, el CEO de su empresa.

—¿Ni idea. Eso me supera. Oye, te he extrañado desde que

terminaron tus prácticas. Deberíamos juntarnos para almorzar. ¿Quizás la próxima semana? No, la próxima semana no. Una entrega importante en el trabajo. ¿La siguiente?

La gira comenzaba esa semana. Se me hacía un nudo en el estómago cada vez que pensaba en ello—. Lo siento, no puedo. Me voy de viaje. *Por favor, no preguntes al respecto.*

—¿Un viaje? Dime que es a un lugar cálido y soleado para poder vivirlo a través de ti. Bueno, hasta nuestra luna de miel el próximo verano. ¿Te conté? ¡Vamos a ir a Hawái! —Agitó la mano y su anillo de compromiso brilló.

—¿Eso suena divertido. ¿Cómo está Tyler? —Si podía hacer que hablara de su prometido, estaría a salvo de sus preguntas.

—¿Fantástico. —Miró detrás de mí y saludó con la mano—. Me trajo en el auto. Y, de hecho, ya debería irme. Tenemos, eh… planes. —Sus mejillas se sonrojaron.

Normalmente, le habría preguntado sobre sus planes, pero el escape fácil de tener que ocultar la gira del libro era demasiado tentador.

Me abrazó—. ¿Me llamas después de tu viaje?

—¿Claro. —Quizás para entonces Heidi ya habría hecho el anuncio y podría contárselo. A Marlee le encantaban tanto los libros como la informática. Le interesaría lo que CASE había hecho.

Con un saludo, bajó trotando por el sendero hacia la entrada, donde un Mustang azul esperaba con el motor encendido.

Cuando me volví hacia la puerta, Jackson me sonrió desde arriba—. ¿Vas a entrar o te vas a quedar ahí todo el día?

—¿La B. Definitivamente quedarme aquí.

Miró por encima de su hombro—. Ojalá yo también pudiera haberme quedado afuera, pero últimamente mamá tiene un radar de nietos. Puede sentir que Alicia se acerca.

Extendí la mano y le apreté la suya. Tenía de nuevo esa mirada salvaje en los ojos—. Vas a ser un gran padre, Jackson. Igual que papá.

—¿Esperemos que yo pueda durar más. —Intentó sonreír, pero sus labios temblaron.

—¿Tienes un equilibrio entre el trabajo y la vida personal mucho mejor que el que él tenía. Y tú y Alicia se cuidan mutuamente. —Desde que él estaba con Alicia, había visto los pequeños gestos con los que se aseguraban de que el otro estuviera bien; la forma en que Alicia inclinaba la cabeza hacia él cuando iba a servirse una copa de más, la forma en que él le quitaba la tensión de los hombros con un masaje. Casi lo envidiaba.

—¿Sí, nos cuidamos. —Apretó mi mano y la soltó—. Solo espero no...

—¿No lo harás. —Él era bien conocido por su comportamiento escandaloso cuando estaba estresado—. Y si tienes la tentación, llámame. Recuerda, yo soy la sensata. —Aunque, considerando lo que había pasado con Stephen, y ahora esta gira de libros falsa, ¿era eso realmente cierto?

Sus largos brazos me rodearon y aspiré el aroma a cuero mientras me abrazaba hasta dejarme sin aliento—. Gracias, Samwise.

Tomó mi abrigo húmedo, lo metió en una percha y lo guardó en el armario junto al vestíbulo—. ¿Estás lista para esto?

Le di una sonrisa irónica. Años atrás, habíamos sido cómplices, las dos ovejas negras de mamá que siempre hacían lo incorrecto. Jackson había soportado la peor parte de su atención, superando mis meteduras de pata con otra más escandalosa. Pero ahora él también era el hijo de oro. No solo había fundado una prometedora empresa de software, sino que había sido el primero en casarse y darle a mamá su primer nieto en camino. Ahora yo era la única decepción de los Jones.

—¿Nunca estaré lista para el brunch con la familia —dije—. Pero supongo que ya es demasiado tarde para echarse atrás.

—¿Te cubriré todo lo que pueda.

—¿No derrames café en el suelo esta vez, ¿de acuerdo?

—¿Tienes que admitir que fue efectivo.

—¿Llevaba puestas esas ridículas bailarinas que ella me compró y me quemó los pies.

—¿Pero dejó de gritarte por donar tu fondo fiduciario.

—¿Temporalmente. —Nunca lo dejaría pasar—. ¿Y valió la pena tener que comprarle una alfombra nueva?

—¿Samwise. —Me detuvo justo antes de que dobláramos la esquina hacia el comedor—. Lo que sea que haga por ti vale la pena.

Le di un puñetazo en el hombro como él me había enseñado, con los nudillos planos y el pulgar fuera del puño.

—¡¡Ay! —Se frotó el hombro—. ¿Y eso por qué fue?

—¿Por intentar hacer que tuviera… —arrugué la nariz—, sentimientos.

Tomó mi mano y la apretó una vez—. Está bien tener sentimientos. No tienes que fingir que no existen.

Era una mentira. Esta casa era la prueba. Las emociones que había reprimido —la tristeza por papá, la humillación y la traición por lo que Stephen había hecho, la soledad— prácticamente rezumaban de las paredes con sus dedos fantasmales, llamándome para que volviera.

No más. Esas emociones nunca me habían hecho ningún bien, y ya había terminado con ellas tanto como con esta casa. Con esta familia. Con la mayor parte, de todos modos.

Apreté la mano de Jackson y luego la solté—. Vamos a ello.

Todos los demás ya estaban reunidos en el comedor cuando entramos—. Jackson, ¿dónde te metiste…? ¿Samantha? —El rostro de mi madre hizo algo extraño cuando me vio. Quizás se había puesto bótox de nuevo.

—¿Madre. —Caminé hasta la cabecera de la mesa y besé su mejilla suave y lisa. Tenía un ligero tono dorado de su viaje de Navidad a Hawái. Olía a algodón recién planchado y lavanda, como siempre.

Charles no esperó a que yo llegara al otro extremo de la mesa. Para cuando me alejé de mi madre, él estaba allí, con la palma de su mano como un peso cálido entre mis omóplatos. Sonrió, su piel oscura marcando sus líneas familiares. Cuando había venido hacía dos meses en Acción de Gracias, noté algunas canas más entre sus rizos negros. Le hacían parecer distinguido, como una foto de archivo de un ejecutivo de éxito. Que era exactamente lo que era

—. Qué bueno verte, Samantha.

—¿Hola, Charles. ¿Qué tal el… eh, golf? —Charles había sido una presencia amigable en mi vida desde que se casó con mi madre un año después de que perdimos a papá. Intenté odiarlo —tenía doce años—, pero nadie podía odiar a Charles. Era demasiado agradable. Aun así, nunca hablábamos de nada más sustancial que del golf o de sus negocios.

—¿No he jugado desde que volvimos de Lanai. Ojalá hubieras venido con nosotros.

—¿Te habría hecho bien, Samantha. Te ves tan… pálida. —Mi madre extendió una mano hacia mi mejilla, pero me aparté y me dirigí hacia mi silla en el otro extremo de la mesa.

—¿Hola, Nat —le dije al pasar junto a su silla.

—¿Sam. —Mantuvo las manos en su regazo, exactamente donde debían estar, y sus esbeltos hombros presionados contra el respaldo de su silla como si tuviera una barra de acero por columna vertebral. Su sedoso cabello rubio caía en cascada sobre un hombro de su vestido tubo de color rosa. Mi madre nunca soñaría con llamarla pálida.

—¿¡Sam! —Andrew se levantó y me tendió el puño para que lo chocara. Después de que toqué sus nudillos con los míos, me sacó la silla y me ayudó a meter la pesada cosa de nuevo bajo la mesa.

Saludé con la mano a Noah, que estaba sentado entre Alicia y Jackson al otro lado de la mesa. Tenía doce años, así que intentó saludarme con un leve movimiento de la barbilla y luego volvió a mirar a su regazo. Debía tener un teléfono o una consola de videojuegos allí abajo. Ojalá yo hubiera podido salirme con la mía con eso.

Para sorpresa de todos, mi madre había acogido al sobrino de Alicia en la familia como si fuera un nieto de carne y hueso. Y estaba tan feliz por el bebé que Alicia esperaba que Alicia se había trasladado al asiento de honor a la derecha de mi madre. Jackson ocupó su lugar frente a mí, en el extremo de la mesa de Charles.

Le dio un codazo a Noah—. Recuerda lo que dijimos sobre los libros en la mesa.

—¿Qué estás leyendo, Noah? —preguntó Charles. Charles a menudo tenía un libro en la mano, especialmente después de cenar en la biblioteca, con sus gafas de leer sobre la nariz y un vaso de algo marrón en la otra mano.

—¿Este libro nuevo, *Magician in the Machine.* —Levantó la familiar cubierta verde, y el corazón me dio un brinco en el pecho.

—¿Es sobre computadoras? —Charles entrecerró los ojos mirando la cubierta, observando el patrón de circuito impreso bajo el título.

—¿Más o menos. Es ficción. Es un poco difícil de entender, pero todo el mundo lo está leyendo.

—¿Todo el mundo? —mi voz salió como un graznido, y busqué la taza de café más cercana, que resultó ser la de Andrew.

—¿Deja que te sirva una taza nueva. —Andrew frunció el ceño y se acercó a la cafetera en el aparador.

—¿Sí, sobre todo los chicos de los cursos superiores.

Jackson le alborotó el pelo—. Noah lee a un nivel de décimo grado.

—¿Yo también lo leí. —La voz de Natalie resonó sobre la mesa —. Tiene razón. Todo el mundo lo está leyendo.

—¿Y qué te pareció? —Por qué, por qué, *por qué* estaba llamando la atención de esta manera? Soltaría el secreto de golpe, y entonces mi madre haría algo ridículo como ir a hablar con Heidi y exigir que yo, y no la universidad, recibiera las regalías.

Natalie me encaró por encima de la silla vacía de Andrew—. ¿Por qué te interesa? Tú no lees.

Tomé el tenedor y pinché los huevos de mi plato para no mostrar el dolor—. Solo por hacer conversación.

—¿Estoy de acuerdo con Noah —anunció ella—. El estilo de escritura es denso. Pero plantea algunas preguntas interesantes sobre nuestra obsesión con la tecnología.

¿En serio? Yo había pensado que solo trataba sobre El Mago y El Nigromante. Y zombis.

—¿Sí —dijo Noah—. Y sobre si la inteligencia artificial puede ser más inteligente que los humanos.

Natalie se inclinó hacia adelante—. El Mago parece decir que no, pero El Nigromante cree que sí. Creo que el mensaje es que ambos... —Se detuvo como si acabara de darse cuenta de que todos los ojos estaban puestos en ella. Nunca había oído a Natalie hablar de libros, a menos que fuera la autobiografía de alguna celebridad. Tomó su café—. Deberíamos conseguir que esa persona, Sam Case, venga al próximo evento benéfico de la fundación.

—¿Supongo que deberíamos, si todo el mundo está leyendo su libro —dijo mi madre.

Andrew me puso una taza de café humeante delante y colocó una segunda taza fuera de mi alcance—. ¿Cómo va el posgrado?

Cerré los ojos e inspiré por la nariz. Sabía que esto iba a pasar. Mejor enfrentarlo de cara.

—¿Va bien. —No iba a mencionar el retraso en la aprobación de mi tesis—. Estoy en camino de graduarme esta primavera.

—¿Gracias a Dios que puedes terminar este capítulo y seguir adelante con tu vida. —Mi madre bebió un sorbo de su taza de porcelana—. La miseria que ganas es una vergüenza. Intenté hablar con John al respecto, pero dijo que eso es lo que ganan todos.

—¿Hablaste con mi *tutor* sobre mi beca? —Podía sentir cómo se me dilataban las fosas nasales para aspirar el aire que se había esfumado de la habitación.

—¿Claro que sí. Me preocupo por ti.

—¿Qué planeas hacer después de graduarte? —La voz de Charles retumbó a mi otro lado.

—¿Estoy buscando puestos de investigación. —Me mordí los labios para no decirles que había recibido una oferta para un posdoctorado en una universidad de Idaho la semana anterior. Tenía meses para prepararme para eso.

—¿Bueno, estoy segura de que a Charles o a Jackson les encantaría tenerte. —Mi madre lo pronunció como si fuera la solución a un problema de matemáticas.

—¿Investigación, madre. No programación.

—¿Investigación no suena muy… lucrativo. —Su boca se torció hacia abajo como si hubiera probado algo malo.

—¿Hay otras recompensas que valen la pena. Además del dinero.

El silencio cayó sobre la mesa como una manta. Una manta mojada.

—¿Como la familia. —Jackson le pasó el brazo por los hombros a Noah.

Hice una mueca.

Como era de esperar, mi madre dijo: —¿Estás saliendo con alguien, Samantha?

—¿No, madre. —No había tenido ni una aventura de una noche en meses. No desde Kyle. Todo el estrés por CASE había aniquilado mi libido.

—¿Qué hay del amigo de Jackson, Cooper? Te vi hablando con él en la fiesta de Navidad de la fundación.

—¿Coop? —La risa de Jackson fue fuerte—. Ni de broma.

—¿Es como otro hermano mayor, madre.

—¿Es un muy buen partido. Aunque quizás haga mejor pareja con Natalie.

Mientras ella y Natalie discutían sobre si Cooper Fallon era demasiado viejo para Nat, por fin tuve la oportunidad de comerme mis huevos y panqueques, que ya se estaban enfriando. Pero el respiro no duró mucho.

—¿Samantha, te encontré el vestido perfecto para el baile de San Valentín. Pedí el negro porque sé que es el único color que te pones. Pero también viene en oro rosa, que sería mucho más festivo.

Y ahora tenía que soltar mi noticia—. Madre, no voy a poder ir al baile este año. Me voy de viaje.

—¿Un… viaje? —parpadeó—. ¿Otro congreso académico?

Así que sí había estado prestando atención durante los últimos cuatro años—. No, esto es diferente. —Tenía que elegir mis palabras con cuidado. La cláusula de confidencialidad de Heidi no hacía excepciones para la familia—. Es una especie de viaje por carretera. Con un… amigo.

—¿Un amigo? —sus cejas se arquearon hacia la línea de su cabello.

—¿O un colega? —Ojalá supiera las palabras correctas para no hacerla estallar.

—¿Cuál de los dos es: un amigo o un colega?

Dudé—. Un colega que también es un amigo.

—¿Un amigo varón?

Hice una mueca—. Sí.

—¿Samantha. —Su boca se curvó hacia abajo—. No es otra situación como la de Stephen, ¿verdad? ¿No estará buscando conseguir un puesto en la empresa de Jackson? ¿O en la de Charles? Tiene que saber que no tienes dinero propio.

Mi pecho se encendió—. No, madre. No es así. Somos amigos. Y colegas. Nada más. Vamos a viajar juntos unas semanas para hacer unas cosas relacionadas con la universidad. —Era más o menos cierto. La gira del libro estaba relacionada con la universidad para mí.

Su frente ya no se arrugaba, pero sus cejas se movieron—. Cosas relacionadas con la universidad.

—¿Es muy técnico. ¿Quiere que se lo explique? —Eso biasanya la hacía dejarme en paz. Mi madre tenía cabeza para las finanzas, no para las computadoras.

—¿Cuánto dura este viaje?

—¿Unas tres semanas. Puede enviarme un mensaje si necesita saber cómo estoy.

—¿Ten cuidado, Samantha. No querrás meterte en otra situación desafortunada.

Nunca me dejaría olvidarlo. No es que yo pudiera—. No lo haré.

Con una última mirada de halcón, se volvió hacia Alicia y le pregunto algo sobre la habitación del bebé que ella y Jackson estaban preparando.

Me desplomé en mi silla. Se me había ido el apetito e incluso mi café estaba demasiado frío para beberlo.

Sin levantar la vista de sus propios panqueques, Andrew murmuró: —Si este tipo intenta algo, Jackson y yo iremos a por él.

Puse los ojos en blanco—. Ya soy mayorcita, Andrew. Puedo cuidarme sola.

Levantó la vista al oír eso. Su mirada estaba llena de la misma lástima que había tenido esa noche seis años atrás, cuando me senté en la mesa del comedor frente a mi familia, sollozando sobre cómo necesitaba acceso anticipado a mi fondo fiduciario para poder pagarle a Stephen o publicaría las fotos desnuda que fui tan idiota de dejarle tomar—. ¿De verdad?

Removí los huevos fríos en mi plato—. Eso fue hace años.

—¿Eres muy blanda de corazón, Sam. No quiero que te vuelvan a hacer daño.

Una vez tuvo razón. Había pasado los últimos seis años construyendo capa sobre capa sobre esa parte blanda de mí. Ahora mi corazón era como una de las perlas de mi madre, fuerte por fuera y ocultando el defecto por dentro. Nada iba a atravesarlo.

Quizás después de obtener mi doctorado y mudarme lejos de cualquier lugar donde los Jones fueran un nombre conocido, dejaría que alguien se acercara lo suficiente como para empezar a romper esas capas. Pero hasta entonces, tenía que concentrarme en mis metas.

Meta número uno: sobrevivir a la gira sin hacer el ridículo.

8

NIALL

ENTRÉ por la puerta trasera de la cocina de mi madre y dejé mis botas cubiertas de nieve en el felpudo, junto a su par más pequeño. Thorin pasó corriendo a mi lado, sus patas mojadas resbalaban en los pisos de madera arañados hasta que logró afianzarse y redujo la velocidad justo antes de estrellarse contra los gabinetes de la cocina. Trotó hasta sentarse a los pies de mamá, frente a la estufa. El aroma a tocino frito y a panecillos mantecosos nos dio la bienvenida.

También lo hizo la sonrisa de mamá cuando se volteó. —Niall. ¿Te levantaste temprano para escribir?

Apreté la mandíbula. —Intentándolo. —Me quité el abrigo y lo colgué en el gancho junto a la puerta trasera. Puse mi cuaderno, casi vacío, sobre la encimera y guardé la jarra de leche fresca en el refrigerador.

—No te preocupes por eso. —Deslizó mi cuaderno fuera del alcance de la grasa que salpicaba—. Acabas de terminar tu libro. Deberías disfrutar de tu tiempo libre antes de tener que volver a salir de gira.

—Claro, mamá. —Le di un beso en la mejilla, surcada de

arrugas y áspera por el invierno. Había entregado *Traición* hacía meses. Ya era hora de tener al menos un esquema para el tercer libro, *Batalla de los Wood Elves*. Había anotado algunas ideas. Ninguna era buena. Ciertamente, no eran lo suficientemente trascendentales para el que podría ser el último libro de la saga.

Había pensado que volver a casa, a la granja, me inspiraría. Pero mi cerebro estaba tan yermo como los campos cubiertos de nieve de afuera. Incluso el arroyo que corría junto a mi lugar favorito para escribir estaba opaco y lento. Necesitaba algo más. Un par de ojos violetas surcaron mi imaginación como una golondrina. La vería de nuevo cuando la gira hiciera una parada en San Francisco. Seguramente mi musa encendería mi imaginación entonces.

—¿Viste a tu abuelo ahí afuera?

Parpadeé para alejar la imagen de esos ojos y de los mechones de cabello oscuro que le habían caído sobre ellos cuando la vi en el campus el verano pasado. —Estará aquí pronto. Estaba conversando con Sally sobre su producción de leche.

—Papá y esas cabras. —Su rostro se arrugó en una sonrisa cariñosa.

—Funcionó la última vez. Tiene algún tipo de magia con las cabras.

Apagó la estufa y se giró hacia mí. —Esa es una de las cosas que amo de ti, Niall. Siempre has visto magia en todas partes.

Últimamente no. Las sombras del bosque no parecían garras ni espadas ni troles. Parecían ramas desnudas sobre hojas secas y caídas.

—Frank Turner vino hace un rato. Te trajo un paquete de la oficina de correos. —Señaló la mesa de la cocina.

—¿Un paquete? —Era una pequeña caja marrón, del tamaño de un diccionario completo. El remitente era de Nueva York. Qiana, probablemente. Saqué mi navaja y corté la cinta adhesiva.

Encima había una nota con la caligrafía de trazos curvos de Qiana. Debajo, un fajo de papeles engrapados. Y en el fondo, dos libros, uno de bolsillo y otro de tapa dura. El de tapa dura, casi el doble de grueso que el otro, tenía la ya conocida ilustración de portada en tonos rojos, mi nombre y *Traición de los Wood Elves* en la parte superior. Mi primera copia de autor. Un calor se extendió desde mi centro hasta la punta de mis dedos mientras acariciaba las palabras en relieve.

—¿Qué es? —preguntó mamá, dejando el plato de tocino en la mesa.

—Mi copia de autor. —Tomé el libro y se lo entregué.

Levantó las manos. —Deja que me las lave primero. No quiero manchar la cubierta de grasa.

Se acercó al fregadero y abrió el grifo. —¿Qué más te enviaron?

—El itinerario de la gira. Y el libro de mi compañero de gira. —Lo saqué de la caja. La portada del libro de bolsillo era verde. No verde bosque como la de *Secretos*, sino un verde venenoso y ácido. Como la pitón arborícola que había visto en el zoológico de Columbus en una excursión escolar hacía mucho tiempo. El título, *Mago en la Machine*, se extendía sobre la imagen de algo angular y de aspecto técnico. El nombre del autor, en blanco en la parte inferior, era Sam Case. Le di la vuelta. No había foto del autor, solo el resumen descriptivo y la información de la editorial. Lo ojeé. *¿Un tecno-thriller fantástico?* ¿De verdad Heidi creía que nuestras audiencias se cruzarían?

Mamá volvió a la mesa, secándose las manos. Le pasé mi libro. Aquel primer crujido del lomo cuando lo abrió hizo que el calor volviera a surgir dentro de mí. *Mi libro.* Lo había hecho de nuevo. Mis palabras llenaban las páginas. Pronto, la gente leería esas palabras. El nerviosismo atravesó el calor, como burbujas en una olla de agua hirviendo.

—Es precioso, Niall. No puedo esperar a leerlo. —Me quitó el otro—. Este parece… interesante. Muy diferente al tuyo.

—Heidi dijo algo sobre sinergia. Supongo que tendremos que leerlo para averiguar a qué se refería.

Tomé el itinerario y lo ojeé. Empezábamos en Columbus, tal como había dicho Qiana. Yo había querido lanzar el libro en la biblioteca Enchanted Forest, como habíamos hecho con mi primera novela, pero Qiana dijo que el lugar no era lo suficientemente grande. La sala de actos de la biblioteca tenía capacidad para veinticinco personas. ¿Cuántos lectores creía ella que vendrían a mi presentación? Para *Secretos de los Wood Elves* habían sido cuatro: mamá, el abuelo, Gabi y mi profesora de literatura del instituto. Tal vez esperaba que Sam Case atrajera a un público mayor con su novela debut.

Pasé las páginas. Chicago, la Costa Este, el Suroeste, California. No llegábamos a San Francisco hasta el final de la gira. Qué mala suerte. Tendría que esperar mi dosis de inspiración. Si es que Samantha aparecía. ¿Habría podido librarse de su compromiso? ¿Estaría esperándome en la librería de San Francisco?

La voz de mamá me sacó de mi reflexión sobre el salpicado de pecas bajo aquellos ojos encantadores. —¿Vaya charla que tu abuelo le está dando a Sally, no? ¿Te importaría ir a ver cómo está?

—Ya sabes lo terca que es. Probablemente le esté contestando. —Puse los papeles en la caja y volví a la puerta trasera. Ni rastro del abuelo afuera. Me enrollé la bufanda al cuello, me puse el abrigo y metí los pies en mis botas frías—. Vuelvo en un momento.

Cerré bien la puerta detrás de mí para mantener el calor dentro, y crucé los campos nevados, siguiendo mis propias huellas hasta el granero. Abrí la puerta corrediza, entré y dejé que mi vista se acostumbrara a la oscuridad del interior, después del exceso de luz de afuera.

—¿Abuelo?

Sally y Susie me respondieron con balidos. Les froté las suaves orejas con mi mano enguantada. El abuelo no estaba en su corral. Caminé hacia los recintos de las alpacas y los encontré vacíos. Las habíamos soltado en el pasto más temprano esa mañana. Me di la vuelta, examinando el granero. —¡Abuelo!

Un gemido provino de la esquina, junto a la escalera que no había estado allí cuando me fui.

—¡Abuelo! —Corrí hacia la escalera. Debajo de ella, el abuelo yacía boca abajo, con un brazo debajo de él y el otro extendido

hacia un lado, sus dedos cubriendo el mango de una escoba vieja
—. ¡Abuelo! —Le agarré el hombro.

—Me resbalé —dijo con voz rasposa. Su espalda se alzó, se contrajo y volvió a caer.

Le toqué el cuello, con suavidad. El ángulo parecía correcto. —¿Te duele esto?

—No. El brazo.

El brazo que podía ver parecía estar bien. Lo palpé.

—El otro brazo. —Salió como un gruñido.

Lo agarré del hombro y la cadera y tiré de él hacia mí, acunando su cuerpo con el mío. No era frágil en absoluto, y pesaba más de lo que parecía. Resopló cuando cayó de espaldas.

Hice una mueca. El brazo que tenía doblado sobre el pecho estaba en un ángulo incorrecto. La muñeca colgaba como la de una marioneta. —Abuelo. —La palabra salió de mí como el chirrido de uno de los juguetes de Thorin justo antes de que lo destrozara.

Me puse de pie. —Sabes que las telarañas son mi trabajo. —El trabajo que se me había olvidado hacer esa mañana, demasiado concentrado en que mi historia no cobraba forma. Cogí el botiquín de primeros auxilios del armario junto a la puerta del granero y recogí un trozo de madera de unos treinta centímetros del contenedor.

—¿Puedes sentarte?

Sus ojos me fulminaron. —Me he roto el brazo, no la espalda.

—Ahí estás, viejo. —Desde atrás, lo ayudé a incorporarse, con cuidado de su brazo herido. Luego, con la mayor delicadeza posible, le entablillé la muñeca.

—No te había oído maldecir así desde que te pillaste el pie con la cosechadora. —Envolví el vendaje de malla una última vez y aseguré el extremo con un trozo de cinta adhesiva.

—No me había roto un hueso en años. Se me había olvidado lo mucho que duele. ¿Tienes una aspirina en ese botiquín?

Encontré un frasco y lo tomé en la palma de la mano. —¿Estás seguro de que no quieres esperar a algo más fuerte en el hospital?

—¿Hospital? Estoy como nuevo.

—Tienes la muñeca rota. Esto es solo para evitar que te hagas más daño hasta que puedan colocarte el hueso y ponerte un yeso.

—¿Un yeso? —Tenía los ojos muy abiertos y desenfocados. Quizás también se había golpeado la cabeza.

Le pasé la mano por su espeso pelo blanco. No sentí ningún bulto, pero eso no significaba que no tuviera una conmoción cerebral. —¿Qué fecha es hoy?

—31 de enero. Martes.

—¿Qué estabas haciendo cuando te caíste?

—Quitando telarañas. Hay que hacerlo, sobre todo cerca de las luces. Son inflamables. Un peligro para los animales.

Vale, no había perdido la memoria a corto plazo. —¿Cuánto tiempo llevo viviendo en la granja?

—Desde que eras un renacuajo. Desde que tu padre...

—Tu cerebro está bien. Venga, vamos a la camioneta. —Lo agarré de la mano y el codo buenos y tiré de él para ponerlo de pie.

Mucho más tarde, después del hospital, después de la cena y de las tareas de la tarde, después de que el abuelo se durmiera gracias a los buenos analgésicos, mamá y yo nos sentamos en el viejo sofá frente al fuego. Cada uno tenía un libro —*Treachery* para mamá y el libro de Sam para mí—, pero yacían abandonados en nuestros regazos mientras mirábamos las llamas. Thorin dormía a los pies de mi madre, moviendo sus gigantescas patas.

Rompí el silencio primero. —No creo que deba ir a la gira. Llamaré a Qiana mañana para cancelar.

Se desperezó y clavó sus grandes ojos en mí. —No, Niall. No puedes.

—No puedo dejarlos aquí al abuelo y a ti. No mientras se le cura el brazo. Intentará hacer demasiado. Los dos lo harán.

—Tenemos algo de dinero ahorrado. Podemos contratar a uno de los chicos de Frank Turner para que venga a ayudar con las tareas.

—Ese dinero es para las semillas de primavera. Y para la factura del hospital del abuelo.

Trazó el título en relieve de mi libro. —La mejor manera de ayudar es ir a tu gira. Vender libros. Siempre eres tan generoso con…

—No es generosidad asegurarme de que mi familia tenga un lugar donde vivir, comida que comer. Querer ayudar. No soy como… no soy como él. —Ni en la forma en que había abandonado a su familia ni en su éxito. Se necesitaría más que un par de libros y un programa de televisión para convertirme en un nombre que todos conocieran tan bien como el de mi padre.

Ella sonrió, pero el dolor ensombrecía sus ojos. —Te pareces a él más de lo que crees. —Me acarició el hombro—. Guapo. Talentoso. Lleno de fuego y determinación. Todo el que los conoce a cualquiera de los dos se enamora.

Resoplé. —Si eso fuera cierto, no estaría… —Casi dije *solo*. Pero no estaba solo. Tenía a mamá y al abuelo. A mi amiga Gabi. *Solo* me hacía sonar desagradecido con la gente que me quería y me apoyaba.

—Se puede estar rodeado de gente —gente que te quiere— y aun así sentirse solo, Niall.

—¿Te sientes sola, mamá?

Metió una pierna debajo de ella y se giró para mirarme. —A veces. Pero tengo amigos. A tu abuelo. A mi hijo, cuando no está por ahí siendo un escritor famoso. —Sonrió y me apretó el hombro, pero luego su sonrisa se desvaneció—. Nunca estoy tan sola como cuando estaba con tu padre. Incluso cuando estaba conmigo, se guardaba una parte de sí mismo. Siempre estaba pensando en su trabajo, en el futuro.

Cuando solía venir de visita, parecía enorme —aunque yo sabía que ahora era más alto— y lleno de vida. Hablando su extraño lenguaje tecnológico, era tan ajeno a la tranquilidad de la granja, donde no teníamos televisión ni computadora. La única vez que echaba de menos la tecnología era cuando papá venía y pasaba la mayor parte del tiempo encorvado sobre su laptop.

Quizá si yo también hubiera tenido una, podríamos habernos sentado uno al lado del otro. Quizá no habría decidido que no valía la pena quedarse por mí.

Había sido tan ingenuo que no pensé, ni siquiera cuando sus viajes a la granja se volvieron tan infrecuentes como una vez al año, que dejaría de venir, así que nunca consideré que cada vez que veía a papá podría ser la última. Si lo hubiera hecho, ¿habría intentado atesorar los recuerdos? ¿Hacer que el último fuera especial?

La cálida palma de mamá acunó mi mejilla de la misma manera que lo había hecho cuando me dio la noticia de que papá no volvería. Se había casado con una modelo húngara diez años menor que mi madre, y habían comprado una mansión en Monterey. —Te quería a su manera. Sé que no era la manera en que tú querías que te quisieran. Y eso te ha hecho dudar a la hora de entregar tu amor. Algún día encontrarás a tu persona. La persona en la que puedas confiar tu corazón. Y espero que te permitas ser abierto. Que te arriesgues al dolor. Porque el amor vale la pena.

—¿Lo vale, mamá? —Era una pregunta cruel, pero no pude evitar que brotara de mí.

Una luz brilló en sus ojos. —Aquellos primeros años, cuando nos conocimos, cuando era tan carismático, tan lleno de pasión y grandes ideas... Esos fueron los años más emocionantes de mi vida. Y luego te tuvimos a ti. Lo veía cada vez que te miraba a la cara. Lo sentía cada vez que sostenía tus deditos en los míos. Creciste y te convertiste en tu propia persona, una que amo con todo mi corazón. No me habría perdido nada de eso. Ni el amor, ni siquiera el dolor. El dolor es parte de ello, ¿ves? Sin él, no apreciaría los momentos felices.

Me quedé mirando el fuego. ¿Creía yo eso? Encontrar a alguien que no me hiciera daño parecía una estrategia más sensata. Alguien que fuera feliz viviendo una vida tranquila aquí en la granja. Que no necesitara la fama —mi fama— ni siquiera la suya propia.

—Ahora mismo, estoy feliz de estar aquí. —Mi sonrisa fue casi genuina.

—¿Pero aun así irás a la gira? ¿No cancelarás?

Tenía razón en muchas cosas. Promocionar mi libro era lo mejor que podía hacer por ella y por el abuelo. Eso, y escribir el siguiente libro. —No voy a cancelar. Siempre y cuando sepa que ustedes dos estarán bien.

—Lo estaremos. Hablaré con Frank mañana para que nos eche una mano por aquí. No te preocupes por nosotros. Solo disfruta de la gira. ¿Sabes mucho sobre tu compañero de gira? ¿Lo conoces?

—No. Y su libro… —Lo había llevado conmigo al hospital. Quizá fue la ansiedad y la distracción de allí lo que me impidió sumergirme por completo en la historia. El lenguaje parecía inconexo, cada frase abierta a múltiples interpretaciones, más como una obra de ficción literaria que de fantasía de género—. Su libro es inusual.

—Será una gira inusual, entonces.

Probablemente no. Las ciudades y las giras eran todas iguales. Librería tras librería, leyendo las mismas palabras manidas hasta que perdían su significado. No veía la hora de dejarlo todo atrás y volver a la granja, a la que pertenecía.

Solo que esta vez, tenía algo que esperar: ver a Samantha en San Francisco. Y recuperar a mi musa.

9

SAM

ME ESPERABA al hombre blanco de aspecto aburrido que, justo a la salida del control de seguridad del aeropuerto de Columbus, sostenía un cartel que decía «S. CASE». Lo que no me esperaba era a la mujer negra que estaba a su lado, dando saltitos sobre las puntas de los pies, con sus trenzas de puntas rojas levantándose en un halo alrededor de su cara, que estaba iluminada por una sonrisa de puro deleite.

Cuando levanté la mano con timidez, la que no aferraba la transportadora de Bilbo Baggins, ella abrió los brazos de par en par.

—¡Sam! —chilló.

No esperó a que yo diera los últimos pasos hacia ellos. Corrió hacia mí y me estrujó en un abrazo que casi me rompe las costillas. Me aferré a ella. ¿Cuánto tiempo había pasado desde que había recibido un abrazo tan reconfortante como el suyo? Demasiado.

Me soltó y dio un paso atrás.

—Soy Qiana. Nos hemos enviado, como, cien correos. No podía esperar a conocerte, así que... ¡sorpresa! —Enmarcó su cara con las manos extendidas a los lados—. ¿Prefieres Sam o Samantha?

—Sam, por favor.

—¿Tu vuelo bien? ¿Sin problemas? No pusieron peros por el señor Baggins, ¿verdad? —se inclinó por la cintura y miró a Bilbo Baggins a través de la malla. Su cola, al moverse, mecía la transportadora—. ¡Ay, qué cosita más preciosa! Te sacaremos de ahí pronto. Hay una zona para mascotas justo afuera, y luego nos iremos directos a la presentación del libro de Niall.

Como era el evento de Niall, yo no tendría que hacer nada más que firmar algunos ejemplares de *El Mago* en la trastienda. Me alegraba por eso. Aun así, no me entusiasmaba la idea de conocer a Niall por primera vez como Sam Case. Especialmente no en público, delante de docenas de teléfonos inteligentes. Yo había dicho que no quería fotos, pero Happy Troll no podía controlarlo todo.

Cuando Niall y yo nos viéramos las caras de nuevo, ¿se enojaría porque había usado su trabajo para CASE? ¿Haría una escena? En la recaudación de fondos había parecido bastante relajado. Pero también Stephen lo parecía, justo hasta el momento en que rompió mi confianza. Sería mucho mejor encontrarme con Niall por primera vez en el hotel, preferiblemente en algún rincón tranquilo del vestíbulo.

—¿De verdad me necesitan en la presentación? —fingí un bostezo tan grande que casi se me desencaja la mandíbula—. Estoy bastante cansada por el vuelo. Bilbo Baggins también.

Al oír su nombre, Bilbo Baggins soltó una serie de ladridos agudos y arañó la puerta de malla de la transportadora. *Traidor.*

Los ojos oscuros de Qiana se abrieron como platos.

—¡Claro que te necesitamos! Esta es su gira conjunta. Ahora son un equipo, y se apoyan mutuamente. Puedes tomarte una siesta rápida en el camino. Te prometo que estaré callada. Bueno, quizá no callada —no es mi estilo—, pero intentaré dejarte dormir. ¿Ok?

—Ok —podría esconderme detrás de Qiana y su torrente de

palabras. Niall no tendría oportunidad de gritarme si ella seguía hablando.

Después de que le indiqué al conductor cómo era mi maleta, Qiana me llevó a una zona de césped afuera y dejé que Bilbo Baggins saliera de su transportadora. Hizo sus necesidades y luego se puso a rascarle los tobillos a Qiana hasta que ella lo tomó en brazos.

Él le lamió la barbilla.

—Cuidado, pequeñín. Ojo con el labial. Hoy no me puse el que es a prueba de manchas. No esperaba andar dando besos —lo alejó un poco de su cuerpo, y él se estiró hacia ella—. Ok, está bien. Me lo retocaré antes de entrar —lo acurrucó contra ella.

Mi pequeño corazón de piedra creció tres tallas. Quizá la gira no sería tan mala. No si todo el mundo era tan amable como Qiana.

Un coche negro se detuvo junto a la acera.

—Shawn ya está aquí —dijo ella—. ¡Vamos a ello!

Se sentó en el asiento trasero conmigo, todavía acariciando a Bilbo Baggins, que se había acurrucado en su regazo.

—Bueno. Sé que te envié un montón de información. ¿Qué preguntas tienes sobre la gira?

Había ojeado el dossier, todavía con la esperanza de no tener que ir. El mejor amigo de Jackson, Cooper, siempre decía que la esperanza no era una estrategia. Yo lo había aprendido por las malas.

—¿Vas a venir con nosotros?

Sus labios rojos formaron un puchero.

—¡Ojalá! Sería muy divertido. Niall es un dínamo, y sé que tú y yo vamos a ser mejores amigas. Yo solo estaré aquí para la presentación. Pero te veré en Nueva York. Estaré en todos los eventos de allí.

Al ver mi expresión, dijo:

—¡No te preocupes! Niall es fabuloso. A-som-bro-so. Nunca he visto a nadie actuar para las cámaras…, digo, para los lectores, como lo hace él. Por supuesto, no habrá cámaras en los eventos, según tus requisitos —su sonrisa se hizo aún más amplia—. Ustedes, los escritores, suelen ser un grupo tímido. Niall no. Él se adapta a todo. Y cuidará de ti. Es un amor de persona…

El zumbido en mis oídos se había vuelto demasiado fuerte para oírla. *Ustedes, los escritores.* Así que Heidi no le había contado nada sobre mí. No le había dicho que yo solo estaba allí para demostrar que CASE podía escribir una novela que la gente quisiera leer. Que yo no era escritora en absoluto, y tampoco muy lectora. Si Qiana supiera quién era yo en realidad, ¿le seguiría cayendo bien? Probablemente no. Si no teníamos los libros en común, ¿qué quedaba? Me deslicé un par de centímetros lejos de ella y miré hacia la parte delantera del coche.

—Oye, Sam, ¿estás bien? Lo siento. Dijiste que estabas cansada, y aquí estoy yo, parloteando sin parar.

—No pasa nada —agité la mano sin mucho entusiasmo—. No te preocupes por mí.

Frunció los labios.

—Ese es mi trabajo, en cierto modo. Preocuparme por ti. Cuidarte. Si necesitas algo, me lo haces saber, ¿ok? No siempre estaré contigo, pero tendrás un encargado en cada ciudad. Soy responsable de ti mientras estés en esta gira, y si pasa cualquier cosa, yo me encargo.

Estaba acostumbrada a que la gente intentara cuidar de mí. Cuando lo hacía mi madre, lo odiaba. Pero tener a Qiana de mi parte se sentía mejor.

—Hablando de eso… —rebuscó en su bolso y sacó un diminuto arnés rojo con las palabras PERRO DE SERVICIO bordadas en blanco sobre parches negros a cada lado—. Así, Bilbo podrá ir contigo a los eventos.

—Pero en realidad no es…

—Ah, ah. Es tu perro de apoyo emocional. Lo necesitas, ¿no? —sus ojos marrones me taladraron como si pudiera ver la parte de mi cerebro que Bilbo Baggins calmaba.

Dejé que mi mirada se posara en su sedoso pelaje negro. Incluso eso ralentizó los latidos de mi corazón.

—Sí. Pero me siento mal fingiendo que es un animal de servicio entrenado.

—Es un buen perro —Qiana le rascó bajo la barbilla—. Y es solo para ayudarte a superar esta gira —le pasó el arnés por la cabeza y se lo abrochó alrededor del lomo—. Qué elegante, Bilbo —le pasó los dedos por sus orejas de gran tamaño, alisando el pelo largo.

—Gracias —las palabras salieron como un susurro, superando el nudo en mi garganta.

—Cuentas conmigo, chica.

Si eso era cierto, sería la única persona que lo hacía, aparte de Jackson y el Dr. Martell.

10

NIALL

MIRABA a través del parabrisas de la camioneta la librería de dos pisos en un suburbio de Columbus. Caían grandes copos de nieve y se derretían al posarse sobre el cristal. Me temblaban las manos, así que agarré el volante con más fuerza para disimularlo.

—¿Vamos a bajar o vas a hacer la presentación del libro desde la camioneta? —dijo el abuelo, inclinándose hacia adelante entre los asientos delanteros—. Puede que haga un poco de frío afuera, pero supongo que podrías pararte en la caja y dar tu charla desde ahí.

—Papá, dale un minuto. Solo necesita mentalizarse. ¿Verdad, cariño? —A mi mamá se le arrugó la frente, pero sus ojos brillaban de orgullo.

Mentalizarme. Me erguí en el asiento. Enderecé los hombros. Asentí. —Estoy listo. —Si lo decía, quizá se haría realidad.

Salté y le abrí la pequeña puerta trasera de la camioneta al abuelo, y me quedé cerca por si tropezaba. Aún le costaba mantener el equilibrio con el brazo en cabestrillo.

Su humor también andaba desequilibrado. —Hazte a un lado, hijo. No soy un viejo decrépito.

—Claro, claro. Solo necesito tomar mi bolso. —Cuando se paró firme junto a la camioneta, tomé mi maletín maltrecho del asiento trasero y me lo crucé sobre el pecho.

Mamá se reunió con nosotros frente a la camioneta y cruzamos el amplio estacionamiento. Estaba lleno de autos, pero un par de restaurantes y un Tractor Supply lo compartían. La librería parecía cada vez más grande hasta que llenó mi campo visual; estaba muy iluminada y llena de compradores un martes por la noche. ¿Por qué, por qué, *por qué* no habían programado la presentación en la biblioteca de Enchanted Forest? No había forma de que yo llenara ni una pequeña parte de esta monstruosidad. Quizá tenían un pequeño salón a un lado que no hiciera parecer diminuto a mi pequeño grupo de apoyo.

Les sostuve la puerta a mamá y al abuelo y entré detrás de ellos.

—Niall, mira. —Mamá señaló un letrero. Mi rostro, más grande que en la vida real, nos devolvía la sonrisa. ¿De verdad tenía tantas pecas? Hice una mueca. Quizá no deberíamos haber hecho la portada en tonos rojos. El póster parecía Enchanted Forest en otoño, todo en rojos, naranjas y dorados. Me ardían los ojos de solo mirarlo.

—Algún día tendrás el pelo blanco como yo —dijo mi abuelo—. Y extrañarás todo ese rojo.

—Hoy no es ese día, abuelo.

—Dice que es arriba —dijo mamá. Por la ancha escalera, las voces zumbaban como aquel nido de avispas que encontramos en el pajar hace unos veranos.

Respiré hondo y subí las escaleras con la misma aprensión con la que había subido la escalera de mano para quitar el nido. Esperaba recibir menos picaduras.

—¡Niall! —Qiana me golpeó como una bala de cañón en el pecho, rodeándome con sus brazos—. ¡Es tan emocionante! ¿No es emocionante? ¡Mira toda esta gente! ¡Mira mi pelo! —Sacudió la cabeza, agitando las puntas rojas—. ¡Lo combiné con tu portada!

Espera, ¿dónde está Gabi? —Miró a mi alrededor como si mi agente fuera a esconderse alguna vez detrás de mí.

Se me oprimió el pecho al recordarlo. —No pudo venir. Una situación con otro cliente.

—Ah. Sé que te gusta tenerla aquí contigo. ¡Elaine! ¡Y Jerry! ¡Vinieron! Les estoy guardando asientos adelante. Pero primero déjenme presentarles a Sam.

Sam. Era otro bloque de Jenga en la torre de nervios que tenía dentro. Cuando terminé su libro, era un desastre envidioso e irracional. ¿Cómo demonios lo había hecho? ¿Escribir una obra maestra literaria que también era una alucinante obra de fantasía? Yo no podría haber producido nada parecido, ni aunque me hubiera costado veinte años. Ni con una habitación llena de asistentes y mecanógrafos. Había esperado este día —bueno, y también lo había temido un poco— para poder ponerle un rostro, una persona, a ese asombroso talento literario.

Pero cuando Qiana metió a la persona en nuestro círculo, se me paró el cerebro. No era Sam Case. Era alguien a quien conocía. Alguien cuyos hermosos ojos habían perseguido mis sueños, mi imaginación, mi maldito manuscrito, durante meses. Lobelia. Pero tenía otro nombre. Samantha. Samantha Jones. ¿Estaba aquí en representación de la fundación?

—¡Niall!

Parpadeé.

—Niall, ¿estás bien? —Qiana me agarró del brazo—. Te tambaleaste por un momento. ¿Necesitas una silla? ¿Un poco de agua? ¿Aceites esenciales? Creo que tengo algo de lavanda en mi bolso.

Volví a parpadear, con fuerza. Samantha seguía allí. —Estoy bien. ¿Qué está pasando? ¿Dónde está…?

—Hola, Niall. —Me extendió la mano, pálida y temblorosa—. ¿Me recuerdas? Soy Samantha Jones. Pero en esta gira soy Sam Case.

Ahora sí necesitaba una silla. —Tú eres Sam Case. —Era una estudiante de posgrado, no una escritora. Ni siquiera estudiaba literatura. Había dicho que ciencias de la computación. No podía tener más de veinticinco años. ¿Cuándo había tenido el tiempo, o la formación, para escribir una obra maestra como *Mago en la Machine?* Mi cerebro estaba atascado en neutro, incapaz de procesar la nueva información. La miré boquiabierto, intentando reordenar lo que creía saber antes de entrar en la librería.

—Sam. —Mamá me dio un codazo en el costado mientras se abría paso y estrechaba la mano aún extendida de Samantha, la que yo no había tocado—. Encantada de conocerla. Leí su novela. Es muy interesante. Me encantaría saber más sobre cómo se le ocurrió la idea.

Si era posible, Samantha se puso aún más pálida. —Gracias. Pero esta noche es sobre Niall y su libro.

—Lo es, ¿no? —Mamá soltó la mano de Samantha y me pasó un brazo por la cintura. Para Samantha y Qiana, probablemente parecía un abrazo de madre e hijo. Yo lo sentí como un estrujón de «compórtate ahora mismo, malcriado». Cerca, sonó el chasquido falso de la cámara del teléfono de alguien. Qiana se dio la vuelta para murmurarle algo a esa persona.

Puse mi sonrisa de publicidad, la misma que había usado en mi foto de primer plano de la planta baja. Extendí la mano y la pequeña y suave palma de Samantha se posó en la mía. Se la apreté una vez y la solté. —Qué bueno verte de nuevo. Lo siento, no esperaba... No dijiste que... Me tomaste un poco por sorpresa.

—Esperen, ¿ustedes se conocen? —La aguda mirada de Qiana no se perdía ni un detalle. Ni la gota de sudor que me resbalaba por la línea del cabello. Ni mi mano derecha que había cerrado en un puño porque todavía palpitaba como si hubiera tocado un cable caliente del motor del tractor. Ni mi respiración que sonaba áspera en mi garganta. Ni los ojos desorbitados de Samantha, mirándome como si yo fuera una víbora de cabeza de cobre, enroscada y lista para atacar.

—Nos conocimos en San Francisco. En una recaudación de fondos —dijo Samantha.

—Y de nuevo en la universidad de Samantha. No mencionó que había escrito un libro. ¿No es algo que uno pensaría que mencionaría cuando estás hablando con alguien que sabes que es un escritor?

—Niall. —Mamá me pellizcó por debajo de la chaqueta como si pudiera sacarme de mi comportamiento grosero.

—Solo estoy tratando de entender. —Samantha había parecido abierta, honesta. Y yo había escrito a Lobelia de esa manera también. ¿Era ese mi problema? ¿Me la había imaginado de una manera y, cuando actuaba de otra, me enojaba? Había estado deseando verla en San Francisco y… un momento. Dijo que estaba tratando de librarse de una obligación. ¿Se refería a esta gira?

Se lo preguntaría más tarde. Cuando no me estuviera poniendo la misma expresión que había puesto cuando todos esos fotógrafos se nos acercaron en la recaudación de fondos el año anterior. Tenía que arreglar las cosas.

—Lo siento. —Hice una mueca y me señalé a mí mismo—. Nervios previos a la presentación. Déjame intentarlo de nuevo. Hola, Samantha. Estoy encantado de verte otra vez.

Con cautela, escudriñó mi rostro. Luego abrió su bolso y una cabeza negra y esponjosa se asomó. —Cuando estoy nerviosa, Bilbo Bolsón me ayuda. —Lo sacó y me lo pasó.

Lo acuné contra mi pecho mientras mi madre le acariciaba su oreja de gran tamaño. Mi ritmo cardíaco disminuyó. Esta, *esta* era mi Lobelia. O Samantha. Ofreciendo ayuda cuando se necesitaba. Sonreí. —Gracias.

—No hay problema.

—Niall, es la hora. —Qiana extendió las manos para tomar al perro y se lo devolvió a Samantha—. ¿Por qué no toman sus asientos? Son los de adelante con una tarjeta de *Reservado*, mientras le pongo el micrófono a Niall. —Qiana me agarró la muñeca. Sus largas uñas también hacían juego con la portada de mi libro.

—Vamos, Sam. ¿O es Samantha? —preguntó mamá.

—Sam. Por favor.

—Una vez tuvimos un gallo llamado Sam… —La voz del abuelo se fue apagando mientras se abrían paso entre la multitud hacia el frente de la sala.

Qiana me jaló de la muñeca hasta que mi oreja estuvo junto a sus labios rojos. —¿Qué demonios está pasando? Nunca te he visto actuar así con nadie, y mucho menos con una colega autora. Una autora *novata* en su primera gira.

Me miró fijamente por un segundo, esperando.

—Supongo que solo me sorprendió. Que la conociera. Que ella...

—¿Has considerado, Niall, que ella podría haberse sentido un poco intimidada por un autor de superventas con un acuerdo para la televisión? Especialmente por uno con tanta... —hizo una pausa para mirarme de arriba abajo— presencia como la tuya.

Un escalofrío me recorrió como el arroyo en enero. Me sentí como si midiera treinta centímetros. Qiana podría haberme aplastado con sus brillantes tacones de aguja negros.

—Lo sien...

—No te disculpes conmigo. Discúlpate con Sam. Más tarde. Ahora tienes que recomponerte.

Por primera vez, miré a mi alrededor mientras me llevaba hacia el podio. Un mar de sillas alineadas de cara a una de las paredes del piso superior. Debía de haber unas doscientas. Y casi todas estaban ocupadas. ¿De dónde había salido toda esa gente?

Qiana me soltó cuando llegamos al podio. Me entregó la petaca, que me enganché en el cinturón. Empuñó el micrófono. —¿Estás seguro de que no necesitas algo para calmarte?

Negué con la cabeza. El perro de Samantha —y su disposición a compartirlo conmigo— me había tranquilizado.

Frunciendo de nuevo los labios, golpeó el micrófono para asegurarse de que estaba apagado antes de enganchármelo en el cuello de la camisa. —¿Sabes lo que vas a leer, verdad?

Saqué mi copia de autor de mi maletín. Un marcador de cinta roja sobresalía de él.

Su expresión se relajó un poquito. —Eres un profesional, Niall. Ahora compórtate como tal. —Mantuvo el rostro congelado en una sonrisa y pronunció las siguientes frases entre dientes—. Hay como diez blogueros de libros entre el público. Y dos equipos de televisión local. No te des la vuelta. Su cobertura podría ser recogida por los blogs de libros y sitios web de estilo de vida nacionales. No dejes que lo que sea que esté pasando entre tú y Sam arruine esto. ¿Me entiendes? Esta es una gran noche para ti.

Asentí, contento de estar de espaldas al público y a las cámaras de televisión. Tenía razón: era una gran noche para mí. No solo estaba presentando mi libro, sino que estaba de nuevo en presencia de la mujer que había inspirado a Lobelia, que me había inspirado a terminar el libro.

Clavé la vista en la pintura de tonos rojos de la portada. En la esquina, revoloteando junto a la oreja de Nieven, estaba la diminuta forma de un espíritu del bosque. La firmeza de su pequeña boca me tranquilizó. *Coraje, Niall.*

Podía hacerlo. Y ahora, con la fuente de mi inspiración viajando conmigo durante las próximas tres semanas, podía hacer aún más. Mientras acariciaba las diminutas puntas de las alas de Lobelia, mis dedos hormiguearon.

Podía escribir.

11

SAM

LO DE AYER, en Columbus, se había tratado de Niall. Hoy era para los dos. Bueno, para Niall y Sam Case, quienquiera que ella fuera.

Desde el auto, la librería de Chicago parecía de lo más amigable. En el escaparate a la derecha de la puerta, un oso de peluche estaba sentado en una mecedora, con un libro ilustrado sujeto entre sus patas y montones de otros libros infantiles a los lados. Como era febrero, el escaparate a la izquierda de la puerta exhibía novelas románticas, algunas con portadas brillantes, otras que mostraban a mujeres con faldas de seda que caían a su alrededor, los escotes de sus vestidos caídos sobre los hombros.

Me subí las solapas de mi chaqueta. Le faltaba el botón de arriba. En casa no lo había necesitado. Pero iba a necesitar más que un abrigo mejor para sobrevivir a una gira con Niall Flynn. Como una armadura completa y una espada. Y quizá un cinturón de castidad.

Anoche, después del lanzamiento de su libro en Columbus, parecía que había querido hablar. Pero, como una cobarde, me escabullí con Qiana diciendo que estaba cansada. Y lo estaba. Pero, en realidad, me había sorprendido el fuego en sus ojos y la chispa de nuestro roce. La había cagado al no contarle lo del libro y la gira cuando lo conocí en el campus. Al principio, pareció enojado. Pero luego, su mirada ardió con una intensidad que no parecía ser ira.

¿Y mi libido desaparecida? ¡Pum!, la encontré. Pero también la de todas las mujeres en esa sala que no eran la madre de Niall. Una mujer detrás de mí intentó hacer una pregunta, pero la perdió, riéndose demasiado fuerte para poder hablar. ¿Y la multitud de mujeres alrededor de la mesa después de su firma? No podría haberme acercado a él aunque hubiera querido.

Ojalá le hubiera contado sobre la gira en el campus. O que hubiera intentado contactarlo desde entonces. Pero hasta el momento en que Bilbo Baggins y yo subimos al avión en San Francisco, había esperado poder librarme de la gira y de todas las mentiras.

Como la de hacer pasar el libro por uno que yo había escrito. Especialmente después de haber usado el libro de Niall como material para CASE. Heidi había dicho que ella se encargaría de eso y que no debía hablar con Niall sobre la I. A. Y ahora que Heidi tenía control sobre si yo cruzaba o no el escenario en junio para recibir mi título de doctorado, tenía que hacer lo que me dijera.

Un papel giró por los aires frente a la librería. Me metí a Bilbo Baggins bajo un brazo y me preparé para correr del auto a la librería.

Comenzó un sonido como de fuegos artificiales lejanos, estallando y crepitando. Me agaché.

—¿Qué es eso?

—Solo un poco de aguanieve. Si vas rápido, apenas lo sentirás. —Kathy, nuestra acompañante, señaló el parabrisas, donde pequeñas motas blancas golpeaban el cristal y rebotaban.

Pero fuera de la protección del auto, el aguanieve era como

pequeñas dagas en mi piel expuesta. Puse una mano sobre los ojos de Bilbo Baggins y corrí hacia la puerta.

Niall, con sus largas piernas, llegó primero, sin siquiera respirar agitadamente. Luchando contra la ráfaga de viento que quería cerrarla, abrió la puerta de un tirón y la sostuvo para que yo pasara rápidamente con Bilbo Baggins. Abrí la puerta interior y me quedé boquiabierta.

La librería parecía pequeña desde fuera, pero por dentro, el centro se había despejado de mesas y estanterías para dar cabida a hileras y hileras de sillas. En el extremo opuesto de la sala, una plataforma elevada sostenía dos sillones y un par de helechos en macetas. Justo delante, había una mesa larga con dos sillas y dos juegos de libros apilados, uno con portadas verdes y el otro con rojas.

Casi todas las sillas del lugar estaban ocupadas. Mis ojos recorrieron las docenas de cabezas directamente hasta el par de micrófonos de pie en la plataforma, uno delante de cada silla.

Iba a tener que hablar en uno de esos.

Cerré los ojos con fuerza e intenté olvidar las risitas de mi grupo de lectura de primaria. Las miradas de exasperación de mis compañeros de secundaria cada vez que teníamos que leer —uf— a Shakespeare. La forma en que las palabras nadaban en la página y yo me esforzaba por atraparlas y recitarlas.

—No me siento muy bien. —Apreté a Bilbo Baggins con tanta fuerza que se retorció.

—Saldrá bien. Vas a estar bien. —La voz lenta y grave de Niall era casi tranquilizadora—. Qiana te envió la lista de preguntas, ¿verdad?

—¿Preguntas?

—Estaban al final de mi itinerario. ¿No las recibiste?

Había esperado no tener que subir nunca a ese avión, y mucho menos responder preguntas.

Abrió su bolso y sacó un fajo de papeles. Pasó unas cuantas páginas y me lo tendió.

—Lee esto. No es nada fuera de lo común. Y si hay alguna que no quieras responder, solo táchala. —Me ofreció un bolígrafo.

¿Podía tacharlas todas? ¿Leer el pasaje que había memorizado y luego saltar a la parte de la firma de libros? Había practicado la firma de mi seudónimo, Sam Case. Una *S* grande, una *C* grande, con letras serpenteantes después de las mayúsculas. Rápido. Eficiente.

Con cuidado de no tocar sus dedos, tomé la lista y la examiné. Unas pocas palabras me llamaron la atención. *Inspiración*, eso era lo que me había preguntado la madre de Niall anoche. *Proceso de escritura. Próximo libro.* ¿Cómo iba a responder a todo eso? Era ridículo, considerando que un error había hecho que CASE produjera *Mago en la Machine* y que mis planes implicaban esconderme en un laboratorio de investigación por el resto de mi vida.

Un hombre blanco y delgado, con el pelo gris recogido en un moño en la nuca, más pulcro que el mío alborotado por el viento, se apresuró a recibirnos.

—Bienvenidos, bienvenidos. Señor Flynn, lo reconocería en cualquier parte. Y señora Case. —Nos estrechó las manos—. Soy Peter Pettingill, el gerente de la tienda. Primero haremos un par de fotos, y luego…

—No hay fotos —dije, mi voz plana y automática—. Está en el acuerdo.

—¿No hay fotos? —Negó con la cabeza—. Siempre hacemos fotos. —Señaló detrás de la caja registradora, donde docenas de fotos estaban clavadas en la pared.

Mi estómago se retorció. Parecía inofensivo posar para una foto junto a Niall. Probablemente no saldría de la librería. Peter Pettingill no parecía saber usar Photoshop para poner mi cabeza en el cuerpo desnudo de otra persona.

—¿Quieres hacerlo? —La voz de Niall sonó grave en mi oído, su aliento haciéndome cosquillas en el cuello—. No tienes que hacerlo.

—Está bien. —Mi voz fue un susurro entrecortado. Me aclaré la garganta—. Está bien.

Pettingill levantó su teléfono.

—¿Listos?

La forma en que el teléfono ocultaba la mitad de su cara me transportó de vuelta. No a una librería llena de gente y bien iluminada, sino al dormitorio del lujoso apartamento de Stephen, fuera del campus. Yo era una simple estudiante de primer año, todavía tratando de entender qué veía en mí el confiado estudiante de último año, alguien que incluso le gustaba a Mamá. Así que cuando me lo rogó, hice un torpe estriptis. Los recuerdos eran fragmentos nítidos como los videos en bucle en las redes sociales de Natalie. La lámpara demasiado brillante sobre las sábanas blancas y mi piel desnuda. El pelo oscuro de Stephen y un ojo detrás de su teléfono, sacando foto tras foto. Sus súplicas para que me tocara y mi avergonzada negación con la cabeza.

Pero no había importado. Después, cuando Jackson hackeó la computadora de Stephen, no borró las fotos lo suficientemente rápido. Yo observé por encima de su hombro y las vi todas. Y debajo de la fila de desnudos reales, Stephen había photoshopeado mi cabeza en el cuerpo de una actriz en una escena de una película porno. Junto a las que le había dejado tomar, no necesitaban ser realistas para ser condenatorias.

—No. No. —Sacudí la cabeza y retrocedí hasta que mi espalda golpeó una mesa de exhibición—. No.

—Oye. —Niall estaba allí, frente a mí, bloqueando la cámara del hombre—. ¿Estás bien?

Fijé la vista en el botón blanco de su camisa a cuadros, gris cruzado sobre gris más oscuro, superpuesto con pares de finas líneas rojas.

—No puedo.

—¿No puedes tomarte las fotos? ¿O no puedes hacer la charla sobre el libro? Puedo hacerlo solo si necesitas ir al hotel.

Por un segundo, fantaseé con saltarme la lectura. Con no tener que pararme frente a toda esa gente. Con retirarme al hotel y esconderme bajo el edredón con Bilbo Baggins. Pero ¿qué diría

Heidi si lo hiciera? ¿Martell se pondría de su lado o del mío? No había podido librarme de la gira. Si es que lo había intentado.

—Haré la charla. Solo… solo nada de fotos.

—¿Estás segura?

Me atreví a mirarlo entonces. Sus ojos verdes no eran del color estridente de la portada de *Magician in the Machine*, sino suaves y descoloridos como un trozo de cristal marino. Tal vez la cagaría. Pero tenía que intentarlo. No solo por lo que Heidi me haría si no lo hacía, sino porque Niall Flynn creía que podía.

—Lo haré.

—Bien. —Estiró la mano hacia mi hombro, como si fuera a acariciarlo, pero luego posó su gran mano en la cabeza de Bilbo Baggins—. Yo me encargo de Pettingill. Tómate un minuto. Respira.

Niall sonrió con esa sonrisa lista para las cámaras, pasó un brazo por los hombros de Pettingill y lo llevó a un lado. Mientras hablaban, el gerente me lanzaba miradas de soslayo.

—¿Puedo acariciar a su perro? —Las palabras llegaron al mismo tiempo que un tirón en la parte inferior de mi chaqueta. Bajé la vista hacia el rostro de un niño coronado por un cabello negro y rizado.

—Claro. Se llama Bilbo Baggins. —Aflojé mi agarre para exponer más del pelaje de Bilbo Baggins. Él se retorció de anticipación.

El niño hundió una pequeña mano en el sedoso pelaje de Bilbo Baggins.

—¿Como el hobbit? Es tan suave.

—Lo es. Cuando estoy nerviosa, tocarlo siempre me hace sentir mejor.

—¿Estás nerviosa? —Unos ojos redondos y oscuros me miraron.

—Sí. Tengo que pararme ahí arriba —señalé con la barbilla hacia la plataforma— y leer.

—Mi papá y yo vinimos a ver hablar a los autores. Leímos *Secretos de los Wood Elves* juntos. Tú no eres esa autora, ¿verdad?

—No, ese es él. —Dejé que mi mirada se posara en Niall, que se inclinaba como un árbol sobre el gerente más bajo de la librería, y los ojos del niño lo siguieron—. No sabía que era un libro para niños.

—Papi me ayudó con las palabras difíciles. Él dice que no tenemos que leer solo libros para niños. Podemos leer los libros que queramos.

—Mi papá solía leerme a mí también. Espero que tú y tu papá sigan leyendo juntos por mucho tiempo. —Traté de recordar los momentos felices, cuando me acurrucaba contra mi propio papá y, durante unos minutos cada noche, su tiempo no era para su trabajo ni para mis hermanos y hermana, sino solo para mí. Intenté no pensar en cómo, sin él, leer no valía la pena.

—Si te pones nerviosa, sé como Nieven y piensa en tu hogar. Eso te hará sentir mejor.

¿Quién diablos era Nieven? Y pensar en casa me pondría más nerviosa, no menos. ¿Qué diría Mamá si supiera que tenía que leer, que hablar de forma espontánea, frente a toda esta gente hoy?

Aun así, dije:

—Gracias.

Niall se interpuso entre nosotros.

—¿Lista para subir? —Debía de haber convencido a Pettingill, porque el gerente había guardado su teléfono.

—Conocí a uno de tus fans. —Extendí una mano hacia el niño.

Se agachó para acercarse a la altura del niño.

—Hola. ¿Cómo te llamas?

—Hero.

—Ah, tus padres deben ser fans de Shakespeare. *Mucho ruido y pocas nueces,* ¿verdad?

El niño asintió.

—«Si así resulta, el amor es un azar: o mata Cupido con flechas, o con trampas». —La mirada de ojos verdes de Niall se posó en mí y luego se desvió tan rápido que no estuve segura de que lo hubiera hecho a propósito. Shakespeare sonaba tan reso-

nante en la voz profunda de Niall que me hizo temblar las rodillas, nada que ver con cuando lo leía mi profesor de inglés.

—Me gusta más *Secrets of the Wood Elves* que Shakespeare.
Hablan como gente normal.

Niall le sonrió radiante al niño.

—¿Y quién es tu personaje favorito?

—Greva. Siempre llega justo a tiempo para salvar a Nieven.

—Eso también me gusta de ella. Fue un placer conocerte,
Hero. Te veré de nuevo cuando te firme el libro, ¿de acuerdo?

—De acuerdo. —La mirada de adoración de Hero brillaba
hacia Niall.

Yo también lo adoraba un poco, por su seria charla con ese
niño. Y por lo de Shakespeare. Y por la forma en que había
ahuyentado al gerente de la tienda y su teléfono como un caballero de antaño.

—Hora del show. —Niall me sostuvo la mirada—. ¿Estás lista?

Me estremecí. Hubo un tiempo, antes de cometer ese terrible
error con Stephen, en que había esperado que los niños me admi-
raran. Había querido ser programadora y empresaria como Jackson. No había querido la notoriedad que él había creado como
mecanismo de defensa, pero sí había querido que las niñas vieran
lo que yo había hecho y pensaran: *yo también podría hacer eso.*

Pero todo eso era cosa del pasado. La fama no era para mí.
Después de que hiciera esta gira y se revelara la verdad, el Dr.
Martell y la universidad podrían llevarse el crédito por CASE y
dejarme fuera. Nunca quise tener que pararme frente a un auditorio lleno de académicos y explicar lo que había hecho.

Y eso me devolvió de golpe a la realidad. No quería estar en
esta librería, hablando de un libro que no había escrito.

—No. —No estaba lista. Toda esa gente. Sus miradas. Sus risas
cuando tropezara. Mis pies se pegaron al suelo.

—Cuando estemos ahí arriba, mírame. Escúchame. Estará
bien. Igual que ahora. ¿De acuerdo?

—No lo sé. —Lancé una mirada anhelante hacia la puerta

principal. Incluso las temperaturas bajo cero y el aguanieve sonaban mejor que tener todos esos ojos y oídos sobre mí.

—Lo haremos juntos. Una. —Hizo una pausa—. Dos. —Me miró profundamente a los ojos—. Tres.

Y como si tuvieran vida propia, mis pies comenzaron a moverse hacia la plataforma. La mano de Niall descansaba en mi espalda, cálida, firme y segura. Quizá podría hacer esto, después de todo.

12

NIALL

LAS PECAS DE SAM —usualmente un polvillo tan sutil, como granos de arena esparcidos en la página de un libro de bolsillo en la playa— resaltaban contra su piel demasiado pálida. Mientras leía el pasaje de su libro, su voz temblaba y su mirada no se apartaba de la pantalla de su tableta. Sin embargo, no vi que pasara ni una sola página. Apretó el micrófono con los nudillos blancos.

—Creo que está a punto de vomitar —masculló.

—No —dijo Kathy, posando una mano restrictiva en mi brazo—. Tiene a ese perrito adorable allá arriba con ella. Le irá bien.

En la plataforma elevada, Sam estaba sentada en la silla con los pies recogidos debajo, como si intentara hacerse aún más pequeña. El perro se acurrucó a su lado.

Cómo diablos había convencido Sam a Happy Troll de que le permitieran traer a su perro de gira era un misterio para mí. Aunque, considerando lo superior que era *Mago en la Machine*, probablemente habrían hecho cualquier cosa para complacer a su autora estrella. Incluso dejarla actuar como una diva.

Allá arriba no parecía una diva. Cuando su voz retumbó por el sistema de sonido, había saltado como un ratón asustado. Había empezado a hablar tan bajo, con tanta vacilación, que los miembros del público se inclinaron hacia adelante en sus asientos. Pero a medida que leía —lenta y cuidadosamente—, sus hombros se relajaron. Pronto tomó velocidad, y aunque nunca sería una narradora de audiolibros o siquiera una bibliotecaria de cuentacuentos, su voz adquirió un ritmo más seguro.

Al público le encantó. Habíamos atraído a una multitud masiva en la librería cerca del lago en Chicago. La gente estaba sentada, silenciosa e inmóvil, escuchando sus palabras. Quizás eran las palabras en sí, o quizás era el contraste entre la historia desoladora y descarnada, llena de asperezas y diálogos crudos, y la belleza élfica que la había escrito e interpretado para ellos.

Yo estaba tan encantado como ellos.

Antes de lo que esperaba, el público aplaudió. *Bien hecho, Qiana, por prepararla para leer un fragmento corto en su primera vez.*

Avancé hacia el frente y encendí mi propio micrófono. —Gracias, Sam. No olviden que, si aún no han comprado su ejemplar de *El mago en la máquina*, tendremos copias en la mesa para que Sam las firme al final. Ahora leeré un pasaje de *Traición de los Wood Elves*.

La diferencia entre mis descripciones floridas y la crudeza de la prosa de Sam no podría haber sido más pronunciada. El pasaje de *Traición* estaba bordado, estilo rococó, con detalles: el olor del sudor de los caballos, el trueno de sus cascos, el dolor agudo que se irradiaba desde la puñalada en el costado de Nieven después de la batalla que puso fin al primer libro. ¿Debería haberlo cortado todo para centrarme en la acción como había hecho Sam?

Demasiado tarde ahora. Despejé la duda y, siguiendo el ejemplo de Nieven, seguí adelante.

Durante el período de preguntas y respuestas, Sam se marchitó como una rosa mordida por la escarcha, con los hombros encorvados y la voz baja y monótona. ¿Acaso Qiana no la había preparado para ello? Se quedó paralizada cuando un miembro del público preguntó: —¿De dónde sacaste la inspiración?

Sabía con certeza que esa pregunta estaba en la hoja de Qiana.

Era una pregunta regalada. Podías decir literalmente cualquier cosa: la vida cotidiana, los sueños, la estructura sociopolítica del Imperio Otomano. La miré fijamente, deseando con todas mis fuerzas que dijera algo, cualquier cosa.

—Supongo que otros libros —dijo al fin—. Mi papá solía leerme. —Capturó la mirada de un niño en una de las primeras filas. Hero, con quien había estado hablando antes de que subiéramos a la plataforma.

—¿Alguno en específico? —pregunté. No debí haberlo hecho. Debería haber tomado la siguiente pregunta y haberle dado un respiro. Pero lo que una persona lee dice mucho sobre ella. Y yo quería aprender todo lo que pudiera sobre mi compañera de gira, mi musa.

Ella bajó la mirada, acarició al perro. —Tolkien. Recuerdo que leímos *El Hobbit* juntos. De hecho —levantó al perro y lo puso en su regazo—, este chico se llama Bilbo Bolsón. Tiene cinco años y lo adopté en la SPCA de San Francisco. Le gustan las caminatas largas, los muslos de pollo deshuesados y sin sazonar, y que lo sequen con la secadora después de un baño tibio. Odia las playas —la arena en sus patitas— y estar solo.

Las siguientes dos preguntas fueron sobre perros, y Sam las respondió con una soltura que no había tenido cuando hablaba de su libro.

Luego me llegó la pregunta a mí, la misma que le habían hecho a Sam unos minutos antes. —¿De dónde sacas la inspiración, Niall?

Tenía una respuesta, por supuesto. Yo no era un novato como Sam. Pero cuando abrí la boca, me quedé helado. Cuando la preparé, no esperaba que la respuesta a la pregunta estuviera sentada a mi lado. Se me secó la garganta y la lengua se me trabó inútilmente en la boca. Levanté un dedo y tomé la botella de agua junto a mi silla para dar un largo trago.

La cabeza de Sam se ladeó. Ella también debía estar pensando en la dedicatoria. ¿Por qué no lo habíamos aclarado anoche en Columbus? ¿Por qué no me había regañado por eso?

¿Por qué no la había apartado anoche antes de que huyera con Qiana para disculparme?

Había estado actuando como un cobarde, por eso. Y tenía que parar ya. Hoy.

Dejé la botella de agua. Aun así, no tenía que hacerlo delante de todos estos extraños. Así que saqué a relucir la respuesta que había usado en mi primera gira. —Hay un pequeño bosque en la granja de mi familia, y un arroyo lo atraviesa. Cuando era niño, solía correr allí después de terminar mis quehaceres, y me tumbaba en el suelo del bosque y soñaba con las criaturas mágicas que lo habitaban.

Al igual que en mi primera gira, se lo creyeron todo. A todo el mundo le gusta oír hablar de un chico de granja con sueños que más tarde encuentra el éxito. A veces, pensaba que era mi historia personal, y no mis libros, lo que me había llevado a donde estaba hoy. Y odiaba ese pensamiento. Quería ser valorado por lo que producía, no por quién era. Especialmente considerando quién era mi padre.

Di por terminada la sesión de preguntas y respuestas después de eso, sin querer tener que responder más preguntas, y bajamos a la mesa de firmas.

Cada vez que firmaba la página del título, la página siguiente, la de la dedicatoria, intentaba abrirse paso a través de las demás. Gracias a Dios por Kathy, que abría el libro de cada persona en la página correcta para que yo no la pasara inadvertidamente y entrara en combustión espontánea. El sudor perlaba mi frente y corría por mi espalda bajo mi camisa de franela.

Finalmente, la fila de Sam disminuyó y ella se alejó de la mesa. *Casi termino.* Mi mano aún no se había acalambrado —estaba en muy buena forma por escribir mis manuscritos a mano—, pero me dolían los músculos por estar sentado tanto tiempo. Me estiré y le sonreí al siguiente lector.

Cuando la última persona se acercó, una descarga de electricidad me recorrió. Sam estaba de pie frente a mí, apretando contra su pecho una copia de mi primer libro, *Secretos de los Wood Elves*, con el recibo metido adentro.

—No tenías que comprar una copia —dije—. Qiana te habría conseguido una de la editorial.

La comisura de sus labios se curvó hacia arriba. —Puede que sea nueva, pero sé cómo funciona esto: no ganas dinero con los ejemplares de cortesía de la editorial.

—Cierto.

—Pensé que leería este primero. Antes de empezar con el nuevo tuyo.

Una ola de alivio me inundó. No había leído la dedicatoria. Y yo podía explicárselo antes de que lo hiciera.

Me entregó el libro. Por muchos que hubiera firmado, mi olfato aún no se había acostumbrado al olor a papel y pegamento nuevos, el aroma celestial de los libros. Pero este tenía algo extra, una fragancia amaderada y herbal superpuesta a… romero.

—Mira, lo siento —dijo—. Debería haberte dicho algo aquel día en la universidad. Pero esperaba poder librarme de ello. De esto. —Hizo un gesto con la mano hacia la librería, ese gesto encantador que evocaba el vuelo de un gorrión—. Que no tuviera que revelarme como Sam Case. Que pudiera ser simplemente Sam Jones, y pudiéramos ser… amigos. —Se mordió el labio, y no pude dejar de mirarlo. Sus labios eran rosados como pétalos de rosa. También parecían suaves como pétalos. Tocables. Besables.

No. Cerré los ojos con fuerza. Nada de babear por mi compañera de gira.

Me aclaré la garganta. —¿Por qué no querrías…? —Claro. Hablar en público. Era de esas escritoras que querían quedarse en su cueva y producir palabras. Como Cormac McCarthy o Harper Lee. No quería encarnar su marca, como Gabi siempre me presionaba a hacer—. Lo entiendo. Yo también tengo que disculparme.

—¿Por qué? —Arrugó la nariz.

La voz de Lobelia, grave y melódica, susurró en mi oído. *Coraje.* Ella había sido valiente. Yo también podía intentarlo.

—Mira. —Tomé una copia de *Treachery* de la pila y pasé a la página de la dedicatoria—. Léela. Es para ti.

Ella tomó el libro y estudió la breve inscripción. La leyó lentamente, dudando en las palabras más largas. —«Dedicado a mi musa de ojos violetas, sin la cual esta historia no habría encontrado su alma». —Sus cejas oscuras se fruncieron de la manera que había temido. —¿Esta soy yo? Pero mis ojos son azules, no violetas.

Extendí las manos frente a mí, con las palmas hacia arriba. —Soy un escritor. Un poeta. Puedo permitirme un exceso de fantasía. —Pero se equivocaba. Sus ojos eran más que azules. Eran la noche estrellada. La parte más profunda del océano. Flores con pétalos delicados que, si los aplastabas, te mancharían los dedos de púrpura.

—¿Me dedicaste el libro a mí?

—Más o menos. —Confrontado con la realidad de Sam, supe que la había adornado, de la misma manera que lo había hecho con sus ojos. Había conocido a alguien nuevo, y eso forjó conexiones en mi cerebro que hicieron fluir nuevas palabras. La había convertido en lo que yo quería que fuera: mi musa etérea, flotando en ese espacio crepuscular entre el sueño y la conciencia.

Pero Sam no existía para mi inspiración.

—Conocí a una mujer inesperada e intrigante en un museo, y de nuevo en un campus universitario. Mi versión idealizada de ella me inspiró. Pero tú eres una persona real. Con talento y tu propia creatividad. Lo siento.

Ladeó la cabeza, como un pajarito. —¿Lo sientes por…?

—Por convertirte en algo que no eres. Por hacer que nuestras interacciones en San Francisco se trataran solo de mí. —Por sentir un poco demasiado por Lobelia—. Normalmente, soy mejor distinguiendo entre la fantasía y la realidad. Pero estaba con una fecha de entrega encima. —Me encogí de hombros como si no fuera gran cosa que ella me hubiera sacado de mi estancamiento creativo, inspirado un personaje completamente nuevo, literalmente salvado la granja. Forcé una sonrisa mientras mi estómago se encogía. No le había dicho toda la verdad. Quizás no empezaría *Treachery* mientras aún estuviéramos de gira. Quizás no se vería reflejada en Lobelia. Quizás a la cabra Sally le crecerían alas y aprendería a volar, también.

Sus labios se tensaron. —Quizás nos inspiramos mutuamente. —Dejó el libro sobre la mesa—. Fírmamelo, por favor. Ponlo solo a nombre de Sam.

Encima de la dedicatoria, garabateé *Para Sam* y firmé debajo. Soplé la tinta para secarla y luego cerré el libro.

Ella lo tomó, rozando ligeramente mis dedos. Sus ojos realmente eran el cielo nocturno en Ohio en verano, azul oscuro y salpicado de estrellas.

Parpadeé y tomé el desinfectante de manos. Sosteniendo la botella sobre las manos de Sam, vertí el líquido sobre su palma impecable antes de hacer lo mismo con la mía, que era áspera. No, no quería frotar el gel en su mano y sentir de nuevo lo suave que era.

—Vamos, chicos. —La voz de Kathy partió el momento en dos —. Niall tiene una entrevista temprano, y Bilbo necesita estirar las piernas.

Yo también necesitaba estirarme. Y una bofetada por confundir a Samantha y Lobelia de nuevo.

Me puse el abrigo. Chicago era más frío que Ohio, y el abrigo de Sam ni siquiera era de calidad para Ohio. Estaba hecho para el fresco y atemporal norte de California, y ciertamente no para el viento y el aguanieve.

Tomé mi bufanda de lana, la verde que mamá me había tejido para Navidad, y se la di a Sam. —Toma esto. —Mi voz era tan áspera como mis manos.

—Pero no puedo…

—Hace frío afuera. No puedo permitir que te resfríes y estés enferma el resto de la gira.

—Pero así no es como…

Tomé la bufanda de sus manos y la envolví alrededor de su cuello. Los mechones sedosos de su moño caído acariciaron mis dedos, y me estremecí. —Sígueme la corriente, ¿quieres? Solo soy un chico del Medio Oeste que sabe que es importante mantenerse abrigado.

—Creo que eres más que eso. —Aquellos ojos violetas centellearon.

—Creo que ambos somos más de lo que parecemos, Sam Jones.

Su sonrisa vaciló y se giró para ocuparse de Bilbo. —Quizás.

13

NIALL

NO SÉ a quién le pareció gracioso —a Qiana, a Dios, al universo—
poner a dos personas que habían estado juntas todo el día —aeropuerto, avión, auto, firma de libros, auto, una cena incómoda— en
habitaciones contiguas en el hotel de Chicago.

A mí, desde luego, no me pareció nada gracioso.

Mientras yo buscaba a tientas mi tarjeta llave, Sam entró en su
habitación con Bilbo bajo el brazo, arrastrando su maleta sin dedi-
carme una segunda mirada.

Quizás estaba más enojada de lo que aparentaba por la dedicatoria. O quizás estaba cansada como yo.

Metí la tarjeta en la ranura. Rojo. La saqué y la volví a meter
con fuerza. Rojo. Otra vez. Un destello verde, pero se me cayó la
tarjeta y para cuando apreté la manija, ya se había vuelto a cerrar.
Deslizar. Rojo. Deslizar. Rojo. Deslizar. Verde, y esta vez, bajé la
manija de un golpe y abrí la puerta. Me colé dentro y la cerré de
una patada. Puta tecnología. ¿Por qué no podía tener una maldita
llave y ya?

Me dejé caer en la cama, y mis párpados se cerraron solos.

Tenía que ser una mala señal que ya estuviera agotado en el segundo día de la gira. Denme un establo lleno de cubículos que limpiar o un campo que arar, y puedo trabajar todo el día. Pero pónganme en un vuelo a primera hora de la mañana, llévenme de un lado para otro en un auto y háganme responder una o dos preguntas, y siento como si me hubiera pasado una cosechadora por encima.

Mi bolso de mensajero yacía a mi lado, su familiar olor a cuero viejo era un pequeño consuelo en la habitación desconocida. Gabi lo había llenado con cuadernos nuevos. No era tan tarde y mis dedos habían estado hormigueando todo el día. No había tenido ni un momento para tomar una pluma y capturar las palabras que Lobelia y Nieven habían susurrado, y ahora mi mano pesaba demasiado, mis ojos estaban demasiado cansados para escribir.

Un inesperado destello de cristal me llamó la atención. El teléfono que Gabi había insistido que trajera a la gira. No era un Swiftphone, pero seguía siendo un teléfono inteligente con los intimidantes íconos que me había negado a descifrar.

Le había prometido a Gabi que la llamaría esa noche para contarle cómo iba la gira hasta el momento. Y, cansado o no, yo cumplía mis promesas. Agarré el teléfono y lo encendí, quitando la banderita de cinta adhesiva que Gabi había puesto en el botón de encendido. Mientras esperaba que prendiera, Sam murmuró en la habitación de al lado. ¿Le estaba hablando a su perro? Era una cadencia tranquilizadora. Mis párpados se cayeron.

Unos pitidos furiosos me despertaron de golpe. Mensajes perdidos. Llamadas perdidas. Correo de voz. El teléfono era solo una irritación más.

El número de Gabi fue fácil de encontrar porque era la llamada perdida más reciente.

—Ya era hora de que me llamaras. ¿Tenías el teléfono apagado? —su voz era más aguda que los suaves acentos del Medio Oeste que había escuchado hoy, con sus oes planas y sus aes de dos sílabas.

—Tengo que apagarlo cuando estoy en los eventos.

—Sabes que existe una función de vibración, ¿verdad?

—Las vibraciones también me distraen.

Hizo un sonido como un gato montés frustrado. —¿Y cómo te fue?

—Bien. Mi parte estuvo bien. Sam estaba nerviosa, pero lo hizo bien.

—Bien. Bien. ¿De dónde salen las palabras de tus libros? Tengo que leer tus manuscritos con un diccionario al lado, y tú me das descripciones de una palabra para dos días de eventos literarios.

—Los eventos tuvieron una gran asistencia. El público fue receptivo y entusiasta. ¿Contenta?

—Mejor. ¿Cómo es Sam?

—Nunca lo vas a creer.

—¿Creer qué?

Me alejé de la pared que mi habitación compartía con la de Sam. —Sam Case es en realidad Samantha Jones. La conocí en…

—Oh. Dios. Mío. ¿Samantha Jones, la socialité? ¿La estudiante de posgrado? ¿Qué diablos? ¿No la viste dos veces cuando estabas en San Francisco? ¿Y el hecho de que ella también es escritora, con tu *misma editorial*, nunca salió a la conversación? —un teclado repiqueteaba de fondo.

—No, pero… —al principio, yo me había sentido igual. Pero el enojo se había evaporado justo cuando mis dedos comenzaron a hormiguear—. Dijo que pensaba que podía librarse de la gira.

—Espera. Retrocede. A ti te gustaba. Dijiste que te inspiraba. Le dedicaste el puto libro, ¿y ahora está de gira contigo? —si la voz de Gabi subía un poco más, solo Bilbo podría oírla—. Quizás por eso quería librarse. Eres un completo degenerado.

Me dejé caer de espaldas en la cama. —Lo sé —gemí—. Me disculpé. En la firma de libros.

—¿Por todo?

—Por una parte. La dedicatoria. Todavía no ha leído el libro. Está leyendo *Secretos* primero. Quizás deje de leer antes de llegar a Lobelia.

El insólito silencio de Gabi me dijo exactamente lo que pensaba de esa idea.

—Tengo que decírselo, ¿no?

—Me preguntaste antes de convertirme en una enana que empuña un hacha.

—Eso fue diferente. Ya éramos amigos. Cuando escribí a Lobelia, no pensé que volvería a ver a Sam.

—Así que la convertiste en tu chica de ensueño pixie maníaca.

—¡Lobelia no es una manic chica de ensueño pixie! Ella tiene sus propios objetivos, aparte de los de Nieven. Y no creo que estén interesados el uno en el otro. Románticamente.

—Ella no es la chica de los sueños de Nieven, Niall. Es la tuya. Mira esta foto.

—¿Qué foto?

—Te la envié por mensaje. Aleja el teléfono de tu cara y mírala. Está en el blog de Kari Singh.

—¿Kari Singh? La conocí. Está en la universidad de Sam.

—Ya no. Se graduó, y ahora está en *Gossip Grrlz*. Una promesa en ascenso. Se ha especializado un poco en ti. Y ahora algunos de los otros sitios de chismes la están siguiendo a ella. Y a ti también.

Toqué el ícono de mensajes en la parte superior de la pantalla y luego abrí la foto que me había enviado. Sam —aunque en ese entonces era Samantha— y yo estábamos de pie frente al edificio beige de su campus. Esa bloguera, Kari Singh, debió de haberla tomado. El rostro de Sam estaba reservado, como yo lo recordaba. Pero yo le sonreía a ella, completamente perdido.

Oh, mierda.

—Te gusta, Niall.

—No, no me gusta. —Las palabras salieron demasiado rápido para ser creíbles—. Es una fanática total de la tecnología. No creo que su teléfono se haya separado de su mano desde que la conocí. Hasta leyó su pasaje en una tableta. Trajo a su perro de cartera a esta gira como una diva. No tenemos nada en común.

—Espera, ya he visto esta película antes. Ambos dicen: «De

ninguna manera», en el Acto Uno, pero para la mitad del Acto Dos, están enamorados.

—Vete a la mierda. —Me froté la mano sobre los ojos.

—Yo también te quiero, amigo.

14

NIALL

MIENTRAS SACABA la maleta de Sam del maletero del auto, miré al otro lado de la calle, hacia Centennial Park. Hacía más calor en Nashville que en Chicago, y el sol de la tarde iluminaba los árboles aún desnudos. Saldría a correr. Quizás la savia que comenzaba a moverse en los árboles despertaría a Lobelia y a Nieven de su sueño invernal, y me hablarían.

Le di las gracias al chofer y subí la pesada maleta de Sam a la acera. Sam, que sujetaba el transportín de Bilbo, extendió una mano hacia la maleta.

La detuve con un gesto. —Yo la llevo.

Apretó la mandíbula. —No, yo…

—Sam. Tú encárgate de tu perro. Y de tu —dije, señalando con un gesto el bolso de la computadora que colgaba de su menuda figura— equipo. Yo me encargo de esto. —Era rica. Tenía que estar acostumbrada a que otros cargaran sus cosas.

Pero dudó. Incluso con su abultado bolso pesándole y su perro quejándose en el transportín, me lanzó una mirada fulminante. —¿Puedo cuidarme sola.

—Lo sé. —Apreté el asa de su maleta—. Pero déjame llevarla por ti. Mi madre me cortaría la cabeza si no lo hiciera.

Un atisbo de sonrisa jugueteó en las comisuras de sus labios. —Tu madre me cayó bien.

Relajé mi agarre. —Tú también le caíste bien. Ahora, entra. Voy justo detrás de ti.

Volvió a mirar la pesada maleta, pero se ajustó el peso sobre los hombros, se dio la vuelta y entró en el hotel.

Concentrado en su espalda majestuosamente recta mientras la seguía al interior, no lo vi hasta que pronunció mi nombre.

No. Era imposible que *él* estuviera allí, en un Holiday Inn de Nashville. No cuando yo iba cargando maletas como un botones y estaba arrugado y sudoroso por nuestro vuelo de primera hora de la mañana. El universo no podía ser tan cruel.

—Niall. —Pero esa era su voz, removiendo recuerdos lejanos de cuando me acurrucaba a su lado en el gastado sofá del abuelo mientras él y mi madre hablaban de cosas de adultos.

Me tomé un segundo para poner mi expresión en blanco, para enderezar los hombros, antes de girarme hacia él. —Paul. —Solía llamarlo papá, pero eso se terminó junto con sus visitas a la granja. Le extendí la mano para saludarlo.

La irritación tensó su expresión antes de que me dedicara una sonrisa forzada. Me tomó la mano, con la palma suave contra la mía, áspera. Llevaba una de sus características camisas de vestir negras, con las mangas arremangadas, y un par de jeans negros rígidamente planchados. —Qué bueno verte, hijo.

—¿Qué te trae a Nashville, Paul? —Lo había visto unas cuantas veces en San Francisco y Nueva York. Ocasionalmente en Los Ángeles. Pero nunca en ningún lugar del centro del país, no desde que había dejado Ohio por última vez cuando yo tenía doce años. No podía ser que hubiera venido a verme, ¿o sí? A menos que finalmente hubiera leído mi libro. No le había preguntado antes de ponerlo como el villano.

Su mirada se desvió detrás de mí. —¿Esa es Samantha Jones?

Me giré y ella estaba a mi lado.

Le tendió la mano. —Gusto en verlo de nuevo, señor Swift.

¿De nuevo? Ah, claro. Sam y mi padre se movían en los mismos círculos de ricos tecnológicos. Me hice a un lado para darle más espacio.

Él le estrechó la mano. —Qué sorpresa encontrarla aquí en Nashville con Niall.

—Estamos en una gira de libros juntos. Ella es Sam Case. —Lo observé con atención y, aunque sus ojos se abrieron de forma teatral, la sorpresa no se extendió al resto de su rostro. Él lo sabía. ¿Por qué estaba allí?

—Vi a Audrey la semana pasada. No mencionó su carrera de escritora.

—No, es... —bajó la mirada hacia su bota, con las mejillas sonrosadas— de bajo perfil.

—Ya veo. —Y esos afilados ojos verdes, más duros que los míos, lo veían todo—. ¿Por qué no nos sentamos y nos ponemos al día? —Señaló detrás de él una zona de asientos protegida por una chimenea de gas y unas cuantas macetas con ficus.

—Claro, solo voy a registrarme. —Sam dio un paso atrás hacia la recepción del hotel.

—Acompáñenos. Por favor. —Y sonrió, mostrando los dientes.

—Ah, um... —Su mirada se cruzó con la mía.

—Está bien —masculé. Su presencia me daba valor... y esperanza. ¿Me daría por fin la aprobación que tanto anhelaba? Enderecé la espalda y rodé las maletas hasta dejarlas junto al ficus, luego me senté en el rígido sofá. Sam abrió la cremallera del transportín de Bilbo y se sentó en el otro extremo, acomodando al perro en su regazo.

—¿Cómo está tu mamá? —Mi padre acomodó su larguirucha figura en uno de los sillones orejeros frente al sofá.

—Está bien. —Probablemente estaría sentándose a una cena sencilla con el abuelo, con las manos ásperas y agrietadas por el trabajo duro y su pelo oscuro, veteado de gris, cayéndole en rizos sobre los hombros. La melena castaño rojiza de mi padre, besada por el sol y a la altura de los hombros, estaba recogida en un moño. ¿Eran mechas? Apreté un puño sobre mi rodilla.

—¿Qué puedo hacer por ti, Paul?

—¿Hacer por mí? Solo estoy aquí para ver a mi hijo. —Me señaló con un dedo—. Si me hubieras enviado un mensaje con el itinerario de tu gira, no habría tenido que perseguir a tu publicista.

Mis hombros se relajaron. Había venido a verme. Por fin había hecho algo bien.

—No uso mensajes de texto. —Apoyé la mano en mi muslo y la froté.

Sonrió, de forma tensa. —Vi la noticia de que la serie empieza a filmarse. Felicidades. ¿Crees que pasarás más tiempo en Los Ángeles ahora?

Parpadeé. ¿De verdad quería que nos viéramos más a menudo? —En realidad, no. No estoy involucrado en la serie, más allá de la consultoría, que puedo hacer por teléfono.

—¿Ningún papel como productor? —Su mirada era penetrante.

—No. —Contuve un escalofrío. Viviendo en Los Ángeles, trabajando en la serie, nunca terminaría mi libro. ¿Por qué preguntaba por la serie? No podíamos hacer una colocación de producto de sus teléfonos en una serie de fantasía.

—Deberías negociar eso la próxima vez. Solo un pequeño consejo gratis de tu padre. —Se rio entre dientes.

Lo miré entrecerrando los ojos. ¿Cuál era su jugada?

—Samantha. —Se giró para mirarla—. ¿Algún plan de Hollywood en marcha para usted?

Sus mejillas se sonrojaron. —No. La gente del cine dijo que los efectos serían demasiado caros. Así que solo es el libro.

—Ah. ¿Entonces volverá a casa en San Francisco?

—Así es. —Se recostó en el sofá. Pero la línea entre sus cejas, esa que no había estado allí cuando la conocí en San Francisco pero que había surcado su frente desde Columbus, permanecía.

—Así que se reincorporará al negocio familiar.

Abrazó al perro contra su pecho. —N-no realmente. Me gradúo esta primavera y pienso seguir una carrera en investigación.

¿Investigación? ¿Por qué no escribiría más libros?

—Pero una vez que eres una Jones, siempre serás una Jones, ¿eh? —Mi padre se inclinó hacia adelante.

Se acurrucó como un erizo y sus palabras salieron en un chillido. —¿Supongo?

Ver cómo la confianza de Sam se desmoronaba había convertido mi orgullo y emoción por ver a mi padre en una irritación creciente. Tiré del cuello de mi camisa de franela.

—Mira —dijo él—, llevo un mes intentando conseguir una reunión con tu hermano Jackson. Hemos desarrollado un dispositivo portátil para usar en fábricas, y combinado con el software de Synergy, sería un batazo para los fabricantes de automóviles. Puedes llamarlo, hacer que su gente se ponga en contacto con la mía.

Mis ojos se abrieron como platos. *¿Por esto* nos había perseguido hasta Nashville? ¿Para pedirle a Sam que le presentara a su hermano una propuesta de negocio?

Me puse de pie de un salto. —No.

—¿Qué? —Mi padre se echó hacia atrás y extendió las palmas de las manos—. Es un ganar-ganar. Jackson consigue una nueva forma de vender su software, yo muevo más unidades. Incluso le daré a Samantha una parte del pastel. Una comisión por el contacto, lo llamaremos.

¿Querría Sam una comisión por el contacto? Su vestuario de pantalones y camisetas descoloridas en la gira era más de artista sin un peso que de heredera tecnológica. Yo había asumido que estaba tratando de pasar desapercibida. ¿Pero y si algo le había pasado a su dinero? Yo, desde luego, nunca había visto un centavo de la fortuna de mi padre. No es que lo quisiera. Todo lo que había anhelado era su atención.

Sam se puso de pie, apretando al perro contra su pecho. —No, gracias, señor Swift. No quiero meterme en medio. Jackson dirige su negocio como él quiere. —Le dedicó una sonrisa tensa—. Que tenga una buena noche. —Se echó los bolsos al hombro e intentó agarrar su maleta.

—Espera, Sam. Voy contigo. —Me volví hacia mi padre, que se había levantado. Él era alto, pero yo era más alto. Hice a un lado al niño pequeño que había buscado la elusiva aprobación de su padre—. Estoy acostumbrado a que me trates como una mierda. Pero no vuelvas a intentar usarme para llegar a mis amigos nunca más. ¿Me entiendes?

—Estás cometiendo un error. Y ella también. —Sus ojos verde esmeralda brillaron.

—No lo creo. Creo que cometiste un error al venir aquí. —Agarré ambas maletas y caminé a grandes zancadas hacia la recepción del hotel para registrarnos. Mi cuerpo vibraba como si me hubiera caído un rayo.

Al sentir a Sam a mi lado, murmuré: —¿Estás bien?

—Sí. ¿Tú?

—Supongo. —Me froté el pecho, justo sobre el lugar que me dolía porque había descubierto, otra vez, que a mi padre le importaba una mierda.

—Estuviste genial al enfrentarte a él. Debió requerir mucho valor.

—Ojalá… —Me detuve. A Sam le gustaba la tecnología como a él. No lo entendería.

Pero me miró con aquellos ojos de otro mundo, los mismos que me habían hechizado todos esos meses atrás en aquella recaudación de fondos donde ninguno de los dos encajábamos, y posó su mano en mi antebrazo. Unas chispas recorrieron todo mi brazo hasta el pecho e hicieron que mi corazón latiera desbocado. Me preguntó: —¿Qué es lo que ojalá, Niall?

Tenía que ser un hechizo que me había lanzado, porque mi boca se abrió y dije: —Que hubiera venido por mí. —La última vez que había dicho eso, tenía diez años y lloraba en el hombro de mi madre porque Santa Claus no había traído a mi padre a casa por Navidad. Nunca, jamás, se lo había dicho a otro adulto. Ni siquiera a Gabi.

Sam se puso de puntillas con sus botas de combate y me rodeó los hombros con los brazos. La fuerza de su abrazo me dificultaba la respiración. O quizás era el olor a bosque de su pelo. Cuando agaché la cabeza para perseguir el aroma, me susurró al oído: —Paul Swift es un imbécil que no te merece.

Una risa sorprendida brotó de mi pecho y le devolví el abrazo. —Gracias.

No me soltó de inmediato, y me permití saborear el momento de conexión humana. Tuve que inclinarme un poco, pero encajábamos, su cabeza contra mi hombro, su columna curvada de modo que su torso se presionaba contra el mío. El cosquilleo se extendió desde mi corazón hasta la punta de mis dedos. ¿Podría sentirlas ella también, donde mis manos hormigueaban contra su espalda?

Quizás sí, porque se escabulló suavemente de mis brazos. Inclinó la cabeza para juguetear con el transportín de Bilbo, pero su pecho subía y bajaba igual que el mío, como si hubiéramos estado corriendo y no de pie en el vestíbulo del hotel.

Correr. Eso era exactamente lo que necesitaba para disipar esa extraña energía.

El recepcionista nos entregó las tarjetas de acceso y seguí a Sam hacia los ascensores, arrastrando nuestras maletas.

¿Quién demonios era mi compañera de gira? No era ninguna chica superficial de la alta sociedad como Gabi había intentado pintarla. No era una negociante tecnológica como mi padre pensaba. Era inteligente. Independiente. Y suave como una cama cálida en una noche nevada. Si no hubiera sido mi compañera de gira, la habría invitado a tomar algo y habríamos hablado hasta que la hubiera descifrado.

Pero era mi compañera de gira. Y aunque mi piel volvió a hormiguear cuando me entregó mi tarjeta de acceso, la metí torpemente en la puerta y entré en mi habitación, solo.

15

SAM

DEJÉ CORRER el agua caliente sobre mi piel, intentando entrar en calor de afuera hacia adentro. Nashville no era tan gélido como Chicago, pero aun así era más frío y seco de lo que estaba acostumbrada. Y luego estaba lo que me helaba por dentro: leer frente a extraños, temer que me trabara y se rieran. Sin mencionar el recordatorio de Paul Swift de que yo solo servía para hacer conexiones tecnológicas. Como un router.

Había tratado a su hijo de la misma manera. También lo había usado. Yo sabía lo que era no ser más que una moneda de cambio para uno de tus padres. Él se le había enfrentado a Paul de la manera en que yo habría deseado enfrentarme a mi madre. A Heidi. Y al Dr. Martell. Había abrazado a Niall por admiración.

Pura mierda. No fue admiración lo que hizo que mis pezones se endurecieran contra su pecho.

Me eché el champú de romero en la mano y lo masajeé en mi cabello. La atracción que sentí me tomó por sorpresa. Si no le hubiera estado mintiendo, Niall podría haber sido un buen amigo. Amable. Comprensivo. *Mírame. Todo va a estar bien.*

¿Bien? Para nada. Catorce días más de estar en exhibición, de habitaciones desconocidas, del aire de los aviones y de los irritantes clics de los obturadores de las cámaras. Me quité el champú del cabello frotando como si pudiera lavarlo todo: el pinchazo del aguanieve en mis mejillas, las miradas de los extraños, el roce de la mano de Niall que me ponía la piel de gallina.

Los ladridos agudos de Bilbo Baggins me sobresaltaron.

—Oye, Bilbo Baggins, tranquilo. Ya casi termino —grité a través de la puerta abierta del baño. No podía dejar que ladrara mucho tiempo. El gerente del hotel que nos hizo el *check-in* le había echado una mala mirada a Bilbo Baggins. Dijo que tenían una política de no admitir mascotas, pero que haría una excepción con mi animal de servicio siempre y cuando se portara bien.

Pero Bilbo Baggins había olvidado esa advertencia y estaba ladrando como un descosido. Cerré el agua y me envolví en una toalla antes de salir a la habitación.

Bilbo Baggins volvió a gañir y arañó la puerta. Mierda, la iba a rayar y entonces estaríamos en problemas. Caminé hacia él. —Tranquilo, amiguito. No es un intruso. Es solo nuestra cena. Cuando había hecho el pedido, escribí en los comentarios que lo dejaran fuera de mi puerta sin tocar precisamente por esta razón. Pero no siempre leían los comentarios.

Alcé a Bilbo Baggins y abrí la puerta para tomar la comida. La comida no estaba en la alfombra del pasillo. Solo un par de zapatillas. Medias tobilleras. Un par de pantorrillas musculosas, con el sudor goteando por el bosque de vello rojizo. Un par de shorts de nailon para hacer ejercicio, algo largos pero lo suficientemente cortos como para mostrar el borde inferior de un par de cuádriceps bien torneados.

Una camiseta, húmeda y pegada a su torso. ¿Y eran esos...? Mi mirada se detuvo ahí, ¿abdominales? La camiseta no era lo suficientemente ajustada como para contarlos, pero había definición. Sin duda.

Y, joder, qué pectorales. Cuadrados, con los pezones erectos. A cada lado, las mangas apenas podían contener los bíceps que se abultaban debajo de ellas. ¿Todos los repartidores de Nashville estaban así de marcados? Sentí un cosquilleo en la piel. Si era así, podría quedarme un tiempo. Y pedir un montón de comida tailandesa.

Un carraspeo me recordó que había una persona de pie en el pasillo, no solo un maniquí de *fitness* sexi. Levanté la vista hacia su cara.

—Yo… este… no sabía si sabías… este… tu toalla… quiero decir, tu comida. Tu comida está aquí. —La cara de Niall se había puesto tan roja como su pelo. Cuando me tendió la bolsa de plástico, los músculos de su antebrazo se abultaron. Se me hizo agua la boca, y no por el aroma de mis fideos borrachos.

Se la tomé, pero seguía mirando su antebrazo desnudo. Solo había visto sus brazos cubiertos por esas camisas a cuadros que siempre usaba. No tenía ni idea de que estaba escondiendo todo… esto. Se veía guapo con su traje en esa recaudación de fondos cuando lo conocí, pero ¿ahora? Delicioso. Mis dedos rozaron los suyos por accidente y sentí una descarga eléctrica hasta la médula.

Su pecho se expandió bruscamente. —¿Siempre abres la puerta en toalla? —su voz era áspera.

—Pensé que… no importa. Bilbo Baggins estaba ladrando.

—Deberías tener cuidado. —Apartó bruscamente la mirada de mi torso —¿estaba mirando a Bilbo Baggins o mi pecho cubierto por la toalla?— hacia mi cara—. Ese perro no te va a proteger de alguien con propósitos malvados.

Apreté a Bilbo Baggins contra mi pecho, sujetando la toalla en su sitio. —Solo estás tú en mi puerta. ¿Tienes propósitos malvados?

Se lamió el labio inferior. —No. —Sus pecas habían desaparecido contra su piel sonrojada.

Me apoyé en el marco de la puerta, dejando que la bolsa de comida colgara de mis dedos. Hacía tiempo desde mi última aventura de una noche. Con Kyle. Vale, esa había sido una mala idea. Pero en general, los rollos de una noche eran geniales. Todo el placer, nada de la vulnerabilidad. —¿Estás seguro?

—No. ¡Quiero decir, sí! Estoy seguro. Nunca lo haría. No con...
—Murmuró algo que sonó como *inapropiado*.

—¿En serio? —No veía nada tan inapropiado. Aparte de que yo estaba casi desnuda en el umbral de la puerta. La toalla, empapada en la parte superior por mi pelo mojado, se aflojó sobre mi pecho. Dejé la comida en el suelo para tener una mano libre para mantenerla cerrada.

Su mirada siguió mi mano por un instante y luego se disparó de nuevo a mis ojos. —Sam, te respeto. Eres mi colega. Sé que ha habido algunos casos de acoso sexual en la industria editorial, pero yo no soy uno de esos tipos.

Arrugué la nariz. —No estoy hablando de acoso sexual. Estoy hablando de dos adultos consintientes rascándose una picazón. —La picazón del tamaño de Niall que tenía desde que lo había abrazado antes. Había sido decente conmigo. ¿A quién le importaba la tonta dedicatoria?

Él no me haría daño. No podría. No lo dejaría. Una gira de libros con beneficios no era como tirarme a mi compañero de oficina. Solo un poco de sexo casual en un hotel y luego, zas, dos semanas después, se acabó, y nunca lo volvería a ver. Sin sentimientos complicados. De hecho, cuanto más lo pensaba, más me gustaba la idea. ¿La tienda de regalos vendería condones?

—Pero eres mi compañera de gira. Yo no...

—¿Qué, eres una especie de monje? ¿O una de esas personas que no tienen sexo fuera del matrimonio? Tu cuerpo es un templo y todo eso. —Lo del templo le estaba funcionando. Quería entrar y despatarrarme en su altar. Apreté los muslos.

—No, no es eso lo que... creo que necesitamos mantener nuestros límites. —Se frotó la mano sobre el pecho, haciendo que los pezones se pusieran firmes. El muy provocador. Los míos hicieron lo mismo en solidaridad.

—Límites. De acuerdo. —Me encogí de hombros, agarrando la toalla con fuerza. Su cuerpo podía decir que sí, pero él había dicho que no, y yo tenía que respetar eso. Había traído mi vibrador y muchas baterías. Examiné su cuerpo sudoroso después del entrenamiento una última vez, guardándolo en mi banco de pajas. Respetando esos límites, ya sabes—. Podrías pluriemplearte como instructor de *fitness*. La gente paga mucho por verse como... —solté brevemente la toalla para señalar su cuerpo— ...todo eso. ¿Has pensado en hacer videos en TikTok?

—¿En qué?

—TikTok. —Qué gracioso, no parecía tan viejo—. Ya sabes, ¿la plataforma para compartir videos cortos?

La expresión vacía de su cara me dijo que no sabía. —Realmente no hago entrenamientos, excepto correr cuando estoy de gira. Trabajar en la granja me mantiene en forma.

Maldita sea, ahora fantasearía con él lanzando grandes pacas de heno. Uh, o esos grandes cuádriceps apretados alrededor de los costados agitados de un caballo. Aunque sería una pena cubrirlos con un par de *jeans*. ¿Quizás una falda escocesa, como Jamie en *Outlander?* Mmm, sí. Apreté los muslos con más fuerza. Tendría que atender esas necesidades primero, antes de la cena.

—Bueno, si no hay nada más, probablemente debería, um... —incluné la cabeza hacia mi habitación.

—Ah. Cierto. El primer evento de mañana es al mediodía. ¿Nos vemos abajo en el vestíbulo a las once?

—Claro. —Aunque ya habíamos hablado de todo eso durante el trayecto desde el aeropuerto.

—Buenas noches. Buenas noches, Bilbo. —Con un dedo, frotó a Bilbo Baggins en la parte superior de la cabeza, justo entre las orejas, como a él le encantaba. Eso puso su dedo tentadoramente cerca de mi pecho. Por un segundo, imaginé ese dedo deslizándose hasta la parte superior de mi toalla, bajándola, antes de que él presionara su cuerpo sudoroso contra el mío limpio.

Vaya. Realmente necesitaba desempacar ese vibrador.

—Buenas noches, Niall. —La toalla se abrió un poco cuando me agaché a recoger mi bolsa para llevar, y no me importó. Dejé que la puerta se cerrara detrás de mí, ocultando su mandíbula floja y sus pupilas dilatadas. Dos podían jugar al juego de la provocación.

16

NIALL

ERA DEMASIADO temprano cuando me arrastré fuera del ascensor del hotel en Miami. ¿Acaso había dormido desde Chicago? En Nashville, no. Esperaba que mi corrida me hubiera relajado lo suficiente como para escribir. Ansiaba una ducha caliente y unas cuantas horas con mi libreta, pero entonces tuve que tocar a su puerta.

Podría haber pasado de largo. Ella probablemente sabía que su cena estaba ahí. Quería ver cómo estaba. No, no iba a mentir, ni siquiera a mí mismo. Quería verla. Lejos del estrés de las multitudes, quería catalogar algunos de sus movimientos, compararlos con lo que había imaginado que hacía Lobelia.

Conseguí mucho más que eso. Dos días después, todavía lo tenía grabado como una imagen residual en mis retinas. Una extensión de piel pálida apenas unos tonos más oscura que la toalla blanca del hotel. Gotas de agua aún aferradas a sus mejillas, a sus hombros, a sus empeines. Su cabello oscuro, húmedo y sin peinar, caía hasta sus senos, que la toalla apenas contenía. Y yo me le había quedado mirando como un pervertido mientras murmuraba palabras como *respeto* y *límites*. Lo único que quería hacer era arrancarle esa toalla, apretarla contra la puerta y besarla hasta que ninguno de los dos pudiera respirar.

Me di una palmada en la frente para sacudirme los pensamientos lascivos. Era mi compañera de gira. Una novata en la industria. No importaba que la gente lo hiciera todo el tiempo. Niall Flynn no hacía eso. No después del ejemplo que mi papá había dado en sus viajes de negocios. El camino estaba lleno de oportunidades, pero una aventura en plena gira no era lo que yo quería. Esperaba algo real. Compromiso. Respeto mutuo. Amor verdadero. Un «felices para siempre», como en los cuentos.

Afortunadamente, había canalizado mi energía sexual para escribir. Había llenado una libreta entera. Lástima que tendría que revisarla y tachar todas las insinuaciones sexuales antes de enviársela a Gabi.

Una risa —no, una risita— me llamó la atención. Parpadeé. Mi imagen mental de Sam no cuadraba con la mujer que estaba acurrucada en un sofá del vestíbulo del hotel, con su perro en el regazo y el teléfono sostenido frente a ella, soltando risitas.

Como si estuviera bajo un hechizo, me acerqué flotando. El foco de Sam estaba en la pantalla, y no se dio cuenta. Bilbo sí, y se retorció en sus brazos.

—Y entonces me descontrolé —dijo ella, cerrando los ojos y negando con la cabeza—. ¡Le dije que debería hacer videos de *fitness* en TikTok!

Sam escuchó por un segundo. —No, lo siento, vas a tener que conformarte con las fotos de publicidad. Me rechazó. —Se encogió de hombros—. Necesité dos rondas con mi conejo para calmarme. —Hizo una pausa por un segundo y luego soltó otra risita.

Estaba que ardía. Iban a encontrar un montón de cenizas y mi camisa de franela si me dejaba imaginarla tumbada en la cama, con la toalla tirada a un lado, las piernas abiertas y...

Compañera de gira, Niall. No sería uno de esos tipos que usan su éxito para atraer a una novata. Me aclaré la garganta.

Cuando levantó la vista, sus mejillas se sonrojaron. No como el rojo intenso que debía tener toda mi cara, sino un delicado rosa pétalo. —Oh. Hola, Niall. Ven a saludar a mi amiga Marlee.

—¿Qué?

Dio una palmadita en el cojín del sofá. —Sé que tenemos que irnos. Solo tomará un minuto. Quiere conocerte.

Brujería. Me senté a su lado.

—Más cerca. —Se quitó uno de los audífonos, lo limpió con el borde de su camisa y luego me lo metió en la oreja.

—…¡tan guapo! —La mujer blanca y bonita en la pantalla se tapó la boca con la mano—. ¡Sam! No lo… Hola, señor Flynn. ¿O debería llamarlo Niall?

Le ofrecí mi sonrisa de foto. Podíamos ser normales. Podía fingir que no había escuchado la parte de Sam en su conversación. —Un gusto conocerla, Marlee. Niall está bien. —Tan cerca de Sam, podía oler el romero en su cabello. Y aliento de perro. Bilbo me lamió la barbilla y yo le acaricié el pelaje sedoso. Mi otro brazo se sentía incómodamente apretado a mi costado. Sam me había hecho sentar lo suficientemente cerca como para que ambos saliéramos en la pantalla, y no había espacio para mi hombro. Me giré hacia ella y apoyé mi brazo en el respaldo del sofá. Su hombro encajó en mi pecho como si perteneciera allí.

—¿Puedes creer que Sam no me dijo que estaba escribiendo un libro? Estaba haciendo su investigación de doctorado y sus prácticas profesionales también. Ella es increíble, ¿verdad? —Marlee levantó las cejas.

Le eché un vistazo a Sam, que apretaba los labios con fuerza. —Increíble. —Yo escribía a tiempo completo y no había producido un libro tan innovador como el suyo—. ¿Lo ha leído?

—Yo… ah… lo empecé. —Marlee jugueteó con las puntas de su cabello con la mano que no sostenía el teléfono—. No es lo que suelo leer.

—Deberías leer el libro de Niall —dijo Sam—. Haré que te firme un ejemplar y te lo llevaré cuando regrese.

—¿Lo has leído? —Marlee ladeó la cabeza. ¿Qué significaba eso? ¿Por qué le sorprendía a Marlee que Sam hubiera leído mi libro? Me volví hacia ella, pero su rostro se había vuelto inexpresivo.

—Lo empecé. A todo el mundo le encanta.

Ah. Lo odiaba. Mi cara volvió a arder. Al menos no tenía que preocuparme de que Sam se reconociera en Lobelia. Miré mi reloj. —Tenemos que…

—Tengo que irme, Marlee. Dale saludos a Tyler de mi parte. —Sam sonrió a la pantalla, pero parecía dolida.

—Lo haré. Llámame este fin de semana y cuéntame cómo va todo. Es decir, si no están demasiado ocupados siendo OTP. —Marlee frunció los labios y movió las cejas—. No el sábado por la mañana; es cuando voy a ver a papá. Un gusto conocerlo, Niall. —Saludó con la mano y la pantalla se apagó.

Sam metió el teléfono en uno de los muchos bolsillos de sus pantalones cargo y extendió la mano. Dejé caer el audífono en ella. Volvió a limpiarlos ambos con su camisa y los dejó caer en un bolsillo diferente.

—¿OTP? —Tomé a Bilbo de sus brazos para que pudiera recoger sus cosas.

Se ocupó de la transportadora para perros. —*One pareja ideal.* Marlee es un poco romántica.

—Cree que tú y yo somos… —Apunté un dedo entre nosotros.

Se puso de pie y me quitó a Bilbo. Cuando rozó mi mano, mi piel vibró. —Las ve en todas partes. Legolas y Gimli. El Burger King y la sirena de Starbucks. Incluso a Bilbo Baggins y al corgi de mi vecino. No es nada.

—Nada —repetí. Me alegré de que Marlee no estuviera allí en persona para ver el bulto en mis vaqueros por oír a Sam hablar de masturbarse. Pero eso era solo una reacción física. No significaba nada. Ciertamente no que estuviéramos destinados a estar juntos.

—Hora de irnos, ¿verdad? —Sin mirarme, se dio la vuelta hacia la salida.

—Definitivamente. —No volvería a pensar en Sam de esa manera. No podía. Era mi compañera de gira y estaríamos juntos por dos semanas más.

No era mi OTP.

Sin importar lo que pensara mi cuerpo.

17

SAM

NUEVA YORK. Para cuando nos registramos en el hotel después de la medianoche, mis nervios zumbaban como la sala de servidores de la universidad. Pero el resto de mi cuerpo se movía como si estuviera en una tina de slime casero, del tipo que Jackson, Andrew y yo solíamos hacer con pegamento Elmer y bórax cuando Joelle era nuestra niñera.

Habíamos pasado el día en una convención de fantasía en Florida. Entre estar atenta a los teléfonos con cámara, ser abrazada por extraños en licra o piel sintética y que Niall me rociara las manos cada pocos segundos con gel desinfectante mientras me recordaba los peligros de la «peste de convención», mis defensas estaban bajas. Me sentía demasiado abierta, demasiado expuesta.

Mientras guardaba la tarjeta de acceso en el bolsillo, le pregunté al recepcionista: —¿Podría pedirle al botones que suba mi maleta? Necesito sacar a pasear a mi perro.

El viaje desde Florida había dejado hecho polvo al pobre Bilbo Baggins. Parpadeó lentamente, mirándome. Pero si no salía ahora, se despertaría a una hora intempestiva de la madrugada, aunque no tuviéramos que levantarnos temprano para ningún evento al día siguiente.

—Es casi la 1 de la madrugada. No puedes salir sola en la ciudad de Nueva York. —Niall debió de forzar demasiado la voz en la convención. La tenía áspera como la grava, y eso hizo que el calor se acumulara en mi vientre.

Sí, la forma en que había intentado cuidarme en la convención me había recordado demasiado a mi madre. Pero también había sido adorable escuchar sus terribles advertencias sobre llevarse a casa demasiados regalos. Luego, cuando subió al escenario y dijo cosas brillantes sobre los libros, me entró un poco de calor, si entiendes a lo que me refiero, y no fue por el calor de Florida. Lástima que estaba demasiado cansada para hacer algo al respecto. Pasearía a Bilbo Baggins y luego caería de cara en las sábanas limpias y blancas.

—Claro que puedo. Tengo un perro guardián justo aquí. Me protegerás, ¿verdad, Bilbo Baggins?

Se acurrucó en la alfombra del hotel.

Niall enarcó las cejas y se cruzó de brazos. —Ese perro tiene más de gato que de Cujo.

—Solo está guardando su energía para toda la protección que va a ofrecer. Vamos, Bilbo Baggins. —Lo levanté y tomé una bolsa de plástico de su transportín.

Una vez que estuvimos en la acera mojada por la lluvia, lo bajé. Me estiré, inhalando el olor a ozono y a gases de los taxis. La tormenta que había pasado dejó nubes densas que corrían de oeste a este sobre nuestras cabezas, con la parte inferior brillando por las luces reflejadas de Manhattan.

Bilbo Baggins olfateó un hidrante. Me aseguraría de llevarlo a Central Park mañana… bueno, más tarde… para que pudiera jugar con otros perros. Él era extrovertido, a diferencia de mí.

Se quedó quieto, ladeando la cabeza para escuchar los pasos pesados que resonaban en los edificios de piedra detrás de nosotros. Sus delgadas patas temblaban.

Sabía que no debía mostrar miedo en las calles de la ciudad. —

Concentrate, Bilbo Baggins. Haz tus cosas para que podamos ir a la cama. —Tiré de su correa y me detuve junto a un árbol de aspecto triste que crecía en un pequeño trozo de tierra en la acera. Bilbo Baggins lo olfateó, tratando de evaluar si era digno de su cuclillas. Luego levantó la cabeza, soltó un único ladrido y apretó su diminuto cuerpo contra mi pierna.

Miré por encima del hombro. Una figura oscura y corpulenta merodeaba a pocos metros. Deseé haber dejado que Marlee me convenciera de traer un bote de gas pimienta. —Vamos, Bilbo Baggins.

Lo arrastré hasta el siguiente árbol. La figura nos siguió. Algo cobrizo brilló bajo una farola.

Suspiré, y la tensión se desprendió de mis hombros. —Deja de acechar ahí —le grité—. Casi nos asustas.

Niall se acercó, lentamente. —Deberías tener miedo aquí fuera en medio de la noche.

Tan pronto como habló, Bilbo Baggins movió todo el cuerpo, bailando hasta que Niall se agachó para rascarle entre las orejas.

—Hay gente por todas partes. —Saludé con la mano a un trío de mujeres al otro lado de la calle, que se tambaleaban sobre sus tacones—. Y puede que ahora parezca amigable, pero Bilbo Baggins es feroz cuando se siente amenazado.

Niall resopló. —¿Por eso lo trajiste? ¿Para protegerte? —¿Cómo podía seguir oliendo a ciprés y eucalipto después de haber sido abrazado por todos esos cosplayers sudorosos?

—Ja, ja. No necesito protección. No podía dejarlo en una perrera. Su lugar es conmigo. Es mi mejor amigo.

—¿Te refieres a «el mejor amigo del hombre»?

—No. —Estaba demasiado cansada para reírme y decir la mentira—. Quiero decir que él es quien ha estado ahí para mí a través de… todo. —Agité la mano en una débil comunicación de las tensiones de tres años de posgrado, mis frustraciones con CASE y lidiar con las expectativas de mi madre. Bilbo Baggins никогда no esperaba nada de mí, aparte de croquetas y un lugar a mi lado. Y sus saltones ojos marrones estaban llenos de amor, tanto si había hecho un brillante descubrimiento en IA como si había fracasado estrepitosamente en todo lo que había intentado ese día. Ojalá lo hubiera tenido en la universidad cuando las cosas explotaron con Stephen.

Bilbo Baggins había hecho sus cosas, y me agaché para recogerlo. Niall se puso en cuclillas y extendió el puño. Bilbo Baggins trotó hacia él, le olfateó la mano y le lamió el nudillo. Mientras Niall le rascaba detrás de las orejas, Bilbo Baggins meneó la cola y cerró los ojos.

Maldita sea, yo quería un poco de eso. Pero aparte de la mano en mi espalda en esa primera firma en Chicago, Niall no me había tocado a propósito. Ni siquiera un apretón de manos. ¿No se suponía que la gente del Medio Oeste era efusiva? Había abrazado a Qiana esa primera noche, en Columbus.

Pero no quería tocarme a mí.

El agotamiento me golpeó como una ola aplastante. Podría haberme subido a las escaleras más cercanas y haberme echado una siesta allí mismo. Anudé la bolsa y me volví hacia el hotel. —Vamos.

Niall se levantó y se puso a mi lado. Bilbo Baggins tenía otras ideas. Confiado ahora con Niall como su protector, se movía a paso de tortuga, olfateando trozos de basura en la acera. A este ritmo, nos llevaría media hora caminar las dos cuadras hasta el hotel.

—Tú también tienes un perro, ¿verdad? —Recordé el de la foto de autor en la solapa trasera de su libro—. ¿Uno grande, oscuro y peludo?

Sonrió, y sus dientes brillaron a la luz de la farola. —Un lobero irlandés. Thorin Escudo de Roble.

Me reí, el sonido sorprendió a la calle silenciosa. —Qué coincidencia.

—No lo creo —dijo—. Tú y yo somos fans de Tolkien. Es lógico que les pongamos a nuestras mascotas los nombres de nuestros personajes favoritos.

—Supongo que sí. —Bajé la mirada hacia Bilbo Baggins por si

mi expresión se resquebrajaba. Casi siempre pensaba en papá justo antes de irme a la cama. Recordando cómo solía acurrucarme contra su ancho pecho, sus pies con calcetines negros colgando del lado de mi estrecha cama individual, con el libro en mi regazo. Él se sentaba en silencio, dejándome luchar para descifrar las palabras antes de que yo las gritara triunfante. Otras veces, cuando el colegio o mi madre habían sido demasiado, él mismo las leía, su voz baja y firme tejiendo historias sobre guerreros, aventureros y un ladrón.

—¿Estás bien? —preguntó Niall—. Estaba seguro de que cuando mencioné a Tolkien, tendrías algo que decir.

Hice una mueca, recordando esa primera firma en la que no había sabido cómo responder a la pregunta sobre la inspiración. Desde entonces, había aprendido a hablar de Tolkien. Ni siquiera era mentira, en realidad. Había cargado *El Hobbit* y la saga de *El Señor de los Anillos* en CASE para enseñarle sobre el lenguaje. Aunque la respuesta parecía resonar entre los lectores, no hacía que me sintiera menos como una impostora. —Solo estoy cansada.

—Vamos a llevarte a la cama, entonces. —Su cuerpo se tensó —. A tu cama, quiero decir. Sola. Mierda —masculló. Silbó, un sonido que me perforó los tímpanos en la calle silenciosa—. Vamos, Bilbo.

Bilbo Baggins se acercó trotando, y caminamos más rápido hacia el hotel.

Mientras pasábamos por la Catedral de San Patricio, Niall preguntó: —¿Has estado en Nueva York antes?

—Unas cuantas veces. —Papá solía venir por trabajo, y cuando un viaje coincidía con las vacaciones escolares, a veces íbamos todos juntos. Después de que mi madre se casara con Charles, vine una vez con ellos, pero rechacé su siguiente invitación.

—¿Algún plan mientras estés aquí? ¿Cuando no estemos en los eventos?

—Central Park. Llevaré a Bilbo Baggins mañana.

—¿Qué hay de ir de compras? ¿Museos? ¿Espectáculos?

—No son exactamente lugares que admitan perros. Bilbo Baggins y yo no hemos pasado mucho tiempo de calidad juntos esta semana, así que quiero compensárselo.

Por fin, entramos por la puerta automática a la luz del vestíbulo del hotel. Niall dijo: —A mí también me gustan los parques. Si necesitas un… un acompañante, avísame. Lanzo bien la pelota de tenis.

La puerta del ascensor ya estaba abierta, y entramos. Niall pulsó el botón de nuestro piso. Había dejado de cuestionar lo de las habitaciones contiguas. Debía de ser una política de Happy Troll.

—Gracias por la oferta. Lo consideraré.

Sonrió, pero sus ojos estaban vidriosos por la fatiga. Se había levantado temprano esa mañana —la mañana de ayer— para una entrevista telefónica. La gira era igual de dura, si no más, para él. Las expectativas eran más altas para él que para una novata. Además, tenía la carga de tener que entrenarme para esas miserables sesiones de preguntas y respuestas.

Las puertas se abrieron en nuestro piso, y saqué la tarjeta de acceso de mi bolsillo. —Bueno, buenas noches.

Caminó conmigo hasta mi puerta. —Solo… solo echa un vistazo adentro. Revisa que tu maleta haya llegado y que todo esté bien.

—¿De verdad? —Me había protegido desde ese primer día en Chicago, pero esto era algo más—. Nos hemos alojado en hoteles todas las noches de esta semana. Estoy segura de que está bien.

—Esto es Nueva York. Dame el gusto. —Se apoyó en la pared.

Abrí la puerta. ¿Hasta dónde llegaba este instinto protector? —¿Quieres entrar?

Sus ojos somnolientos se abrieron de par en par. ¡Mierda! Eso sonó como si lo estuviera invitando a pasar para tener sexo. Algo que él había dejado claro que no quería.

—Me refería a buscar troles o asesinos en serie, lo que sea que creas que se esconde debajo de la cama en el aterrador Nueva

York. No, como, para tomar una copa. ¿La gente todavía hace eso? ¿Crees que este lugar tiene minibar?

Se apartó de la pared con un resoplido que podría haber sido una risa o exasperación. —Con los precios de Nueva York, podrías estar más segura con los troles que con el minibar. —Dio two pasos dentro de la habitación y se metió las manos en los bolsillos, como para evitar tocar nada en mi espacio. La puerta se cerró con un golpe sordo y un clic.

La habitación era diminuta, con solo espacio suficiente para una cama doble, un baño compacto y un armario poco profundo. Dejé caer la correa de Bilbo Baggins para que pudiera olfatear y arrojé mi abrigo sobre la cama. Abrí la puerta del armario. Nada más que perchas vacías y una de esas pequeñas cajas fuertes con teclado. Encendí la luz del baño e incluso corrí la cortina de la ducha. Luego, revisé la cerradura de la puerta que comunicaba con la habitación contigua.

No fue hasta que me di la vuelta y vi a Niall observándome que recordé que era la puerta a su habitación. Mis mejillas se calentaron. —Lo siento, yo…

—Está bien. La gira es mucha convivencia. Necesitamos límites.

La habitación era demasiado pequeña para límites. La llenaba con su gran complexión, su franela y ese aroma a bosque que llevaba consigo.

—Supongo que todo está despejado, entonces —susurré, no queriendo perturbar la quietud de la noche.

—Bien. —Se rascó la barbilla, el sonido rasposo resonó a través de la diminuta habitación. Las mangas enrolladas de su camisa de cuadros dejaban al descubierto los vellos rojizos de su antebrazo. La franela parecía suave. También el vello.

Lo siguiente que supe fue que estaba tocando su brazo. Solo un dedo arrastrándose por el bosque de vello elástico desde su codo hasta su muñeca. Era tan sedoso como lo había imaginado. La sensación subió por mi brazo para calentar mi pecho.

Me quedé helada. —Lo siento, yo…

—Está bien. Puedes tocarme.

Codiciosa, deslicé la punta de mi dedo sobre el dorso de su mano y tracé los bultos de sus nudillos.

Él volteó la mano, dejando al descubierto su palma. Este lado de su mano estaba libre de pecas, pero estaba rodeado de callosidades que se enganchaban en mis dedos. Cuando tracé un camino hacia la piel suave del interior de su muñeca, se estremeció.

Desplegó su otro brazo y lo levantó lentamente. Posó su mano en mi hombro sobre mi camiseta, sus dedos curvándose hacia atrás a lo largo de mi omóplato. —¿Está bien así?

—Sí. —Si apretaba un poco más fuerte, podría deshacer el nudo de estrés que había llevado en mis hombros desde que vi a esa persona vestida como El Mago en la convención.

En cambio, su mano se deslizó por mi espalda, por debajo de mi cola de caballo, hasta mi nuca. Me estremecí.

—¿Todavía bien?

Su mano estaba cálida, casi caliente, en mi cuello. Apretó, aliviando los músculos tensos. Un cosquilleo de alivio fluyó por mi espalda. Asentí.

Retiró su otra mano de la mía y, con un dedo, me levantó la barbilla. Tan cerca, las cerdas de sus mejillas y barbilla brillaban doradas bajo la suave luz de la lámpara. Sus labios eran del rosa suave de las zapatillas de ballet. Odiaba la clase a la que mi madre me obligaba a ir, nhưng saya menyukai sepatu itu.

Tan cómodos. Tan mullidos. Tan besables.

Cuando me puse de puntillas, mis botas crujieron. Aun así, no era lo suficientemente alta para alcanzar su boca. Su boca imposiblemente alta. Tendría que inclinarse para encontrarse conmigo.

Cuando no lo hizo, aparté la mirada de esos labios satinados y examiné sus ojos. Esperaba que estuvieran enfocados en mis labios. No, Niall Flynn no podía ser tan transparente como los chicos con los que me había liado en la universidad. En cambio, me miraba a los ojos, con emociones que no pude leer agitándose detrás del verde salpicado de oro.

Dejó caer la mano y dio un paso atrás hasta que su espalda

chocó con la puerta. Mi barbilla extrañó el apoyo de su dedo, y mi cuello helado se erizó con piel de gallina.

—Estaré… estaré justo al lado —dijo.

Me dejé caer contra la pared. —Oh. De acuerdo.

Antes de que terminara de hablar, la puerta se cerró detrás de él. Bilbo Baggins resopló al despertarse y soltó un medio ladrido adormilado.

Parpadeé con fuerza y sacudí la cabeza. Cama. Estaba cansada. Por eso había leído mal las señales e intentado besarlo.

No estaba interesado. No en mí. Como todos los demás, necesitaba algo de mí. Que me presentara en las firmas de libros. Como mi madre necesitaba que me presentara en sus eventos sociales.

Y, en realidad, yo también había estado tratando de obtener algo de él. Rascar una picazón. De forma segura, sin riesgo de enamorarme o querer más. Porque quedaban menos de dos semanas de la gira. Al igual que esta habitación de hotel, no había espacio para nada más.

Abrí la cremallera de mi maleta y saqué un par de pantalones de pijama. Después de ponérmelos, extendí la mano para acariciar la puerta contigua, la que conducía a la habitación de Niall. Imaginé abrirla y encontrar su corpulenta figura llenando el umbral, apoyado contra el marco con los ojos entreabiertos como los tenía antes de que lo tocara.

No. Me dejé caer de espaldas en la cama. El agotamiento había bajado mis inhibiciones, me había llevado a pensar que Niall quería besarme. Por supuesto que no. Estaba hecho para el consumo público, disfrutando de los flashes de las cámaras. Necesitaba un adorno llamativo en su brazo, no a alguien que usaba pantalones cargo y camisetas sin forma y se escondía detrás de su perro. No necesitaba a alguien que apartara la cara de las fotos, que prefiriera la soledad de un laboratorio de computación a los estrenos de películas abarrotados.

Además, yo tenía secretos. Secretos que corría el riesgo de revelar si dejaba que Niall se acercara demasiado. Secretos que serían desastrosos para la gira, para CASE, para mi futuro. Abrir esa puerta era algo que nunca podría hacer.

Me metí bajo las sábanas, pero por muy cansada que estuviera, mis ojos se negaban a cerrarse. Mi pierna chocó contra la bolsa de mi laptop.

Sentándome, metí la mano y saqué la copia de bolsillo de *Secretos de los elfos del bosque,* la que Niall me había firmado en Chicago. Lo abrí en la primera página del Capítulo 2, y cuando las letras dejaron de arremolinarse, empecé a leer.

18

SAM

ME DOLÍAN LOS DEDOS. Mi firma —la falsa— se había convertido en un garabato irreconocible, en el que la S y la C eran las únicas letras legibles. Pero me estaba esforzando. Algunas de esas personas habían esperado en la fila durante más de una hora. No sabían que el libro había sido escrito por una IA y que su autora era más falsa que la superficie laminada con vetas de madera de la mesa.

Ayudó que Qiana estuviera allí. Se encargaba de la fila de la librería y escribía los nombres en una nota adhesiva. Le dedicaba una rápida sonrisa a cada persona, copiaba el nombre de la nota de Qiana y luego garabateaba *Sam Case*. Diez segundos. Quince si la persona quería decir algo como: «Me encantó tu libro» o «Es un placer conocerte». Nada de *selfies*, por favor y gracias.

La fila de Niall avanzaba mucho más despacio.

Cuando mi última persona se alejó, aferrada a su recién firmado libro de quince dólares, Qiana se dejó caer en la dura silla de madera a mi lado.

—Nada mal para una tarde de domingo.

Por la sonrisa en el rostro de Qiana, no solo «no estaba mal», sino que estaba bastante bien.

—¿La editorial está contenta con los resultados de la gira hasta ahora? —Necesitábamos datos de ventas para demostrar el éxito que había tenido la primera novela del mundo generada por una IA. Con los datos, seguramente Martell aprobaría mi tesis.

—¿Contenta? El Troll está extasiado. El libro de Niall se está vendiendo bien; entrará en las listas de los más vendidos la próxima semana. Pero tus ventas también están subiendo poco a poco. Estás teniendo muy buenas recomendaciones de boca en boca.

—¿Teniendo qué?

—Recomendaciones de boca en boca. La gente les está diciendo a sus amigos lo bueno que es tu libro, y lo están comprando.

Cerré el puño y estiré mis dedos adoloridos. Las ventas eran lo que Martell quería para demostrar el éxito de CASE. Hablar con todos esos extraños, hablar en público, incluso el dolor de manos, todo valía la pena si al final salía con mi doctorado. Mi corazón dio un brinco de esperanza.

—¿Te estás divirtiendo en la gira? —preguntó Qiana, recogiendo los bolígrafos esparcidos por la mesa.

—Eh... —miré a Niall, pero estaba ocupado charlando con una fan. Había intentado fingir que las cosas entre nosotros no eran raras. Sus palabras habían sido las mismas de antes: *Buenos días* y *¿Cómo dormiste?* y *¿Qué le pareció el parque a Bilbo?* Pero sus sonrisas habían sido de esas para las cámaras, y ni siquiera me había rozado el hombro con el suyo en el auto.

Qiana se rio entre dientes. —Sé que es un trabajo duro, sobre todo con una agenda tan apretada como esta. ¿Has tenido tiempo para ti, para relajarte, ver Netflix o pintarte las uñas?

En la casa de los Jones-Hayes, pintarse las uñas implicaba una visita al spa y precedía a la tortura de un evento social con un encaje que picaba o un satén resbaladizo. Y la discusión con Mamá sobre si el esmalte de uñas negro debía ser apropiado para un evento de gala, la cual nunca ganaba. —Bilbo Bolsón y yo fuimos al parque esta mañana.

—Ay, el pequeño Bilbo. —Qiana se quedó mirando el expositor de libros de cocina cercano—. ¿Qué tal si vienes a mi apartamento después? No está lejos de aquí. Y al lado hay un lugar de comida india para llevar. Es increíble.

Tenía muchas ganas de acurrucarme con Bilbo Bolsón en la cama del hotel. No me apetecía mi otra tarea: los mensajes engañosos. Le debía uno a Mamá para decirle que el «viaje por carretera» iba bien. Jackson me había escrito, pero aún no lo había leído. Odiaba mentirle a él más que a nadie. Al menos podía ser sincera en mi mensaje al Dr. Martell. Él ya sabía lo poco que quería estar en la gira, y no esperaba que le mintiera y le dijera que la estaba disfrutando.

Abrí la boca para rechazar su invitación —educadamente, por supuesto—, pero bajo el lápiz labial rojo de Qiana, su sonrisa era irresistible. No parecía una invitación superficial de tipo *no-sé-cómo-terminar-esta-interacción*, sino un gesto de genuina... ¿amistad? ¿Qiana hablaba en serio sobre querer ser mi amiga?

Solo porque pensaba que yo era algo que no era.

Negué con la cabeza. —No, yo...

—Vamos. Será divertido. Nos relajaremos. —Y me puso ojos de cachorrito y un puchero como si de verdad quisiera que fuera.

Necesitaba relajarme un poco. Sobre todo después de ese casi beso de anoche. Tener una excusa perfecta para evitar a Niall sería ideal. —Está bien.

Qiana aplaudió. —¡Fantástico! Tengo un color coral bebé que es demasiado claro para mí, pero que se va a ver genial en tus uñas. Podemos irnos en cuanto hable con Niall.

Una mujer estaba de pie junto a Niall, tan cerca que debía haber violado su barrera personal de gérmenes. Fruncí el ceño. Claro, él abrazaba a sus fans, les daba la mano, posaba para fotos con ellos, pero había algo natural entre Niall y esta mujer. Y me resultaba familiar. Pelo largo y oscuro que se rizaba sobre sus hombros. Un traje color magenta que de alguna manera parecía divertido y casual en lugar de rígido y apretado. Unas curvas de infarto. Sus agudos ojos marrones contradecían su sonrisa radiante y relajada.

Qiana la conocía. —¡Gabriela! —caminó hacia ella, con los brazos abiertos, y la abrazó. Niall se alzaba sobre ellas, radiante.

Una amiga, entonces. ¿Una novia? Sentí un escozor por dentro. Mierda, con razón se había alejado de mí anoche.

—Sam. Ven a conocer a Gabi —llamó Niall.

Mis botas querían quedarse pegadas al suelo, pero no pude resistirme a las sonrisas de invitación de Niall y Qiana. Me obligué a sonreír, me acerqué y extendí la mano. —Soy Sam.

La mujer la agarró, su mano de un castaño claro contrastaba con la mía, pálida. —Gabriela Padrón. Soy la agente de Niall.

A juzgar por lo cerca que estaba de Niall, era más que eso.

—Nos conocimos en esa recaudación de fondos para la alfabetización en San Francisco, pero no tuvimos oportunidad de hablar. —Gabriela me examinó, no de pies a cabeza, sino seleccionando rasgos para observarlos durante unos segundos como si fueran mariposas muertas en una bandeja—. ¿Está disfrutando de la gira hasta ahora?

—Está bien. Es agotadora.

—Pero Sam ha sido toda una campeona —dijo Niall—. Es genial con los lectores, especialmente con los niños.

La mirada de Gabriela se detuvo en mi camiseta de *La historia sin fin*. Luego sonrió como si supiera un secreto y se inclinó hacia Niall. —No todo el mundo puede colgarse del éxito de un escritor del calibre de Niall.

La frente de Niall se puso rosa, y luego el color le bajó por la cara. —Al libro de Sam le está yendo genial. Podría ser yo el que se cuelgue de su éxito. —Se rio de una forma que no le había oído antes. Como si alguien lo estuviera forzando.

Qiana, bendita sea, dijo: —Sam y yo nos vamos a mi casa. ¿Supongo que ustedes van a pasar el rato?

—Sí —dijo Niall—, ya que tenemos libre el resto de la noche.

¿El resto de la noche? Odiaba cómo Gabriela se le colgaba.

Casi esperaba que se frotara contra él, como un gato. O tal vez que orinara en un círculo a su alrededor.

—Suena bien —dijo Qiana—. Te recogeré mañana a las diez.

Con un saludo despreocupado, Niall se dio la vuelta con Gabriela y salió de la tienda.

—Grrr —dijo Qiana—. Sacó las garras.

Así que no me lo había imaginado. —¿A qué vino eso?

Qiana hizo un gesto con la mano. —Oh, solo está protegiendo a su chico. Queriendo asegurarse de que la joven advenediza sepa cuál es su lugar. —Sonrió—. Vámonos. Me muero de hambre.

¿Su chico?

Dos horas después, Qiana me entregó el frasco de esmalte de uñas color coral. Lo miré con el ceño fruncido. —¿Tienes algo menos... rosa?

Qiana sonrió. —Tengo muchas más opciones. Un segundo. — Atravesó la puerta hacia su dormitorio.

Volvió un minuto después con una bandeja llena de frascos de colores que traqueteaba. —Tenemos verde sirena, dorado, azul oscuro, morado, rojo. ¿Ves algo que te guste?

Miré la selección y agarré el frasco negro. —Este.

—Una chica gótica. Debería haberlo sabido. —Empujó el esmalte rosa hacia el centro del grupo y agitó un frasco de color cereza oscuro. Imite su acción con el frasco de esmalte negro. Extendió una hoja de periódico sobre la mesa de centro — pequeña pero sólida, y mucho más bonita que la que yo había rescatado de un contenedor— y destapó el esmalte.

Pasó el rojo intenso sobre la uña de su pulgar. —Bueno, cuéntame de ti. He oído todo sobre la gira, pero ahora quiero saber sobre los otros veintitantos años de tu vida.

—No hay mucho que contar. —Me encogí de hombros como si de verdad no lo hubiera, como si no estuviera envuelta en secretos —. Crecí en San Francisco, y ahora soy una estudiante de posgrado. —Intenté copiar las pinceladas suaves de Qiana en mis uñas cortas. El negro brillante contra mi piel pálida me hizo sonreír.

—¿Cómo es tu familia? ¿Grande? ¿Pequeña?

—¿En serio? —no era mi intención que la palabra saliera disparada. Pero casi nunca conocía a nadie que no conociera a los Jones—. Mi padre fue Jasper Jones. Fundó una `startup` que fue adquirida por Gurusoft. Mi madre dirige la Fundación Jones para la Alfabetización. Trabajan principalmente en la Costa Oeste. Y mi hermano es Jackson Jones. Fundó Synergy Analytics, y está... bueno, estuvo... mucho en los tabloides. ¿Tú... no los conoces?

La mirada de Qiana estaba en blanco. —Realmente no sigo las noticias de tecnología.

—Oh. —Mi pecho se relajó, como si me hubiera quitado uno de esos chalecos de plomo que te obligan a usar para hacerte radiografías en el dentista. Ella no tenía una docena de ideas preconcebidas de cómo debería ser un Jones—. Genial. Supongo que somos una familia grande. Tengo dos hermanos y una hermana. Además de otros parientes en el Área de la Bahía.

—¿Ah, sí? —Qiana extendió la mano, examinando sus uñas de un rojo brillante—. ¿Son unidos?

—Supongo que sí. Mi madre organiza un brunch todos los domingos. Pero puede ser un poco abrumador.

Qiana levantó la vista de sus uñas y sonrió. —Te entiendo. Deben estar muy orgullosos de ti.

Vaya. La pesadez descendió de nuevo. Me froté una mancha de esmalte de la cutícula e intenté recomponer mi expresión.

Qiana sopló sus uñas. —¿Cuánto tiempo llevas escribiendo? ¿Toda tu vida?

—No tanto. —Algo se retorció dentro de mí. Era peor que las sesiones de preguntas y respuestas. Esta vez, le estaba mintiendo a alguien que conocía. Que estaba tratando de ser mi amiga—. ¿Y tú? ¿Siempre quisiste ser publicista?

Qiana se pasó el pulgar por debajo de una uña. —Siempre quise escribir.

—¿Por qué no lo haces?

Ella frunció el ceño. —Me encantaba leer de niña. Supongo que nunca pensé que fuera algo que yo pudiera hacer. Pero ahora trabajo rodeada de autores y libros todos los días. —Su ceño fruncido se disolvió—. Es como un sueño que me paguen por conectar a los escritores con los lectores.

Sabía lo que era que te desanimaran a perseguir tus intereses. Mamá habría sido mucho más feliz si yo hubiera hecho algo que ella pudiera entender, como finanzas o negocios. Fue pura terquedad —y el aliento de Jackson— lo que me hizo superar la resistencia de Mamá. —Pero puedes hacer lo que te propongas. ¿Por qué no escribes un libro ahora? No eres mayor que yo.

Qiana se mordisqueó el labio manchado de rojo. —Quizás. He... he considerado volver a estudiar. Para mi maestría. En bellas artes —añadió cuando la miré sin comprender.

—Oh. Deberías. Definitivamente. Si eso te dará la confianza para perseguir tus sueños. —El posgrado había sido difícil, pero fue el trampolín hacia mi independencia.

—He estado ahorrando para ello. Con el éxito que proyectamos para tu libro y el de Niall, el fondo de bonificaciones debería ser bueno este año. Quizás el año que viene pueda pagármelo.

Fue como si Qiana me hubiera dado un puñetazo en el estómago. Nunca me había preocupado por el dinero, ni siquiera después de haber renunciado a mi fondo fiduciario. Mi estipendio me alcanzaba para fideos instantáneos y ropa de segunda mano, y si alguna vez tenía una emergencia, mi familia se abalanzaría a rescatarme, quisiera yo o no.

Qiana no tenía esa red de seguridad.

La puerta traqueteó, y se oyeron voces ahogadas detrás de ella. —Mis compañeras de piso llegaron —dijo Qiana—. ¿Quieres más comida antes de que se la devoren?

—No, gracias. —Me levanté de un salto. La tarde con Qiana había sido... agradable. Pero no podía enfrentarme a una charla trivial con sus compañeras de piso—. Debería irme. Gracias por dejarme pasar el rato.

—No hay problema. Podemos repetirlo alguna vez. —Y ahí estaba de nuevo esa sonrisa radiante.

Ni siquiera fue una mentira cuando dije: —Me gustaría.

La puerta se abrió, saludé con la mano y me escabullí.

Mientras bajaba las escaleras con paso pesado, la conversación se quedó atascada en mi cerebro como un error de ejecución. *Ventas. Bonificación.*

Pronto, Heidi y Martell revelarían la historia completa de CASE y *Un mago en la máquina.* Cuando me contaron el plan, solo me había concentrado en ese pergamino que estaba justo fuera de mi alcance. No había pensado en...

Me quedé quieta, agarrada a la barandilla. Cuando revelaran la verdad, ¿qué pasaría con Qiana? ¿Ganaría su bonificación y su sueño de la maestría, aunque el libro resultara ser una mentira?

Seguramente que sí. Heidi lo tenía todo bajo control. Solté la barandilla, a la que me aferraba con una fuerza mortal, y continué bajando las escaleras más despacio. Mentira o no, las ventas eran reales. Crecer con un padre emprendedor y un padrastro director financiero me había enseñado que la gente no suele discutirle al dinero.

Pero.

Cuando dejara de fingir ser una autora, volvería a mi mundo de programación en solitario y —esperaba— a un puesto de investigación en un laboratorio tranquilo. Independientemente de lo que dijera Heidi, las consecuencias de la verdad dejarían un desastre que alguien tendría que limpiar.

No sería Qiana, ¿verdad? ¿Y cuánto me odiaría, incluso si no fuera así? Le había mentido en la cara acerca de ser una autora, alguien interesado en los libros.

Esto de la amistad no podía continuar. No con Qiana. Complicaría mi estrategia de salida.

Pero CASE era la máquina, no yo, por mucho que intentara reprimir mis sentimientos. Y el abismo de Balrog en mi estómago me decía que ya era demasiado tarde para cortar por lo sano.

SAM

AL SALIR del ascensor del hotel, casi podía sentir el peso del edredón blanco y esponjoso con el que planeaba cubrirme la cabeza para aislarme del mundo. Nada de mensajes. Nada de hablar. Solo mi culpa y yo.

Y Bilbo Baggins.

El pequeñín se había dormido profundamente después de nuestra aventura en Central Park esta mañana, y yo no había querido arrastrarlo a otra librería, así que había salido sola de puntillas. Aunque, después, no había planeado ir a casa de Qiana. Nuestro fuerte de mantas tendría que esperar a que lo sacara a hacer pis.

Esperaba que Bilbo Baggins hubiera oído mis pasos, pero no hubo ningún resoplido bajo la puerta mientras deslizaba la tarjeta en la cerradura. ¿Seguiría dormido? Cuando abrí la puerta, revisé la cama. Solo unos cuantos pelos negros en el edredón blanco. Otra mirada frenética por la diminuta habitación del hotel me confirmó que Bilbo Baggins no estaba allí. Mi corazón dio un vuelco y se detuvo. Luego se aceleró. Quizás estaba debajo de la cama. En el baño. ¿Escondido detrás de una cortina? ¿Le había pasado algo? ¿Estaría vagando por las calles de Nueva York, solo y aterrorizado? Fruncí los labios temblorosos y silbé.

Me respondió un ladrido ahogado. Parecía venir de la habitación de al lado. De la de Niall. ¿Cómo pudo haber entrado allí? La puerta comunicante estaba cerrada con llave cuando me fui.

Le quité el cerrojo y abrí de par en par la puerta comunicante. El lado de Niall ya estaba abierto. ¿Siempre la dejaba entornada?

No importó cuando Bilbo Baggins se puso a bailar a mis pies. Arrodillándome, lo levanté en brazos y lo acurruqué contra mi corazón, luego hundí la cara en su pelaje sedoso.

—Bilbo Baggins, ¿qué haces aquí?

Entonces me quedé helada. Oh, no. Había irrumpido en la habitación de Niall, sin ser invitada. ¿Y si estaba en la cama? ¿Y si estaba en la cama *con Gabriela?* Cerré los ojos con fuerza contra el costado de Bilbo Baggins.

Sentí un cuerpo cernirse sobre mí y unos pasos pesados se hundieron, apagados, en la alfombra junto a donde yo estaba en cuclillas. El pulso se me desaceleró.

La voz de Niall cayó en cascada desde muy arriba.

—Bilbo estaba ladrando. Tenía miedo de que alguien se quejara y lo reportara al personal del hotel. Así que, eh, lo liberamos.

—¿Liberaron? —abrí los ojos. Las rodillas rígidas de los jeans de Niall estaban a medio metro de mi cara. Al menos llevaba pantalones.

—Sí, eh… —movió los pies—. Gabi forzó la cerradura.

—En serio, ustedes deberían hospedarse en hoteles con mejor seguridad —la voz de Gabi provenía de la silla, no de la cama. Se había quitado los zapatos y tenía las piernas encogidas bajo ella.

—Nos estamos quedando en habitaciones comunicadas exactamente por esa razón, Gabi —dijo Niall.

—¿Qué? —mis dedos se quedaron quietos en el pelaje de Bilbo Baggins.

—Sí, yo… —Niall se pasó una mano por el pelo—. Después de esa primera noche, en Chicago, cuando tuvimos habitaciones comunicadas, me pareció una buena idea. Más seguro. Así que llamé a Qiana y le pregunté si podíamos tenerlas de ahora en adelante.

—¿Nos pusiste en habitaciones comunicadas? —un calor me subió desde el pecho hasta el cuello.

Gabriela se levantó de la silla y se paró junto a Niall.

—Si sus habitaciones se comunican, significa que nadie más puede entrar por ahí. Mientras estén aquí, le pediré a mi primo unos cerrojos portátiles para las puertas exteriores. Ese perro tuyo no es un perro guardián. Fue directo hacia Niall.

¿Y si hubiera dejado mi laptop abierta? Había estado trabajando en mi tesis antes. Él podría haberla visto, descubierto mi secreto. Heidi haría cumplir ese acuerdo de confidencialidad que había firmado. Martell me expulsaría del programa. Adiós doctorado. Tendría que volver a vivir con mi madre y Charles. El calor que hervía dentro de mí no tenía a dónde ir, así que las palabras salieron disparadas de mi boca como una ametralladora.

—Entraron a mi habitación. Invadieron mi privacidad.

—Oye, tranquila —Niall levantó las manos como un escudo—. Intentábamos ayudar.

Igual que mi familia. Había pensado que él era diferente. Quería protegerme, pero me daba mi espacio cuando se lo pedía. Hoy no. Había pisoteado los límites que me había dicho que necesitábamos.

—No necesito su ayuda. No la quiero. Puedo cuidarme sola. Y a mi perro. —levantando a Bilbo Baggins, me puse de pie a trompicones y volví furiosa a mi habitación, cerrando ambas puertas de un portazo. Le eché el cerrojo a la puerta de mi lado y deslicé la cadena.

Bilbo Baggins se zafó de mis brazos y saltó a la alfombra. Estornudó dos veces.

Caí de rodillas y le froté las suaves orejas.

—Lo siento, Bilbo Baggins. Solo intentabas ser amigable — susurré.

Me empujó la palma de la mano con su nariz fría. Si Niall no lo hubiera rescatado, el gerente del hotel podría haber venido a llevárselo. Y Bilbo Baggins probablemente prefería ser secuestrado por Niall a ser confiscado por el gerente.

Entonces, ¿por qué seguía tan enojada?

Cuando la imagen de Gabi apareció en mi cerebro, mi piel volvió a calentarse. Gabi parada a menos de quince centímetros de Niall hoy en la librería, definitivamente en la zona de intimidad. Los pies descalzos de Gabi en la alfombra de la habitación de Niall, sus zapatos apilados junto a los de él. Quizás cuando Gabi se puso de puntillas frente a Niall, Niall no se apartó de su beso.

Los celos no eran algo que sintiera a menudo, al menos no de tipo romántico. Desde Stephen, nunca me permití que mis parejas me importaran lo suficiente como para sentirlos. Pero en la habitación de Niall, me habían controlado, me habían hecho estallar.

¡Mierda! Esos pinchazos de celos significaban que me había permitido que Niall me importara. Aunque no había nada de qué sentir celos. Yo no le gustaba a Niall de esa manera. Eso estaba muy claro. Y no debería. Él tenía exactamente el tipo de vida que yo no quería. Pública. Fotografiada. Todo lo que yo quería era esconderme en un laboratorio, lejos de los fans, las charlas sobre libros, la gente.

El calor se disipó de golpe, dejándome temblando en la alfombra. Sentía la garganta rasposa. Quizás me había contagiado de algo en la convención o en una de las firmas, a pesar del desinfectante de manos obligatorio de Niall.

Té. El té me calmaría la garganta. Quizás había un poco en el minibar.

Justo me había puesto de pie cuando llamaron a la puerta. No a la puerta interior, la comunicante, sino a la exterior.

Se me hizo un nudo en el estómago. Podía adivinar quién era.

20

NIALL

DESPUÉS DE TOCAR a la puerta de Sam, metí las manos en los bolsillos. Quería frotarme el nudo que se me había formado en el estómago al recordar la expresión de traición en su rostro. Yo había sido el que sacó a relucir el tema de los límites anoche. Le había prometido que no los sobrepasaría. Me había alejado del beso cuando todo lo que quería era atraerla hacia mí y tomar sus labios suaves como pétalos.

¿Y luego qué había hecho? Me había metido de lleno en su espacio personal. Ahora tenía su número de teléfono. Podría haberla llamado para decirle que el perro estaba ladrando y preguntarle si podía sacarlo. Pero no, había querido resolverle el problema. Y quizá, en el fondo, había querido que ella tuviera que venir a mi habitación. Que viniera a verme.

¿Qué tenía esta mujer que me llevaba de las cimas de la emoción a los abismos de la humillación? Me iba a dar vértigo con mis cambios de humor cuando estaba cerca de ella.

Gabi pensaba que estaba loco. Pensaba que Sam había exagerado. Pero ella no sabía lo que casi había pasado anoche. Tenía mucho más por lo que disculparme que por robarle el perro.

Después de disculparme, necesitaba largarme a mi habitación para no sentir la tentación —otra vez— de besarla.

Pero cuando abrió la puerta, con una mueca en los labios y los ojos brillantes, olvidé todas mis buenas intenciones.

—¿Ni siquiera miraste por la mirilla? —Podría haber sido un asesino con un hacha, y ahora su puerta estaba abierta. Ni siquiera las cerraduras extra de la prima de Gabi la protegerían de su propia falta de precaución.

Ella frunció el ceño.

Contrólate, Niall. Mi reacción visceral era exactamente la razón por la que necesitaba disculparme. Mantuve la voz baja. No había necesidad de que todo el mundo en el piso me oyera suplicar. Gracias a Dios, Gabi ya había tomado el ascensor para bajar. —Lo siento. Puedo ser un poco sobreprotector. Estoy acostumbrado a cuidar de mi familia. No es que sea una excusa. Entiendo que no te guste. Intentaré no volver a hacerlo.

La línea de su entrecejo se suavizó y parpadeó mientras me miraba. ¿Significaba eso que estaba perdonado? ¿O que apenas había empezado?

Eché los hombros hacia atrás y flexioné las manos para liberar la tensión. —¿De acuerdo?

Arrugó la nariz, como hacía cuando estaba pensando. —¿Quieres un poco de té? —Abrió más la puerta. Luego, mientras yo daba un paso adelante, la entrecerró de nuevo—. Espera, ¿Gabriela sigue aquí? No quiero…

—No. Se fue a casa. Vendrá a la firma de libros mañana. ¿Aún puedo pasar?

—Sí. —Se apartó de la puerta, fue hacia el aparador bajo el televisor y empezó a abrir los gabinetes. Yo había encontrado el café en mi habitación esa mañana, así que sabía dónde lo guardaba el hotel, pero me quedé en silencio. Le di mucho espacio. Dejé que lo encontrara por su cuenta.

La habitación de Sam era igual que la mía, solo que invertida. Sin embargo, de alguna manera parecía más pequeña. Tal vez era solo la tensión crepitante lo que la hacía sentir abarrotada. Ignorando la cama sin hacer —tenía que ignorar la cama—, tenía dos opciones para sentarme: la silla del escritorio o el sillón junto a la cama. El maletín de la computadora de Sam estaba sobre el escritorio, y su laptop abierta tenía una esquina aplastada. La pantalla estaba en negro.

Encendida o no, no quería darle la impresión de que estaba husmeando. Así que crucé la habitación hasta la silla de la esquina y metí las manos en los bolsillos para evitar tocar el edredón blanco arrugado.

Bilbo Baggins se sentó a mis pies, mirándome con adoración. Cuando me agaché para rascarle entre las orejas, se retorció con una alegría que le recorrió todo el cuerpo.

—¿Earl Grey o English Breakfast?

No era muy fan del té, pero se trataba de hacer las paces. —Elige tú, y yo tomaré el que quede. ¿Te importa si me siento aquí?

—Adelante. ¿Le pones algo?

—No, gracias. —Me acomodé en la silla. ¿Qué estaría pasando en ese cerebro tan agudo que tenía? Estaba procesando algo. Tal vez seguía furiosa por cómo había irrumpido en su habitación. Busqué algo para romper la tensión—. C. S. Lewis dijo: «Nunca podrás conseguir una taza de té lo suficientemente grande o un libro lo suficientemente largo para mí». ¿Verdad? —Levanté las cejas, esperando al menos una sonrisa.

—El té se enfría si la taza es muy grande y, en mi opinión, muchos libros podrían ser más cortos. —Me entregó la taza de té humeante—. *Ulises,* por ejemplo. Hasta la guía para tramposos era demasiado larga.

Mierda. Mis libros eran demasiado largos. Por eso no había terminado *Secretos* todavía. Estaba aburrida. Envolví la taza con las manos. El aroma herbal del té me hizo cosquillas en la nariz. Me recordó al jardín de flores de mamá, que no era algo que quisiera beber.

De pie frente a mí, sopló su té. —Lo siento. No debí explotar así contigo. Intentabas ayudar. Es solo que hoy tengo algunos…

sentimientos. Tiene que ser la gira. ¿Tu última gira te hizo actuar de forma extraña?

No como esta. Claro que mi primera «gira» había sido yo manejando mi auto desde la granja hasta Columbus, Cincinnati, Cleveland e Indianápolis. Nunca más lejos que Chicago, nunca en un lugar donde tuviera que pasar la noche. Happy Troll era una editorial pequeña y yo era un autor debutante. No había habido palizas de tres semanas por aeropuertos y librerías, día tras día. Eso llegó después, a medida que mi libro escalaba en las listas de éxitos, a medida que llamaba la atención de los blogueros, de los medios y, finalmente, de Hollywood.

Nunca había intentado besar a alguien que hubiera conocido en una gira ni había irrumpido en su habitación. No antes de esto.

—Esta gira es mucho. Entiendo cómo te hace sentir desequilibrada.

Se llevó la taza a los labios, pero no bebió. —Sí. En fin, he estado nerviosa y eso hace que sea más fácil que explote. No es una excusa, y lo siento.

—Espera. Yo soy el que debería disculparse. Yo crucé la línea.

Una comisura de su boca se torció. —Yo también.

¿Se refería a anoche? Cuando se había puesto de puntillas y sus pestañas habían revoloteado, cada célula de mi cuerpo había gritado que la besara.

El miedo me había detenido. Aún no le había dicho toda la verdad. Las libertades que me había tomado con su imagen. Lobelia. Tenía que decírselo. ¿Pensaría que era un pervertido? ¿Y qué diría Qiana cuando se enterara? Frito. Estaría frito. Se cortaría las puntas de las trenzas que combinaban con mi portada, se quitaría ese esmalte rojo y se pasaría al verde ácido por el Equipo Sam.

Sam se sentó en la cama. Bilbo saltó a su lado, se enroscó en un círculo y soltó un suspiro dramático.

Bebió un sorbo de té, hizo una mueca y lo dejó en el estante junto a la cama. —Gabriela es tu agente. ¿Es también tu…? —Metió las manos entre las rodillas—. ¿Tu novia?

—¡No! —¿La actitud espinosa y protectora de Gabi había

aumentado el estrés de Sam? Esta era una nueva parte de la ecuación—. Quiero decir, salimos. En la universidad. Durante un par de meses. Después de que rompimos, seguimos siendo amigos. Ella también me ayudó con mi escritura, y cuando escribí *Secretos*, ella vendió la serie por mí. Así que ahora es mi amiga y mi agente. Además —más valía que admitiera otro defecto—, me pasa a máquina mis manuscritos y se encarga de todo lo de los correos electrónicos. Probablemente ya te habrás dado cuenta de que no me va la tecnología.

—¿Ah, sí? No me había dado cuenta. —Los labios rosados de Sam se curvaron una fracción de pulgada.

Dejé mi taza de amargura sobre el aparador. La silla estaba tan cerca de la cama que no requería ni un solo paso para alcanzarla. Más bien un giro.

Giré.

¿Qué estoy haciendo? Mi brazo rodeó su cintura como si ese fuera su lugar. Me quedé helado por un segundo, pero entonces su cabeza cayó sobre mi hombro. Ella suspiró, y eso fue todo lo que necesité. La apreté más fuerte y apoyé mi barbilla en la parte superior de su cabeza.

—Me gustas, Niall. Y me dio celos verla en tu habitación.

—¿Q-qué? —Mi corazón latía con fuerza, como si Sally, nuestra cabra más arisca, intentara derribar sus paredes a patadas.

Ella levantó la cabeza y me miró a los ojos. —¿Debería ser más circunspecta? ¿Quieres que finja que no me siento atraída por ti? Podría hacerlo, pero ¿qué sentido tiene? Estaremos de gira otro par de semanas, y luego probablemente no nos volveremos a ver.

—Tú… tú me tomaste por sorpresa. No, quiero que seas tú. Supongo que no estoy acostumbrado a que la gente diga lo que piensa. Aparte de mi familia.

—No estaremos juntos el tiempo suficiente como para perderlo andando con rodeos sobre lo que queremos decir. Deberíamos decir lo que pensamos. —Me miró directamente a los ojos.

Se me encogía el estómago cada vez que me recordaba que

nuestro tiempo juntos era corto. Significaba que tenía razón. No podía desperdiciar ni un minuto con esta mujer increíble.

—Tú también me gustas. —Algunos de los sedosos mechones de su cabello se habían enredado en mi barba incipiente, y los aparté, trazando su mejilla con un dedo—. ¿Está bien esto? ¿Tocarte?

—Sí. —Levantó la barbilla—. Te prometo que te diré cuando no lo esté. —Puso su mano sobre mi corazón desbocado.

Mamá siempre decía que si me daban la mano, me tomaba el pie. Deslicé mi mano desde donde descansaba en su cadera, subiendo por su columna vertebral, y luego le masajeé el cuello.

—¿Qué tal esto?

La tensión en sus músculos se relajó. —Es genial. Cuando me tocas el cuello, me dejas toda calmada y flotando.

Tomé nota de eso. Calmada y flotando sonaba bien, y yo quería que ella se sintiera bien. Quería ser yo quien la hiciera sentir bien.

Con mi otra mano, le levanté la barbilla, como había hecho anoche. Acaricié su mandíbula con mi mano. Ella miró mis labios, como había hecho anoche. Cuando su lengua se deslizó para humedecer su carnoso labio inferior, mi cerebro abandonó el pensamiento racional. Desapareció la vacilación sobre besar a mi compañera de gira. Sobre lo que pensaría Qiana. No podía recordar una sola razón por la que no debería estar en la cama de su habitación de hotel, abrazándola. Lo único que existía en ese momento era el deseo que ardía dentro de mí, calentando mi piel. Deseo por Sam.

La besé.

Me quedaba suficiente autocontrol como para que fuera un beso suave. Sus labios eran tan suaves como parecían, y con cuidado mantuve mi barba incipiente alejada de su delicada piel. Aun así, mis labios hormigueaban donde tocaban los suyos, ansiosos por más. Espera. ¿Había ido demasiado lejos? Aparté mis labios a la fuerza e intenté reunir suficiente aire en mis sobrecargados pulmones para hablar.

—¿Estuvo bien? Yo… lamento no haber preguntado primero. Es que…

Sus labios se estrellaron contra los míos, y no hubo nada de suave en nuestro segundo beso. Era hambre. Lujuria. Pasión. No estaba seguro de qué lengua se metió primero en la boca del otro. Nuestros dientes chocaron. La atraje más cerca, con una mano en su nuca, inclinando su cabeza para encontrar mis labios, la otra mano en su espalda, presionando su pecho contra el mío.

Sus dedos se clavaron en mi espalda, creando puntos afilados de presión a través de mi camisa de franela. Un contrapunto a la presión que se acumulaba contra la cremallera de mis jeans.

Vaya. Si no bajaba el ritmo, la tendría tumbada en la cama. Y me merecería que Bilbo me arrancara un pedazo de la pierna. U otro apéndice.

Suavemente, lentamente, me eché hacia atrás hasta que nuestros labios se separaron. Me lamí el labio inferior palpitante. —Guau. —Solté un suspiro, agitando los sedosos cabellos que se habían escapado de su cola de caballo. Si seguíamos mucho más así, me iba a correr en los pantalones como un adolescente—. Tal vez deberíamos parar aquí por ahora.

—Cobarde. —Sonrió, una comisura se levantó más que la otra—. La cita favorita de mi hermano Jackson dice algo así como: «Si las cosas parecen bajo control, no vas lo suficientemente rápido». Es un gran fan de Mario Andretti. —Pero se apartó unos centímetros.

Mi corazón iba como el motor de un auto de carreras. Habíamos ido bastante rápido para mi gusto. Necesitaba un minuto —una hora, quizás toda la noche— para procesar cómo el beso había cambiado las cosas entre nosotros. —Lo siento, yo…

Ella me puso un dedo sobre los labios. —No lo sientas. Lo entiendo. —Se apartó un par de centímetros más—. Ya lo sacamos de nuestro sistema. Podemos terminar la gira como colegas y no como un par de adolescentes calientes.

Un escalofrío se apoderó de mi corazón. *¿Colegas?*

—Todo está bien. Estamos bien, ¿verdad? —Sus cejas bajas mostraban la vulnerabilidad que sus palabras no mostraban.

—Por supuesto que sí. —Podía hacer de colega. Solo tenía que borrar esa tarde de mi memoria para no volver a pensar nunca más en sus labios hinchados por los besos. Su cabello oscuro alborotado por mis dedos. Sus pupilas dilatadas eclipsando el violeta. Por besarme.

Buena suerte con eso, Niall.

21

SAM

ESTÁ BIEN, de acuerdo. ¿Quieres saber la verdad? Me arrepentí en el segundo en que las palabras salieron de mi boca.

Sacárnoslo de adentro. Colegas. Pura mierda.

Garabateé mi firma falsa en otra página de título y le entregué el libro a la lectora. Sonrisa falsa. —Gracias por venir.

Mientras esperaba que se alejara para dejarle espacio a la siguiente persona, le eché un vistazo a Niall. Él también sonrió, pero no era su sonrisa de «qué caray, soy un humilde granjero convertido en autor estrella» que solía dedicarles a los lectores. Era su sonrisa lista para la cámara y, esta vez, su mandíbula estaba tan tensa que parecía que intentaba romper una nuez entre los molares.

Había querido que fuera verdad. Debería haberlo sabido. Niall no era una de mis aventuras casuales que solo buscaba quitarse las ganas. No era solo la lujuria lo que reducía sus iris verdes a una delgada corona. Su mandíbula con barba de unos días se había relajado con alguna emoción abrumadora —¿asombro?— cuando me miró a los ojos después de nuestro beso. Había sido una mentira. Había querido más, incluso mientras lo decía. ¿Ese bulto impresionante en sus jeans? Había querido tocarlo, saborearlo, montarlo hasta la siguiente parada de la gira. Sospechaba que, aunque durmiera en mi cama todas las noches, nunca me sacaría de adentro sus caricias cuidadosas pero seguras, sus miradas de adoración pero sucias.

Así que había apagado el interruptor, esperando que cuando volviéramos a estar en línea nos hubiéramos olvidado de todo.

Sí, eso no había funcionado.

—Señorita Case. —La voz era terriblemente familiar, especialmente con pensamientos XXX rondando por mi mente. Aparté la mirada de Niall y la fijé en la hebilla del cinturón de recuerdo de Austin, Texas, del tamaño de un platillo, que llevaba mi hermano, y luego subí por su camiseta de ZZ Top hasta su rostro barbudo. Las comisuras de su boca se inclinaron, severas. Sus ojos marrones brillaban como cuarzo ahumado. Era su expresión de «*¿Qué carajo, Sam?*».

—Jackson. —Como no sostenía ningún libro, agarré uno de la pila. Hice una mueca mientras garabateaba *Para Jackson* y *Sam Case* en la página. Podría haber escrito *Mentirosa,* también.

—Tenemos que hablar.

Sentí, más que vi, que la cabeza de Niall se levantaba bruscamente a mi lado.

—Estás deteniendo mi fila —dije con los dientes apretados.

Jackson se cruzó de brazos. —Puedo quedarme aquí toda la noche.

—Sam, ¿estás bien? —preguntó Niall, en voz baja—. ¿Él es…?

—Estoy bien —mascullé. ¿Qué demonios hacía en Nueva York?

—Cena. Seis en punto. —Jackson mencionó un restaurante que había visto de camino a la librería—. Trae a tus amigos. —Una sonrisa maliciosa se dibujó en una comisura de su boca.

—Lárgate de mi fila —gruñí.

Él levantó las cejas. Alguien carraspeó detrás de él.

—Está bien. —Iba a averiguarlo tarde o temprano—. Pero iré sola.

—Perfecto. —Su mirada se deslizó hacia Niall y luego de vuelta a mi cara—. Nos vemos a las seis. —Se dio la vuelta y se alejó con grandes zancadas.

Niall se inclinó hacia mí. —¿Segura que estás bien? ¿Quién era ese tipo?

—Mi corredor de apuestas. —Le sonreí falsamente a la siguiente persona en la fila y extendí la mano para tomar su libro.

Más tarde, cuando la gente se fue y estábamos recogiendo, Niall se giró hacia mí, con las cejas rojas fruncidas en una V, y dijo en voz baja: —¿Estás segura de encontrarte con ese tipo esta noche?

Pero no fue lo suficientemente bajo. O Qiana tenía un oído de superhéroe. —¿Sam se va a encontrar con un tipo? —Se acercó sigilosamente y me dio un codazo—. ¿Es guapo?

—Puaj. Es mi hermano. —Mantuve la cara baja, concentrada en el Sharpie verde en mi mano.

No necesitaba estar mirando a Niall para sentir su rigidez. —¿Tu hermano?

—¿Cuál hermano? —Gabi se deslizó y se apoyó con una cadera en la mesa—. ¿Jackson o Andrew?

Mi cabeza se levantó de golpe ante eso. ¿Conocía los nombres de mis hermanos? —Jackson.

—El emprendedor-barra-filántropo. Casado. Solía ser multimillonario, pero ahora que él y su esposa han donado tanto —principalmente a organizaciones que apoyan a niños neurodivergentes —, es simplemente fabulosamente rico.

Me quedé con la boca abierta. —¿Me estás *ciberacosando*?

—Solo trato de conocerte. —La sonrisa de Gabi era peligrosa —. No es difícil cuando tu familia vive en el ojo público.

Estaba respirando, pero el aire no entraba. Un peso me aplastaba el pecho, impidiendo que se expandiera por completo.

—Voy contigo. —Niall me quitó el Sharpie de mis dedos entumecidos y se lo entregó a Qiana.

—Si Niall va, yo voy. —Gabi se puso de pie.

—¿Puedo ir también? —preguntó Qiana—. Quiero conocer a tu familia.

No. No, no, no, no, no. Las alarmas sonaban y las luces rojas parpadeaban en mi cabeza.

—Sam, ¿estás bien? —Niall estaba frente a mí, sus manos agarrando mis hombros—. Te ves…

—No creo que su piel deba ser de ese color —dijo Qiana.

—Verde. Definitivamente verde. —Gabi sonaba más fascinada que preocupada.

—Estoy bien. —Me erguí. Podía hacer esto. Dejar que mi nuevo mundo de fantasía editorial chocara con mi mundo real. Podía caminar por esta cuerda floja sin violar el acuerdo de confidencialidad. —No necesito que vengan.

—Te acompañaré hasta allí —dijo Niall, soltando mis hombros por fin—. Solo para asegurarme de que no te desmayes en la acera.

—¿A dónde vamos? —preguntó Qiana.

Derrotada, le di el nombre del restaurante.

—Vamos. —Nos guio hacia afuera y giró a la izquierda.

Niall caminaba a mi lado, sin tocarme, pero lo suficientemente cerca como para que nuestros brazos se rozaran si no se mantuviera tan rígido. En realidad, era mejor así. Mejor que estuviera enojado conmigo a que me dedicara una de sus miradas suaves, como la que me había derretido ayer cuando se disculpó por entrar a mi habitación.

Gabi caminaba delante de nosotros con Qiana, pero no se me escaparon sus miradas de reojo cada vez que nos deteníamos en un cruce de peatones. Aunque la mayoría de las veces, su mirada afilada como una daga aterrizaba en Niall, no en mí.

Llegamos unos minutos antes de las seis, pero Jackson ya estaba allí, recostado en una silla en la sala de espera, con los ojos en su teléfono. Levantó la vista cuando la ráfaga de aire helado de febrero entró con nosotros.

Sonrió radiante. —¡Samwise! Trajiste a tus amigos.

—No, ellos solo…

—Hola, soy Jackson Jones. —Estrechó las manos de todos, sus nudillos se pusieron blancos cuando agarró la mano de Niall—. Mesa para cinco —le dijo al anfitrión, quien nos llevó rápidamente al oscuro interior a una mesa redonda en un rincón tranquilo.

Me senté junto a Jackson. Cuando Niall intentó sentarse a mi otro lado, Jackson negó con la cabeza. —Siéntese ahí, donde pueda verlo, Príncipe Harry. —Señaló el asiento frente a él. Gabriela y Qiana ocuparon los asientos a cada lado de Niall.

Qiana me agarró la mano por debajo de la mesa. —Aquí está pasando algo extraño —susurró—. Es sacado directamente de *Real Housewives*.

—Bienvenida a una cena con los Jones —masculló.

Tomé el menú y fingí leerlo. —Así que, Jackson, ¿qué haces en Nueva York? Pensé que estabas esperando al bebé. —Su bebé debía nacer en un par de semanas, justo al final de la gira. Era una de las muchas razones que le había dado al Dr. Martell sobre por qué no podía viajar. Aunque cuando le conté a Alicia sobre mi viaje, ella me aseguró que probablemente se pasaría de la fecha de parto ya que era su primer bebé. Estaría de vuelta a tiempo para el nacimiento.

—Asunto de la fundación hoy. Alicia me dijo que tenía que ir. Aparentemente, obtenemos un diez por ciento más en donaciones cuando estoy allí con mi encantadora sonrisa. —La mostró alrededor de la mesa, esa deslumbrante sonrisa de pirata.

A mi otro lado, Qiana suspiró. —Me derrito.

—Regreso a casa a primera hora mañana por la mañana. *Sí* te envié un mensaje de que venía.

Probablemente debería haberlo leído. Pero había renunciado a mi tiempo para mensajes para besarme con Niall. —Qué pena que no vayamos a repetir esta reunión familiar —murmuré, con los ojos en el menú.

El mesero vino a tomar nuestra orden de bebidas, recitó los especiales del día y se fue.

Jackson dejó su menú. —Tengo una carta de un fan para ti. —

Metió la mano en su bolsillo y sacó un sobre normal de tamaño comercial con mi nombre garabateado.

Tomándolo de su mano, levanté la solapa y desdoblé el papel que había dentro. Era un dibujo a lápiz de color de El Mago. La túnica blanca y rígida lo delataba. La figura tenía mis ojos azules y mi cabello oscuro, incluso mis pecas dispersas. Con una letra descuidada en la parte inferior, decía: *Querida Sam, todos mis amigos piensan que El Mago está genial. Yo creo que eres increíble. Con cariño, Noah.*

Tragué saliva. Yo era exactamente lo contrario de increíble. Le había mentido a mi sobrino. A mi hermano. A todos en esa mesa. Dejé el dibujo junto a mi bajoplato vacío.

—Entonces, Sam, háblame de este libro. —La mirada de Jackson era tan penetrante que podría haber arrancado la verdad de mi cerebro como un par de pinzas.

—Mmm. —Levanté un dedo y tomé mi vaso de agua. Lo bebí de un trago de una manera que habría escandalizado a Madre.

—Espera. —Gabi se enderezó—. ¿No sabías sobre el libro de tu hermana?

—No, parece que se olvidó de mencionarlo en nuestro último almuerzo familiar.

El hielo tintineó contra mis labios y dejé el vaso. ¿Recordaba que Noah lo estaba leyendo en el almuerzo del mes pasado? ¿Que incluso Nat había dicho que lo había leído y yo no había dicho nada?

El brillo en sus ojos me dijo que sí.

—Yo, ah…

El mesero llegó con nuestras bebidas. Por un momento salvaje, consideré derribar la copa de vino tinto de Qiana. Tal vez podría salir corriendo durante el caos resultante.

Antes de que pudiera hacer un movimiento hacia su copa, ella puso la mano sobre la base. —Deberías leerlo. Es increíble. Lo estamos llamando una mezcla que retuerce los géneros de ficción literaria y ciencia ficción con elementos de fantasía urbana. Tiene acción que te mantiene al borde del asiento con una prosa que dobla el lenguaje tal como lo conocemos.

—Por Sam, entonces. —Jackson levantó su vaso de tequila—. Y su carrera literaria. —Bebió, y los demás también. Levanté mi vaso de agua vacío y un ayudante de mesero se apresuró a rellenarlo.

Aliviada, bebí un sorbo de agua y me recosté en mi silla. Iba a dejarlo pasar. Le contaría todo el secreto —con o sin acuerdo de confidencialidad— tan pronto como regresara a San Francisco. Y lo haría mientras él sostuviera a su bebé para que no pudiera estrangularme.

—Sin embargo… —Jackson dejó su vaso—. No recuerdo que alguna vez hayas escrito algo antes. Aparte de código.

Eso fue todo lo que tuvo que decir. Esa sola palabra, *código*. Él sabía. Entendía en qué había estado trabajando con CASE y había atado cabos. Ahora estaba a punto de levantar la mano de la página y mostrarnos a todos el cuadro completo.

Miré hacia la copa de vino de Qiana, pero ella la había apartado de mi alcance.

—Es la mejor novela debut que he leído —dijo Niall, con un desafío en su tono—. Talento puro y crudo. No puedo esperar a ver cómo evoluciona su estilo.

Jackson desvió su mirada de mí a Niall. —Niall Flynn. — *Desafío aceptado.* —Soy más un jugador que un lector, pero incluso yo he oído hablar de usted. ¿No vi que estaba saliendo con Lulu Bridges el verano pasado? Una mujer despampanante. Hace el pequeño chillido más lindo cuando…

Le pisé el pie. Mi hermano sabía muchos datos asquerosos sobre actrices de segunda fila.

—…se ríe, iba a decir. —Pero Jackson no me miró. Miró fijamente a Niall al otro lado de la mesa, cuyas manos estaban cerradas en puños a cada lado de su bajoplato.

El mesero, que debía tener el peor sentido de la oportunidad del mundo —o el mejor—, vino a tomar nuestra orden. Después de que ella le entregó el menú, Qiana me lanzó una mirada de ojos muy abiertos. —Mucho mejor que *Real Housewives* —susurró.

Cuando el mesero se fue, Jackson se recostó en su silla y continuó como si no lo hubieran interrumpido. —Entonces, Niall, ya que Lulu no mantuvo su interés, ¿puedo asumir que usted está... —agitando su vaso de tequila oscuro, deslizó la mirada hacia Gabi y luego hacia mí—... soltero?

Niall me miró, con incertidumbre en sus ojos oscurecidos por la luz de las velas.

—Jackson... —Tenía que detenerlo ahora, antes de que se lanzara al interrogatorio de «cuáles son tus intenciones».

—Creo que Niall es capaz de explicar esas miradas de cordero degollado que no deja de enviarte. Es un escritor, después de todo. Un maestro del lenguaje.

—Somos colegas. —Apreté los dedos alrededor de mi servilleta—. Amistosos. Eso es todo. Sabes que no voy más allá. —Jackson también sabía por qué.

Sus ojos estaban llenos de ese conocimiento cuando los volvió hacia mí. —Sam, yo... —Frunció el ceño y sacó el teléfono de su bolsillo trasero—. Disculpen. —Apartándose de la mesa, se llevó el teléfono a la oreja—. Cariño —murmuró en el tono más suave que le había oído usar.

El rostro de Niall era una piedra sin expresión. Esa palabra que había usado de nuevo —*colegas*— yacía como un pájaro muerto en el centro de la mesa.

Dejé pasar unos segundos, tratando de averiguar qué podía decir para mejorarlo, para que no me odiara, para que pudiéramos retroceder a nuestra primera noche en Nueva York cuando hablamos y todo entre nosotros había sido menos tenso.

—Niall, yo... —Pero las palabras me fallaron, como solían hacerlo.

Una mano pesada con un anillo de bodas reluciente aterrizó en mi hombro. —¿Sam, un minuto? —Jackson inclinó la cabeza hacia el bar. Me levanté y lo seguí.

Mi hermano vibraba con algo que había visto a menudo

cuando éramos pequeños: una necesidad de *moverse*. Y *rápido*. En ese entonces, se subía a su bicicleta y se alejaba a toda velocidad, buscando colinas en las que pudiera agotarse subiendo y luego bajar por el otro lado, con el viento en la cara.

—Alicia se ha puesto de parto. Necesito llegar a casa *ahora*. ¡Mierda! —Pasó una mano por su cabello, la que no sujetaba su teléfono—. ¿Por qué *carajo* no tomé el jet?

—Espera, ¿qué? *¿Ahora?* No le toca hasta fin de mes.

—Díselo al bebé. —Me agarró por los hombros—. Ya pagué la cuenta. Ustedes quédense y disfruten de su cena. Excusen mi ausencia. *No* te disculpes en mi nombre con ese... Niall. Estaba bromeando —en su mayor parte— antes, pero aun así. Parece que estás jugando a un juego peligroso. ¿Estás pisoteando su medio de vida *y* rompiéndole el corazón? Muy frío, Sam.

Pisoteando su... —miré sus botas vaqueras, punta con punta con mis botas de combate—. No era mi intención...

—Lo sé. Ninguno de los dos es tan consciente emocional-mente. En sintonía con los sentimientos y esas cosas. Solo piensa en lo que estás haciendo, ¿de acuerdo? Y cómo podría afectar a tus nuevos amigos.

Asentí. Me apretó el hombro y luego sus botas desaparecieron, golpeando el suelo para llegar a casa con sus seres queridos tan rápido como su riqueza y sus conexiones se lo permitieran.

Miré de nuevo hacia la mesa, donde Gabi y Qiana se volvieron la una hacia la otra como si no nos hubieran estado mirando. Niall no se molestó en fingir. Sostuvo mi mirada.

No podía. No podía volver allí y lidiar con las consecuencias de las granadas que mi hermano había lanzado.

—Lo siento —articulé con los labios. Dándome la vuelta, seguí el camino que Jackson había tomado para salir del restaurante. Pero en lugar de dirigirme a casa con gente a la que amaba, encontré un taxi que me llevara de vuelta al hotel. Donde Bilbo Bolsón no tenía ninguna expectativa sobre mí. Donde no estaba arruinando todo lo que era importante para él.

22

NIALL

—SAM —toqué su puerta. No muy fuerte —era tarde—, pero con la fuerza suficiente para que me oyera. No podía estar dormida. No después de esa cena. Estaba tan acelerado por la tensión que tal vez no dormiría en días. ¿Sabría su hermano que me había besuqueado con su hermanita la noche anterior? Me sacaba un par de centímetros, no era tan corpulento, pero pelearía como una serpiente, distrayéndome con su lengua afilada para luego atacar de improvisto. De todos modos, yo no podría defenderme; no podía herir al hermano de alguien que empezaba a importarme.

¿Qué le había dicho a Sam para que se pusiera así de pálida? Si le había dicho algo hiriente, lo encontraría y lo pondría de culo en el suelo, fuera su hermano o no.

Bilbo olisqueó por debajo de la puerta. Luego ladró. Bien. Tendría que venir a abrir.

La cadena traqueteó. Luego el cerrojo. Luego el cerrojo extra del primo de Gabi. La puerta se entreabrió para revelar una pequeña parte de Sam: el cabello oscuro sobre la cara, los ojos caídos, la piel pálida, una camiseta sin mangas y pantalones de pijama. Aparté la vista de sus clavículas y sus hombros cremosos y parpadeé para enfocarme en su cara.

—Tenía que asegurarme de que estás… ¿Estás bien?

—Sí, solo… solo estoy cansada —contestó, y abrió la puerta lo suficiente para que Bilbo se escabullera.

Cuando me rascó los tobillos, me agaché para levantarlo. Me lamió la barbilla. —¿Él… tu hermano… no te dijo nada cruel, o sí?

Abrió los ojos de par en par. —Jackson nunca haría eso. Estaba bien. Se tuvo que ir. Su esposa está en trabajo de parto.

—Oh. Vaya. —Una imagen de Sam sosteniendo a un niño irrumpió en mi cabeza; le bajaba la mirada a sus grandes ojos azules, lo mecía un poco y tarareaba—. ¿Puedo pasar?

—No.

La respuesta fue demasiado rápida, como si no necesitara pensarlo. Mierda, la había cagado la otra noche por ser demasiado intenso. Ella quería que fuéramos colegas. ¿Y yo? Yo estaba en el pasillo, frente a su puerta, rogándole que me dejara entrar. Los colegas no hacían eso. Solo la gente a la que le importaba el otro. Y ya no podía engañarme a mí mismo: a mí me importaba. Necesitaba decírselo. Ser sincero con ella. —¿Solo para hablar?

Lo consideró por un segundo. —No. De verdad estoy cansada y tenemos esa cosa en la editorial por la mañana. —Extendió las manos para recibir al perro.

—No me excluyas, Sam. —Fue una súplica.

Ella se quedó mirando el botón de en medio de mi camisa. —Es tarde.

Puse al perro con cuidado en sus manos. —Entonces, te veré en la mañana. ¿Quieres que desayunemos antes? —Hablaríamos entonces.

—No creo, Niall. Buenas noches. —Cerró la puerta y la cadena tintineó.

Mierda. ¿Qué había hecho?

———

A LA MAÑANA SIGUIENTE, caminaba de un lado a otro frente a las puertas automáticas del hotel. Estuve a punto de ir a la recepción media docena de veces para asegurarme de que no se había ido. Llevaba cinco minutos de retraso, todavía era hora pico y... mierda. Me importaba un carajo si llegábamos tarde. Era Sam la que me preocupaba.

Las puertas del elevador se abrieron y ella salió disparada con Bilbo y su correa. —Perdón. Perdón por llegar tarde. —Sus ojos no se veían atormentados esa mañana; brillaban—. Estaba esperando noticias. ¡Soy tía! Esta vez de una recién nacida. —Volteó su teléfono y me mostró la foto de una bebé, con la cara arrugada bajo uno de esos gorritos de hospital rosas con azul. Un tubo transparente le pasaba por debajo de las fosas nasales—. No te preocupes por el oxígeno. Dijeron que está bien.

Sonriendo, me abrió los brazos y yo entré en su abrazo, apretándola con fuerza. Inhalé su aroma a romero. Quizá podríamos volver a la amistad, a donde estábamos antes de besarnos. Antes de que todo se fuera a la mierda. —Felicidades.

Se soltó de mi abrazo. —Es una niña. La llamaron Valentine. Porque, ya sabes, es el Día de San Valentín.

Había perdido la noción de los días. —Feliz Día de San Valentín. —¡Mierda! ¿Pensaría que quería forzarla a hacer alguna actividad romántica?—. O sea, por tu sobrina.

Arrugó la nariz. —Tienes razón. Ahora adquiere un nuevo significado. *Es* su día. Y conociendo a mi hermano, intentará que añadan «*Jones*» al nombre de la festividad. Está que no cabe en sí de la felicidad por ella. ¡Mierda! Vamos a llegar tarde. Lo siento. Vámonos ya. ¿Hay un auto?

—Esperando afuera. —Me ajusté más el abrigo y la guié por la puerta automática hasta el auto de la empresa que esperaba en la acera. Ella se deslizó dentro con Bilbo y yo la seguí.

Sam llenó el coche hablando de su nueva sobrina y nos mostró al chofer y a mí cada nueva foto que le llegaba. La bebé con su madre, una hermosa mujer rubia. La bebé con un niño más grande, quizá un preadolescente, que se inclinaba ligeramente hacia atrás, con los ojos muy abiertos, como si la niña fuera un hombre lobo en lugar de una adorable bebé humana sin pelo. Jackson, que de alguna manera se veía acelerado, agotado y rebosante de alegría al mismo tiempo. Los celos me pincharon el pecho. Él lo tenía todo: un negocio exitoso, una mujer que lo amaba, una familia. Y me había echado mierda por mis intenciones con su hermana.

Pues, ¿adivina qué? Tenía la intención de volver a besarla si me dejaba.

Sam acababa de pedir que le enviaran un ramo de rosas amarillas al día siguiente —ambos nos quedamos boquiabiertos con el sobreprecio del Día de San Valentín— cuando nos detuvimos frente al edificio de Happy Troll.

Mientras subíamos en el elevador al más bajo de los tres pisos de Happy Troll, Sam arrugó la nariz. —¿Qué hacemos aquí, de todos modos?

Observé cómo se iluminaban los pisos en la pantalla sobre la puerta. —Un convivio. Suelo venir de visita cuando estoy en la ciudad. Para agradecer a todas las personas que trabajaron en mi libro. Les gusta ver la cara detrás de las palabras.

En el silencio del elevador, la oí tragar saliva. Quise tomar su mano, pero me detuve en seco, y luego metí la mano en el bolsillo de mi pantalón. —Todo estará bien. Toda esta gente te apoya. Hoy no habrá preguntas difíciles. Lo prometo.

Su sonrisa fue débil, pero asintió.

Cuando la puerta se abrió, Qiana estaba allí, saltando sobre las puntas de sus pies. —¡Sam! —La abrazó como si no la hubiera visto hace menos de veinticuatro horas—. ¡Niall! ¡Es tan emocionante!

—¿Qué es emocionante?

—Oh. —Abrió mucho los ojos y se mordió los labios rojos—. Que… que estén aquí. Hoy. —Se dio la vuelta y se dirigió por el pasillo—. Heidi está en el área común.

Algo pasaba. Heidi tenía asistentes para traerle el café, así que la razón más plausible para que estuviera en el área común era para hacer un anuncio. ¿Habría salido la nueva lista de los más vendidos?

¿Estaba yo en ella? ¿O Sam?

Seguí a Qiana, caminando al lado de Sam con Bilbo entre nosotros, pavoneándose como si fuera el dueño del lugar, hasta el área abierta central donde, efectivamente, la barra tenía una colección de copas de champán y un número igualmente grande de personas.

—¿Quién es toda esta gente? —susurró Sam.

Mi corazón se aceleró. —Editores asistentes… hacen el trabajo pesado después de que Heidi adquiere un libro. Los diseñadores crean las portadas y hacen que el interior se vea bien. Los de mercadotecnia y ventas se aseguran de que todos los puntos de venta quieran vender los libros.

—Tanta gente.

—Sí. —No me molesté en hablarle de finanzas o recursos humanos o de la gerencia que hacía que la empresa funcionara. Sus ojos abiertos me decían que ya estaba abrumada.

Tenían que ser buenas noticias, ¿no? A la mierda. Me agaché y le apreté la mano. Ella me la apretó de vuelta.

Heidi estaba al otro lado de la sala, desde donde podía observar a todos. —Aquí están —dijo en un tono cantado—. ¡Las estrellas del espectáculo! —Heidi tenía un don para el drama.

Sam me apretó la mano con más fuerza.

—Son buenas noticias. Tienen que serlo —susurré, tanto para mi beneficio como para el de ella.

Los asistentes pasaron copas de champán entre la multitud de gente. Tomé una, el cristal frío en mis dedos temblorosos. Sam agarró su copa con los nudillos blancos.

—¿Ya todos tienen? Bien, bien —dijo Heidi—. Bueno, tengo una noticia fantástica que compartir. Recibí una llamada esta mañana del comité del Premio Tower. Tenemos no uno, sino dos nominados aquí con nosotros hoy. —Hizo una pausa, una sonrisa levantando su rostro normalmente serio—. Nuestros propios Niall Flynn y Sam Case han sido nominados en la categoría de Fantasía.

Sentí un vuelco en el estómago. La tensión se disipó, dejando mis huesos flojos y ligeros. Un calor se extendió por mi pecho. Esto era mejor que la lista de más vendidos. Una nominación al Premio Tower, como diría Heidi, era algo muy importante.

Heidi hizo una pausa para los aplausos y los gritos de júbilo. Se aclaró la garganta. —Adicionalmente, *Mago en la Machine* ha sido nominado a Mejor Primer Libro. —Levantó su copa—. Felicitaciones, Sam y Niall.

El espacio estalló de nuevo con vítores y silbidos. No me molesté en intentar beber el champán. Me dieron palmadas en la espalda —repetidamente—, y después de que Qiana soltó a Sam, me abrazó con fuerza, justo debajo de mis costillas.

—¡Felicidades, chicos! —Nos sonrió radiante, pero luego su sonrisa vaciló—. Sam, ¿no estás emocionada?

La sonrisa se borró de mi cara cuando miré a Sam. Se había puesto pálida, su respiración era superficial y demasiado rápida. —¿Necesitas sentarte? —¿Acaso se había contagiado de la peste de la convención después de todo?

—No, yo… estoy bien. —Su rostro estaba duro y pálido como el mármol—. Solo estoy sorprendida, es todo.

Casi le creí. No estaba familiarizada con los distintos calendarios de nominaciones a premios. El año pasado, yo había esperado junto al teléfono el día en que se anunciaban los nominados y, cuando se negó a sonar, me quedé tirado en el sofá, aplastado por el peso abrumador de la decepción. Hoy, había estado demasiado ocupado preocupándome por Sam como para recordar el anuncio de las nominaciones.

Pero hay una diferencia entre estar sorprendido para bien y sorprendido para mal. Yo debía de estar radiante por el placer del reconocimiento, de la validación.

Sam no.

En lugar de su postura normal, militarmente recta, sus hombros se curvaron hacia adentro. Apretó la copa de champán, su mirada recorriendo la habitación.

Bilbo se apoyó en su pierna y gimió.

Le metí mi copa de champán en la mano a Qiana. —Cúbrenos. Necesitamos un minuto.

Rodeando la cintura de Sam con un brazo, la guié hacia la oficina de Heidi. La ayudé a sentarse en una de las sillas de visitas y luego, con delicadeza, le despegué los dedos del tallo de su copa de champán.

Le puse la mano en la nuca como ella había dicho que le gustaba. —Voy a dejar que te relajes un rato. Estaré justo afuera de la puerta, así que llámame si me necesitas. Vendré a ver cómo estás en cinco minutos, ¿de acuerdo?

No dijo nada, más que un apenas perceptible asentimiento.

Cerré la puerta con cuidado y luego me apoyé en ella. Me crucé de brazos. Nadie iba a entrar. Necesitaba un minuto con sus pensamientos, cinco minutos lejos de todos los extraños y el ruido. Estaría bien, ¿no?

A menos que…

Hacía apenas un minuto, me había sentido reivindicado, validado, en la cima del mundo. Reconocido por mi trabajo por expertos en mi campo.

Pero, como de costumbre, Sam estaba un paso por delante de mí.

Solo uno de nosotros podía ganar.

¿Y si era ella?

¿Y si era yo?

23

SAM

SENTADA EN LA silla de visitas de Heidi, me quedé mirando el mensaje de texto.

El Dr. Martell debía de haber estado pendiente del anuncio del Premio Tower. Yo ni siquiera sabía que el premio existía hasta hace cinco minutos. Según Niall, era algo muy importante en la comunidad de la ciencia ficción y la fantasía.

Y si *Magician* ganaba, y luego Martell y Heidi anunciaban que una IA lo había escrito, ¿cómo se sentiría la comunidad? Toda esa gente que había conocido, que había leído y amado el libro. Escritores como los del panel de la convención. Y Niall.

Niall. Retorcí mis dedos temblorosos en mi regazo.

Ese hombre odiaba la tecnología. ¿Y quién no, con un padre como ese imbécil de Paul Swift? Odiaría la idea de que yo hubiera «escrito» *Magician* codificándolo en una computadora y luego cometiendo un error con los datos de entrada. Jackson tenía razón. Amenazaría su medio de vida. Además, ofendería su sensibilidad artística pensar que una computadora pudiera crear literatura.

Claramente, él esperaba ser nominado. ¿Y que esa nominación se arruinara por esto, por CASE? Nunca me lo perdonaría. No podría vivir con eso. Viendo cómo esos amables ojos verdes se cristalizaban, fríos y duros. Viendo cómo la sonrisa especial que me había dedicado antes se convertía en una mueca de conmoción y decepción. Tenía que decírselo.

Bilbo Baggins gimió y me lamió la mejilla.

—No te preocupes, Bilbo Baggins —susurré—. Lo arreglaré.

Detrás de mí, la puerta se abrió. Perfecto. Se lo diría allí, en la tranquila oficina donde nadie nos molestaría, y podría gritar tan fuerte como quisiera. Me di la vuelta. —Oye, Niall...

—Samantha. —La boca de Heidi era una raya roja—. Qué noticia tan emocionante. Debe de estar muy emocionada.

No era emoción lo que nadaba con un par de aletas de plomo en mi estómago. —Eh... En realidad, no. Todo esto es un poco abrumador. —Acaricié el sedoso pelaje de Bilbo Baggins.

Heidi pasó a mi lado y se sentó detrás de su escritorio. Tuve que entrecerrar los ojos para distinguir sus facciones contra el resplandor grisáceo e invernal de la ventana. —Qiana dice que a usted le ha ido bien en la gira. Las cifras de ventas son estelares. Y con la nominación al premio, esperamos que aumenten.

—Oh. ¿Supongo que eso es bueno?

—Es excelente. Hemos estado muy complacidos con *Magician in the Machine*. Y con usted, Samantha. —Apoyó los codos en el escritorio y juntó las yemas de los dedos.

—Gracias. —Supuse que, si no podía fingir ser una persona de la alta sociedad, tenía futuro fingiendo ser una autora. Mamá estaría encantada—. Pero, si la nominación aumenta las ventas, ¿no es eso todo lo que necesitamos para probar la validez de CASE? No necesitamos el concurso. ¿Podría retirar *Magician* discretamente? Le prometo que no diría ni una palabra.

Se reclinó en su silla. —Samantha —la única señal de su

disgusto fue una tensión alrededor de su boca—, ¿por qué querríamos retirarnos del concurso?

—Porque el libro es falso. Porque es una mentira. Porque tiene a un autor de verdad nominado. —Hice un gesto vago hacia su única estantería, donde los libros estaban ordenados por color. ¿Quizás tenía una copia del libro de Niall entre los verdes? ¿O su segundo libro entre los rojos?—. ¿No quiere que gane Niall?

Ella desestimó mis palabras con un gesto. —Niall puede ganar el año que viene con su próximo libro. Este es *su* momento, Samantha. El momento de CASE. El momento de demostrar que lo que ha hecho es especial. Que *usted* es especial. No hay ninguna desventaja en esto. Incluso si *Magician* pierde, aun así ha sido nominado como uno de la media docena de mejores libros del año. Hemos demostrado que es tan bueno como un libro escrito y editado manualmente. Mejor que la mayoría.

—¿Y… y si gana? —Me aferré a Bilbo Baggins con tanta fuerza que este resolló.

—Si *Magician* gana, le habremos demostrado al mundo que CASE ha escrito el libro superior. Y Happy Troll tiene la delantera para publicar más libros producidos por IA.

—Pero… pero ¿qué pasa con Niall y sus otros autores? ¿Qué pasa con sus editores asistentes? ¿Qué pasa con Qiana? —Un estallido de dolor me apuñaló detrás del ojo.

Ella apoyó ambas manos sobre su escritorio. —Puedo reasignar a los asistentes para que lean la producción de CASE y encuentren las mejores historias. No espero que produzca algo tan notable como *Magician* todas las veces. Bueno, todavía no. Y seguirá habiendo espacio para Niall y algunos de los otros autores. Aunque debo decir que estoy deseando tratar con menos divas en el futuro. Y con sus agentes.

—Ahora, con esta forma mucho menos costosa y más eficiente de procurar contenido, por fin podremos superar los escasos márgenes que siempre hemos tenido. —Se impulsó contra la superficie de cristal del escritorio y se puso de pie, recta y fría, frente al paisaje gris y nevado de la calle más allá de las ventanas

—. La publicación tradicional está pasando a la historia. Happy Troll está a punto de resurgir de las cenizas como un ave fénix.

—Espere. ¿Está planeando usar CASE para reducir el número de escritores y editores? —Toda esa gente bebiendo champán ahí fuera. ¿Cuántos seguirían allí el año que viene por estas fechas si pudiéramos sacar otra docena de libros de CASE? ¿Dos docenas?

Happy Troll no necesitaría mi cara cuando CASE ya no fuera un secreto. Si no había gira de libros, no había Qiana.

Y más libros de CASE significaba menos espacio para los libros de Niall. Aunque no había avanzado mucho en *Secretos de los elfos del bosque* —su escritura era preciosa, pero me llevaba mucho tiempo descifrarla—, había llegado lo suficientemente lejos como para saber que era una historia que valía la pena contar, que valía la pena leer.

¿Y el hecho de que él tendría menos oportunidades de escribir más y menos dinero por cada libro? Todo era culpa mía.

—Samantha, son negocios. —Extendió las manos para abarcar la oficina, que, me acababa de dar cuenta, estaba decorada en tonos de negro y gris, a excepción de la única estantería de libros —. Usted viene de una familia de empresarios. Debería entenderlo.

El calor estalló dentro de mí y yo también me puse de pie. —Ese negocio afecta a las carreras de las personas. No. No lo haré. Tiene que retirar *Magician*.

—No tengo que hacer tal cosa. —Heidi se acomodó de nuevo en su silla—. La única persona que *tiene* que hacer algo es usted, Samantha.

De un cajón, sacó un fajo de papeles grapados. Lo giró para mostrar mis iniciales en la primera página. —Ese es el acuerdo de confidencialidad. Si lo viola antes de que la liberemos de él, la demandaremos. Puede que piense que no tiene suficiente dinero para que nos molestemos, pero me aseguraré de que sea una demanda muy pública.

Hice una mueca. El rostro decepcionado de mamá llenó mi imaginación.

Luego, el de Niall lo reemplazó. Si se lo dijera ahora, quizás él podría hacer algo. Buscar otra editorial. Centrarse en los derechos cinematográficos y el *merchandising*. ¿Empezar un sindicato de escritores? Puede que aun así me odiara, pero al menos podría tener tiempo para pensar, para planificar.

—Déjeme decírselo a Niall. Me siento rara ocultándole esto mientras estamos de gira juntos.

Ella entrecerró los ojos. —Entiendo que usted y él se han vuelto muy cercanos. Y Qiana la llama su amiga.

No dije nada. No usaría a mis amigos en mi contra, ¿o sí?

Sí que lo haría.

—No. No quiero que se sepa de esto hasta después de que se anuncie el Premio Tower. No querría que el comité de nominación retirara *Magician*. Ya lo ha hecho muy bien. Puede mantenerlo en secreto una semana más en la gira. Y luego puede escabullirse de vuelta a su laboratorio. Le prometo que le daré un buen informe a John. Puede que incluso vaya a su ceremonia de investidura.

Heidi era una mujer inteligente, y conocía mi kriptonita. Caminaría por ese escenario, mamá y el Dr. Martell sonreirían, y luego me llevaría mi doctorado a Idaho. Esperaba que la universidad estuviera en medio de la nada, donde no hubiera señal de celular. Quizás el laboratorio de investigación estuviera escondido bajo una montaña.

Qué curioso, ya no parecía tan atractivo como antes. Esconderme de mis problemas de repente parecía cobarde.

Y yo era una cobarde. El plomo se extendió hacia arriba, a mi pecho. La pesadez —la inercia— me consumió. —Está bien. No diré nada.

—Sabía que entraría en razón. Ahora, volvamos ahí fuera y continuemos con la celebración.

24

NIALL

POR SEGUNDA VEZ en dos días, toqué a la puerta de Sam, con la preocupación retorciéndoseme en el estómago. Había estado extasiada por su sobrina recién nacida esta mañana, pero todo cambió en el Happy Troll. ¿Por qué no estaba tan emocionada como yo por la nominación al premio?

Apreté la botella de champán que Qiana me había dado de la celebración. Un par de copas de vino del hotel tintinearon en mi otra mano.

Aunque solo eran las cinco, Sam volvió a abrir la puerta en camiseta sin mangas y pijama. Las cortinas de su habitación estaban corridas.

—¿Estabas dormida?

—No, trabajando —echó un vistazo a su laptop, abierta sobre el escritorio, y saltó de vuelta a la habitación para cerrarla de un golpe.

—¿Puedo pasar? Traje esto —agité la botella hacia ella.

Arrugó la nariz. —El champán no es lo mío.

—¿No? —cuando entré en la habitación, la puerta se cerró de golpe. Hice una mueca.

—Me recuerda a demasiadas fiestas estiradas. Como en la que te conocí.

—¿Crees que soy un estirado? —dejé las copas en el borde del escritorio, lejos de su delicado equipo informático.

Una comisura de sus labios se alzó. —Creí que eras uno de ellos cuando apareció el fotógrafo de Gabi. Me alegro de haberme equivocado.

—Yo…, ah —era el momento de las confesiones. No podía seguir con Sam si no le decía la verdad—. Yo también me formé una impresión. Sobre ti. En realidad, no era sobre ti en absoluto. Solo tu… —hice un gesto con la mano hacia sus arrugados pantalones a cuadros y su camisola—… apariencia.

—¿Mi apariencia? —se cruzó de brazos y un tirante se le deslizó por el hombro.

Aparté la vista. ¿Por qué su hombro era mucho más sexi sin ese trozo de elástico? —¿Qué tal una cerveza del minibar?

Ella bufó. —Revisé los precios. ¿Diez dólares por una Coors Light? No, gracias.

—Yo invito. Creo que esto irá mejor con un poco de alcohol —abrí el minibar y saqué un par de botellas. Se las ofrecí y ella eligió la pilsner. Le quité la chapa a la lager, la levanté hacia ella en un medio brindis y le di un trago largo.

Encontró el abridor encima del minibar, quitó la chapa y bebió un sorbo de su cerveza. —Un dólar. Eso es lo que costó ese sorbo.

Fruncí el ceño. —¿Por qué te preocupa el dinero? *El mago* se está vendiendo bien, según Heidi. Además, eres una heredera.

Esta vez, bebió la cerveza de un trago. Sus labios se separaron del cuello de la botella, brillantes, rosados y húmedos. —Ya no. Regalé mi fondo fiduciario. No quería ser un blanco. Una víctima. No otra vez.

—¿Una víctima? —el corazón se me detuvo en el pecho—. ¿Te secuestraron? ¿Te chantajearon?

—Prefiero no hablar de eso —se sentó en la cama junto a donde Bilbo estaba acurrucado—. ¿Qué es lo que irá mejor con alcohol?

Levanté las cejas hacia la silla del escritorio. Tras una mirada a su laptop cerrada, asintió. Giré la silla para que quedara frente a la cama y me senté.

—Estaba atascado cuando te conocí. Con mi escritura. Y conocerte desató algo en mi cerebro.

Sus labios se curvaron en la primera sonrisa que le había visto desde que me enseñó las fotos de la bebé Valentine esa mañana.
—Me llamaste tu musa de ojos violetas.

Un calor se extendió desde mi cuello hasta mis mejillas. —Pero hay más. Yo… yo creé un personaje. Basado en ti. En tu apariencia. Y en cosas que imaginé sobre ti.

Sus ojos se abrieron como platos. —¿Cosas que imaginaste sobre mí? ¿Como fantasías?

El calor se extendió por mi frente. —No fantasías sexuales. Solo cosas de fantasía normales. Imaginé un espíritu del bosque con tus rasgos. Tus ojos. Tu… —tragué saliva—… piel. Ella salvó a Nieven de la trampa en la que había caído. Y luego se unió a él en sus aventuras.

—¿Cómo se llama?

—Lobelia. Como la flor.

Ella arrugó la nariz.

—Supongo que todavía no has leído *Traición*, ¿verdad? —La había visto leer *Secretos*, pero siempre cerraba el libro rápidamente, como si estuviera avergonzada. El que debería haberse avergonzado era yo. Su novela debut estaba a años luz de mi pequeña historia de aventuras. Un esfuerzo juvenil al lado de su obra literaria.

—Quería terminar *Secretos* primero —pasó sus delicados dedos por el pelaje de Bilbo—. Me encanta hasta ahora, pero también tengo una confesión. Yo, ah, no soy una lectora rápida. Tengo dislexia. Me va a llevar literalmente una eternidad terminar un libro tan gordo como ese. Puede que no llegue a *Traición* —se mordió el labio.

Ahora algunas de sus respuestas durante la sesión de preguntas y respuestas tenían sentido. Cómo nunca era capaz de nombrar a más de unos pocos autores que la habían inspirado. Cómo parecía no tener un conocimiento actual de la ficción popular. Cómo se había puesto pálida antes de cada lectura pública.

—Eso debe haber sido mucho que superar. Y aun así lograste terminar todo el posgrado.

Levantó la vista del perro, con una sonrisa torcida y amarga. —No es algo que haya «superado». Es algo con lo que lidio todos los días. Algo que estará conmigo el resto de mi vida.

—Lo siento. No quise decirlo de esa manera —quería expresar mi admiración y la había cagado.

—Lo sé —se inclinó hacia delante y puso una mano sobre la mía—. La mayoría de la gente dice eso. Recuerda, crecí con muchas ventajas. Colegios privados. Tutores. Fue más fácil para mí que para otros.

—Apuesto a que aun así te mataste trabajando. Como lo has hecho para mejorar en las charlas de libros.

Se mordió el labio suave y carnoso. —Lo intenté. Sin embargo, nunca fue suficiente para mi madre. Y cuando finalmente aceptó que no iba a superarlo, se le ocurrió prepararme para ser una buena esposa para un hombre inteligente.

Me hirvió la sangre. —¿Queriendo decir que él sería el cerebro de la relación?

—Sí —trazó un patrón en el pelaje de Bilbo. Él se movió en sueños—. Tampoco fui muy buena en eso.

Tomé un gran trago de cerveza, esperando que me enfriara. No lo hizo. —Pero fuiste buena escribiendo.

Hizo una pausa. —En realidad no. Sin embargo, era buena con las computadoras. De alguna manera, el código no se me mezclaba como las palabras en los libros. Mi hermano Jackson descubrió eso y me animó. Fue como un padre sustituto para mí después de que…

Después de que perdió a su padre. Quizás yo tenía uno de los peores padres del mundo, pero al menos todavía tenía uno. Ojalá hubiera sabido eso de Jackson antes de haberme portado tan antipático con él en la cena de la otra noche. Aunque seguía sin gustarme la forma en que le había hablado de su libro. —Pero no apoyó tu escritura.

—Tiene sus razones. Y son bastante buenas —jugueteó con la etiqueta de su botella.

Puse mi mano sobre la suya. —Tu libro es increíble. Piensa en toda la gente a la que conmoviste con él. La forma en que Tolkien conmovió tu corazón —había dicho que no era una gran lectora, pero la prueba de que le gustaban los libros roncaba a su lado.

—En realidad fue mi papá. Le encantaban Tolkien y L'Engle. O le encantaba leérmelos. Cuando crecí, nos turnábamos para leer, y él era muy paciente conmigo. Mi madre se habría rendido. Pero mi papá no. Él no se rendía con nada.

Se quedó en silencio por un minuto.

—¿Quieres hablar de ello? ¿De él?

—No. Al menos no ahora. Quizás en otro momento.

Entendía que no quisiera hablar sobre crecer sin un padre. Pero entonces tuve una idea. —Podría leerte. Si quieres.

—¿De verdad? ¿En serio? ¿Harías eso? —sus ojos se abrieron como platos—. Porque me encanta escucharte leer. En los eventos. Siempre quiero que sigas.

Me reí entre dientes. —Ese es el punto. Y ahora, solo para ti, seguiré.

Se levantó de un salto y rebuscó en la bolsa de su computadora hasta que sacó el libro. Los bordes del libro de bolsillo estaban un poco curvados y gastados, pero el lomo seguía rígido.

—Vamos —inclinó la cabeza hacia la cama.

Oh, mierda. No había pensado en eso. Rodeé la cama por el otro lado, me quité los zapatos con los pies y me senté con cuidado sobre las sábanas. Estiré las piernas sobre la cama y me recosté contra la cabecera. Ella metió las piernas bajo las sábanas, ahuecó un par de almohadas y se recostó a mi lado.

Un marcapáginas de la tienda de Chicago marcaba el medio de una escena en el Capítulo Tres. —¿Empiezo aquí?

—Sí, está bien.

Le leí mis palabras. Había escrito el primer borrador de ese capítulo hacía años, cuando todavía estaba en la universidad. Las palabras parecían inmaduras, torpes. Como yo era en aquel entonces. Nada que ver con la prosa elegantemente nubilosa de Sam. Había visto una pequeña parte de ella esta noche, pero por lo demás, Sam era como su libro. Hermosa. Impenetrable.

Después de un rato, la cabeza de Sam vino a descansar en mi hombro, y entonces fue natural que mi brazo la rodeara y la acercara más a mí. Traté de no pensar en cómo su padre probablemente la había sostenido así. No mientras olía el romero en su cabello y mientras intentaba mantener mis ojos en la página y no en las curvas superiores de sus pechos donde desaparecían en la tela de su camisola, el valle poco profundo entre ellos, los pezones puntiagudos que la delgada tela no ocultaba.

—¿Por qué paraste? —volvió su rostro hacia el mío y debió de ver la lujuria pura en él—. Ah.

Dejé caer el libro sobre las sábanas. —No funcionó.

Se lamió el labio inferior. —¿Qué no funcionó?

—Sacármelo de la cabeza. Todavía lo tengo dentro. —Poético, lo sé. Pero la sangre había abandonado mi cerebro para acumularse en otra parte.

—¿Qué tienes dentro?

—A ti —bajé la cabeza. Quería estrellar mis labios contra los suyos, tomarlos, saquearlos como mis antepasados vikingos. Pero era un hombre del siglo XXI y tenía más autocontrol que eso. Bueno, normalmente lo tenía. Dudé, a un centímetro de sus labios.

Ella estiró su largo cuello y me besó, sus labios ya no suaves sino exigentes, urgentes. Ella tomó, y yo di. Y di y di y di hasta que me quedé sin aliento. Rompí el beso y metí su cabeza bajo mi barbilla, respirando como si acabara de subir corriendo los nueve pisos hasta nuestra planta.

Me plantó un beso en el cuello y me estremecí. Sus labios se curvaron contra mi piel. —¿Y ahora qué? ¿Ya me salí de tu sistema?

Nunca. Nunca saldría. No mientras pudiera retenerla en mi imaginación. Negué lentamente con la cabeza, frotando mi nariz en su sedoso cabello.

—Creo que se necesitará más que unos pocos besos, ¿no crees?

Asentí.

Se apartó lo suficiente como para poder mirarme a los ojos. Sus pupilas casi habían consumido los iris, pero su expresión era seria, casi feroz. —Al final de la gira, regresaré a San Francisco. Voy a terminar mi carrera, y luego voy a tomar un puesto de posdoctorado en algún lugar muy lejano de todas partes. No más giras de libros, no más... —se le entrecortó la respiración—... nada. Lo nuestro se acaba cuando termine la gira. ¿Entendido?

Probablemente tenía que volver a su cueva de escritora para producir otro libro, igual que yo tenía que volver a la granja. Necesitaba espacio para eso.

Mi pecho se oprimió. Pero ella había dicho más que eso. *Lo nuestro se acaba.* Eso sonaba permanente. Como si no quisiera nada permanente conmigo. No era la primera. El primero había sido mi padre. Y luego todas las chicas que pensaban que sería divertido salir con un poeta de granja pero que luego huían a la primera señal de estiércol fresco.

—Niall —mi nombre en sus labios detuvo mis pensamientos acelerados—. Me gustas. Mucho, ¿de acuerdo? Pero tenemos metas diferentes. No vamos a funcionar a largo plazo. Pero me gustaría disfrutarte mientras pueda —se movió, y el tirante de su camisola se deslizó de nuevo, revelando la parte superior de su pecho.

El pensamiento racional me abandonó. —Sí —gruñí. Empujándola de espaldas, besé su hombro donde había estado el tirante y luego tracé besos a lo largo de la curva superior de su pecho. Apartando la tela que apenas cubría su pezón, lo lamí. Su piel también sabía a hierbas. Terrosa. Como el bosque después de una buena lluvia. Succioné su pezón en mi boca y lo lamí.

Enterró las manos en mi cabello y me sostuvo contra ella. —Me alegro de que estemos... —gimió—... de acuerdo con el plan.

Me levanté un poco, estirando su pezón, y dejé que se soltara de golpe. —El plan no permanente.

Se retorció. —Ese mismo.

Tiré del otro tirante. —Cuando termine, desearás que fuera permanente.

—Ni de broma.

Pero eso fue antes de que descendiera sobre su otro pezón, girando mi lengua a su alrededor. Mis dientes. Una pequeña mordida en la parte inferior de su pecho que la hizo contener la respiración. Luego una mordida más fuerte justo en su pezón.

Hizo un sonido ininteligible que podría haber sido mi nombre, o tal vez «nunca», pero sostuvo mi cabeza y seguí prestando atención a su pecho hasta que me soltó, con la respiración entrecortada.

Coloqué un beso suave justo sobre su agitado esternón. —¿Segura de eso? ¿Lo de no ser permanente?

—Oh, hablas mucho para un tipo que cree que bateó un jonrón pero se quedó en segunda base —sus labios se inclinaron hacia arriba, juguetones.

—¿Se quedó? Estoy pensando en robarme la tercera —metí una mano bajo las sábanas, sobre sus pantalones de pijama, pero me detuve en la cinturilla. Levanté las cejas.

—Niall Flynn —revoloteó las pestañas—. Y yo que pensaba que eras un joven tan agradable, abriéndome la puerta, cargando mis maletas y protegiéndome en los paseos nocturnos.

—No creo que quieras a alguien agradable —la ahuequé entre las piernas. Efectivamente, la entrepierna estaba húmeda.

Negó lentamente con la cabeza. —No. No lo quiero.

Seguí sus contornos con un dedo perezoso. Se retorció.

—¿Qué es lo que quieres, Sam?

—Te quiero a ti.

Invertí mi mano, hundiéndola dentro de sus pantalones de pijama —no llevaba ropa interior— y encontrando la humedad caliente dentro. Hice girar un dedo por los picos y valles que acababa de trazar. Luego deslicé un dedo dentro de ella. Gimió y empujó las caderas hacia arriba.

Saqué el dedo, rozando su clítoris, y le mostré la humedad en mi dedo corazón. Cuando me lo metí en la boca y lo succioné, se le cortó la respiración.

—No eres un joven agradable en absoluto —susurró.

—No. Crecí en una granja. Aprendí a follar en pajares. Cobertizos. Debajo de los árboles en verano. No en habitaciones de hotel. Pero te haré sentir mejor que cualquiera de esos tipos de la alta sociedad. ¿Quieres eso, Sam?

Sus ojos estaban oscuros, entornados. —Sí, quiero.

Le quité las sábanas de un tirón y le bajé los pantalones de pijama. Los arrojé al suelo. Su camisola todavía estaba arrugada en su cintura, pero no podía esperar. La coloqué, con las rodillas dobladas y separadas lo suficiente para mis hombros. Entre sus piernas, estaba sonrojada y hinchada, su excitación goteando de ella y su aroma llenando mis fosas nasales. Pero antes de bajar la cabeza hacia ella, pregunté: —¿Estás bien con esto?

Levantó la cabeza y se puso una almohada debajo. —Sí. Sí.

La lamí, un largo lametón de lengua desde su abertura hasta su clítoris.

—Sí —su voz fue un susurro.

La abrí con mis pulgares y me familiaricé con su aroma, su sabor, lo que la hacía retorcerse, lo que la hacía contener la respiración y quedarse quieta. Pasando un dedo por su humedad, reemplacé mi lengua con mi dedo y me adentré, empujando al mismo ritmo que me movía contra el colchón. Sus caderas se sacudieron. Metí un segundo dedo y ella gimió. Estaba apretada y húmeda, y no quería nada más que hundirme dentro de ella y sentirla, piel con piel. Todavía no.

Aún moviendo los dedos, tracé un camino con la lengua por sus labios hinchados hasta su clítoris. Lo rodeé con la punta de la lengua. Apretó las sábanas con sus delicados dedos, sus nudillos se pusieron blancos.

Aplané mi lengua y la pasé por encima. Soltó un gemido ahogado, como si hubiera estado conteniendo la respiración. Lamí su clítoris una vez más antes de succionarlo, suavemente, entre mis labios. Sus piernas temblaron.

Le miré la cara. Tenía la cabeza echada hacia atrás contra la almohada, su cabello negro como la tinta derramado sobre ella. Tenía la boca abierta, la respiración acelerada y los ojos apretados.

—Mírame, Sam —quería esos ojos claros e inteligentes fijos en mí. Quizás no éramos permanentes, pero yo estaba aquí, ahora. Dándole placer. Y la parte cavernícola de mí quería que ella lo supiera—. Mírame hacerte correr.

Abrió los ojos de golpe, y la forma en que miró hacia abajo, con los párpados pesados, hacia donde yo yacía, postrado en la cama, me hizo sentir como un sirviente, inclinándome ante su reina. Era tan hermosa como una de las reinas elfas de mis libros, dura y brillante como un diamante. Pero había encontrado un camino a su cámara más íntima, donde estaba desnuda, retorciéndose y terrenal. Yo era el que estaba tumbado boca abajo ante ella, pero ella me había dado el poder de complacerla esa noche.

La rocé con los dientes y ella gritó. Solo bastó una succión más fuerte, y se arqueó, presionándose con fuerza contra mi cara. Metí y saqué los dedos unos segundos más y luego disminuí la velocidad mientras sus piernas se relajaban y se abrían a cada lado. Me aparté de su clítoris, pero mantuve una serie de lametones largos y perezosos hasta que gimió y tocó mi cabeza. Dándole un último lametón, apoyé la mejilla en su muslo. Sus ojos no se apartaron de los míos.

—¿Aprendiste a hacer eso en un pajar?

Me reí entre dientes. —No estaba exactamente en el plan de estudios del 4-H, pero nos escapábamos a veces cuando las reuniones se ponían aburridas.

—¿Qué más hiciste en estas muy educativas sesiones del 4-H?

—Un poco de ciencia veterinaria, un poco de cunnilingus. Unas pocas horas de análisis de suelo, un revolcón literal en el heno. Solo teníamos que tener cuidado de no asustar a los animales de abajo. No hay nada peor que el rebuzno de un burro idiota para arruinar el momento.

Sonrió y jugueteó con un mechón de mi pelo. —Ojalá te hubiera conocido entonces. Creo que habrías sido un buen amigo.

Sus labios arqueados hacia abajo decían que había necesitado uno o dos buenos amigos en la secundaria. Después de perder a su padre, acosada por una madre con expectativas poco realistas, con Jackson probablemente fuera en la universidad, se habría sentido perdida y sola. Y los chicos de secundaria tenían una forma de oler eso y explotarlo.

—Lo siento, ya eres un poco mayor para el 4-H, pero podemos ser amigos ahora —una idea me vino a la mente. Aunque primero tendría que consultarlo con mamá y el abuelo.

—¿Amigos con derechos, como dicen? —una comisura de sus labios se alzó.

Tracé un dedo por el interior de su otro muslo, provocando una estela de piel de gallina en su piel. —Mis derechos son mucho más baratos que los del minibar.

Bilbo, que había evacuado la cama cuando empezó a temblar, gimió y arañó la puerta.

Sam gimió. —Lo olvidé. Es hora de su último paseo. Un minuto, Bilbo Bolsón —se apoyó en un codo y se subió la camiseta sin mangas.

Me incorporé y puse una mano en su pierna, deteniéndola. —Yo lo haré. Todavía estoy vestido —aunque un paseo empalmado sería, como mínimo, incómodo.

Sus ojos se abrieron como platos, como si acabara de darse cuenta. —¿Me corrí en toda tu cara y todavía estás vestido? —se cubrió la cara con las manos—. Soy, tipo, la peor amiga con derechos de la historia.

—No —agarré su muñeca y le quité una mano de la cara. Le besé la palma—. La pasé bien. Y ahora Bilbo y yo vamos a tener un tiempo de chicos. Tú relájate, ¿de acuerdo? —lo necesitaba. Y necesitaba ese orgasmo. El anuncio del premio había sido mucho para ella. Toda esa gente en la oficina de la editorial. Probablemente estaba imaginando a los nuevos extraños que tendría que conocer en la ceremonia del premio. Inclinándome, rocé sus labios con los míos y luego me deslicé fuera de la cama.

La correa de Bilbo colgaba del picaporte. Se la enganché al collar y cerré la puerta suavemente detrás de mí.

25

NIALL

PUEDE que Sam dijera que trajo a Bilbo porque era su mejor amigo, pero Sam no era la única amiga de Bilbo.

Bilbo era un perro regalado.

Desde el momento en que salí al vestíbulo con él, Bilbo atrajo admiradores como buitres a la carroña. Dos ancianas con trajes de seda se agacharon con rodillas crujientes para acariciarle la cabeza. Bilbo sonrió todo el tiempo.

El botones gritó: —¡Espera, Bilbo Baggins! —y se acercó a toda prisa con una galleta para perros. Bilbo la mordisqueó por toda la alfombra del hotel y dejó que el hombre le rascara detrás de las orejas.

Afuera, Bilbo trotó por la calle como un capo en una película de mafiosos, aceptando halagos y premios como si se los mereciera. Mujeres con laptops, mujeres con esterillas de yoga y mujeres con cochecitos dobles lo siguieron y le pidieron acariciarlo o tomarse selfis con él. Ese día, Bilbo aparecería en más publicaciones de Instagram que yo en aquella convención de fantasía.

No es que estuviera celoso. De un perro.

¿Acaso Sam atraía este tipo de atención cuando lo paseaba? ¿Los hombres que se mantenían a distancia y admiraban a Bilbo se le habrían acercado a Sam si ella lo hubiera estado paseando? ¿Habrían intentado conseguir su número?

El maldito perro era peligroso.

Cuando un trío de turistas con más equipo fotográfico que Annie Leibovitz nos detuvo justo a la entrada del parque, se me ocurrió una idea.

Saqué mi celular para tomar mi primera foto con la cámara del teléfono. Se la enviaría a Gabi en un mensaje de texto, otra primera vez.

Jugueteé con el celular, tocando la pantalla con el pulgar para activarla. Mierda, no tenía batería. O estaba roto.

O… apagado.

Pulsé el botón de encendido y finalmente la pantalla cobró vida. Y pasó por un minuto de música y video electrónicos. El aparato era más problemático de lo que valía. Mientras tanto, acepté una de las complicadas cámaras de los turistas para tomarles una foto de grupo con su nuevo mejor amigo, que incluso sonrió para la foto, con la lengua colgando.

Payaso.

Mi bolsillo vibró. Después de devolverle la cámara al turista, saqué mi celular. El nombre de Gabi apareció en la pantalla.

—Oye, justo estaba pensando en ti —le dije.

—¿En mí? ¿El más reciente nominado al Premio Tower está pensando en su humilde agente, mecanógrafa y antigua mejor amiga?

—¿Antigua?

—Es una de las muchas palabras que aprendí transcribiendo tus manuscritos. Significa ex...

—Sé lo que significa. ¿Por qué eres mi antigua amiga? —encontré una banca en el parque bajo una farola mientras el cielo pasaba del rosa del atardecer al gris del crepúsculo. Bilbo se estiró a mis pies.

—¿Por qué tuve que enterarme de lo del Premio Tower por el

maldito internet? Mi amigo Niall me habría llamado para compartir la buena noticia, quizás incluso habría venido con una botella de champaña. Así que, como no recibí ninguna llamada, pensé: «Joder, lo volvieron a joder». A ver si esa princesa falsa, Samantha, recibió una nominación. Y, mira por dónde, ahí están sus dos nombres en la lista de nominados.

—Lo siento. Si gano, me aseguraré de agradecerte en mi discurso de aceptación. Estaba distraído.

—*Cuando* ganes. ¿Distraído por la nominación o por algo —o alguien— más?

—Sam estaba un poco abrumada por el anuncio. Tuve que asegurarme de que estuviera bien.

—¿Y?

—Ya está mejor. —Gabi era mi mejor amiga, pero no pensaba decirle que había relajado a Sam comiéndole el coño—. Ha estado nerviosa. Sobre todo después de esa cena con su hermano. No estoy seguro de qué le pasa. —Puede que se hubiera desnudado en cuerpo y alma para mí, pero su mente seguía cerrada a cal y canto como las joyas de la corona.

—Es un enigma, desde luego. No es ni de lejos tan elegante y estirada como esperaba. Parecía bastante afectada por el dibujo de ese niño.

—A Sam le gustan los niños. Se le dan bien.

—¿En serio? Qué coincidencia. A ti también te gustan los niños. Si no recuerdo mal, tenías un plan para llenar esa granja con...

—No, Gabi, no vamos a hablar de eso ahora.

—Solo digo que quizás tengas más en común con Sam de lo que pensabas.

Me levanté y caminé alrededor de la banca. —¿Qué se supone que significa eso?

—Te gusta ella.

Bilbo ladró una vez. Me quedé helado y lo miré. Bilbo movió la cola. —Por supuesto que me gusta.

Bilbo ladró de nuevo.

—No, te gusta-gusta. Tienes visiones de llevarla a la granja. De mostrarle tu cala secreta. Una gran boda en el prado. Teniendo bebitos elegantes de ojos azules.

—Eso es ridículo. —¿Cómo demonios lo había adivinado?—. Shh, Bilbo. —Dejó de ladrar, se miró rápidamente el trasero por encima del hombro y giró en círculo, persiguiéndose la cola. Necesitaba espacio para correr, no paseos con correa.

—No te has acostado con ella, ¿verdad? Sabes cómo te pones cuando hay sexo de por medio. Empiezas con conocer a la familia y viajes a la granja y hablas de para siempre...

—No. —Luego, en voz baja—: No exactamente.

Ella soltó un jadeo dramático. —¿Qué carajo significa «no exactamente»? ¿Hubo un orgasmo?

—Pudo haberlo. —¿Cómo lograba siempre sacarme mis secretos?

—Entonces fue sexo. Ten cuidado, Niall. La princesa tiene secretos. No te involucres emocionalmente hasta que sepas cuáles son.

—Todo el mundo tiene secretos. —La dislexia de Sam no era un secreto que me correspondiera compartir.

—Sé que te gusta. Pero te va a hacer pedazos el corazón cuando se vaya. —Sabía lo que estaba pensando, aunque nunca lo dijera. Que yo era sensible a que la gente me abandonara. Por lo que había hecho mi imbécil de padre.

Pero Sam no era como él. —Tendré cuidado.

—Mentiroso. Protege ese corazón blando que tienes, Niall.

Por eso habíamos seguido siendo amigos después de romper. Por sus regaños. —Protéjelo tú. Fuiste la última en tenerlo.

Gabi resopló. —Por favor. Si me hubieras querido, me habrías seguido a la ciudad. No intentes desviarme del tema. Esto es importante.

—¿Qué cosa?

—Niall. —Alargó mi nombre como si yo fuera un niño o un cachorro muy travieso—. Ambos están nominados para el Premio Tower. Eso los convierte en rivales.

—¡No!

—¿No? ¿Qué, uno de ustedes se va a retirar del concurso?

—Claro que no. Esto es genial para los dos. —Pero… ¿deberíamos? ¿Qué pasaría si uno de nosotros ganara? Eso significaría que el otro perdió. ¿El perdedor sentiría rencor por ello? ¿Yo lo sentiría? ¿Debería retirarme para ahorrarme el dolor?

—Niall. No. Te. Retires.

—No lo haré. Probablemente. Estar nominado es un honor. Es algo enorme para nuestras carreras. Estoy seguro de que Sam y yo estaremos bien, gane quien gane. —De hecho, cuando volviera al hotel, practicaría mi sonrisa de «estoy-muy-emocionado-de-que-hayas-ganado» frente al espejo.

—Esa soy yo poniendo los ojos en blanco, Niall.

Bilbo se sentó y ladró. Le di una palmada en la cabeza.

—Tengo que llevar a Bilbo de vuelta.

—Te veo mañana en la firma de libros. Descansa un poco, ¿de acuerdo?

Tiré de la correa de Bilbo para dirigirlo de vuelta hacia el hotel. —Lo haré.

—Bien. ¿Y Niall?

—¿Sí?

—Si te nominan para un Pulitzer o un Nobel, me llamarás, ¿sí?

—Cuenta con ello.

Bilbo marcó el camino de regreso al hotel, su cola ondeando detrás de él como una bandera.

———

LLAMÉ SUAVEMENTE a la puerta de Sam por si se había dormido. El día había sido intenso para ella. Para los dos.

Pero ella respondió, vestida con pantalones de pijama y esa camisola que me volvía loco. Mi erección, que finalmente había desaparecido con la caminata, volvió a la vida.

—Gracias por cuidar de Bilbo Baggins.

Ella lo tomó en sus brazos y lo acunó, haciéndole preguntas

sin sentido como si pudiera responder, mientras entraba en su habitación. Dejé caer la correa y que se arrastrara por la alfombra detrás de ellos.

Miró por encima del hombro. —¿Vas a entrar?

Sin consultarlo con mi cerebro, mis pies me llevaron a su habitación. La puerta se cerró de golpe detrás de mí.

Le quitó la correa a Bilbo y lo dejó en el suelo. Él corrió al baño y bebió ruidosamente de su plato de agua.

—Ese perro es peligroso —refunfuñé—. No tienes idea de cuánta gente nos paró para acariciarlo.

Ella se rio, demasiado fuerte para ser una risita de sociedad, pero la música seguía ahí. —Le encanta la atención. Estará tan triste cuando… —su sonrisa se desvaneció.

Mi corazón se aceleró. —¿Cuando qué, Sam? ¿Cuando acabe la gira? —¿Existía la posibilidad de que ella tampoco estuviera lista para dejarme ir?

Hizo una mueca. —Cuando nos vayamos de San Francisco y me vaya a mi posdoctorado. Es en una universidad diminuta y selecta que hace cosas muy geniales con computadoras, pero no tendrá ni de lejos tantas oportunidades para hacer amigos.

—¿Has elegido una universidad pequeña?

—Sí. Por lo que vi en Google Maps, son sobre todo campos de maíz, un pueblito y la universidad. Nada más en kilómetros a la redonda.

—Suena como el lugar donde crecí. Excepto por la universidad. Para eso tienes que ir a la ciudad. —Joder. Por fin había conocido a una mujer a la que le gustaban los espacios abiertos y los pueblos pequeños, y necesitaba una universidad de primera categoría. Enchanted Forest era el pueblo más bonito del mundo, pero no era conocido por su capacidad informática, a menos que contaras las dos antiguas computadoras públicas de la biblioteca.

—¿Te gustó crecer allí? —se frotó un brazo desnudo con la otra mano, como si tuviera frío.

—Más que nada en el mundo.

—Sé que me gustará la universidad. El factor clave es que está a mil seiscientos kilómetros de casa y a dos horas del aeropuerto principal más cercano. Por fin tendré algo de espacio.

No pude evitar que la idea improvisada saliera de mi boca. —Oye, si necesitas espacio, tenemos un par de días libres. Pensaba ir a casa, a Enchanted Forest, a ver a mi familia.

Ella sonrió. —Todavía no puedo creer que vivas en un pueblo que de verdad se llama Enchanted Forest.

Me encogí de hombros. —Se merece el nombre. Es el mejor lugar del mundo. Podrías venir también. Es tranquilo. Te tomarías un descanso de toda la gente. Del estrés. Y Bilbo podría correr y jugar todo lo que quisiera.

Al oír su nombre, Bilbo salió trotando del baño y meneó la cola.

—Oh. Mmm, pensaba quedarme en el hotel. Trabajar un poco. —Señaló su laptop sobre el escritorio.

—Claro. Sin presión. Puedes pensarlo.

—Claro.

Fue un *claro* que significaba «gracias, pero no». Y probablemente tenía razón. Quizás sería mejor si rechazaba la invitación que ni siquiera había tenido la intención de hacer. Las palabras de Gabi resonaron en mi cabeza. *Conocer a la familia y viajes a la granja y hablas de para siempre.* Sam me había asegurado que ella no era una persona de «para siempres».

—Debería irme. Mañana tengo ese programa de entrevistas matutino.

—¿Un programa de entrevistas?

—Sí. —Me froté la nuca, que se había puesto caliente—. Qiana me llamó esta tarde. Se les cayó un invitado. Y después de la nominación, me pidieron que ocupara el lugar.

—Eso es maravilloso, Niall. Televisión. —Sonaba sincera. Sus ojos violetas brillaban.

—Esto no va a ser raro, ¿verdad? ¿Nosotros dos nominados para el Premio Tower?

Ella palideció, y esa fue toda la respuesta que necesité. Por supuesto que iba a ser raro.

—No quiero pensar en el Premio Tower. No esta noche. —Se acercó a mí y puso las palmas de sus manos en mi pecho—. Hiciste un muy buen trabajo distrayéndome antes. ¿Quieres volver a hacerlo?

Debió de sentir mi corazón acelerado bajo sus manos. Mi respiración agitada. Mis bolas, que me habían estado doliendo durante una hora, desde que había enterrado mi cara en ella, cosquillearon. Claro que quería hacerlo de nuevo. Pero puse mis manos sobre las suyas y las aparté de mi traicionero pecho. *Protege ese corazón blando que tienes, Niall.*

—No estoy seguro de que sea una buena idea. —Las palabras se sintieron como fragmentos de vidrio en mi garganta.

Ella sonrió. —¿Porque es el Día de San Valentín? Te juro que no soy una de esas personas obsesionadas con el amor que se te pegará como una lapa si tenemos sexo el catorce de febrero.

—No, por supuesto que no. —Si creyera en la magia del Día de San Valentín, le habría hecho el amor justo donde estábamos. Ojalá pudiera conseguir que se aferrara a mí y no quisiera desecharme tan pronto como terminara la gira.

Su sonrisa juguetona se desvaneció. —¿Por el premio? ¿Porque yo...?

—No. —Le apreté las manos—. El premio no tiene nada que ver con nosotros. —Intenté ordenar las palabras en mi cabeza antes de decirlas.

—Entonces, ¿por qué?

—Estoy empezando a tener... sentimientos por ti. Sentimientos que sé que no correspondes. Y el sexo va a complicar eso.

—Pero ya tuvimos sexo.

Un dolor estalló sobre mi ceja izquierda. Gabi había dicho lo mismo. —Y fue fantástico. Pero necesito parar aquí. A menos que hayas cambiado de opinión sobre terminar las cosas cuando termine la gira... —¿Odié el tono esperanzado de mi voz. Sonaba demasiado a las cien veces que le había pedido a mi padre que volviera a casa.

Ella negó con la cabeza. Sus ojos se habían vuelto opacos, como si hubiera bajado una cortina de terciopelo sobre ellos.

La besé, suavemente, brevemente. —Buenas noches, Sam. ¿Y la invitación a la granja? Puramente platónica. Creo que te vendría bien el descanso.

Ella bajó la mirada hacia los dedos de sus pies descalzos.

Cuando le besé la coronilla, tuve que contener la respiración para evitar su tentador aroma. Le rasqué la barbilla a Bilbo y salí de su habitación, cerrando la puerta suavemente detrás de mí.

Platónica. Tan pronto como la palabra salió de mi boca, resonó con falsedad. Aparte de mis amigos de Enchanted Forest, nunca había invitado a nadie allí de quien no creyera estar enamorado. La granja era demasiado especial, demasiado cercana a mi corazón, como para llenarla de conocidos.

Sam pertenecía a ese lugar. Se había abierto paso a golpes en mi corazón y había montado un campamento. Y yo la había dejado entrar, peligrosamente cerca de todo lo que consideraba sagrado.

26

SAM

HIRVIENDO de rabia en el asiento trasero del auto con chófer que esperaba con el motor encendido frente al estudio de televisión, abrí los puños que tenía apretados para poder llamar a una amiga.

—Ay. Dios. Mío —dije tan pronto como Marlee respondió mi videollamada.

—¿Qué pasa? —Cuando se movió con el teléfono, vi un hombro desnudo y musculoso y unas sábanas detrás de ella. Bilbo Baggins, acurrucado a mi lado en el auto, ladeó la cabeza al oír su voz.

—Mierda, me olvidé de la diferencia horaria. ¿Te desperté? —Me tapé los ojos con una mano.

—Mi alarma iba a sonar en unos minutos. No te preocupes. Y ya puedes abrir los ojos. Llevo puesto un camisón. ¿Estás bien? —Encendió una luz y se sentó en la mesa de la cocina. De fondo se oía el ruido de una cafetera.

—Yo… —De pronto, la rabia que me había hecho llamar a mi amiga menguó hasta convertirse en un dolor sordo en los pulmones—. Supongo que tenía muchos sentimientos encontrados y quería ver una cara amiga.

—¿Sentimientos por…?

Podría haber dicho cualquier cosa. El viaje. Mi doctorado. Pero lo que salió fue la verdad. —Por Niall.

—¿Tu guapísimo compañero de gira? —Sus ojos se abrieron como platos—. ¡*Es* tu OTP!

—¿Qué? No —Me puse los audífonos a trompicones.

—Pero, Sam, dijiste que tenías sentimientos. No has tenido sentimientos por nadie con quien has… ¡espera! ¿Se acostaron?

Me tapé la cara, agradecida de que Marlee se escuchara en mis audífonos y no en el altavoz del teléfono. Lo que habíamos hecho en mi cama difícilmente contaba, ya que fui la única que tuvo un orgasmo. Y luego, cuando le habría devuelto el favor, me rechazó. —¿Algo así?

—Por el gran Stephen Hawking. ¿Y fue…?

—Sí, por supuesto —Me ardían las mejillas—. Magia de granjero —murmuré.

—Entonces, ¿qué…?

—Los sentimientos apestan —Bajé la voz para que el chófer no tuviera que fingir tanto que no me oía—. Dio una entrevista esta mañana en uno de los programas de entrevistas, y…

—¿En cuál?

Le dije el nombre y ella miró fuera de la pantalla, tecleando algo en una computadora. Me había sentido igual que cuando entré en su cuarto y Gabi estaba allí. Un revoltijo en el estómago y la necesidad de atacar, de incinerar ese sentimiento desagradable con un golpe de energía cinética. Había presionado el botón de apagado del control remoto de la tele con tanta fuerza que se había quedado atascado.

Acaricié el pelaje de Bilbo Baggins. —Como sea, la entrevistadora era muy coqueta y… y empalagosa, y a él le encantó; entonces me dio acidez y tuve que tomarme como un millón de antiácidos.

—Brandi Brewer. Sí, es bonita. Pero él se está acostando *contigo*.

Hice una mueca, recordando cómo me había rechazado la noche anterior. —No exactamente.

—Ah. *Ah* —Sus ojos se volvieron tiernos y dulces, como el caramelo—. Pero quieres hacerlo.

—Solo… solo por el sexo.

Marlee negó con la cabeza. —Si solo lo quisieras por sexo, no te importaría que coqueteara con Brandi Brewer. Ya caíste.

—¿Caí en qué?

—Enamorada —Y soltó un suspiro de genuina felicidad. Levantó la vista y su prometido, Tyler, le dio un beso en los labios. Luego se escabulló fuera del encuadre.

—Te puedo asegurar al cien por ciento que no estoy enamorada de Niall Flynn —Aunque ¿cómo sería que alguien me besara así por la mañana? ¿Que pusiera una taza de café a mi derecha? Parpadeé para humedecer mis ojos irritados. Claro, sería agradable. Pero yo era buena en ciencias de la computación, no en relaciones. Stephen lo había demostrado.

—Pero…

La puerta del auto se abrió y Niall se deslizó dentro. —Perdón por la tardanza. Yo…

La oleada de calidez que sentí fue solo la felicidad de poder terminar la conversación con Marlee, que no había ido para nada como yo quería. No fue por Niall. —Oye, Marlee, tengo que cortar.

—Espera, no. No hemos terminado. Tienes que permitirte…

—Hablamos luego, adiós —dije de carrerilla y presioné el botón de finalizar. Intenté sonreírle a Niall, pero las ondas cobrizas y engominadas de su cabello me recordaron lo bien que se había visto en cámara. Al lado de Brandi.

—Hola, perdón —Los ojos de Niall se veían cansados, y unas ojeras moradas apenas se ocultaban bajo el maquillaje mal quitado —. Eso tomó más tiempo de lo que pensé.

Por supuesto que sí. Por todo el coqueteo. Saqué a relucir la sonrisa que usaba en los eventos de mi madre. —No te preocupes

—Tomé un pañuelo de la caja en la consola y froté los restos de base de maquillaje en su cara.

—Oye, necesito un poco de esa piel —Detuvo mi mano y me quitó el pañuelo, limpiándose más suavemente de lo que yo lo había hecho—. ¿Pasa algo? ¿Estás enojada porque llegué tarde?

—No. Ni siquiera quiero hacer esto —La lectura de ese día era en una universidad local. Siendo yo una, sabía que los estudiantes se enfrascarían en un juego de superación con sus preguntas difíciles para nosotros. No podría salir del paso con mis respuestas vagas sobre Tolkien y L'Engle. Y Niall no debería tener que rescatarme.

—Entonces, ¿qué pasa?

Se frotó la mejilla y mi mirada se clavó en un punto justo a la izquierda de su boca. —¿Eso es lápiz labial?

—¿Qué? —Pero debió de saber de qué hablaba, porque se limpió el lugar.

—¿Es tuyo o de ella?

—¿De ella? —Sus cejas rojas se alzaron.

—Esa… esa entrevistadora. La rubia. Como se llame —Por supuesto que sabía su nombre. Solo lo había dicho unas cien veces durante la entrevista.

—Brandi Brewer. Así que lo viste.

—Lo tenía puesto mientras me vestía —Me encogí de hombros y miré por la ventana.

—No estás molesta, ¿o sí?

—Claro que no. ¿De qué tengo que estar molesta? No es como si fuéramos… En fin, no me pareció profesional de su parte que coqueteara contigo así.

—¿Coquetear conmigo?

Me quedé mirando los edificios que pasábamos, pero imaginé sus cejas rojas alzadas casi hasta la línea del cabello.

Me odié a mí misma incluso mientras alzaba la voz en una imitación nasal de Brandi-Brewer-la-entrevistadora. «No entrevisto a muchos escritores con un físico como el tuyo. ¿Te gustaría compartir tu rutina de ejercicios?». «¿Hay alguna posibilidad de que hagas un cameo en la serie?». «¿Estás saliendo con alguien?». Cómo se me había revuelto el estómago cuando preguntó eso. Por supuesto que él había dicho que no. Y los besos al aire. Uf.

¿Por qué estaba actuando así? ¿*Sintiendo* así? Nunca había sido celosa. Bueno, había estado celosa de la chica con la que Stephen salió después de mí. Aunque sabía que era una víbora, le había dado mi corazón, y no recuperé todas las piezas después de que lo rompió. Razón exacta por la cual no podía darle ninguna parte a Niall. Si perdía más piezas, ¿podría seguir latiendo? Un bulto frío y pesado se instaló en mi vientre.

—Sam —Esperó hasta que arrastré mi mirada de vuelta hacia él—. No significó nada. Ella no me importaba. No como… —El sonrojo comenzó en su cuello y se extendió hasta sus mejillas.

El nudo en mi vientre se aflojó. De acuerdo, entonces.

—Ah. Oye. Tuve una idea —Sus ojos brillaron. Sacó el teléfono de su bolsillo trasero, lo miró con el ceño fruncido y tecleó.

Mi teléfono vibró en mi mano. —¿Me enviaste un mensaje de texto? —Me había llamado para cosas de logística, pero nunca me había enviado un mensaje de texto.

—Mejor que un texto —Sonrió, con la boca cerrada, como si guardara un secreto.

Miré la pantalla. Una notificación apareció en la parte superior.

Niall Flynn te ha regalado el audiolibro Secretos de los Elfos del Bosque.

—¿Un audiolibro?

—Sí, pensé que te gustaría escucharlo en lugar de leerlo. Como hicimos ayer por la tarde.

La sesión de ayer por la tarde tuvo el extra de un orgasmo. No importaba lo buena que fuera la narración profesional, no creía que me fuera a correr con ella. Aun así, era un lindo detalle. Atento. Muy típico de Niall. —Gracias —Me incliné y le di un beso en los labios, solo un piquito, en realidad. Quería quedarme por más.

—De nada —Se lamió los labios—. Avísame cuando estés lista para el segundo —Sus labios brillantes se curvaron en una sonrisa coqueta.

Un calor floreció entre mis piernas. *Ahora, ahora, ahora*, canturreaba mi cuerpo.

—Okay —Mi voz era demasiado aguda y entrecortada. Me aclaré la garganta—. Perdón por ponerme rara antes. Supongo que la gira me está afectando.

Respiró hondo. Lo soltó. —¿Supongo que no has vuelto a pensar en ir a casa conmigo?

¿Pensar? Había tenido muchos pensamientos al respecto. La mayoría eran *Peligro* y *No seas idiota*. Pero él lo había hecho sonar como el nirvana, libre de presiones y multitudes. Más allá del wifi, donde no tendría que responder a los irritantes recordatorios de Heidi y el Dr. Martell sobre el acuerdo de confidencialidad y sobre que el Premio Tower era el objetivo final de toda esta farsa.

—Platónico, ¿verdad? ¿Solo pasaremos el rato y me mostrarás el famoso entrenamiento de granjero del que tanto hablaste con Brandi?

—Platónico. Y tú también lo harás. Todo el mundo trabaja en una granja.

—No le tengo miedo al trabajo —Los músculos adoloridos podrían distraerme de todo lo demás.

No. Yo no pertenecía a la granja de Niall, con invitación platónica o no. Con las mentiras que había dicho, no merecía ser su amiga. Aun así, no pude evitar que las palabras salieran de mi boca. —Okay, entonces. Iré.

La sonrisa de Niall fue mejor que cualquiera que le hubiera dado a Brandi durante esa entrevista.

27

SAM

ABRACÉ con fuerza a Bilbo Baggins mientras Niall estacionaba el auto de alquiler frente a la casa de campo blanca de dos pisos el viernes por la mañana. Parecía el escenario de una película de Hallmark con su porche envolvente y sus mecedoras. Solo le faltaban un montón de margaritas creciendo al frente. Pero en Ohio, febrero era demasiado pronto para las flores.

Niall quitó la llave del encendido. Una sonrisa fácil se dibujó en sus labios. —¿Todo bien hasta ahora? ¿No es tan terrible?

Era terrible. *Yo* era terrible por haberle dejado convencerme de esto. Aunque Niall todavía no lo aceptara, nuestra amistad terminaría tan pronto como terminara la gira. Porque si no, las mentiras que había acumulado entre nosotros se derrumbarían y nos aplastarían a los dos. No había razón para acercarme más a él. Y venir a su granja era lo más cerca que podía estar de Niall.

Así que le dije otra mentira. Para ser una pésima mentirosa, cada vez las decía con más facilidad. —Está bien. Estoy bien.

—Entonces, entremos. Saludamos a mamá y al abuelo, y te doy el gran recorrido.

Cuando abrí la puerta del auto, Bilbo Baggins saltó y corrió en círculos, olfateando el suelo. Al colgarme la mochila al hombro, percibí el aroma a mentol —no a eucalipto ahora, sino a pino— y a cedro. Ohio olía a Niall.

Él rodeó la parte delantera del auto y deslizó su mano en la mía. Tiró de mí para subir los escalones del porche y atravesar la puerta principal, que no tenía seguro.

—Mamá, ya llegué —anunció él en la entrada de estilo antiguo. Una hilera ordenada de botas, la mayoría llenas de lodo, reposaba en una bandeja junto a la puerta. Bilbo Baggins las olfateó—. No te molestes en quitarte los zapatos —dijo Niall—. Solo estaremos adentro un minuto.

El aroma a pan recién horneado flotaba por toda la casa. Cruzamos un umbral a la derecha hacia una cocina de un amarillo brillante con gabinetes pintados de blanco. La madre de Niall —la reconocí del lanzamiento de su libro— se secaba las manos en un paño de cocina de guinga azul descolorido.

—Niall. Y Sam. —Extendió los brazos y Niall me soltó la mano para recibir el abrazo de su madre. Después de un largo abrazo, ella lo soltó y me abrió los brazos a mí. Era más suave que mi madre, con menos ángulos de hueso y más músculo flexible, y sus manos callosas se engancharon en la espalda de mi abrigo de lona. De cerca, olía a levadura y a limones. Bilbo Baggins danzaba a nuestros pies, sus uñas repiqueteaban en el linóleo.

El abuelo de Niall se levantó de donde había estado sentado en la mesa de la cocina y abrazó a Niall. Me extendió su áspera mano derecha y yo la estreché. Su brazo izquierdo estaba enyesado.

—Qué bueno verlos de nuevo, señor Flynn. Señora Flynn. — Intenté sonreír como si lo sintiera.

Su sonrisa era más reservada, menos libre que la de la madre de Niall.

Ella quitó una miga de la encimera. —Por favor, llámame Elaine. O Laney. Y mi papá es Jerry. ¿Tienen hambre?

—No… —empecé a decir. Habíamos comido pastelitos y café en el aeropuerto mientras esperábamos nuestro vuelo de la madrugada.

Pero Niall habló por encima de mí. —Quiero llevar a Sam a recorrer la granja. ¿Te importa si nos preparamos unos sándwiches? Prometo que volveremos para la cena.

La risa de Elaine resonó por la cocina. —Si me dieran un dólar por cada vez que te perdías en esos bosques y no llegabas a cenar… —Le dio una palmada en el hombro a Niall—. El pan de hoy todavía está en el horno, pero tengo del de ayer. Ya sabes dónde está todo. —Se agachó para acariciar a Bilbo Baggins, quien se dejó caer al suelo y expuso su panza.

—Este no es un perro guardián —dijo ella.

Con la cabeza metida en el refrigerador, Niall dijo: —No, es más bien un rompehielos. Ese perro tiene amigos en seis ciudades. Es más extrovertido que cualquiera de nosotros.

Elaine sonrió y se puso de pie, apoyando una cadera en la encimera. —¿Has disfrutado la gira del libro hasta ahora, Sam?

—¿Supongo?

Ella se rio entre dientes. —No puedo imaginar lo agotador que debe ser. Tantos viajes. Tanta gente.

Niall dejó un montón de cosas sobre la isla de carnicero. —No está tan mal. La adulación de los fans. Comidas en restaurantes. Limpieza diaria. Y una clara falta de limpieza de establos. —Me miró—. Aunque Sam es una chica de ciudad. No creo que haya experimentado nunca el placer de una buena limpieza de establos.

—He tomado una o dos clases de equitación, y mis padres nos solían llevar a una granja a las afueras de la ciudad. No le tengo miedo a tu establo. Ni a tu ganado. —Esa granja había sido una de las excursiones de un día favoritas de papá. Mía también.

Sonriendo, Niall apiló pavo sobre gruesas rebanadas de pan.

—Ya veo cómo es la cosa —dijo Jerry—. Llegas demasiado tarde para las tareas de la mañana y vas a estar holgazaneando en el bosque todo el día. —Tomó un trozo de pavo del recipiente.

La sonrisa de Niall se tensó en las comisuras. —Te prometo que te ayudaré con las tareas de la tarde. Y si tienes una lista de cosas para que haga, me encargaré de ellas antes de que nos vayamos mañana.

—No. —Jerry le dio una palmada en la espalda a Niall—. Solo te estaba tomando el pelo. El chico de los Turner nos ha estado ayudando. Disfruta el día con tu amiga. —Me lanzó una mirada pícara.

Niall envolvió los sándwiches en papel encerado. —De verdad, quiero hacer las tareas. Le prometí a Sam que también podría ayudar.

La aguda mirada de Jerry se posó en mis manos, y su rostro curtido se arrugó en una sonrisa burlona. Cerré los dedos en las palmas de mis manos. No, no tenía callos por sostener una pala o una horquilla o lo que fuera, pero podía trabajar. Lo miré con los ojos entrecerrados.

Niall se perdió todo. —¿Lista para nuestro recorrido, Sam?

—¿Te importa si uso el baño primero?

—Podemos pasar por la letrina como primera parada de nuestro recorrido.

Parpadeé. *¿Letrina?*

—No bromees así con ella. —Elaine le dio un manotazo en el brazo—. Por aquí, Sam.

Elaine me llevó de vuelta a la entrada y señaló el final del pasillo. —Todo recto. Puede que sea un poco rústico, pero tenemos plomería interior.

Mientras me lavaba las manos en el lavabo de pedestal rosa de época, me miré en el espejo. Mis pecas resaltaban contra mis mejillas pálidas. ¿Qué había hecho? Acercarme a Niall haría que lo extrañara más cuando tomáramos caminos separados al final de la gira. Si la verdad salía a la luz antes de eso, tendría que ver cómo el brillo desaparecía de sus ojos y su mirada se volvía vacía y fría. Me rompería el corazón en dos.

¿Y qué pasaba con el abuelo de Niall? Parecía receloso casi desde el momento en que entré. ¿De qué sospechaba?

Me sequé las manos en la toalla bordada y regresé a la cocina; mis botas hacían crujir las tablas del suelo. Cuando crucé el umbral, Niall le susurró algo a su madre y ella le dio una palmadita en la mejilla cubierta de barba rojiza. Una bolsa de tela colgaba de un hombro y tenía un par de mantas dobladas bajo el otro brazo.

—Es un buen día para eso. Debería llegar a los sesenta y tantos grados —dijo Elaine—. Diviértanse.

—No te pierdas. Y cuidado con los osos —dijo Jerry desde detrás de su periódico.

—¡Abuelo! No intentes asustar a Sam. —Niall se colgó una mochila al hombro y me tendió la mano.

—No nos perderemos de verdad, ¿o sí? —murmuré mientras me llevaba hacia la puerta lateral.

—De ninguna manera. Pero usaba mucho esa excusa cuando era más joven para explicar por qué llegaba tarde.

—¿Y los osos?

—No hay demasiados por esta zona, y la mayoría están hibernando en esta época del año.

Bilbo Baggins saltó de los escalones del porche y corrió delante de nosotros hacia el bosque.

—¡Bilbo Baggins! —grité—. ¡Vuelve! —Sus ladridos podían despertar a un oso. O atraer la atención de un coyote hambriento.

—No te preocupes. Lo seguiremos. Y Thorin lo mantendrá a raya.

Una bestia negra y peluda, más Chupacabras que perro, se abalanzó hacia Bilbo Baggins. Ladró una vez, haciendo que mi perro se quedara helado.

—Está a salvo, ¿verdad? —No habría sido la primera vez que tenía que rescatar al demasiado amigable Bilbo Baggins de un perro más grande y malo. Me apresuré hacia ellos.

—Es un pan de Dios.

Efectivamente, Thorin se acercó a Bilbo Baggins, lo rodeó olfateándolo y luego se agachó, con el trasero en el aire. Bilbo Baggins estornudó y se sentó.

Cuando Thorin se levantó de un salto y galopó hacia nosotros, Bilbo Baggins lo siguió a toda velocidad.

Ante un dedo levantado de Niall, Thorin se detuvo en seco y se sentó, jadeando, con el cuerpo temblando. Bilbo Baggins, después de un ladrido interrogante, se sentó lentamente a su lado.

—Buen chico. —Niall acortó la distancia y rascó a Thorin detrás de sus cortas y caídas orejas—. ¿Quieres acariciarlo?

Los dientes del perro eran visibles mientras jadeaba, los caninos superiores tan largos como la última falange de mi dedo. Dudé.

—¿No confías en mí? —Niall puso las manos en sus caderas.

Confiaba en que Niall hiciera muchas cosas —escribir historias de fantasía cautivadoras, olvidarse de encender su teléfono y besar como si fuera su trabajo—, pero no estaba segura de su perro de tamaño, pelaje y dientes excesivos. Pero como había llegado a una especie de mundo al revés donde iba a la casa familiar de un hombre que conocía desde hacía dos semanas y pasaba mi día libre paseando por una granja en lugar de trabajar en mi tesis, extendí una mano. Cuando el perro no me la arrancó de un mordisco, le acaricié detrás de la oreja. Cerró los ojos y empujó su cabeza contra mi palma.

—Ahora son amigos. Vamos —dijo Niall, tomando mi otra mano.

Un aire fresco con aroma a pino rozó mis mejillas mientras Niall me llevaba hacia los árboles. Pasamos junto a algunas manchas de nieve que se derretían bajo el sol. Los perros zigzagueaban delante de nosotros, olfateando los rastros de otros animales.

Niall señaló un granero rojo descolorido. El contorno del estado estaba pintado de blanco en un lado con la palabra *Ohio* en cursiva sobre una pancarta roja y azul. En el frente, un cuadrado estaba pintado como una colcha en rojo, azul y dorado, alegre contra el suave cielo azul del invierno. —Iremos a ver a los animales más tarde. Quiero que veas el arroyo con la luz de la mañana.

Más allá del granero, campos marrones se extendían hasta otra lejana línea de árboles. —¿Qué cultivan aquí?

—Soya y maíz para vender. Heno para el ganado. Mamá tiene

un huerto donde cultiva verduras para la familia. Y los animales no son mascotas. Vendemos la lana de las alpacas, la leche de las cabras y los huevos cuando las gallinas ponen. A veces hacemos trueques con las otras familias. Los Turner crían abejas para obtener miel y también crían cerdos. Tratamos de ser autosuficientes cuando podemos.

Casi nunca pensaba de dónde venía la comida. Me había imaginado a Niall como una especie de granjero caballero de una película de Jane Austen, que pasaba los días escribiendo en una biblioteca con paneles de roble mientras la granja se cuidaba sola. No en esta granja.

—Pero esto —dijo, adentrándose bajo el dosel del bosque—, es mi parte favorita de la granja.

Para cuando llegamos al segundo árbol, los sonidos —el rugido distante de un tractor, el retumbar de las camionetas en la carretera al final del camino de entrada, el graznido de los halcones— se atenuaron. Cuando llegamos al tercer árbol, la luz del sol se había desvanecido hasta convertirse en un crepúsculo. El agudo aroma de las cosas que crecen y la oscura descomposición llenó mis fosas nasales.

—Antes de que llegaran los colonos europeos, toda la zona era así, boscosa. Viste cuánto se ha despejado en el camino desde el aeropuerto.

—La ciudad, luego las urbanizaciones, luego las tierras de cultivo. No sabía que antes era un bosque.

—Solo quedan pequeñas fracciones. Tenemos suerte de que dejaran esta. —Acarició el tronco de un árbol—. Ven. Te mostraré el mejor lugar.

El agua borboteaba cerca, y Niall se dirigió hacia ella. Los árboles se inclinaban unos hacia otros y casi se tocaban por encima, pero unos pocos rayos de sol penetraban el dosel para brillar sobre el agua clara del arroyo poco profundo. Rocas bordeaban el lecho del arroyo, y algunas habían caído de los lados para servir como cruces naturales.

Una roca de cima plana del tamaño de un Fiat obligaba al

arroyo a desviarse a su alrededor. Niall subió de un salto y me extendió una mano. La agarré y trepé por el costado, mis botas embarradas resbalando, para pararme junto a él. Los perros lamían el agua del arroyo abajo. Thorin se tumbó en él, enfriándose la panza.

—Durante la Edad de Hielo, los glaciares en retroceso tallaron este arroyo y dejaron esta roca. —Dejó la bolsa en el suelo y sacudió una manta. Se sentó en ella y se reclinó sobre sus manos—. Cuando era niño, solía venir aquí e imaginar mamuts lanudos pasando pesadamente, cuando todo era hielo y nieve.

Me senté a su lado, imaginando a las gigantescas bestias peludas. —¿Venías mucho aquí?

—Casi todos los días. Incluso en invierno.

En mi mente, un Niall adolescente y larguirucho arrojaba guijarros al agua. —¿Cuánto tiempo ha vivido tu familia aquí?

—Generaciones. Mamá se mudó a la ciudad para la universidad, donde conoció a mi papá. —Miró fijamente el agua.

—Cuando su negocio empezó a despegar, viajaba más. A California, principalmente, pero también a Asia y la Costa Este. Solía volver los fines de semana, pero luego sus viajes se hicieron más largos. Mamá no quería criarme en California. Así que volvió a casa, a la granja. —Sonrió, tenso—. Incluso cuando era un niño pequeño, no me gustaba estar encerrado en un departamento en la ciudad. En fin, sus visitas aquí se hicieron cada vez más cortas. Luego se casó, formó una nueva familia y dejó de venir por completo.

Encontré su mano y se la apreté. Sabía lo que era perder a un padre. Aunque no sabía lo que era tener uno malo. —Lo siento.

Se encogió de hombros. —Él tiene su vida; yo tengo la mía. Ojalá… —Sacudió la cabeza—. Soy feliz aquí. —Se tumbó boca arriba, cruzando los brazos detrás de la cabeza y cerrando los ojos contra el sol.

Me incliné sobre él, proyectando una sombra sobre su rostro. —Puedo ver por qué. Es hermoso.

—Deberías verlo en el... —Abrió los ojos. Sus pupilas se desplegaron, estrechando el verde. Se incorporó y me besó.

Fue lento, tentativo. Una prueba. ¿Me alejaría? ¿La chica de ciudad pensaría que era raro besarse en el bosque con el lodo y los pájaros y las ardillas parloteando sobre nuestras cabezas? A esta chica de ciudad no le pareció. Cuando puso sus frías palmas en mis mejillas y me atrajo suavemente hacia él, descansé sobre su pecho y le devolví sus suaves y perezosos besos. Sus dedos se hundieron en mi cabello, haciendo que mi cuero cabelludo hormigueara. Pronto, el hormigueo se extendió por toda mi piel, hasta la punta de los pies. El bosque *estaba* encantado.

El agua salpicaba y la brisa susurraba entre las ramas de los pinos. Besar a Niall aquí, en su lugar especial, con el sol calentándome la espalda, era nada menos que perfecto. El tiempo perdió su significado. Y también el espacio entre nosotros. Ambos queríamos soledad, pero esta soledad compartida era incluso mejor que estar solo.

Él se apartó primero. Sus ojos eran casi negros, con solo el anillo verde más estrecho, como musgo sobre una piedra. Hizo una mueca. —Lo siento, pero yo... tengo una idea. ¿Te importaría si la anoto?

Vaya. Tal vez yo era la única que sentía el encanto. Me incorporé sobre mis manos. —Una idea. ¿Que se te ocurrió por besarme?

—Bueno... —Se sentó también—. Este es el hogar de los elfos del bosque. Me hablan aquí. Y cuando estás conmigo, hablan aún más fuerte.

Resoplé. —De acuerdo. —Entonces algo me picó por dentro—. No te molesta que esté aquí, ¿verdad?

—No. —Extendió la mano y acarició mi mejilla—. Me inspiras.

—Claro. Lobelia. —Examiné la superficie áspera de la roca.

Él curvó un dedo bajo mi barbilla y la levantó hasta que encontré su mirada. —No. Tú, Sam. Como dije en la dedicatoria, eres mi musa.

Sentí una calidez por dentro. Su musa. Yo lo inspiraba. Me

incliné y lo besé. —Está bien, tú escribe. Voy a ver cómo están los chicos. —Me deslicé de la roca al lodo y le silbé a Bilbo Baggins.

Encontré muchas ramas para lanzar. Los perros trajeron algunas de vuelta. De vez en cuando, miraba a Niall. A veces tumbado boca abajo, a veces acurrucado con el cuaderno sobre las rodillas, entrecerraba los ojos para ver la página y pasaba la mano izquierda torpemente sobre ella.

Mi teléfono no tenía nada de señal en el bosque. Así que lo apagué y escuché el agua, los árboles, los pájaros. En lugar de revisar mi correo electrónico, observé el brillo del sol en el agua; las ramas de los árboles, algunas desnudas, otras de hoja perenne, meciéndose; el pálido sol amarillo mientras se desplazaba bajo por el cielo. Nunca me había interesado la meditación, pero si alguna vez hubiera querido, este sería el lugar. Los sonidos pacíficos fomentaban un enfoque interior, una quietud.

Aunque cuando miré hacia mi interior, no me gustó lo que vi.

Secretos.

Niall me había traído a su lugar favorito del mundo, su refugio secreto. Me estaba abriendo su vida como si fuera un cofre del tesoro. ¿Pero yo? Yo seguía cerrada a cal y canto.

¿Sería tan terrible si le contara a Niall sobre CASE y *Magician,* aunque Heidi me hubiera dicho que no lo hiciera? Parecía el tipo de persona que sabía guardar un secreto. Aunque ya me había equivocado en eso antes. Me estremecí, recordando la fría conmoción, como si me hubieran arrojado al arroyo helado, cuando leí el mensaje de texto de Stephen exigiéndome dinero por las fotos.

Peor aún, ¿qué diría Niall cuando le contara lo de CASE? El brillo desaparecería de sus ojos, la sonrisa de sus labios. Odiaría cómo había tergiversado su arte. Cómo le había mentido desde el primer día de la gira. Incluso desde antes.

¿No sería mejor hacer lo que me dijo Heidi, mantenerlo en secreto hasta que terminara la gira y cada uno se fuera por su lado?

Había escuchado lo suficiente de *Secretos de los Elfos del Bosque* como para saber qué diría la siempre honesta Greva al respecto.

Me llamaría cobarde. Y tendría razón. Pero no era lo suficientemente fuerte como para mirar a Niall a la cara y decirle la verdad.

—¿Tienes hambre? —La voz de Niall sonaba ronca por la falta de uso, y se aclaró la garganta.

—Sí. Un segundo. —Respiré hondo y metí las manos sucias en el agua clara. Sabía que estaría fría, pero *mierda*, me hizo chillar un poco y agudizó mis pensamientos con una claridad glacial. Era mejor seguir fingiendo por el poco tiempo que nos quedaba juntos.

Me sacudí el agua de las manos enrojecidas y luego trepé a su lado. Él ya había puesto el almuerzo sobre la manta: sándwiches, manzanas, botellas de agua, un termo de café e incluso un par de galletas caseras. Devoré un sándwich y forcé un tono ligero en mi voz. —¿Escribiste algo bueno?

—Sí. —Todavía tenía una expresión soñadora y ausente en su rostro.

—¿Dijiste que aquí es donde creaste a los elfos del bosque?

Sonrió, misterioso. —No estoy seguro de poder atribuirme el mérito de haberlos creado. Siempre imaginé que había seres aquí. Supongo que por los cuentos de hadas que mi mamá me leía. Solía buscarlos. A veces les traía una galleta o algo de leche. Empecé a escribir historias sobre sus aventuras y, al final, las historias se convirtieron en un libro.

—¿Siempre escribes a mano?

—Sí. Le envío mis cuadernos por correo a Gabi y ella los transcribe. Me devuelve las páginas impresas y luego las edito. Ya sé, soy un ludita. —Agachó la cabeza—. Supongo que empezó como mi pequeña rebelión contra mi padre. Y luego simplemente se dio de forma natural.

—No sé cómo lo haces. Firmo libros durante media hora y me duele la mano. —Habíamos terminado nuestros sándwiches, así que tomé su mano izquierda y la masajeé suavemente desde la palma hasta las yemas de los dedos. Poco a poco, la tensión se alivió. Apreté y moví cada dedo. Luego bajé por cada uno de los huesos de sus dedos hasta su muñeca, donde hice pequeños círculos.

Él gimió. —Se siente bien.

—Antes de irse a la universidad, Jackson me enseñó a masajear las manos de mi papá. Se le acalambraban por programar. Por teclear. Trabajaba muy duro.

—La fundación lleva su nombre. ¿Murió hace tiempo?

Mantuve la mirada en el dorso pecoso de la mano de Niall. —Sí. Cuando tenía once años. Infarto.

Puso su mano sobre la mía, deteniéndola. —Lo siento. Parece que eran muy unidos.

Empecé de nuevo, trabajando entre sus dedos. —Él me entendía. Algo así como Jackson, pero no tan despistado, ¿sabes?

Se rio entre dientes. —Tu hermano es un hombre listo.

—En algunas cosas. En otras no. Cuando… —tragué saliva—. Tuve un novio que me hizo daño. —La mano de Niall se convirtió en un puño y yo la aplané, masajeando el dorso—. No físicamente. Emocionalmente. Pensé que estábamos enamorados, pero me estaba utilizando. Él… ah. —Me aclaré la garganta. No le había contado esta historia a nadie desde que sucedió. Ni siquiera a Marlee o a Alicia—. Me chantajeó. Usó unas fotos que me había tomado —desnudos— para exigirme dinero. Apostaba. En internet. Había acumulado una enorme deuda en su tarjeta de crédito y sus padres no se la pagaban. Yo aún no tenía acceso a mi fondo fiduciario y tuve que pedírselo a mi familia. Mi madre se lo dio, por supuesto. No podía permitir que esas fotos arruinaran la imagen perfecta de los Jones. —Masajeé su mano en silencio por un minuto—. Desde entonces, Jackson no ha confiado en que tome decisiones inteligentes sobre los hombres. Sobre nada. Ninguno de ellos lo ha hecho.

Me quedé helada. ¿Por qué diablos le había contado todo eso? Claro, tendía a compartir de más cuando estaba nerviosa. Pero no estaba nerviosa. Quizás fue esa magia del bosque la que me había arrullado hasta hacerlo. ¿Había algún hechizo que pudiera usar para rebobinar el tiempo y retractarme de todo?

—¿Cómo se llama? —La voz de Niall era tan gutural como la de Jackson aquella noche.

¿Dónde estaba ese botón de rebobinar? Reaccionó igual que mi familia. —No te preocupes. Jackson y mi otro hermano, Andrew, se encargaron de él. —Mantuve la voz ligera, como si no fuera gran cosa que le hubieran roto la nariz a Stephen y hubieran hecho que no pudiera encontrar trabajo desde Sonoma hasta Los Ángeles. Había tenido que mudarse a Arizona, según escuché. La gente siempre se estaba encargando de las cosas por mí. Y lo peor era que yo se lo permitía.

—Oye. —Esta vez no me tocó la cara, pero esperó hasta que encontré su mirada—. Eres feroz. Fuerte. Exitosa. Puedes tomar tus propias decisiones.

Levanté la vista. Nadie me había dicho eso nunca. ¿De verdad lo creía? Porque yo no estaba segura de hacerlo.

Me apretó la mano. —Has estado increíble en esta gira. Vas a ganar el Premio Tower.

Todas las burbujas felices estallaron y mi estómago se llenó de cemento. —No arruinemos el día hablando de eso.

—Está bien. —Se llevó mi mano a la boca y la besó—. ¿De qué quieres hablar?

No más confidencias. Iba a tentarme a compartir demasiado. A romper el acuerdo de confidencialidad. A arruinar este momento perfecto, este lugar perfecto que él amaba. No.

Forcé una sonrisa burlona en mi rostro. —Me prometiste animalitos de granja adorables.

Resopló. —No sé si adorables. Pero son animales de granja. —Echó un vistazo al sol—. Iremos a verlos antes de la cena. —Guardó todo de nuevo en la bolsa de tela mientras yo doblaba la manta.

Se deslizó de la roca y extendió los brazos. Antes había bajado sola, pero cuando caí en sus brazos y aterricé contra su duro pecho, el cemento había desaparecido, reemplazado por mariposas. Aspiré su aroma, recordando el sabor de su piel, la caricia de sus labios, y mi centro se contrajo. Me puse de puntillas para besarlo de nuevo.

Chispas ardientes estallaron donde nuestros labios se encontraron. Quemaron un rastro por mi columna y encendieron un fuego entre mis piernas. Mis manos vagaron desde su pecho y bajaron por sus abdominales hasta la cinturilla de sus jeans.

—Oye. —Se apartó—. Guarda ese pensamiento. Para cuando estemos en un lugar más cálido.

Cuando lo atraje más cerca de mí, la dura longitud de su miembro presionó mi vientre. —Yo tengo mucho calor —murmuré.

Puso los ojos en blanco hacia el cielo. —Dios, yo… Sam. —Soltó un suspiro—. Animales de granja. Cena. Tareas. Y luego te haré entrar en calor de nuevo.

—Tan tradicional —refunfuñé.

Me besó la frente. —Valdrá la pena la espera, te lo prometo.

Silbó a los perros y, de la mano, desandamos nuestros pasos fuera del bosque. Cuando salimos de los árboles, nos desviamos a la derecha hacia el granero y Thorin salió disparado, superando fácilmente a Bilbo Baggins con su larga zancada. Niall y yo caminamos lentamente, balanceando nuestras manos unidas, respirando los aromas terrosos de la granja, viendo el sol hundirse hacia la lejana línea de árboles.

Comparado con el brillante sol de afuera, el granero estaba oscuro y mis ojos tardaron un momento en acostumbrarse. Mientras esperaba que mi visión se aclarara, dejé que los olores me invadieran. Heno dulce, estiércol terroso y un olor almizclado a animal.

Niall me llevó a unos recintos del lado derecho. —Corrales de cabras. Aunque todavía están afuera. Encerreramos a todos los animales después de la cena. —Dobló la esquina—. Establos de alpacas.

—¿Dónde están las gallinas?

—En el gallinero. —Señaló más allá del otro muro, hacia la casa.

—¿Y dónde está el famoso pajar? —Levanté las cejas.

Él caminó de regreso hacia los corrales de las cabras hasta una escalera de aspecto sólido que había pasado por alto la primera vez. —Ahí arriba.

Seguí su dedo índice hasta un altillo, abierto al interior del granero.

Puse mis manos sobre la madera lisa de la escalera. Luego puse un pie en el peldaño inferior.

Niall sonrió de lado. —Te lo advierto, probablemente haya más arañas y menos romance de lo que esperas.

Le lancé una sonrisa pícara por encima del hombro mientras subía. —Las arañas no me asustan. Y puedo traer mi propio romance.

Abrió la boca, pero no salieron palabras. Me concentré en la escalera y continué mi ascenso.

Se equivocaba con el pajar. Parecía que lo habían arreglado recientemente con heno fresco. Pero cuando intenté sentarme en él, entendí a qué se refería. El heno me pinchaba a través de mis pantalones cargo. Nada romántico.

Miré por el borde a Niall, que estaba de pie, mirando hacia arriba, con las manos en las caderas. —¿Me lanzas una manta?

Caminó hasta donde habíamos dejado nuestras cosas en la puerta y regresó con una colcha. Pero en lugar de lanzármela, se la metió bajo un brazo y subió, con una sola mano. Los perros lo observaron por un minuto y luego corrieron hacia los establos de las alpacas.

Yo, por otro lado, observé cada uno de sus movimientos. Sus fuertes dedos agarrando los peldaños de la escalera. La flexión de su antebrazo mientras se impulsaba hacia arriba. El destello de la luz del sol en su pelo de fuego. ¿Romance? ¿Quién lo necesitaba? Tenía un granjero grande y fornido que era un experto en besarme hasta dejarme sin aliento. No iba a esperar hasta después de las tareas. Iba a echar un buen polvo duro en un granero, y *luego* Niall Flynn y su magia del bosque y todos esos sentimientos ridículos que había tenido antes saldrían de mi sistema.

Cuando Niall llegó arriba, me entregó la manta y luego se subió al altillo. —No está tan mal aquí arriba. El chico de los Turner debe haberlo limpiado. —Abrió los postigos, dejando que el sol del atardecer entrara a raudales—. Tenemos unos minutos. Este es un buen lugar para ver la puesta de sol. —Se volvió hacia mí, e incluso recortado como estaba por los rayos rosados que brillaban a través de la ventana abierta, pude ver cómo se le desencajaba la mandíbula.

Había extendido la colcha sobre la parte más gruesa del heno y me había quitado el abrigo y las botas. Lancé mi camiseta a un lado y me desabroché los pantalones. Temblé cuando el aire frío golpeó mi piel.

—¿Qué estás haciendo? —Sus respiraciones eran superficiales y cortas.

—¿Qué parece que estoy haciendo? Estoy a punto de revolcarme en el heno.

—No tenemos diecisiete años. Hay mejores lugares para... —tragó saliva—... hacer eso.

—Te dije que traería mi propio romance. Si decides no acompañarme, me revolcaré en el heno yo sola. —Me quité los pantalones de una patada y deslicé una mano dentro de mis bragas. Tenía poca ropa limpia, así que me había puesto un par de encaje que ni siquiera recordaba haber empacado. Su mirada siguió a mis dedos bajo el encaje. Se lamió los labios.

—No tenemos tiempo. —Su voz había descendido a un susurro ronco—. Ni condones.

Con la mano que no estaba rodeando mi entrada, saqué mis pantalones cargo del heno y extraje un paquete de condones de uno de los muchos bolsillos. Lo sostuve en alto, brillando a la luz del sol, y lo arrojé sobre la manta a mi lado. *¿Ves?* decía mi sonrisa de suficiencia.

Metí dos dedos dentro de mí y luego los saqué para esparcir mi lubricación. —¿Te unes a mí?

Como un zombi, caminó dos pasos hacia mí. Con la mandíbula floja, su mirada seguía mi mano moviéndose bajo el encaje.

Luego sacudió la cabeza. —Tengo una cama perfectamente funcional. Adentro. Donde hace calor. Podemos retomar esto después de que termine mis tareas.

Negué con la cabeza. —Aquí. Ahora. Hace bastante calor si te mantienes en movimiento. —Con la mano izquierda, bajé la copa de mi sostén y pellizqué mi pezón. Una sensación recorrió mi columna y mi espalda se arqueó.

—Mierda. —Con su susurro ronco, supe que había ganado. Aun así, abrí las piernas para darle una mejor vista.

Cayó de rodillas ante mí y me bajó las bragas por las piernas. Mantuve el movimiento de mi mano, deslizando mis dedos desde mi entrada hasta mi clítoris y de vuelta, excitándome cada vez más. Metió la mano detrás de mí para desabrocharme el sostén. Detuve mi masturbación solo un momento para que pudiera quitármelo. Cuando estuve desnuda, tocándome, él se sentó sobre sus talones y maldijo en voz baja.

Separó mis rodillas y se inclinó para que su aliento susurrara sobre mi mano. Gemí. Por mucho que quisiera su boca de nuevo, esta vez quería algo diferente. Quería verlo, dorado por el sol poniente. —No. Desnúdate.

—¿Que me desnude? —Se miró como si estuviera sorprendido de que todavía llevara ropa.

—Quiero verte.

Miró por el borde del altillo hacia la puerta del granero. Luego, rápidamente, se deshizo de sus muchas capas: abrigo, camisa de franela, camiseta, botas, jeans y calcetines, hasta que estuvo de pie ante mí en un par de bóxers, un bulto levantando la parte delantera. El sol poniente iluminaba cada vello de su cuerpo. Estaba consumido por la luz y la llama. Me lamí los labios.

Algo se asentó dentro de mí, como una llave en una cerradura o la última pieza de un rompecabezas encajando en su lugar.

No. Él no es para mí. Pero no importaba cuántas veces me lo dijera, esa pieza dentro de mí, la que ahora se sentía completa, insistía: *Mío, mío, mío.*

No era mío. No para siempre. Pero por hoy. Por la próxima

semana hasta que terminara la gira. Y, zorra egoísta como era, iba a tomar lo que quería.

—Condón —susurré.

Cuando se bajó los bóxers, su pene saltó libre, rígido y sonrojado. Se arrodilló de nuevo y agarró el condón. En un momento, estaba enfundado.

—¿Estás lista? —susurró, en voz baja.

—Dios, sí. —Había estado rodeando mi clítoris durante su estriptis insatisfactoriamente formal, y estaba a un nanómetro de correrme.

Se posicionó en mi entrada, empujándome con la ancha cabeza de su pene. Froté mi clítoris más rápido. Con unas pocas embestidas cortas de sus caderas, estaba dentro, y cuando se deslizó por completo, rozando mis dedos, me corrí con un gemido lastimero.

Cubrió mis labios con los suyos, consumiendo mis sonidos mientras mi columna se iluminaba de placer y mis piernas temblaban contra las suyas.

Thorin soltó un profundo ladrido, y Bilbo Baggins ladró. Un segundo después, la puerta de abajo se abrió de golpe y una voz ronca gritó: —¡Niall!

28

NIALL

JODER. Literalmente.

Estaba enterrado hasta el fondo en Sam, y ella acababa de estallar como un fuego artificial. Todavía se apretaba alrededor de mi verga, haciendo que quisiera embestirla una y otra vez hasta venirme dentro de ella. El sol poniente encendía mechones de su cabello en un magenta intenso contra la penumbra.

—¡Niall! —gritó mi abuelo de nuevo. Podía oír a los perros, esos traidores, olisqueando a su alrededor.

Apoyé la frente en la de Sam por un segundo y luego me giré para llamarlo. —Aquí arriba, abuelo. Sam y yo estamos… viendo el atardecer. —No podía verlo. Rogaba a Dios que él no pudiera ver mi culo desnudo.

Debajo de mí, Sam empezó a temblar. Se estaba *riendo*. Le lancé una mirada de advertencia y le puse un dedo sobre los labios.

—Tu madre me envió a buscarte. La cena está casi lista. —Su voz tembló un poco. ¿Se estaba riendo él también? Yo no le veía la gracia a nada de esto.

—Ya vamos —respondí.

Sam negó con la cabeza bajo mi mano y empujó sus caderas hacia mí. —Mierda —mascullé, poniendo los ojos en blanco.

—¿Qué dices, hijo? —dijo el abuelo.

Puse una mano en la cadera de Sam, manteniéndola en su sitio. —Nada, abuelo. Nos vemos pronto.

Al oír el portazo, me derrumbé sobre Sam. —Se me acaba de ir un año de vida. —A regañadientes, me apoyé en las manos y empecé a quitarme de encima de ella.

—¡Ni se te ocurra! —Me agarró el culo con ambas manos—. Me prometieron un revolcón en el heno.

—No creo que…

Detuvo mi protesta con un mordisquito en el lóbulo de la oreja y su aliento caliente en mi oído. —Fóllame, Niall. Por favor.

Ni siquiera había terminado de decir el *por favor* cuando volví a embestirla. Haría casi cualquier cosa que esta mujer me pidiera. Estaba completamente perdido. Enamorado.

¿Lo sabía? ¿Era obvio? Me había dicho que no quería sentimientos. También me había hablado de aquel novio delincuente suyo que le había roto el corazón. De cómo nadie confiaba en ella. Pero yo había oído lo que no había dicho: que Sam no confiaba en sí misma. ¿Podría convencerla de que podía confiar en esto, en nosotros, de que se dejara llevar esta vez, de que nunca la lastimaría?

Le examiné el rostro. Ella también me estaba observando. Se atrapó el labio entre los dientes. En la siguiente embestida, me froté contra su clítoris y ella contuvo el aliento. Enroscó una pierna en mi espalda, sujetándome contra ella. Lo hice de nuevo, más despacio esta vez, la embestida y luego la lenta fricción. Gimió, inclinando la barbilla hacia el techo y exponiendo su largo cuello. Arrastré la lengua por su piel impecable hasta llegar a su hombro. Se lo mordisqueé.

—Niall —susurró—, estoy tan…

Giré las caderas y embestí de nuevo. Ella se hizo añicos, su torso se quedó quieto y su pierna tembló. Cuando su coño me apretó con fuerza, no pude contenerme. Me vacié en el condón, mi visión se redujo a un túnel y mi espalda se arqueó de placer.

—Guau —susurró, poniendo su mano sobre mi corazón. Tenía que sentirlo galopar por ella—. Ahora veo por qué tanto alboroto.

—Diablesa. —Había follado en pajares antes. Pero nunca había estado tan salvaje, tan perdido en mi pareja. Apoyé mi frente contra la suya, tratando de controlar mi respiración. Lo único que quería era yacer allí con ella y ver el sol descender tras los árboles, la luz desvanecerse en azul y las estrellas encenderse. Quería abrazarla toda la noche, acariciar su suave piel, nuestros labios conectándose y nuestros cuerpos uniéndose a nuestro antojo.

Pero el aire invernal me enfriaba el culo desnudo, y solo iba a hacer más frío. Agarrando la base del condón, me lo quité, le hice un nudo y me lo metí en el bolsillo de los jeans. Encontré sus bragas de encaje y, a regañadientes, se las entregué. Deseaba tener tiempo para tocar, para saborear cada centímetro de su piel sedosa. Pero había prometido hacer las tareas, y nos habían llamado para cenar. Hice una mueca. —Nunca nos dejarán olvidar esto.

—No me digas que es la primera vez que alguien te descubre aquí en el pajar. —Lentamente, se subió las bragas por las piernas.

Mi verga se crispó. Me imaginé la cara risueña de mi abuelo en la mesa y se desinfló. Me metí en los jeans de un salto. —La primera vez desde que dejé de ser un adolescente.

—Oh. Pobre Niall. —Pero su voz había perdido el tono burlón.

Me detuve, a medio inclinar sobre su sujetador, y la miré. Se había encorvado sobre sus rodillas, agarrándose las espinillas, mirando fijamente los dedos de sus pies.

Mierda. Era un idiota. —Sam. Sam. —Caí de rodillas a su lado. Auch. Ya estaba demasiado viejo para esta mierda del pajar—. Me encantó lo que acabamos de hacer. Me encanta… —*Opa, cuidado.* —Lamento que no tengamos tiempo para, um, el momento post-coito. Te lo compensaré esta noche. Después de las tareas. Iremos a la pradera y miraremos las estrellas, y te abrazaré hasta el cansancio. ¿De acuerdo?

Mordiendo su labio, asintió.

Recogí su sujetador y se lo ofrecí. —La hora de la cena y las tareas de después de la cena no son negociables por aquí.

Ladeó la cabeza mientras se ponía los tirantes del sujetador. —¿Es solo eso? No estás… ¿decepcionado?

—No, cariño. Nunca podría estar decepcionado de ti.

—¿Lo prometes? —Esos ojos grandes y suplicantes me absorbieron.

¡Joder! ¿Qué le había hecho ese novio imbécil? Estampé mis labios contra los suyos y la besé, más de lo que debía, más tiempo del que teníamos. La besé hasta que ambos quedamos sin aliento. Cuando nos separamos, jadeando, le quité un trozo de paja de su cabello revuelto. —Lo prometo.

Me dedicó una media sonrisa. —De acuerdo, entonces.

Entramos estrepitosamente en la cocina, demasiado tarde, por supuesto. El abuelo y mamá nos sonrieron con suficiencia.

—¿Te perdiste de nuevo, Niall? —Mamá se levantó y se dirigió al horno. Sacó dos platos envueltos en papel de aluminio.

—Es fácil perder cosas ahí arriba en ese pajar, ¿eh, Niall? —Mi abuelo soltó una carcajada.

—¿Lo que perdió ahí arriba? —Sam rio por lo bajo—. No creo que lo vaya a recuperar nunca.

Mientras se reían, les di la espalda a todos y me lavé las manos en el fregadero. Estaba bromeando, pero era verdad. Sam tenía mi corazón ahora. Y nunca lo recuperaría.

29

NIALL

LAS TAREAS en una granja no son como las de una casa cualquiera. ¿Que te olvidas de lavar los platos después de la cena? No pasa nada. Claro, puede que apesten la cocina, pero la vida o el sustento de nadie están en juego. Una vez, cuando tenía diecisiete años, había hecho mis tareas a las apuradas porque quería ir a un partido de básquetbol de la preparatoria —la chica que me gustaba estaba en el equipo femenino— y me olvidé de cerrar con el pasador la puerta del gallinero. El perro de un vecino se metió y aquello parecía la escena del ascensor sangriento de *El resplandor*. No solo estuve de luto por todas las gallinas durante meses, sino que no tuvimos huevos frescos para vender hasta el verano siguiente.

Pero por más que lo intentaba, esa noche mi mente no estaba en mis tareas. Estaba en Sam. En la forma en que su piel se había vuelto nacarada con el atardecer. En cómo su cabello se derramaba sobre la manta como chocolate fundido. Sus ojos, que delataban un atisbo de... algo cuando se vino. No podía esperar a hacerla venirse de nuevo e intentar descifrar esa emoción secreta.

Conté las gallinas agrupadas junto al gallinero. Estaban todas.

Levanté la puerta y las conté de nuevo mientras entraban atrope-
lladamente, listas para sus nidos.

Traería a Sam conmigo al día siguiente. Habíamos pasado
demasiado tiempo en el pajar y no había conocido a ninguno de
los animales. Le encantarían las cabras con sus orejas aterciopela-
das. Y pasar los dedos por la lana áspera de las alpacas. Le presen-
taría a cada una de las peculiares gallinas. Imaginé la expresión de
felicidad en su rostro.

Estaría encantada, ¿verdad?

Gabi, desde luego, no lo estuvo. Lo nuestro tenía sentido. Nos
conocimos en el periódico de la universidad y conectamos gracias
a la literatura fantástica y a películas antiguas como *Laberinto*, *El
cristal encantado* y *Furia de titanes*. El sexo era bueno y pensé que
teníamos futuro juntos. Hasta que la traje a la granja y, a las dos
horas de su visita, una de las cabras le mordisqueó su costosa
chaqueta. Exigió que la llevara de vuelta al aeropuerto. De
inmediato.

Sam no había sido así para nada. Chapoteó en el barro y
tembló, desnuda, en el pajar. Lavó los platos con mamá y pidió
ayudar a alimentar a los animales por la mañana antes de irnos.
¿Podría Sam, una chica de ciudad, ser feliz en la granja?

¿Podría ser feliz conmigo?

No me había sentido así por nadie desde... nunca. Ni con
Gabi. Sam me había encendido y yo no quería que me apagaran
nunca. Estaba completamente encaprichado. Obsesionado.

Enamorado.

¿Podría ella quererme también, después de solo dos semanas
juntos? ¿Cuando nos quedaba menos de una semana de la gira?

Necesitábamos más tiempo. Tiempo juntos, en citas. Tiempo
separados, con aire para respirar, espacio para reflexionar, fuera
de la proximidad forzada de la gira.

Le preguntaría si podía quedarme en San Francisco. No con
ella, pero lo suficientemente cerca como para que pudiéramos
vernos. Claro, sería más caro y menos productivo que volver a la
granja como había planeado, pero pensar en el final de la gira, en

el final de nuestro tiempo juntos, se sentía como si me hubiera tragado una de las rocas del río.

Mierda.

Estaba enamorado.

Del tipo no correspondido.

Sam quería una aventura. Un revolcón en el heno, literalmente.

Pero era demasiado tarde para detener mi caída.

Cuando bajé la puerta tras la última gallina, graznaron. Le eché el pasador a la puerta y luego lo revisé dos veces, antes de regresar con paso cansado por el corral hacia el establo. Cuando entré en la brillante luz del establo, el abuelo me miró por encima del hombro desde el taburete de ordeño.

—Ya era hora.

—Perdón. Supongo que estaba pensando.

—Pescando nubes, más bien —dijo el abuelo, volviéndose hacia el flanco blanco de Sally—. Pensando en tu Sam.

Mi Sam. Ojalá. —¿Tan obvio era?

El abuelo se rio entre dientes—. Te he conocido toda tu vida, hijo. Se te nota todo en la cara.

Me acerqué para acariciar la larga y flácida oreja de Sally—. ¿Qué piensas de ella? Es genial, ¿verdad?

El abuelo mantuvo la mirada en el balde de leche—. Un poco más difícil de leer, esa chica.

—¿Ah, sí? —cuando el abuelo se ponía cascarrabias, tenía que dejarlo soltar sus palabras a su propio ritmo.

Él levantó el balde y luego asintió. Desaté a Sally y la llevé a su puesto. Me había tardado demasiado con las gallinas, y el abuelo ya había ordeñado a Susie.

Coló la leche en una jarra y limpió el equipo antes de decir lo siguiente—. Esconde algo. Algo grande, por lo que parece. ¿Está casada?

Retrocedí—. Solo tiene veinticinco años. Todavía está en la universidad.

—Yo estaba casado y tenía a tu madre a los veinticinco.

—No, Sam no —no se habría acostado conmigo en el pajar si estuviera casada. ¿O sí? Había asumido que se guardaba sus pensamientos porque era introvertida, pero ahora que el abuelo lo mencionaba, recordé que no le había contado a su hermano sobre su libro. ¿Había algo que también me estaba ocultando a mí? Quizá el abuelo tenía razón, y su silencio estaba lleno de secretos como una colmena al anochecer.

—Otra cosa, entonces. La chica está enamorada, pero hay algo que la frena.

—Enamorada, ¿eh? —un globo de calidez me infló el pecho.

—Hijo, tú estás más que enamorado. —Puso su mano áspera en mi hombro—. Ten cuidado.

Puse mi propia mano callosa y manchada de tinta sobre la del abuelo—. Lo intentaré. Pero cuando estoy cerca de ella, no puedo evitarlo.

El abuelo puso los ojos en blanco hacia las vigas del techo—. Estás bajo su hechizo, ¿eh? Como en uno de tus libros. —Sonrió torcidamente—. Dime, ¿Nieven va a terminar con Lobelia al final de la saga?

Me quedé mirando los anchos tablones del suelo—. No lo sé, abuelo. Sabes que no planeo antes de escribir. La historia me llega. Pero…

—¿Pero?

—No sé cómo sería posible. Son amigos, almas gemelas incluso, pero Nieven es un elfo. Y Lobelia es… —separé las palmas de mis manos unos treinta centímetros—… una duendecilla. Diminuta. Y una princesa. Son bastante diferentes.

—La procreación sería un desafío, ¿eh?

—Sí. —Mis ojos ardían por echar un vistazo al pajar sobre nosotros. No había sido un problema para Sam y para mí. Todo lo contrario, de hecho.

»Terminamos la gira en San Francisco. Yo… estoy pensando en quedarme allí. Después de la gira. Escribí parte de mi último libro mientras viajaba. Puedo terminar este lejos de aquí. —Sobre todo con Sam como inspiración.

—¿Te pidió que fueras a California con ella? —El abuelo revisó el pestillo del puesto.

—Todavía no.

—¿Crees que eso es lo que ella quiere?

—Dijo que terminaríamos cuando termine la gira. Pero es lo que yo quiero. —La invitaría a una cita de verdad. Podríamos volver al principio y construir una relación como lo hacen las parejas normales.

Cuando estuviera lista, revelaría lo que estaba ocultando.

El abuelo se detuvo frente a la puerta del establo—. Ten cuidado con tus sentimientos, hijo. Después de lo que pasó con tu papá, puedes ser sensible a estas cosas.

Tenía razón. Si fuera inteligente, la dejaría ir antes de caer más profundo. O el agujero que se había abierto en mi corazón cuando mi padre se fue, se reabriría.

Pero yo no era inteligente. No según mi padre. Y mi corazón había dominado a mi cerebro de nuevo.

El abuelo abrió el camino para salir del establo—. Parece que tienes una semana para hacerla cambiar de opinión.

Puse el pestillo en la puerta del establo y lo revisé dos veces. Hacer que Sam cambiara de opinión no sería fácil. Ojalá pudiera hacer que todo encajara perfectamente como lo hacía en mis libros.

Pero Sam no era ninguna princesa de cuento de hadas. Ella escribía su propio diálogo. Y yo tenía que dejar que ella escribiera la siguiente escena.

30

SAM

RESTREGABA LA FUENTE DE ASAR, viendo cómo las escamas de mi esmalte de uñas negro se mezclaban con los trozos de glaseado pegado. La base de mis uñas seguía negra y brillante, pero las puntas estaban casi todas blancas. Las uñas de Qiana siempre estaban tan perfectas. Necesitaba uno de sus abrazos. Y hablar con ella sobre Niall, para desenredar mis sentimientos por él. ¿O sería raro, ya que ella también era su amiga?

No debería necesitar hablar con nadie sobre él. Sabía qué era lo correcto. Terminar las cosas junto con la gira, como lo había planeado desde el principio. Sabía que no debía venir al escondite secreto de Niall, pero lo hice de todos modos. Froté otra mancha en la fuente como si fuera ese dolor molesto que comenzaba en mi corazón cuando pensaba en el final de la gira.

—¿Se encuentra bien, Sam? —preguntó Elaine—. No comió mucho en la cena, y la mayoría de la gente no se cansa de mi estofado de carne.

El agudo aroma a levadura de la masa que amasaba se coló en mis fosas nasales.

—Estaba delicioso. Supongo que no tenía hambre.

Me lanzó una mirada aguda. —¿Se está por enfermar? Niall siempre es tan cuidadoso en esas giras.

—No lo creo. No me siento enferma, solo sin hambre. —Me había sentado junto a Niall, y cuando su pierna rozó la mía debajo de la mesa, todo lo demás, incluido mi apetito, se había desvanecido.

—¿Podría ser algo más… emocional? —Los ojos de Elaine eran marrones, pero me recordaron a la mirada penetrante de mi madre.

Me concentré en frotar el cepillo enjabonado por la parte de atrás de la fuente. —¿Emocional?

Elaine metió el trozo de masa en un bol y lo cubrió con una toalla. Mientras se lavaba las manos en el fregadero a mi lado, dijo: —He visto cómo mira a mi hijo. Y cómo él la mira a usted. Sienten algo el uno por el otro.

Me quitó la fuente de las manos, la enjuagó y empezó a secarla con la toalla. —Para mi segunda cita con el padre de Niall, no podía comer. Tampoco podía dormir. No me cansaba de él. —Dejó la fuente—. Un enamoramiento así no es solo para las canciones de amor.

Yo sabía eso. Había sentido un enamoramiento por Stephen antes de que me rompiera el corazón. Tampoco pude comer entonces. Mi madre, que vigilaba mi ingesta de calorías casi tan de cerca como el mercado de valores, había comentado lo anguloso que se había vuelto mi cuerpo. Mis sentimientos por Niall no eran saludables, igual que con Stephen. Necesitaba acabar con ellos.

Quité el tapón y vi cómo el agua se arremolinaba por el desagüe.

—Sam. —La puerta trasera se abrió de golpe y Niall entró, limpiándose las botas en el felpudo—. Ven afuera conmigo. No vas a creer cómo se ven las estrellas.

—Las estrellas. —No pude evitar que mi labio se curvara—. Primero el atardecer, ¿y ahora las estrellas?

El rostro de Niall enrojeció mientras miraba a su madre. —

¿Qué puedo decir? Quiero mostrarte las mejores partes de la granja.

—Hace demasiado frío para el abrigo de Sam. Tráele uno de los míos —dijo Elaine—. Yo les buscaré unas mantas.

No debería haberlo hecho. Pero dejé que Niall me envolviera en una parca de color naranja fosforescente con su bufanda verde y un gorro de lana tejido a mano, y lo seguí afuera. El aire frío me picaba en la nariz mientras nos alejábamos de las luces de la casa y el granero hacia el bosque. Nos detuvimos en el prado donde la hierba corta crujía bajo nuestros pies. Niall extendió una manta y nos acostamos, uno al lado del otro. Nos arropó con la otra manta y ya no sentí el frío.

—¿Tienes suficiente calor? —preguntó.

—Ajá.

—Escucha —dijo.

No se oían ruidos de coches: ni bocinazos, ni neumáticos sobre el asfalto, ni motores al ralentí. Tampoco sonidos del océano. Un sonido de «cri-cri» venía de la izquierda.

Cri-cri. Cri-cri. Cri-cri.

—¿Qué es ese sonido? ¿Grillos? —hablé en voz baja, no queriendo perturbar la quietud.

—No, es demasiado temprano para los grillos. Son las ranitas de primavera; unas ranas pequeñas, no más grandes que una moneda de diez centavos. Me encantaba sentarme junto al estanque por la noche escuchándolas. Me imaginaba lo que decían.

Sonreí aunque Niall no podía verlo en la oscuridad. —¿Qué decían?

—En mi imaginación, una llamada era más aguda que el resto. Esa era la Princesa Ranita de Primavera. Y todas las demás le ofrecían cosas: la hoja de nenúfar más suave para descansar, el lugar más cálido en el barro del fondo del estanque, el insecto más jugoso.

—¿Y cuál aceptaba?

—Todos, como le correspondía.

—Suena codiciosa.

—Estaban felices de disfrutar de su presencia, honradas por su atención.

Niall se acercó, eliminando el espacio entre nosotros. —Ahora mira hacia arriba.

La luna era una astilla pálida en el horizonte. En todas partes había estrellas, brillando contra el azul negruzco del cielo.

Nunca había visto tantas.

En mi oído, susurró los nombres de las constelaciones y entrelazó sus historias. Las conocía; las había devorado durante la unidad de mitología en noveno grado. Y Marlee, Tyler y yo habíamos salido a observar las estrellas una noche en el Parque Corona Heights. Pero Niall las infundía con drama, con emoción, con desamor.

Entre historias, entrelazaba sus dedos con los míos. Acariciaba el interior de mi muñeca. Me besaba la oreja, el cuello, la sien. Y yo lo dejaba, retorciéndome cada vez más cerca hasta que me rodeó con su brazo y quedamos pecho contra pecho, ignorando las estrellas y concentrados solo el uno en el otro, nuestros besos lánguidos, calentando mi piel a pesar del frío que presionaba desde las estrellas.

Lo empujé para que se tumbara boca arriba y apoyé mis brazos en su pecho. La luz de las estrellas iluminaba su rostro.

—Tus pecas. —Mi voz me sorprendió por su ronquera—. Son como constelaciones. —Tracé una en su mejilla derecha—. Esta es un rectángulo.

Sus brazos rodearon mi espalda. —Ese es un libro que escribiré. Para ti.

—¿Un libro entero? ¿Solo para mí?

Sus labios se curvaron en una sonrisa. —Quizás uno corto. Una novela corta. Todo sobre Lobelia.

—Nieven es mi personaje favorito. ¿Puedes hacerlo sobre él?

—Por supuesto. Lo que quieras.

—Esta parece un pez.

—¿Un pez? —entrecerró un ojo—. Es un avión. Por la gira. Y por los viajes que haremos para vernos.

Mi corazón dio un vuelco, y me aparté de él. —Niall, no. —Un dolor comenzó en mi pecho.

—Sí, Sam. Quiero pasar más tiempo contigo. Siento algo… algo verde y creciente entre nosotros. Como las raíces despertando dentro de la tierra. Como si me hubieras hecho un encantamiento. Y no estoy listo para dejar que termine la próxima semana.

Por un momento, la esperanza ardió dentro de la madera muerta de mi corazón. Pero chisporroteó y murió, privada de oxígeno. Niall era un poeta, y yo me había enredado en sus palabras.

—Te refieres a como tu musa.

—Bueno, eso, pero más. Sam, yo… me importas. Deja que me importes. Danos tiempo.

—Me gustas. Mucho. —Forcé las palabras a través de la opresión en mi garganta—. Pero esto… nosotros… no puede continuar después del final de la gira. Voy a volver a California para terminar mi carrera. Necesito terminar mi tesis para poder defenderla y luego graduarme en junio.

—Y luego a ese posdoctorado. —Su mirada recorrió mi cara como si estuviera trazando sus propias constelaciones—. ¿Y qué hay de tu escritura?

—Yo… —¿Qué podía decirle sin arruinar su lugar favorito con los feos hechos sobre cómo había pisoteado lo que él amaba? Nada. No podía decirle nada—. Ya no escribo. Pero tú —continué rápidamente—, volverás aquí al final de la gira para terminar la saga.

—Puedo hacer eso en cualquier parte. Incluido San Francisco, si me dejas.

Me permití imaginarlo por un segundo. Niall, viviendo lo suficientemente cerca como para verlo todos los días. No las veinticuatro horas del día como en la gira, sino cenas juntos. Fines de semana. Yo trabajando en mi tesis mientras él se sentaba cerca, garabateando en su cuaderno. La felicidad que había sentido con él todo el día no tenía por qué terminar.

Pero entonces descubriría la verdad. Y me odiaría. Me despreciaría por haberlo alargado, por dejarle pensar que podríamos ser algo más. Y ninguna felicidad temporal valía el dolor que incluso ahora me oprimía el corazón.

—No puedo.

Su voz tembló. —¿Así que soy lo suficientemente bueno para un revolcón, pero nada más?

—No, Niall. Yo... nunca soñé que la gira sería así. La has hecho mágica. —Nunca usaba palabras como *mágica*, pero parecía apropiado cerca de Niall—. Pero tiene que terminar la próxima semana. ¿No podemos simplemente disfrutar de esto hasta entonces?

Su mandíbula se endureció. —No puedes evitar que intente hacerte cambiar de opinión.

—Supongo que no. —Aunque no podía dejar que lo hiciera.

Puso una mano detrás de mi cabeza, y lo siguiente que supe fue que estaba tumbada boca arriba, con Niall cerniéndose sobre mí. Me besó la nariz, sus labios cálidos sobre la punta fría. Deslizó sus labios por mi mejilla y apartó mi bufanda para depositar besos succionadores en mi cuello. Un calor fundido se acumuló entre mis piernas.

—¿Hay algo prohibido en este juego? —preguntó, con la voz áspera.

—¿Qué... juego? —Se había movido hacia mi oreja, trazando el lóbulo de una manera que me hizo estremecer dentro del abrigo de plumas.

—En el que intento convencerte de que nunca me dejes ir.

—No. Nada está prohibido. —Excepto mi corazón.

Estrelló sus labios contra los míos con rabia, saqueando, tomando. Cuando lo besé, olvidé todas las razones por las que nunca podría vivir con él en la granja: la falta de wifi, la distancia de cualquier universidad con un departamento de informática considerable, CASE y todas las mentiras que había dicho. En cambio, me permití revolcarme en el momento como Bilbo Bolsón lo había hecho en el bosque.

Sus manos heladas se deslizaron bajo mi abrigo, bajo mi camiseta. Mi piel caliente acogió su tacto. Metió una rodilla entre mis piernas, justo donde lo necesitaba, y me mecí contra él. Bajo la manta, no éramos escritores ni programadores ni fraudes. Éramos solo Sam y Niall, y mientras nos apretábamos, con demasiadas capas de tela entre nosotros, casi podía imaginar que no tenía por qué terminar.

Se apartó y acunó mi cara entre sus manos. —Por mucho que me guste la naturaleza y... y hacer esto contigo al aire libre, tal vez deberíamos volver adentro.

—¿A tu cama perfectamente funcional?

—Donde hace calor y no tenemos que preocuparnos por la congelación. Donde puedo verte. Toda tú. —La voz de Niall era profunda—. Encenderé algunas velas.

—No le temo a tus velas. Ni a tu cama. No ganarás.

—Ya veremos.

Volvimos a la casa, de la mano. Subimos las escaleras con un crujido, y él encendió las velas como había prometido. La luz parpadeante lo perfilaba en rubí y oro como uno de los collares de mi madre.

Su cama chirrió cuando me senté a horcajadas sobre él y enterré mis manos en el pelo oro rosado de su pecho pecoso. Mientras subía y bajaba, cabalgándolo como las olas del océano. Mientras ascendía en espiral una y otra vez hasta que me desplomé contra su pecho, exhausta.

La cama gimió cuando nos giró, cuando se hundió en mí como si pudiera abrirme y derramar todos mis secretos. Cuando movió una mano entre nosotros y me encendió de nuevo, le habría contado todos los secretos que tenía, si hubiera tenido el poder de hablar. Pero la única palabra que podía formar era su nombre, una y otra vez, como el cri-cri de las ranitas de primavera.

Como la Princesa Ranita de Primavera, tomé todo lo que me ofreció.

Después, me envolvió en sus brazos mientras respirábamos juntos. Cerré los ojos, negándome a mirar por la ventana a las nuevas constelaciones que habían surgido para recordarme que el mundo seguía girando a nuestro alrededor.

Que tendríamos que levantarnos, despedirnos de su familia y volar a Dallas.

Que la gira terminaría el jueves de vuelta a casa en San Francisco.

Que, si no los detenía, Heidi y Martell anunciarían que CASE había escrito el libro.

Que, lograra o no ocultar la verdad, Niall nunca podría ser mío.

Malditos sentimientos. No los había querido. Y aquí estaban, envolviéndome como la hiedra alrededor de uno de los árboles del bosque.

Cuando su respiración se regularizó, lenta y profunda, me desenredé de sus brazos, abandoné el encantamiento a la luz de las velas de su cama y regresé a mi fría y oscura habitación. Pero el dolor en mi corazón me siguió.

31

NIALL

—NO SÉ por qué no podemos ir a un bar como la gente normal —dijo Gabi mientras se acomodaba la bolsa de papel, haciendo que las botellas tintinearan.

—Deja que la lleve yo. —Saqué con torpeza la tarjeta de plástico del bolsillo y fui a tomar la bolsa.

—Tú abre la puerta. Y luego pídele a tu princesa que salga a celebrar. A un sitio donde haya música. Y martinis. Y gente guapa de Los Ángeles buscando papeles de extra. A quienes puedo fingir que tengo el poder de ofrecérselos.

Me detuve a unos metros de la puerta. —Quiero celebrar con Sam —dije en voz baja para que Sam no me oyera.

—¿Qué hizo Sam para ayudarte a conseguir este trato? —Gabi volvió a mover la bolsa, y esta vez se la quité—. Una mierda, eso es lo que hizo. Yo soy tu brillante agente que te lo consiguió.

—Sé que lo eres. Y lo agradezco. Te aprecio a ti. Pero Sam ahora es parte de mi vida. —Quizá no había dicho esas palabras, pero había dormido en mi cama todas las noches desde lo de la granja. Bueno, no exactamente dormido. Siempre volvía a su propia cama después. Decía que dormía mejor sola. Aunque, por las ojeras que tenía, tampoco estaba durmiendo bien sola. De todos modos, tenía que significar algo que me mirara a los ojos cada noche cuando estaba dentro de ella, que susurrara mi nombre como una súplica.

Gabi entrecerró los ojos pero no dijo nada, lo que me sorprendió más que cualquier cosa que pudiera haber dicho.

Deslicé la tarjeta en la ranura. Rojo. De nuevo, moviéndola un poco. Rojo. De nuevo, rápido. Rojo.

—Maldita sea, Niall, déjame hacerlo a mí. —Gabi me arrebató el plástico de la mano y abrió la puerta al primer intento.

Con una mirada aguda, se percató de la puerta de comunicación abierta. —Cariño, ya llegamos —gritó.

Bilbo salió corriendo de la habitación de Sam, ladrando como un loco, pero se detuvo y se sentó al verme. Me agaché para rascarle entre las orejas. —¿Sam?

—Aquí estoy. —Atravesó la puerta de su habitación, quitándose los auriculares inalámbricos—. Oye, tuve una idea para… —Se detuvo al ver a Gabi.

Caminé hacia ella y la besé. Podía hacer eso. Delante de Gabi. Incluso lo había hecho en la librería después de la firma de anoche. Estaba tan relajada y desenvuelta, un mundo de diferencia desde aquella primera e incómoda sesión de preguntas y respuestas en Chicago.

—¿Qué está pasando? —Su mirada se posó en Gabi y en la bolsa que yo todavía sostenía.

—Estamos celebrando. Niall dijo que preferirías hacerlo aquí en el hotel que en un bar o restaurante.

Una pequeña sonrisa se dibujó en las comisuras de sus labios. —¿Qué celebramos?

Gabi encontró un trío de copas y las dejó con un golpe sobre el escritorio. Me pidió la champaña y la puse junto a las copas. Se puso a quitar el papel de aluminio de la parte superior. —Dieron luz verde para la segunda temporada.

—Todavía no han terminado de rodar la primera, ¿o sí? —preguntó Sam.

Gabi giró el corcho. —No, pero ha habido tanto entusiasmo por las fotos promocionales que se adelantaron. Ojalá tuviera un tercer libro que venderles.

Era el momento de enseñarle lo que había hecho en la granja y en las madrugadas de los últimos días. Levanté del suelo la bolsa de tela de la librería, abultada de cuadernos, y la dejé caer sobre el escritorio.

Gabi dejó la botella. —¿Qué es esto?

—El tercer libro. Lo terminé. Bueno, terminé el primer borrador.

—¡Niall! —Me rodeó con sus brazos. Luego me dio una palmada en el brazo—. ¿Por qué no dijiste nada?

—Yo, ah, no estaba seguro de cuánto tiempo se quedaría la musa. No quería tentar a la suerte.

Gabi fulminó con la mirada a Sam por un momento, pero luego volvió a la botella. Hizo saltar el corcho y recogió el vino espumoso en una copa. Sirvió las otras dos y nos las entregó. —Por Niall y sus elfos del bosque. Y por el tercer libro. Que haya muchas más temporadas. Y figuras de acción. Y camisetas. Una línea de artículos para el hogar con temática de los elfos del bosque. Y una película.

Todos levantamos nuestras copas y chocamos. —Por Niall —repitió Sam.

—No puedo creer que dijeras que no al cameo. —Gabi me frunció el ceño, de la misma manera que lo había hecho en la sala de juntas del estudio.

—Estoy listo para dejar atrás mi faceta de autor público. Me voy a convertir en un autor ermitaño como Cormac McCarthy. Se acabaron los estrenos de películas, se acabó *Us Weekly*. Se acabaron los paparazzi. Voy a sentar cabeza. —Nunca me había gustado el rollo de autor famoso, pero lo había hecho para hacer feliz a Gabi. Para vender libros, para financiar la granja. Y, tenía que admitirlo, para demostrarle a mi padre que era digno de su atención. Ahora estaba decidido a hacer lo que hiciera feliz a Sam. A la mierda con Paul Swift. Y escribiría más rápido para ganar lo suficiente como para ayudar en la granja. Ya tenía el germen de una idea para una serie derivada. Abracé a Sam por los hombros y besé la coronilla de su cabeza, aspirando el aroma a hierbas de su cabello.

Gabi frunció el ceño. —Más fotos tuyas leyendo en público venderían más mercancía de los elfos del bosque.

—Concentrémonos en los libros —gruñí—. No en los coleccionables.

—Y en la serie. —Gabi levantó su copa antes de bebérsela de un trago—. Los dejaré a ustedes dos para que terminen la celebración como mejor les parezca. —Enarcó las cejas al ver la cama *king-size*. Por suerte, el servicio de limpieza había arreglado las sábanas revueltas por el sexo.

—¿Adónde vas? Pensé que pasaríamos el rato, pediríamos una pizza. —Intentaría convencer a Sam y a Gabi de que al menos actuaran de forma amistosa la una con la otra.

—Mientras tú dabas la mano, yo concretaba una cita con uno de los ejecutivos júnior. No eres el único con ganas de compañía, ¿sabes? Y si funciona... —se encogió de hombros—, quizás *yo* pueda sacar un cameo de esto.

—Si quieres un cameo, se lo pediré a los productores.

Ella sonrió con suficiencia. —Es más divertido a mi manera. —Me dio un beso en la mejilla, dejó su copa y se contoneó hasta la puerta—. Hasta luego, chicos. Vuelo mañana por la mañana, pero te escribiré desde el aeropuerto, Niall. Envíame esos cuadernos.

—Adiós, Gabriela. Que te diviertas. —Sam se apoyó en mi hombro.

—Adiós, Gab... —El cierre de la puerta interrumpió mis palabras.

—Así que supongo que ahora solo quedamos nosotros dos. —Me dejé caer en el amplio sillón y tiré de Sam para que se sentara en mi regazo. Puse mi copa a medio llenar sobre la mesa.

—Sí. —Puso su copa casi llena junto a la mía. Gabi no sabía que ella odiaba esa bebida.

—También compré un vino blanco. No sé nada de Chardonnay, pero el tipo de la tienda dijo que era de primera.

—Quizá más tarde. —Se reclinó para mirarme a los ojos—. De verdad que estoy muy emocionada por ti. ¿Estás contento con el trato?

—Supongo. Es dinero que gano sin hacer casi nada. Aunque Gabi consiguió que esta vez me aprobaran el guion.

—Eso es bueno, ¿no? ¿Así que tienes control sobre la adaptación?

—Sí. —Si Sam pudiera ayudarme a entender mi correo electrónico, podría hacerlo a distancia.

—Oye, terminé de escuchar *Los secretos de los elfos del bosque*. Sé que ya lo sabes, pero es increíble.

Un calor se extendió por mi piel. —¿Te gustó? No es tan bueno como *El mago*, pero…

—Niall. —Su caricia en mi mejilla fue ligera como una pluma, pero no pude resistirme. La miré a los ojos—. Me encantó. De verdad. Justo iba a empezar *Traición* cuando entraste. Qué bueno que el tercer libro no está listo, o nunca terminaría mi tesis.

Me incliné y la besé, tomando sus labios como no podría haberlo hecho delante de Gabi. Cuando nos separamos para tomar aire, dije: —Gracias. Eso significa mucho viniendo de una autora de tu calibre.

Una pequeña arruga se formó entre sus cejas. —No hablemos de *El mago en la máquina*. Esta noche es solo para ti. Y tengo… tengo una propuesta.

Enarqué las cejas y luego le besé el cuello. —¿Una propuesta sexi?

—No. —Riendo, me empujó el pecho.

A regañadientes, la solté. —¿Qué clase de propuesta, entonces?

—Creo que tus elfos del bosque serían un gran videojuego. —Levantó un dedo para detener mi protesta—. Sé que no te va la tecnología. Pero a mí sí. Podría ayudar. Jackson y yo solíamos programar videojuegos juntos. Podría ponerte en contacto con algunos programadores que se morirían por dar vida a los elfos del bosque.

Gabi me había mencionado los derechos para videojuegos cuando estábamos negociando el trato de la televisión. Me había negado entonces. Pero esto era diferente. Era Sam.

—No quiero programadores. Te quiero a ti.

—Niall, soy programadora.

—Solo quiero hacerlo contigo. —Gabi no era la única con habilidades para negociar. Un trato como este nos uniría, la mantendría conmigo incluso después de que terminara la gira.

—Pero me… me voy. Voy a hacer un posdoctorado. Y luego seré investigadora. Necesitas a alguien a tiempo completo, que pueda tener el juego listo para cuando se estrene la serie. No alguien que lo programe en su tiempo libre.

—Esperaré. Por ti.

—Niall. —Suspiró por la nariz—. Ni siquiera sabes si soy buena. Gabi nunca te dejaría hacer un trato así.

—Entonces, demuéstramelo. —Apreté mi agarre en su cintura—. Muéstrame uno de tus juegos.

Desabrochó uno de los bolsillos de sus pantalones cargo y luego lo volvió a abrochar. —Dejé de hacer eso cuando Jackson fundó Synergy allá por cuando yo estaba en la secundaria. Esos juegos apestan.

—Me gusta cuando apestas. —Volví a rozarle el cuello con la nariz—. Muéstramelo.

—Espera, ¿te refieres al juego o a chupártela? —Se retorció en mi regazo.

Gemí. Ya estaba medio duro. Pero esto era importante para ella. —El juego. Primero. —Le mordisqueé el lóbulo de la oreja y luego me aparté.

—Está bien. Recuerda, estas son cosas de hace diez años. Los juegos han avanzado mucho desde entonces. —Se deslizó de mi regazo y fue a su habitación. Regresó con su laptop—. Vamos, jugaremos en la cama.

—Realmente estás intentando distraerme, ¿no es así? —Me puse de pie y me ajusté discretamente los pantalones.

Sonrió. —Creo que te gustaría más un juego para adultos que algo que programé cuando usaba frenos.

—Tanto protestas, que algo ocultas. Ahora sí que quiero verlo.

Se mordisqueó el labio. —Entonces tú me enseñas uno de tus juegos traviesos de 4-H.

Me senté en la cama y estiré las piernas. —Trato hecho. Pero recuerda que ninguno de esos juegos estaba autorizado por la organización nacional.

Se acurrucó a mi lado con su laptop. Bilbo saltó y se enroscó a su otro lado. —Lo tendré en cuenta cuando le envíe un correo de agradecimiento al consejo.

32

SAM

NOVENTA MINUTOS.

Revisé mi celular. A estas alturas, ya me había vuelto buena en calcular cuánto tiempo duraría la firma de libros con solo echar un vistazo rápido a la cantidad de asistentes. Mis últimos noventa minutos respirando el mismo aire que Niall. De rozar su mano de forma accidentalmente deliberada cuando ambos íbamos a tomar la pila de libros que había entre nosotros. De aspirar en mis pulmones ese aroma a bosque que él llevaba consigo a todas partes.

Noventa minutos de la felicidad que sentía cuando él estaba cerca.

Bajamos del escenario improvisado hacia la mesa, nuestros movimientos eran un ballet bien ensayado. Mientras me sentaba en mi silla, la de la derecha para que Niall y yo no nos chocáramos los brazos al firmar, me froté la mano en el centro del pecho, justo donde sentía una punzada.

Cuando Niall giró su cabeza hacia mí, algo que sentí más que vi, mi cuerpo ansiaba girarse hacia él. Mis labios se contrajeron para curvarse hacia arriba e intercambiar una sonrisa con él como lo habíamos estado haciendo durante la última semana. Anhelaba inclinarme hacia él, dejar que me susurrara al oído una de sus palabras de aliento.

En cambio, dejé caer mi mano sobre la mesa y me enderecé. El entrenamiento de mi madre, un fracaso para lo que ella quería que fuera, me salvaría. Sonreiría, charlaría con los lectores y fingiría que pertenecía a ese lugar una noche más. Luego, en ochenta y ocho minutos, escaparía. Regresaría al aislamiento de mi departamento. Al día siguiente, estaría de vuelta en mi oficina en la universidad. Volvería a ser científica de la computación. Ya no tendría que mentir más.

Su brazo pecoso rozó el mío. —¿Estás bien? —susurró mientras el personal de la tienda organizaba a los lectores en filas.

—Claro —mentí. Ya era algo natural para mí.

—Ni siquiera le pregunté. ¿Había estado aquí antes? ¿En esta tienda?

Rodé los hombros. La charla trivial era fácil. Quizá podría pasar la noche sin una conversación difícil. Quizá ignorar cada una de las indirectas de Niall realmente había funcionado, y él estaba listo para terminar las cosas. Justo como yo quería.

—Sí, he venido. —Eché un vistazo a los lectores que hacían fila —. No está lejos de la universidad. A veces compro libros aquí para mi sobrino. —Podía caminar hasta mi departamento desde la tienda. Podía sumergirme en la niebla de la ciudad y dejar que evaporara todas las mentiras como si fueran arrugas en un vestido de seda.

Pero todavía no. La primera persona se acercó a mi lado de la mesa, y yo puse mi sonrisa, tomé mi Sharpie verde ácido y me puse a trabajar.

La multitud había comenzado a disminuir cuando un par de figuras demasiado familiares se acercaron a la mesa. —Samwise.

—¡Tía Sam! —Noah se encorvó como si pudiera ocultar su arranque inicial de emoción. ¿Me habría esforzado tanto por parecer indiferente cuando tenía doce años? Probablemente.

Me puse de pie. —¿Mierda, has vuelto a crecer? —Lo abracé, al diablo con su orgullo de doceañero.

Me puse de puntillas para besar la mejilla de mi hermano. —¿Qué hacen aquí?

—Queríamos llegar para el comienzo —dijo Jackson, bajando la cabeza—. Pero hubo un, ah, percance de San Valentín. —Arrugó la nariz—. No estaba preparado para la cantidad de líquido que un bebé tan pequeño puede expulsar.

—¿No te acuerdas de cuando yo era un bebé? ¿O Nat?

Se encogió de hombros. —Se las dejé a ustedes a las niñeras hasta que se pusieron más interesantes. Aunque Nat sigue sin ser interesante. No le digas a tu abuela, ni a tu tía Natalie, que dije eso —agregó para que Noah lo oyera.

Las cejas de Noah, del color de la arena mojada, se fruncieron. —Tía Sam, no me dijiste que tú escribiste el libro.

Sentí la atención de Niall dirigirse hacia nosotros. —No, Noah, no lo hice. Hubo algunas razones por las que necesité mantenerlo en secreto. Pero te lo contaré tan pronto como pueda.

—¿Este fin de semana? Jay dice que probablemente vendrás. A ver al bebé.

—Claro que iré. A verlos a todos ustedes. —Quise estirar la mano y alborotarle su cabello arenoso demasiado largo. Pero parecía que me detendría si lo intentaba. *Doce años.*

Jackson le quitó el libro de la mano a Noah. —Entonces haremos que nos firmes esto el fin de semana. —Me enarcó sus cejas oscuras. Una amenaza. A cambio de una promesa.

—Pero —mi hermano miró más allá de mí—, no veremos al señor Flynn este fin de semana, ¿verdad?

—No —dije, sin voltear a mirarlo—. Niall tiene que irse a casa. A escribir. En la granja. Pero deberías conseguir una copia de su libro. Es la historia más increíble que leerás jamás. De hecho, compra los dos. Querrás leer *Secrets* primero. Luego *Treachery.* Él te lo firmará. Los dos. Te firmará los dos. ¿Verdad, Niall? —No esperé su respuesta—. Noah, ¿sabías que están haciendo una serie de televisión de sus libros? Dos temporadas. —Nombré a uno de los actores, alguien que él conocería por su obsesión con las películas de superhéroes.

Mantuve mi mirada fija en la de mi hermano. *No digas ni una palabra.*

Apretó la boca. *Tendremos unas palabras este fin de semana.*

Tragué saliva. A Jackson le importaba un carajo mi acuerdo de confidencialidad.

—Qué genial. —Los ojos de Noah brillaban de admiración. Tomó una copia de cada libro del lado de la mesa de Niall y se paró frente a él—. ¿Me los podría firmar, por favor?

—Por supuesto. Es Noah, ¿verdad? Vi su dibujo, el que su... Jackson le mostró a Sam. Sus habilidades artísticas son impresionantes.

—Me gusta el arte. —Se encogió de hombros—. Pero me gusta más la programación. Creo que eso es lo que quiero hacer cuando sea grande. Como Alicia y Jay. Como Sam.

—Sam es una buena escritora, también. —Se inclinó sobre la página para escribirle una dedicatoria.

—Sí, pero no lo sabía hasta que... —Noah alzó la vista hacia Jackson—. Hasta que escuché algunas cosas.

Jackson se rascó la barba y evitó mi mirada.

—¿Le gustó el libro de ella? —Niall sopló sobre la tinta como siempre hacía. Me hizo estremecer, pensar en la forma en que a veces soplaba sobre mi piel. Tomó el segundo volumen de Noah.

—Sí, fue algo raro, pero me gustó El Mago.

—Entonces tendremos que trabajar juntos para convencerla de que escriba otro. —Niall asintió a mi sobrino.

Noah ladeó la cabeza. No estaban emparentados por sangre, pero tanto él como Jackson me lanzaron miradas idénticas y sospechosas.

Mierda.

—Gracias por venir, chicos. Los quiero. Nos vemos este fin de semana. ¿Qué te llevo, Noah? ¿Algo ácido? ¿O gomitas?

—Ambos. —Si no hubiera tenido las manos llenas de libros, se habría cruzado de brazos. Su expresión y postura, incluso sosteniendo los libros, me llamaban *mentirosa*.

—Trato hecho. —Había una tienda de dulces no muy lejos de la librería, junto a la parada del autobús. Compraría su silencio. Ojalá funcionara también con mi hermano.

—Fue un placer conocerlo, Noah. Jackson, fue... —Niall se limpió las manos en los costados de sus jeans.

—¿Una experiencia realmente aterradora? —Jackson se inclinó y habló más bajo que el murmullo de los clientes de la librería, pero lo oí—. Espero que usted haya sido todo un caballero con mi hermana. Sería una lástima que algo le pasara a esas manos suyas. —Asintió hacia los dedos de Niall manchados de tinta.

—Jackson, a la mierda —susurré.

Mi hermano se tronó los nudillos. —Te esperaremos, Sam. Te llevamos a casa. —Puso una mano en el hombro de Noah y lo guio lejos con su botín de libros.

Miré a la siguiente persona en la fila. *Casi hemos terminado. Quince minutos más.*

Cuando el último lector se alejó, Niall se levantó y se estiró. —¿Qué tal si...?

Jackson, acechando en la sección de revistas cercana, me miró. *Diez minutos*, articulé con los labios.

Pero Niall lo había visto. —¿Te vas a casa con tu hermano?

—Sí, creo que es lo mejor. —Alineé los Sharpies sobre la mesa.

—No le contaste sobre tu libro. No le dijiste a tu sobrino que eras escritora. Y aun así te vas con ellos y no conmigo. He visto cada parte de ti, Sam, y...

Un par de personas levantaron la vista de la sección de Relaciones. Me levanté y lo tomé del brazo. —Vamos. —Busqué con la mirada un rincón privado en la tienda. Al no ver ninguno, me dirigí directamente al clóset donde habíamos guardado nuestro equipaje. Cuando estuvo completamente adentro, cerré la puerta y me apoyé en ella.

—Mierda, qué oscuro. —Una delgada franja de luz debajo de

la puerta iluminaba sus oxfords de cordones y las suelas de mis botas. Palpé la pared en busca de un interruptor.

Un clic, y parpadeamos mirándonos el uno al otro bajo la tenue luz de una bombilla desnuda. El cordón colgaba entre nosotros, todavía oscilando por el tirón que Niall le había dado.

—¿Qué demonios, Sam?

Me concentré en el patrón a cuadros de su camisa. Era una de mis favoritas, gris con rayas negras y rayas rojas más estrechas que combinaban con su cabello. ¿A quién engañaba? Todas eran mis favoritas. Empapelaría las paredes de mi escondite bajo la montaña con la media docena de patrones a cuadros de la gira del libro.

—Mi familia y yo somos diferentes a la tuya. Bueno, a tu mamá y a tu abuelo. No somos de compartir. —Lo habíamos sido, una vez. Cuando papá estaba vivo. Después de eso, compartí la mayor parte de mi vida, mis secretos, con Jackson. Hasta Stephen. Después de aquello, convirtieron en un arma todo lo que les decía. Mi hermano solo quería protegerme, pero a veces una chica necesita cometer sus propios errores.

Y yo había cometido uno grande.

Niall se pasó una mano por su cabello cobrizo, iluminado en oro por la bombilla de 40 vatios. —Lo siento, Sam. No quiero meterme en tus asuntos, pero ¿no crees que tu escritura es algo que deberías haber compartido con ellos?

—Tengo mis razones. —Apreté la mandíbula y deseé ser quince centímetros más alta para no tener que estirar el cuello para mirarlo.

—¿Qué me estás ocultando, Sam?

Por un segundo, sopesé mis opciones. Contárselo, quitarme el peso del pecho. Él me daría una mirada de traición asqueada y se iría. Heidi me caería encima como un martillo con sus abogados, y le diría adiós a mi doctorado. O mantener la boca cerrada. Dejar que pensara que no era un fraude por unos minutos más hasta que pudiera regresar a mi vida solitaria y sin Niall con mi futuro intacto.

—Nada de lo que pueda contarte. —Me quedé mirando el botón de su camisa. Yo misma se lo había abrochado esta mañana después de nuestra ducha. Me había gustado la idea de que fuera a nuestro último evento de la gira con ropa que yo le había puesto. Como una escudera armando a su caballero, protegiéndolo contra todos los malintencionados. Incluyéndome a mí misma.

—¿No puedes, Sam? Hemos compartido tanto. —Me tomó la mano y le dio la vuelta. Solo quedaban manchas de mi esmalte de uñas negro, centradas en cada uña, desconchadas y desiguales en los bordes. Acarició mi mano, pálida con venas azules que la entrecruzaban.

—No puedo.

—¿Y después? ¿Has pensado en…?

—Tampoco puedo hacer eso. Es como te dije…

—Esto… nosotros… termina con la gira. No puedes querer eso, Sam. Sé que yo no lo quiero.

Cada palabra era un clavo en mi corazón, perforándolo. Apenas podía respirar por el dolor. —He amado cada minuto. Bueno, excepto los primeros días. Pero este es el final.

—¿Así que esto es un adiós? ¿Aquí mismo, en un clóset de suministros? —Dio un puntapié a una lata de cera para muebles, y cayó con un ruido metálico.

Cuando por fin levanté la vista, la boca de Niall estaba contraída por el dolor. Probablemente el mismo dolor que mi propio corazón tachonado de clavos. Las lágrimas me picaron detrás de los ojos, pero las contuve con un resoplido. Si salía de allí con los ojos rojos, Jackson golpearía a Niall.

Sus manos recorrieron mis brazos hasta mis hombros. Acarició mi rostro, frotando un pulgar calloso contra mi mejilla. Dios, extrañaría esas callosidades.

—Adiós. —Fue todo lo que pude sacar de mi garganta apretada.

—Sam.

En esa única palabra, quebrada, lo oí. Su corazón también se estaba haciendo añicos. Pero no era nada comparado con el dolor que sentiría si le dijera la verdad. Él no quería saber cómo había usado la tecnología para burlarme de todo lo que él atesoraba, de todo en lo que creía.

Mejor dejarlo creer en el cuento de hadas un poco más hasta que pudiera poner algo de distancia entre nosotros. Gabi le encontraría otra actriz de segunda más rápido de lo que yo podría decir *rebote*. Me olvidaría pronto.

—Sam, yo... no tienes que responder. Sé que es demasiado pronto, y probablemente piensas que soy un Romeo enamorado. Pero tengo que decirte cómo me siento. —Tomó aliento, chupando cada molécula de oxígeno del clóset—. Te amo.

Mi corazón tachonado de clavos y sangrante dio un salto. —No, Niall, tú...

—No me digas que no conozco mis propios sentimientos. Sé que es rápido. Pero no puedo evitar lo que siento. Te amo —repitió. Como si diciéndolo suficientes veces se hiciera verdad.

Abrí la boca para discutir, para decirle que estaba equivocado. Que mi propio corazón también estaba equivocado.

Los labios de Niall estaban sobre los míos al segundo siguiente, luego un brazo me rodeó mientras su otra mano acunaba mi rostro. Agarré la suave franela de su camisa con tanta fuerza que un botón rebotó en el suelo.

Mi pulso martilleaba en mis oídos. Me estiré sobre las puntas de los pies para perseguir el beso, la sensación de nuestros labios y lenguas deslizándose juntos, los dientes chocando en nuestro frenesí por acercarnos, por unirnos como lo habíamos hecho esa tarde en el pajar y cada noche desde entonces, para ser uno. Podría haber vivido para siempre en ese momento, en la textura rugosa de su camisa bajo mis manos, en el calor de sus labios, en la fuerza de sus brazos a mi alrededor. Nunca quise que me soltara.

Finalmente, la neurona correcta se activó, recordándome que no podíamos hacer esto. Pertenecíamos a partes separadas del país. A mundos separados. Yo pertenecía a esta ciudad, donde la mentira había nacido, y la había aceptado. Donde tenía que seguir mintiendo por unas semanas más hasta que pudiera escapar, con el diploma de doctorado en mano. Él pertenecía a la naturaleza, por siempre verdadero, puro y honesto. Bajé hasta quedar sobre mis talones, Niall se inclinó sobre mí, mordisqueando mi labio inferior.

Me liberé de un tirón, pero no lo aparté. Besó mi mandíbula, el lóbulo de mi oreja, el punto en mi cuello que hacía que mis rodillas se licuaran. Mis manos traicioneras se aferraron a su camisa.

En el hueco de mi oreja, susurró: —Estamos conectados, Sam. ¿No lo sientes? Puede que vengamos de entornos diferentes, que tengamos opiniones distintas sobre el arte, pero nuestras almas son parecidas. Las siento retorcerse juntas como dos enredaderas. Pertenecemos el uno al otro. Necesitamos darle a esto, a nosotros, una oportunidad de crecer.

Los músculos de mi estómago se tensaron, probablemente para evitar que mis órganos saltaran de mi cuerpo. Quería desesperadamente estar de acuerdo con él. Sí lo sentía: el reconocimiento de volver a ver una película favorita, la satisfacción de escanear una sección elegante de código, el agradable ronroneo de la sala de servidores.

Lo amaba. Pero no era tan cruel como para admitirlo. Para condenarlo a vivir en mi mundo de mentiras, a ser contaminado por él.

Lo empujé y tropezó hacia atrás contra un estante de metal. —Tú no me conoces.

Aspiró aire con un sonido como de tela rasgándose. —En tres semanas, hemos pasado más tiempo juntos que la mayoría de la gente en tres meses. Estoy completamente encantado.

Calor —y no el calor sexy de un minuto antes, sino un calor furioso— burbujeó en mi piel. —¿Encantado? Soy lo más alejado que hay de una princesa de cuento de hadas. —Había escuchado *Treachery of the Wood Elves*. Había oído su descripción de Lobelia. Regia, pura y noble. Nada que ver conmigo. Nada que yo pudiera ser jamás.

—Tengo que irme. Jackson está esperando.

Incluso bajo la tenue luz de la bombilla, sus pecas resaltaban contra la palidez de su piel. Su voz tenía cristales. —¿De verdad quieres que tome mi vuelo mañana?

Encontré el asa de mi maleta y la agarré. —Sí, quiero. Tu lugar está en la granja. Y escribiendo en esa curva del arroyo.

Una pausa. —Vas a ir a Las Vegas el próximo mes, ¿verdad? Para la ceremonia de premios.

—No, yo… no puedo.

—Claro que puedes. Mereces ganar. Incluso si no ganas, mereces estar allí.

No lo merecía. Me quedé mirando el punto en su camisa donde el rojo se encontraba con el negro.

Me tomó la mano. —Ve por mí, entonces. Te necesito allí. Si ninguno de los dos gana, podemos emborracharnos juntos. Si yo gano, no significará lo mismo sin ti.

Sabía exactamente qué botón presionar. Me necesitaba. Solo a mí. Como nadie más lo había hecho nunca. Podía verlo una vez más, y luego nunca más. Porque Heidi revelaría la verdad después de eso. En contra de mi buen juicio, la palabra se escapó. —Está bien.

Su siguiente beso no fue de pasión hambrienta, sino de una gentil despedida, y rasgó mi corazón astillado.

—Cuento contigo. Te veré en treinta y un días.

Me apretó la mano una vez más, luego abrió la puerta. Parpadeé ante la luz más brillante de la librería. Se quedó unos segundos en el umbral, como si me estuviera escaneando. Luego sus labios se torcieron. Giró y caminó de regreso hacia la mesa.

Jackson, agarrando el transportín de Bilbo Baggins, atravesó a Niall con la mirada.

Me colgué la bolsa de la computadora portátil al hombro y rodé mi maleta hacia mi hermano.

—¿Todo bien? No necesito patearle el trasero, ¿o sí? —Miró fijamente la nuca de Niall.

—No. Recuerda, ya no soy una adolescente. Puedo manejarme sola.

—Acabas de salir de un clóset oscuro. Con un tipo. —Enarcó una ceja oscura.

—Buen punto. —Me enderecé—. Estoy bien. Hablando de adolescentes, ¿a dónde fue Noah?

—Bilbo estaba lloriqueando. Lo sacó. ¿Segura que estás bien? Tienes los ojos rojos.

Parpadeé como si pudiera borrar la evidencia. —¿Puedes llevarme a casa?

Lentamente, asintió, su mirada nunca se apartó de la mía. —Recuerda, Samwise, siempre estaré disponible para patear traseros. No importa la edad que tengas. —Me quitó la bolsa del hombro y se la colgó sobre el suyo.

—No necesito eso, Jackson. Ya soy una chica grande. Soy independiente.

Justo como siempre quise.

Pero ahora, con el corazón destrozado en mi pecho, la independencia ya no parecía tan atractiva.

33

NIALL

MIRÉ con furia la resbaladiza corbata de moño en el espejo y lo intenté de nuevo.

Quizás me costaba tanto porque era zurdo. ¿Me habrían dado por error las instrucciones para diestros y yo me habría pasado de largo la mágica hoja de instrucciones de *Cómo atar una corbata de moño para zurdos* que me habría enseñado a hacerlo al primer intento? El lazo se me deslizó entre los dedos, dejándome pellizcando el aire. Empecé de nuevo.

La tienda de ropa de gala en el hotel de Las Vegas me había abrumado tanto que no sabía ni dónde estaba parado. Todas esas fotos enormes de novios y novias, y una de ellas se parecía a Sam, con el pelo recogido en un moño desordenado, sosteniendo su ramo en una mano y a su novio en la otra, riendo de una manera desinhibida como Sam nunca lo hacía.

Sam siempre se guardaba algo. Sobre todo, en nuestros mensajes y llamadas del último mes. Una vez, se me resbaló el teléfono y presioné el botón de videollamada por error. Fue el mejor error de mi vida porque pude verla a ella, con el pelo oscuro cayendo de su moño, sus ojos violetas abiertos de par en par y sorprendidos de verme. Incluso en video, ella controló cuidadosamente su expresión, mordiéndose el labio, sin prometer nada.

Pero esta noche era la ceremonia del Premio Tower. Había prometido venir. Y después de la ceremonia, la llevaría a mi habitación del hotel y hablaríamos. Cara a cara. Se acabarían las evasivas.

Mis manos temblaban sobre la corbata, pero pasé un lazo a través del otro y, lenta y cuidadosamente, tiré de los extremos del moño.

¡Mierda! Parecía el nudo de los cordones de un niño de seis años después de una hora en el patio de recreo. Hundí los dedos en el nudo para deshacerlo.

¿Para qué lo había intentado? Tenía una corbata de moño preanudada perfectamente aceptable colgada en el clóset. Me había servido para la docena de eventos formales a los que había asistido desde que *Secretos* llegó a la lista de los más vendidos. A nadie en la ceremonia le importaría.

A Sam no le importaría. Me había visto con camisas de franela. Con camisetas. Con pantalones de pijama. Y con mucho menos. Pero —y esta era la razón por la que había bajado corriendo, con mi camisa de vestir apenas metida en los pantalones del esmoquin, y había desembolsado una cantidad absurda de dinero en una corbata de moño— Sam sabía lo que era auténtico, y se lo merecía.

Podría haber dejado que la dependienta de la tienda me la atara. Sus dedos de puntas rosadas parecían expertos en eso. Pero la idea de que alguien que no fuera Sam me tocara me provocó un escozor en la nuca. Yo me ataría la corbata, y esperaba por Dios que Sam me la desatara más tarde, deslizando esos delicados dedos suyos por la seda, bajándolos por la tapeta de mi camisa, desabrochando los botones a su paso.

Mi pene dio una sacudida esperanzada, pero se desinfló de nuevo a lo largo de mi muslo cuando miré el desastre arrugado de la corbata. No podía bajar luciendo así.

¿Quién podría ayudarme? Ni Heidi ni Qiana habían venido a la ceremonia del premio. Heidi me dijo que tenían una situación que requería a todo el mundo de vuelta en la oficina.

Miré mi teléfono sobre el lavamanos. Este era uno de esos momentos en los que deseaba tener un padre de verdad, uno al que pudiera preguntarle sobre cosas como corbatas de moño. Mi padre probablemente se había atado muchas. Pero Sam me había enseñado a bloquear y eliminar su número. Ya había terminado de buscar su aprobación. La gente que se preocupaba por mí —como Sam— me apoyaba sin necesidad de perseguirlos.

Mi abuelo se reiría de mí. El último mes en el rancho, se había burlado incansablemente de mí por estar embobado con Sam. Por hacer mis quehaceres como un zombi. Por revisar mi teléfono tan seguido como una chica de secundaria. Por comprar una laptop. El internet satelital que le había pedido a un técnico que instalara. Aunque una vez que descubrió ese sitio de citas para granjeros, StudFarm, se había vuelto extrañamente silencioso con sus burlas.

Le envié un mensaje a Gabi. *¿Sabes cómo atar una corbata de moño?*

Un minuto después, respondió con un enlace. ¿YouTube? ¿En serio? Claro, ahora tenía wifi en el rancho, pero ni loco iba a vagar por los confines de los videos en línea.

¿Heidi? No si estaba en medio de una crisis.

Qiana. Quizás podría tomarse un descanso de cualquier emergencia de relaciones públicas y guiarme. Que su autor no pareciera un mamarracho entraba en las responsabilidades de una publicista, ¿no?

Presioné el botón de llamada y lo puse en altavoz.

—Oye, Niall. ¿Preparándote para tu gran noche? Siento tanto no poder estar allí. No sé cuál es el gran proyecto secreto de Heidi, pero nos ha llamado a todos esta noche. Estoy por tomar una rebanada de pizza antes de subirme al metro. Pero estoy cruzando los dedos por ti y Sam. —Y chilló tan fuerte que me alegré de no tener el teléfono pegado a la oreja.

—Tengo un pequeño problema de vestuario. ¿Sabes cómo atar una corbata de moño?

—¡Niall! ¿Por fin te deshiciste de esa corbata de moño preanudada de baile de graduación? Estoy tan orgullosa. Mi pequeño por fin ha crecido. —Hizo un gran sollozo fingido.

Dejé que pasaran unos segundos de silencio. —¿Ya terminaste de burlarte de mí? Porque estoy a punto de colgarte y ponerme la preanudada.

—¡No! Solo me estoy divirtiendo un poco. Cielos. Aunque tiene razón sobre lo de gruñón. —Qiana hizo un ruido como de *brr*.

—¿Quién tiene razón?

—Mierda. Nadie.

—¿Has estado hablando con Sam?

—Claro que sí. Somos amigas. Hemos estado hablando una vez a la semana.

Abrí la boca para preguntar qué había dicho sobre mí, pero Qiana ya se había burlado de mis elecciones de vestuario de graduación. No iba a darle material para otra burla de adolescente.

Miré mi reloj. Diez minutos hasta que abrieran las puertas. Quería estar allí desde el principio para asegurarme de ver a Sam primero. La corbata. Necesitaba arreglar esta maldita corbata.

—Qiana. Eres la mejor publicista del mundo. ¿Puedes, por favor, ayudarme a atar esta maldita corbata?

—No te preocupes. Yo me encargo. Mi papá solía usar corbatas de moño los domingos. Pon la videollamada.

Toqué el botón.

Nueve minutos después, con una corbata de moño impecablemente atada alrededor de mi cuello, corrí hacia el ascensor. Hacia Sam. Hablaríamos de nuestro futuro. Juntos.

34

SAM

MI MADRE se habría muerto de la vergüenza si me hubiera podido ver.

O sea, mi vestido de noche negro era adecuado. Mi madre me lo había enviado para un evento de la Fundación Jones hacía unos años. Hasta mis zapatos eran del estilo que te aprieta los dedos, te tuerce los tobillos y te entumece los talones que ella aprobaba.

Era el bolso. Ese que rompía la línea del vestido, que se me clavaba en el hombro y me dejaba una marca roja, que de vez en cuando se movía solo.

No podía venir hasta Las Vegas y dejar atrás a Bilbo Baggins.

Bueno, está bien. No lo había traído por su bien. Lo había hecho por el mío.

No podía sentarme allí y sonreír cuando anunciaran *Mago en la máquina* como nominado a Mejor Ópera Prima. Porque lo que había aprendido durante la gira, en mi tiempo con Niall, era que los libros eran arte. Y la tecnología —mi tecnología, CASE— no tenía derecho a reemplazar el trabajo de un artista como Niall. Le había hecho mal a él y a todos los demás escritores, a cada persona en esa sala que amaba los libros. Y luego había mentido al respecto.

Tragué saliva para deshacer el nudo que tenía en la garganta.

No debería haber venido. Debería haber pasado esta noche, como había pasado cada día y cada noche del último mes, trabajando en CASE 2.0, intentando que produjera artículos científicos como habíamos planeado originalmente. Aunque hacía tres días, cuando le sugerí al Dr. Martell que reescribiera mi tesis para referirme solo a CASE 2.0, incluso si eso retrasaba mi título un año más, me dijo que no era necesario. Y que me asegurara de preservar el código original.

Al día siguiente, seguiría trabajando para hacerlo cambiar de opinión. Pero le había prometido esta noche a Niall.

Era egoísta, lo sabía, verlo de nuevo. Pero por mucho que me había resistido al principio, por mucho que había querido terminar las cosas limpiamente con la gira, no pude. Tenía que verlo una vez más. Tocarlo. Robar unos cuantos momentos más de felicidad antes de encerrar todos esos sentimientos para siempre.

Saqué mi boleto de nominada de uno de los bolsillos exteriores de mi bolso y se lo entregué a la mujer en la mesa, fuera del salón de baile.

Me sonrió. —Me encanta su vestido. Mesa tres, justo al frente.

No pude devolverle la sonrisa. —Gracias.

—¿Le gustaría dejar su bolso? —Señaló el puesto del guardarropa al otro lado de la puerta del salón.

—No, gracias. —Caminé hacia la puerta, con el bolso golpeándome la cadera.

Un muro de hombre en esmoquin se interpuso en mi camino, con los brazos cruzados. Su pecho era el doble de ancho que yo. Si hubiera extendido los brazos, no se habrían encontrado en su espalda. No es que me hubiera atrevido a intentarlo.

—Señora, necesito ver el interior de su bolso.

Le rogué a Bilbo Baggins que se quedara quieto. Lo necesitaba como excusa para irme de la ceremonia. Tan pronto como se anunciara la categoría de *Mago*, me aseguraría de que Bilbo necesitara salir.

—No, no es necesario.

Su rostro no era antipático, pero su mandíbula era firme. —Sí lo es, señora. El año pasado, uno de los escritores de terror trajo un balde de sangre. Tuvimos que reemplazar las alfombras.

Me reí, un trino agudo y ansioso. —Aquí no hay sangre. ¿Ve? —Apreté el costado del bolso para mostrar que era flexible. Bilbo Baggins soltó un gruñido.

Los ojos del Muro se entrecerraron.

—Está lleno de… productos de higiene femenina. Estoy en mis días, ya sabe. Mis toallas ultra superabsorbentes no caben en uno de esos bolsitos de noche. —Apreté más el bolso. Su mandíbula se tensó.

—¡Sam!

Caminando hacia mí, con su pelo rojo llameando por encima de todos en el salón, estaba Niall.

Ya lo había visto en traje. Hacía diez meses, en la recaudación de fondos en San Francisco. Pero esta noche llevaba un esmoquin. Líneas negras y lisas sobre su cuerpo musculoso, zapatos brillantes, una camisa blanca e impecable. Y una pajarita de seda ajustada bajo su barbilla. Podía distinguir su brillo desde seis metros de distancia. Cuando me atreví a mirarlo a la cara, esa amplia sonrisa y esos ojos arrugados que brillaban directamente hacia mí, me temblaron los tobillos en mis tacones apretados.

Mi vestido de seda negro, con sus tirantes de espagueti y su escote bajo y drapeado, mostraba demasiada piel. Cualquiera podría ver a través de él mi corazón latiendo frenéticamente como un pájaro atrapado. Con la mayor discreción posible, me sequé las palmas sudorosas en el exterior de mi bolso.

Niall echó un vistazo al Muro y a sus brazos cruzados. —Es una invitada especial. Yo me hago responsable si hay algún problema.

Les fruncí el ceño a ambos. —Yo me haré responsable. Pero no habrá ningún problema.

El Muro me ignoró. —Luego te buscaré para la cuenta de la limpieza de la alfombra, Pelirrojo.

Niall soltó una risita. —Claro que sí, amigo.

Me rodeó el codo con la palma de la mano y me condujo hacia el centro de la sala. —Estás hermosa. —Se inclinó para besarme la mejilla.

Me aparté. —¿Qué demonios fue eso?

—¿Qué? —Sus cejas rojas se juntaron.

—No necesito que me defiendan… ni que me rescaten. No soy una princesita de cuento de hadas.

Su agarre en mi codo se intensificó. —Ya deberías saber que mis princesas de cuento de hadas son las que rescatan a los demás. Lo único que quise decir fue que, aunque eres la persona más radiante de la sala y atraes todas las miradas, yo soy más fácil de ver. —Se dio un golpecito en la cabeza. Por una vez, los mechones rojos estaban domados y en orden.

—Ah.

—Oye, amiguito. Yo también te extrañé.

Ay, no. Había estado demasiado concentrada en que me trataran como la Jones más inútil para darme cuenta de los movimientos de Bilbo Baggins. Volví a mirar al Muro, que entrecerró los ojos hacia mí. —Disimula, Flynn. No creo que él sea bienvenido aquí.

—Lo siento. Me emocioné. Te extrañé —a los dos— mucho. —Las puntas de sus orejas se enrojecieron.

Quería mentir, pero no pude. —Yo también te extrañé. Volví a escuchar tus audiolibros, pero no era lo mismo que oírte leerlos.

Se inclinó para susurrarme al oído: —Te leeré de nuevo esta noche, después de que esto termine. Tengo una habitación arriba.

Esperé que no viera mi mueca de dolor. Tenía que irme de allí tan pronto como anunciaran su categoría, o nunca tendría el valor de dejarlo. Su aroma a bosque ya me rodeaba, derritiendo mis huesos y poniendo a prueba mi determinación. No podía caer bajo su hechizo. Esta noche era el adiós. Tan pronto como hubiera cumplido mi promesa.

—Tengo que irme justo después.

Su sonrisa decayó. —¿No puedes quedarte a celebrar? ¿O a compadecerte?

Las palabras me costaron toda la determinación que pude reunir. —No puedo.

—Bueno, no puedo prometer que no intentaré hacerte cambiar de opinión. —Sus labios recorrieron el borde de mi oreja, se detuvieron en el lóbulo y luego descansaron un momento en el punto de pulso detrás de mi mandíbula. Me estremecí.

—¡Niall! —saludó una mujer de piel oscura con un vestido de estampado colorido y un elaborado pañuelo en la cabeza. Le di un codazo.

Se enderezó antes de poner esa sonrisa perfecta para las cámaras. —Deja que te presente a algunas personas.

Me llevó a una mesa hacia el frente de la sala. Una tarjeta que sobresalía del centro de mesa la identificaba como la Mesa Tres. La mujer que había saludado estaba de pie junto a una mujer blanca mayor. Ambas nos sonrieron.

—Señoras, me gustaría presentarles a Samantha Jones, que escribe como Sam Case. Sam, ellas son Kate Salazar y Tamarah Starr. Son finalistas en la categoría de ciencia ficción.

—Un placer. —La mentira salió tan suave como la seda de mi vestido. Ya nada era un placer. Había anhelado una última noche con Niall, pero saber que era el final no me traía más que dolor.

La mujer mayor, Kate, dijo: —Me encantó *Mago en la máquina*. Tan único, tan fresco.

—Gracias —murmuré. Las mentiras terminarían pronto.

—Lo que quiero saber —dijo Tamarah, mientras su pañuelo floral en la cabeza asentía hacia mí—, es si el Mago realmente murió al final. ¿O estás planeando una secuela?

Alguien había preguntado eso en casi todas las paradas de la gira. Qiana me había instruido para que fuera vaga y dejara abierta la posibilidad de un segundo libro. Pero ahora estaba en la recta final del juego. —El Mago está realmente muerto. Y no voy a escribir una secuela.

—Ah —Tamarah asintió—. Una decisión valiente.

—¿Qué estás escribiendo ahora, Sam? —preguntó Kate.

—Nada más que mi tesis. Estoy terminando mi doctorado en ciencias de la computación.

—Estoy tratando de convencerla de que cambie de opinión. —La palma de Niall en mi espalda era tan reconfortante como lo había sido en esa primera parada en Chicago, cuando me asusté con lo de las fotos y leer en público. Había sido tan amable y solidario durante toda la gira. Se merecía más que mi traición. Y por eso tenía que romperme el corazón y dejarlo.

Me mordí el labio para mantener la barbilla firme. Cuando hube forzado mi expresión en una máscara educada casi como la de mi madre, me volví hacia él. —Me has ayudado a redescubrir mi amor por la lectura. Prefiero leer el trabajo de otros que producir el mío. Nunca podría aspirar a crear algo tan hermoso como tu obra, Niall.

El entrenamiento de mi madre me mantuvo erguida cuando comenzó la cena. Los escritores hablaron de su literatura de ciencia ficción y fantasía favorita, y yo le di el pollo correoso a Bilbo Baggins debajo de la mesa.

Cada vez que miraba, el Muro me observaba. ¿Era solo de mi bolso que sospechaba, o de alguna manera sabía que yo era una fraude? ¿Estaba esperando la orden para echarme? ¿Una hacker entre estos artistas, una programadora entre estos artesanos de la palabra?

Saqué mi teléfono para ver la hora. Una hora para poder volver a San Francisco. Donde pertenecía. Donde no tenía que fingir. Era inteligente. Encontraría una manera de cerrar CASE. En silencio. Luego podría escapar a una vida de investigación solitaria. En Idaho.

Niall me tomó la mano y la mantuvo firme. Murmuró, tan suavemente que solo yo pude oír: —¿Estás bien? Estás muy pálida.

Mi promesa era lo único que me mantenía en esa silla. —Estaré mejor cuando todo esto termine.

Él se rio entre dientes y se reclinó en su silla. —Yo también estoy nervioso. No quiero poner una cara rara cuando te anuncien como ganadora. No creo que a Qiana le guste ese tipo de publicidad.

—¿Te refieres a un meme?

—¿Un qué?

—Es una foto graciosa con un texto. Están por todo internet. Como el de la rana René malvada.

—¿Como Grumpy Cat?

—Algo así. De todos modos, tú vas a ganar. ¿Cómo podría alguien leer tu libro y no pensar que es el mejor?

Me sonrió, y fue como si el sol brillara allí en el salón. Se inclinó y me besó la mejilla. —Puedes acariciarme el ego cuando quieras.

Eso no era lo único que quería acariciar. Su mano descansaba sobre mi rodilla debajo de la mesa. Pero tocarlo solo haría más difícil irme. Junté las manos en mi regazo.

Las luces se atenuaron, y la voz de una mujer resonó por el sistema de sonido. —Y ahora es el momento de anunciar a los ganadores de esta noche. Empezaremos con la categoría de Mejor Ópera Prima.

Tamarah se inclinó hacia mí. —Sam, usted está nominada a esto, ¿verdad? Buena suerte.

Era hora de salir de allí. Me agaché y levanté la correa de mi bolso.

—¿Qué estás haciendo, Sam? —Niall ladeó la cabeza—. Esta es tu categoría.

—Parece que el pollo no le sentó bien a Bilbo Baggins. Voy a sacarlo un momento.

—No puedes irte ahora. Déjamelo a mí. Lo cuidaré tan pronto como anuncien al ganador.

—Podría ser —hice una mueca— un desastre. Iré yo. —Me levanté y caminé de puntillas, con los pies doloridos, hacia la salida. *No se preocupe, señor Muro. Ya me voy yo sola.* ¿Por qué nos habían sentado al frente?

Estaba a medio camino de la salida cuando el murmullo en el salón se convirtió en un silencio expectante. —El premio a la Mejor Ópera Prima es para —la presentadora rompió el sello del papel— *Mago en la máquina*, de Sam Case.

Mis músculos se convirtieron en gelatina. *No, no, no, no, no.*

La cara de Niall apareció de repente en mi campo de visión. —¡Felicidades! Sabía que ganarías. —Me envolvió en sus brazos, y nunca quise salir de ese capullo con aroma a pino—. Vamos a llevarte al escenario. Bilbo puede esperar cinco minutos.

Los aplausos me apretaban los tímpanos y mi visión se convirtió en un túnel. Me apoyé en él, temblando. ¿Cuánto tiempo hasta que Heidi se enterara? ¿El Dr. Martell? ¿Cuánto tiempo tenía hasta que revelaran la verdad?

—Te tengo. —Niall me metió la mano en el hueco de su codo y se abrió paso entre las otras mesas, hasta las escaleras que conducían al escenario. No podía sentir mis dedos en la correa de mi bolso.

—Puedes hacerlo —dijo Niall—. Igual que en las charlas de los libros que hicimos.

No podía subir las escaleras, y mucho menos hablar frente a trescientas personas.

Cuanto antes suba, antes podré irme.

Saqué la mano de la protección del codo de Niall y puse un zapato de tacón de aguja en el escalón más bajo. Luego el otro. En la cima, la distancia hasta el podio se extendía como uno de esos pasillos de espejos de la casa de la risa. Avancé tambaleándome hacia él.

La presentadora sonrió y me tendió el trofeo de cristal. —Está bien, querida. Solo agárrese al podio, diga "Gracias" y baje. Todos odiamos dar discursos. Casi tanto como odiamos escucharlos.

Asentí. Ya tenía algo en la mano, y lo dejé en el escenario para aceptar el pesado trofeo.

Abrazando esa resbaladiza estatuilla de cristal que se me clavaba en un pecho, no pude hacer nada cuando mi bolso se volcó y Bilbo Baggins correteó por el escenario, casi tan desesperado como yo por escapar del calor del foco de luz.

Levanté el trofeo y lo puse sobre el podio, pero la maldita cosa se deslizó hacia abajo, abajo, abajo por la superficie inclinada. La gente de la mesa más cercana al frente jadeó.

Lo atrapé justo antes de que se estrellara contra el suelo. La parte afilada de la parte superior, uno de los anillos del planeta, me cortó el pulgar. Dejando el trofeo aún tambaleándose en el escenario, di un paso hacia el otro lado, siguiendo a Bilbo Baggins. Justo detrás de la cortina, el Muro recogió a Bilbo Baggins con una mano y lo sostuvo por el pescuezo como a un gatito. Entrecerrando los ojos, asintió hacia mí. *Termine su discurso. Me ocuparé de usted después.*

Mierda. Me chupé la sangre del pulgar.

La parte del público lo suficientemente cerca para presenciar lo que había sucedido se rio. Los susurros se extendieron hasta el fondo de la sala.

Adiós a una salida silenciosa.

Se me habían entumecido las manos y los pies, y mi sangre se había convertido en freón, enfriándome desde dentro. Pasando de puntillas alrededor del amenazante trofeo, me acerqué al podio. Agarré los bordes con ambas manos y miré a la audiencia.

Podría decir la verdad ahora mismo. Podría dejar el premio allí, decirles que no lo merecía. Que los había engañado a todos. Que lo sentía. Ya era tan tarde en el juego que Heidi no se molestaría en demandarme. Cuando se enterara de la victoria, programaría el anuncio.

Las luces bajas brillaban en el pelo rojo de Niall como un faro. Me sonrió desde la mesa.

No. No podía decírselo a estos extraños antes de decírselo a Niall.

Diga gracias y baje.

Me incliné hacia el micrófono. —Gracias.

Me agaché y recogí mi bolso ahora vacío. Me lo colgué al

hombro, levanté el trofeo y regresé por donde había venido. El Muro me encontró detrás de la cortina. Le empujé el trofeo, y él lo agarró con la misma facilidad con la que yo habría sujetado un vaso de agua. Me tendió a Bilbo Baggins, y lo acuné contra mi pecho.

Un hombre calvo me hizo señas desde un costado del escenario. No podía sentir mis pies. Ni mi cara. Solo el latido de mi pulso en mis oídos. *Mientes, mientes, mientes.*

El hombre me guio hasta una silla en un rincón tranquilo. —Le tomaremos una foto más tarde, cuando recupere el color. ¿Necesita algo? ¿Un poco de agua? ¿Una copa de brandy?

Sostuve a Bilbo Baggins, sin importarme el pelo que se pegaría a mi pecho sudoroso. Mi bolso vibró. Y vibró. Y vibró.

Diga gracias y baje.

—No, gracias. —Busqué con la mirada una señal de salida en las paredes.

—Volveré en unos minutos —dijo.

Cuando se fue, tomé el bolso y saqué mi teléfono. Un texto tras otro iluminaba la pantalla. La mayoría eran de Qiana. Muchas felicitaciones. Algunos emoticonos de champaña.

Luego apareció uno de Heidi. Lo abrí.

> Felicidades, Sam. Creo que hemos logrado lo que nos propusimos. Gracias por todo lo que has hecho por Happy Troll.

Apreté el teléfono hasta que la carcasa de plástico me dejó un surco en la palma. Eso era todo. La señal. Me puse de pie.

Niall bajó del escenario de un salto, sosteniendo un trofeo de cristal aún más grande. —¡Sam! ¿Estás bien? Pensé que volverías a la mesa. ¡Gané! —Se pasó la mano por el pelo, alborotando su peinado formal—. Lo siento.

El tornillo de banco que me apretaba el corazón se aflojó. Algo bueno había pasado esa noche. —¡No! No lo sientas. Me alegro por ti. Te lo merecías.

—Señor Flynn. —El hombre calvo había vuelto—. Vamos a llevarlo con los fotógrafos.

—No hay fotos —espetó Niall. Luego parpadeó—. Lo siento, es la costumbre. Iré enseguida.

Me besó la frente. —Será solo un minuto. Quédate aquí. Deberíamos hablar. Y celebrar. Retrasarás tu vuelo, ¿verdad?

No podía retrasarlo. Ni un minuto. Tenía que salir de allí para evitar que Heidi diera la noticia. Tenía un libro premiado. Dos. ¿Y qué si una I.A. había escrito uno de ellos? El mundo no tenía por qué saberlo. Martell y yo podíamos enterrarlo en un artículo de una revista científica poco conocida. Él obtendría sus reconocimientos de la comunidad científica y nosotros nos mantendríamos fuera de la primera plana de la sección de Tecnología. Yo me mantendría fuera de Page Six.

Aun así, asentí. ¿Qué era una mentira más, apilada sobre la montaña de ellas?

Con una última mirada inquisitiva, Niall se dirigió hacia las cámaras y las luces.

Mi teléfono vibró y lo miré automáticamente. Una alerta de noticias con mi nombre.

La ciencia ficción se hace realidad: el premiado libro "Mago en la máquina" fue escrito por una inteligencia artificial.

Mi corazón se detuvo. Tuve que intentarlo tres veces para que mis dedos temblorosos se desplazaran para leer la noticia.

La editorial de ciencia ficción y fantasía Happy Troll anunció hoy que el lanzamiento del otoño pasado, Mago en la máquina, *no fue escrito por la autora Sam Case, sino que fue creado por el programa de inteligencia artificial CASE, diseñado por el profesor de ciencias de la computación Dr. John Martell y la estudiante de posgrado Samantha Renée Jones.*

Deslicé el dedo para quitar la noticia. Era demasiado tarde.

Tenía que irme.

Con las rodillas temblorosas, me volví hacia la señal de salida más cercana. A casa. Volvería a mi apartamento y averiguaría qué hacer a continuación. Cómo enterrar la noticia sobre CASE mientras salvaba el resto de mi vida. Porque esta vida —la de las mentiras, la de hablar en público— había terminado.

Ningún alivio levantó mi corazón. Estaba pesado, anclándome al suelo detrás del escenario. Aun así, tenía que irme. No podía manchar la celebración del arte con mi presencia. No me merecía a Niall. No me merecía a ninguno de ellos.

Aferrada a Bilbo Baggins, empujé la puerta del escenario hacia el callejón detrás del hotel. La puerta se cerró con un estruendo metálico, aislándome con el olor penetrante a basura cocida de un contenedor cercano. Giré a la izquierda hacia la calle y su fila de taxis esperando.

Pero cuando llegué a la acera, me encontré con una fila de gente. El espectáculo en el casino de al lado debía de haber terminado, porque una masa de gente con pelucas de todas las variedades imaginables —brillantes, con plumas, rizadas, arcoíris— se agolpaba, empujándose por los taxis.

En las películas, la heroína llorosa siempre se topa con un auto que la espera. No tiene que esperar detrás de un grupo de deslumbrantes señoras mayores en sandalias y pelucas plateadas con cuentas. Al menos en esta multitud, nadie me reconocería.

—¡Sam! —Una voz familiar se elevó por encima de las voces de las señoras y el tintineo de las cuentas. Niall se abrió paso entre la multitud. Unas cuantas personas vestidas formalmente, una con una cámara de video al hombro, lo seguían.

—Olvidaste tu premio. —Niall me tendió el trofeo de cristal.

Una luz brillante me cegó. El LED rojo de la cámara de video parpadeó al encenderse.

—Niall Flynn, ¿unas palabras para *Fantasy Weekly* sobre su victoria en el Premio Torre? —Una mujer con un vestido negro le tendió su teléfono. Las pelucas plateadas se volvieron para mirar.

—Un segundo —dijo Niall—. Sam, ¿dónde estás...? ¿Te vas?

—¡Sam! —Una mujer de pelo oscuro con un vestido rojo levantó su teléfono para tomar una foto o un video—. Kari Singh de *Gossip Grrlz*. ¿Es cierto? ¿Una inteligencia artificial escribió *Mago en la máquina*?

Abrí la boca, pero no salieron palabras de mi garganta cerrada. Escaneé a Niall por última vez, guardando su imagen en mi memoria. La recuperaría algún día, cuando no doliera tanto. Bilbo Baggins ladró dentro de mi bolso.

La bloguera se volvió hacia Niall. —Niall, ¿qué opina de un libro escrito por una inteligencia artificial?

35

NIALL

—¿DISCULPA?

Los flashes de las cámaras me cegaron y capturaron mi expresión de desconcierto, perfecta para un meme. Llevaba toda la noche corriendo detrás de Sam y, ahora que la había alcanzado, asfixiándome en mi traje de pingüino bajo el sofocante calor de Nevada, seguía sin entender qué estaba pasando.

Y conocía a esa persona. Kari no sé qué. Había pasado de la universidad de Sam a un importante sitio de chismes. Me plantó el celular en la cara. —Se ha revelado que *Mago en la Machine* fue escrito por un programa de computadora. Un programa que tu novia creó. ¿Cómo te hace sentir eso?

Sam pareció encogerse. Toda ella, excepto sus ojos, que se habían agrandado tanto que el negro de sus pupilas devoraba el violeta de sus iris. Una mujer con una peluca plateada y adornada con cuentas le agarró el codo.

—Yo... ¿qué? —Me volví hacia Kari. Si Sam no me decía qué pasaba, quizá la bloguera podría explicármelo.

—El Dr. John Martell, un científico investigador y profesor universitario, dice que él y Samantha Jones crearon una inteligencia artificial llamada CASE. Y que esta escribió *Mago en la máquina*, no Sam Case. Niall, ¿puedes confirmar que tú y Sam están saliendo? ¿Apoyas lo que hizo tu novia?

Por supuesto que sabía que Sam era una estudiante de posgrado en ciencias de la computación, pero ¿cómo había escrito una computadora *Mago*? No podía ser verdad. Miré a Sam, todavía paralizada. Todo en ella, desde su mirada esquiva hasta el sudor que brillaba en su sien y su quietud, gritaba *culpable*.

—Sam, ¿es verdad? —Mi voz era baja y apremiante, suplicándole que lo negara.

A nuestro alrededor, los reporteros guardaron silencio. Los únicos sonidos eran los clics de los obturadores de las cámaras y el tintineo de las cuentas plateadas.

Mordiéndose el labio, Sam asintió. Otra mujer con peluca se acercó más a ella.

—¿Cómo?

Ella se quedó mirando mi corbatín. —¿No podemos hablar de esto más tarde?

—No. —Pudo habérmelo dicho en cualquier momento durante los últimos dos meses. Pero no lo hizo.

Y ahora había metido en esto a todos estos extraños. Sincronizó el anuncio justo cuando yo había ganado el premio que tanto anhelaba. Justo cuando sentía que podía hacer cualquier cosa, incluso ganarme a la mujer que amaba.

¿Qué otra prueba necesitaba? A ella no le importaba. No me amaba.

Mi corazón se osificó hasta convertirse en un trozo de piedra, liso e irrompible, que me oprimía los pulmones con cada respiración. Un frío emanaba de él hasta que incluso las yemas de mis dedos perdieron su calor en el aire ardiente del desierto. El trofeo de cristal se resbaló en mi mano. Tampoco le importaba. Despreciaba los libros, mi vocación, a la que yo había amado antes que a Sam.

Pues que se resolviera en público, entonces, como una telenovela de la vida real.

—¿Cómo... cómo lo hiciste?

Su mirada se clavó en mi corbatín. —El algoritmo, CASE, usó libros de fantasía como material de entrada. Al procesar esas historias, aprendió por sí mismo a construir las suyas. Tiene aplicaciones para...

—¿Libros de fantasía? —Así que esto era lo que se sentía al ser apuñalado en el corazón—. ¿Qué libros? —Mi voz salió áspera a través del nudo en mi garganta. Se me revolvió el estómago.

—Todos los grandes: Tolkien, Butler, L'Engle... —finalmente me miró a los ojos— y a ti.

Los reporteros comenzaron a gritar, pero estábamos dentro de una burbuja de cristal que amortiguaba todo lo de afuera.

Un escalofrío me recorrió la piel a pesar del calor de Las Vegas. —Robaste mi trabajo. Lo corrompiste con tecnología.

—Iba a decírtelo...

—Me mentiste... a todo el mundo. Te creí. —Mi voz se quebró en la última frase. Seguramente lo había soñado todo, desde la alegría de ganar el premio hasta la pesadilla que se desarrollaba en la calle.

—Lo siento. —Susurró demasiado bajo para oírla por encima de la multitud, pero leí las palabras en sus labios.

—Niall —dijo Kari Singh de nuevo—, ¿qué opina su padre sobre las novelas escritas por una IA?

Era exactamente el tipo de cosa que él apoyaría. —Me importa un carajo —gruñí. Lo que me importaba era cómo la mujer que amaba me había partido en dos.

Señalé con la cabeza el taxi que estaba detrás de ella. —¿Te vas?

—Creo que debería.

Debí haber sabido que se iría. Cuando las cosas se complicaban, había dos tipos de personas. Las que se iban —como mi padre— y las que, como mi abuelo, se quedaban a arreglar las cosas. Ahora sabía a qué tipo pertenecía Sam.

Una de las mujeres con peluca de cuentas me frunció el ceño mientras otra abría la puerta del taxi para Sam. Una tercera la guio adentro y cerró la puerta. Con los brazos cruzados, las mujeres de peluca plateada formaron una barrera resplandeciente entre el taxi y los reporteros, y yo.

No me quedé a ver arrancar el taxi. Giré sobre la punta de mi zapato de vestir reluciente y, abriéndome paso entre la multitud que se había congregado para presenciar el espectáculo, regresé a grandes zancadas hacia el hotel. Solo me detuve para tirar el trofeo de Sam a la basura.

———

ME PUSE una almohada sobre la cara para ahogar el sonido tintineante. Me zumbaban los dientes.

Como no se detuvo, me quité la almohada. Me froté las lagañas de los ojos y parpadeé para aclararlos. Mi celular destellaba y sonaba al lado de la cama del hotel. Aquella sobre la que había caído, todavía con los pantalones y los zapatos del esmoquin.

Estiré el brazo para agarrar el celular y lo miré con un ojo nublado. Gabi. Había ignorado sus llamadas y mensajes anoche; los de todo el mundo, en realidad. Ni siquiera le había hablado al cantinero, excepto para decirle que era huésped del hotel, que no intentaría manejar y que siguiera sirviendo el whisky.

—¿Aló? —Tenía la garganta como papel de lija.

El acento entrecortado de Gabi me apuñaló el tímpano. —Estoy en el vestíbulo. Dime el número de tu habitación.

—¿Qué? —Gabi estaba en Brooklyn, transcribiendo mis últimas páginas.

—El número de la habitación.

Tan pronto como se lo di, la línea quedó en silencio.

Con una mueca, me senté. Caminé pesadamente hacia el baño, manteniendo la cabeza lo más quieta posible para evitar más traumas en mi cerebro lleno de cuchillos.

Cuando Gabi llamó a la puerta —demasiado fuerte—, abrí, todavía agarrando la toalla de mano.

—¿Por qué estás aquí?

Ignoró mi pregunta y pasó a mi lado para entrar en la habitación. Cerré la puerta y me apoyé en su superficie fría y dura.

Apoyó una cadera en el escritorio. —Control de daños. Además, no contestaste tu celular anoche. Quería asegurarme de que no hubieras hecho ninguna estupidez.

—¿Beber doscientos dólares de whisky es estúpido?

Miró hacia la cama. —Al menos no trajiste nada contigo.

Cerré los ojos para no ver la botella de champaña sin abrir que flotaba en agua tibia en la hielera.

—Recibí un correo electrónico de los abogados de la universidad de camino para acá. —Los ojos de Gabi brillaban—. Al parecer, estaban en complot con Happy Troll en esto. Sam era solo una fachada. Están ofreciendo una parte de las regalías del libro. A cambio del «préstamo» que hicieron.

Se me revolvió el estómago. —No lo quiero. No quiero tener nada que ver con… con eso.

¿Y qué si Sam era solo la cara que la universidad y Heidi habían usado para vender el libro? Esa cara me había mentido todos los días durante los últimos dos meses.

No aceptaría el maldito dinero. No después de que Sam y su profesor hubieran escupido en mi arte, en mi vocación. Ni siquiera para salvar la granja. —Busca alguna organización benéfica para dárselo. Pero no la Fundación Jones.

—Pensé que dirías eso. —Se apartó del escritorio y se acercó a la mesa. Olfateó el ramo de rosas carmesí, todavía frescas en su jarrón—. Podríamos demandarlos.

Vindicación. Retorcí la toalla hasta que la tela se tensó y se rompió. La forma en que Sam se retorcería en el estrado de los testigos cuando confesara el robo de mi trabajo.

Pero entonces tendría que verla de nuevo. Los abogados intentarían llegar a un acuerdo. Me harían encontrarme con ella al otro lado de una mesa de conferencias. Imaginé la forma dramática en que me sentaría, con los puños apretados, el rostro de piedra, mientras los abogados ofrecían un trato tras otro. Sam se encogería y se acobardaría.

Mierda, no quería eso.

Ni siquiera mi fértil imaginación podía idear un escenario en el que no me derrumbara a sus pies y la perdonara. Porque, a pesar de su traición —maldito corazón idiota—, todavía la amaba.

—No. Nada de demandas. Pero después de este libro, terminamos con Happy Troll.

—Sí, sí. Después de esta victoria, puedes poner tus propias condiciones. —De manera poco característica, bajó la mirada al suelo—. También recibí una llamada de tu... de Paul.

—¿Sobre la puta IA? Por supuesto que le interesará eso. Encontrará alguna manera de monetizarlo. Y odio que la palabra *monetizar* acabe de salir de mi boca. Esto...

—Llamó para felicitarte por tu victoria. Quiere verte.

—Ah. —Me dejé caer en el sillón. Busqué dentro de mí una reacción. Cualquier reacción. Pero estaba vacío. Era lo que había querido toda mi vida: el reconocimiento de mi padre. Toqué con la punta del pie el Premio Tower que sobresalía de debajo de mi saco del esmoquin.

—¿Quieres que organice algo? —preguntó.

—No. Gracias. —Ya no necesitaba su aprobación.

Gabi se agachó para recoger mi saco del esmoquin del suelo, descubriendo el trofeo de cristal. Colocó el saco sobre el respaldo de la silla del escritorio y luego trazó con los dedos mi nombre y el título del libro grabados. Lo colocó suavemente sobre el escritorio, donde atrapó la luz de la ventana y esparció arcoíris por la habitación.

Su voz fue suave. —Felicidades, por cierto.

—Gracias. —El aroma de las rosas se metió por mi nariz y se deslizó en mi estómago revuelto. Me levanté de un salto y crucé hacia la cama, donde me dejé caer de espaldas y me cubrí la cara con las manos—. Todo está tan jodido. Se supone que hoy debería estar en la cima del mundo. Obtuve la validación que he estado buscando. Pero todo se siente tan... vacío.

—Ay, cariño. —La cama se hundió y Gabi me frotó la espalda con círculos en el hombro—. Deberías estar orgulloso. Trabajaste duro para esto. Claro, Sam fue una impostora. Pero eso no debería disminuir esta victoria para ti. Hidrátate y tómate unas aspirinas. Luego te pondremos guapo y saldremos a la ciudad, a enseñarles que eres Niall-Puto-Flynn, ganador del Premio Tower, y que esa perra no te ha hundido.

—Pero sí lo hizo. —Ignorando mi cabeza palpitante, me incorporé y caminé hacia la ventana. Me obligué a mirar la cegadora luz del sol de Nevada, elevando mi dolor de cabeza a DEFCON 1.

—Me destrozó. Pensé… pensé que le importaba. —Antes de que todo se fuera a la mierda anoche, había pensado que podría amarme, si tan solo lo admitiera. Pero no podía confesar lo estúpido que había sido, ni siquiera a mi mejor amiga—. Ella… ella me usó para construir su propia credibilidad. Y la de esa maldita computadora. Nunca debí haber confiado en ella. —Ciertamente no con mi corazón.

—Cuando vuelva a la granja, voy a arrancar el wifi. Y puedes quedarte con eso. —Señalé el celular en la cama. El que había usado para enviarle mensajes a Sam. El mayor placer sería destrozar mi nueva laptop con un mazo.

—Encontraré alguna manera de escribir sin ella. De vuelta en la granja…

—Niall. —La voz de Gabi era suave—. No puedes ir a casa. Ni siquiera para encontrar a tu musa de nuevo. Ciertamente no para lamerte las heridas. Tienes que aprovechar esta victoria. Vas a volver de gira.

—Pero… pero yo…

Su voz volvió a ser de acero. —Sabes que tengo razón.

Lo sabía. Tenía que aprovechar la ola de mi éxito. El premio impulsaría mis ventas, y socializar con los lectores las aumentaría aún más. Con eso y el dinero del premio, podría permitirme contratar más ayuda para mi abuelo.

—Qiana lo está organizando ahora —dijo—. Deberías estar listo para salir en unos días.

—Pero ¿y el tercer libro? Me dijiste que necesito reescribir el final. —¿Siquiera recordaba cómo escribir sin Sam? Le di la espalda a la ventana y a su sol cegador.

Una comisura de su boca se curvó hacia arriba. —Sí. No resolvía nada. Pero solo escribirás porquerías mientras te sientas así. ¿Recuerdas toda esa poesía de mierda que escribiste después de que rompimos?

—Para ser justos, toda mi poesía es una mierda.

Se encogió de hombros. —En las últimas páginas que me enviaste, la canción de amor de Nieven a Lobelia no estaba tan mal.

—Gracias, supongo. —Había escrito eso la noche después de que Sam y yo hiciéramos el amor en el pajar, después de que ella se escabullera a su habitación. Me había montado en una ola de endorfinas e inspiración para escribir hasta la madrugada.

Ahora tendría que encontrar inspiración en otro lugar. Gabi tenía razón. Otra vez. Sintiéndome como me sentía ahora, probablemente mataría a Lobelia con un virote de ballesta en el pecho. Los lectores se atragantarían con eso. Heidi me haría reescribir todo.

—Entonces. ¿La gira? —Gabi me sostuvo la mirada.

Le demostraría al mundo lo que hace un escritor de verdad. —Cuanto más larga, mejor.

36

SAM

A LA MAÑANA siguiente de la ceremonia de premiación, llegué a la universidad a los tumbos, borracha de agotamiento. La expresión en el rostro de Niall justo antes de que esas amables mujeres me metieran en el taxi me había atormentado toda la noche.

Lo había herido. A Qiana también. Tenía que arreglarlo. Podía hacer que el Dr. Martell lo entendiera.

Toqué antes de abrir la puerta de su oficina de la esquina.

—Samantha. —Se puso de pie, con los brazos abiertos, dándome la bienvenida como a una heroína que regresa de la guerra.

Me quedé junto a la puerta. Había una silla de invitados extra. Y dos de las sillas estaban ocupadas. Pero ninguno de los invitados era Heidi. Por un segundo que me paró el corazón, los anchos hombros y el pelo castaño rojizo del hombre me hicieron pensar que era Niall. Pero el pelo de este hombre estaba recogido en una cola de caballo baja, y las manos que descansaban sobre sus rodillas eran suaves, no callosas. Paul Swift me clavó sus ojos verde oscuro y me dedicó una lenta sonrisa.

Entonces vi a la última persona que hubiera esperado ver en la oficina de Martell.

—¿Mamá?

Las comisuras de sus labios se tensaron en una no-sonrisa. —Samantha.

Mierda. Si estaba teniendo una alucinación, también era auditiva.

—¿Qué está…

—Samantha, siéntese. —Martell señaló la silla vacía.

Me arrastré hasta ella y me dejé caer.

—¡Samantha! —espetó mi madre.

Automáticamente, enderecé la espalda y junté las manos en mi regazo. Crucé mis botas de combate a la altura de los tobillos.

Busqué una pista en la cara del Dr. Martell. —¿Qué está…

—Samantha. —Extendió las manos—. El primer premio literario ganado por la producción de una I.A. Qué logro.

Tenía que detenerlo. Convencerlo de que dejara de usar a CASE para herir a humanos, a gente que me importaba. —Pero eso es…

Martell continuó como si yo no hubiera hablado: —Recibí muchas llamadas después del anuncio de anoche, pero la del señor Swift fue la más intrigante.

Paul Swift soltó una carcajada. —Estoy seguro de que quiere decir «la más lucrativa». —Se giró hacia mí, pero no pude mirarlo a la cara, tan parecida a la de Niall y, sin embargo, mucho más austera. Hasta su sonrisa era dura—. Odio admitirlo, pero me engañó hasta a mí. Cuando leí *El mago*, pensé que alguien lo había escrito por encargo. No tenía ni idea de que era una I.A. Y entonces, cuando oí el anuncio, todo encajó. Y supe que tenía que tener a CASE.

—Pero… pero ¿por qué? —pregunté. Paul Swift había hecho su fortuna con *hardware* de teléfonos llamativos y bien diseñados para gente rica y para los primeros adoptantes que usaban la tecnología como símbolo de estatus. No para lectores de baja tecnología como los que había conocido en la gira.

—¿Sabía que el 30 por ciento de las personas que tienen acceso a internet —a nivel internacional— leen libros a diario? Por supuesto, es mucho menos que el porcentaje de gente que juega todos los días, pero el mercado de los videojuegos está saturado. La lectura, en cambio, está prácticamente sin explotar. Vamos a gamificar la lectura. A través de esto. —Y levantó su Swiftphone.

—¿Gamificar la lectura? —¿Estaba hablando de hacer videojuegos basados en libros? Porque eso no era nada revolucionario. Hasta a mí se me había ocurrido esa idea, y yo no era ningún genio de los negocios como Paul Swift.

—Con CASE, tendremos un suministro ilimitado de historias, personalizadas a las preferencias del usuario. Ciencia ficción, terror, *thrillers*, romance, misterio, lo que quieran. Creo que, con el tiempo, podríamos personalizarlo aún más. Tipos de personajes o argumentos favoritos. Entregados a sus dispositivos como una serie. La gente ganará puntos e insignias por leer. —Sus ojos no eran del color del musgo sobre una piedra. Eran del color del dinero.

—Pero hay miles —millones— de autores —dije—. Su hijo es uno de ellos. ¿No podría simplemente distribuir sus libros? ¿Por qué necesita a CASE?

Él agitó una mano. —Después de la I+D inicial, la producción a largo plazo y los márgenes de ganancia serán mejores con CASE.

El Dr. Martell se inclinó hacia delante. —Hemos demostrado que la creatividad no es una característica exclusivamente humana. Claro, hemos visto música y arte visual generados por I.A. Pero la literatura… la gente se reía de los primeros intentos. Ahora hemos demostrado su viabilidad. Es un logro impresionante, Samantha.

Meses atrás, me había sentado en esta misma silla, emocionada por las posibilidades de CASE. Pero ahora no estaba emocionada. Una bola fría y dura de pavor se asentó en mi estómago. En aquel entonces, no conocía a ningún escritor. No había pensado en cómo CASE podría afectarlos.

Martell continuó: —Con la financiación de SwifTech, podremos incorporar a más miembros al equipo para escalar CASE rápidamente y producir el tipo de resultados que Paul busca. Con múltiples instancias de CASE funcionando, imagine la producción. El ahorro de costos sobre el modelo editorial tradicional. La reducción de los salarios de los empleados y las regalías compensarán fácilmente el costo de una instalación de CASE. Todo lo que Paul necesita es otra demostración para comprometerse por completo.

—Y por eso estoy aquí —dijo mi madre—. Para proteger los intereses de Samantha.

—¿Mis intereses? —Lo único que me interesaba era detener lo que Paul Swift quería hacer.

—Esa editorial se aprovechó de ti, Samantha. Incluso John lo hizo. —Lo miró por encima del hombro.

Mi tutor hizo una mueca. —Ahora, Audrey…

—Usted sabía de los… —dirigió una mirada fugaz a Paul Swift— problemas de Sam. Y aun así le pidió que firmara un contrato. Sin consultarme a mí o a mi equipo legal. Y luego la mandó con ese… ese… granjero.

Descrucé los tobillos y me puse de pie. —Los granjeros cultivan comida para el resto de nosotros. Y Niall Flynn es la persona más íntegra, honesta y noble que he conocido en mi vida. Lo amo. —Aunque parecía cobarde admitirlo solo después de que él se hubiera ido de mi vida.

—No, Samantha, no es posible. Un escritor. Del… —frunció los labios como si la palabra le supiera mal— Medio Oeste. Sé que es su hijo, Paul, pero de verdad.

Paul se encogió de hombros.

La agricultura y el arte eran dos cosas en las que no había pensado antes de la gira del libro. Ahora veía el valor de ambas. Deseé que Niall estuviera allí para usar sus palabras, mucho mejores que las mías, para luchar esta batalla.

Las novelas escritas por CASE no necesitarían editores. Ni

maquetadores. Ni costosas giras de libros. Ni publicistas como Qiana. ¿Y para qué pagarle a un escritor como Niall cuando ya habían invertido en CASE y podían obtener cien veces su producción anual, aunque no fuera ni una cuarta parte de buena? Cualquiera podría hacer los cálculos y encontrar atractivas las finanzas de CASE. ¿Pero a qué costo para la creatividad humana?

Tragué saliva. No podía hacerle esto a Niall. A Qiana. A toda la gente que había brindado por Niall y por mí con champán en las oficinas de Happy Troll hacía seis semanas.

Me volví hacia Paul. —Niall es un escritor. ¿No se preocupa por él? ¿Por su sustento?

—La tecnología está haciendo avanzar la civilización humana más rápido ahora que en cualquier otro período de la historia. Si Niall no puede subirse a bordo… —Se encogió de hombros.

—Samantha —dijo Martell con suavidad, como le hablaría a una niña pequeña—, CASE creará nuevos empleos. Instaladores, programadores, trabajadores de mantenimiento, inspectores de calidad. Algunos de los trabajadores redundantes pueden ser reentrenados para estos roles. —Se encogió de hombros—. Dijeron lo mismo cuando aparecieron las computadoras. Los mecanógrafos se convirtieron en especialistas en entrada de datos. El tiempo no se detiene. Usted, más que nadie, debería entenderlo.

Paul dijo: —¿No está de acuerdo, Audrey?

Se había casado con dos hombres que amaban los libros. Apoyaba una fundación de alfabetización. Mi madre tenía que ver la situación como yo. Mi esperanza debió de reflejarse en mi cara.

Ella parpadeó. —Sí, estoy de acuerdo. Samantha, esta es tu creación. Podría hacerte una mujer muy rica. No puedo creer que consideres tirarlo por la borda.

—Algunas cosas son más importantes que el dinero. —Levanté la barbilla. Niall, Qiana y toda la gente que me había apoyado eran más importantes que mi comodidad personal. Que incluso mi futuro—. No.

Los tres se me quedaron mirando. Martell dijo: —¿A qué se refiere con «no»?

Tomé aire. Extrañaba las librerías, su olor a papel nuevo, a cuero viejo y a cera para muebles. La oficina de mi tutor solo tenía un tenue olor eléctrico, cubierto por el perfume de lavanda de mi madre. No tenía ni un solo libro en su oficina.

—No lo haré. No trabajaré en CASE.

—Samantha, no seas ridícula. —Mi madre agarró los reposabrazos de la silla, con los nudillos blancos.

El Dr. Martell me estudió. —¿Está segura? Esto parece inusualmente precipitado. Considere las implicaciones. No puedo aprobar su tesis sin un mayor desarrollo. Además —hizo clic en el ratón y luego tecleó una serie de pulsaciones—, muchos otros estudiantes de posgrado pueden tomar este trabajo y terminar lo que usted empezó.

—Tengo que estar de acuerdo —dijo Paul—. Los desarrolladores de SwifTech están ansiosos por ponerle las manos encima a esto. Aunque preferiría mucho más tener su experiencia en el proyecto, no es necesaria.

Llamaron a la puerta y Kyle, mi compañero de oficina, asomó la cabeza. —¿Necesitaba verme, Dr. Martell?

Martell levantó los dedos del teclado y me miró fijamente. Sus gafas reducían sus iris a pequeñas esferas de acero. —¿Necesitamos la ayuda de Kyle?

Me hundí en la silla. —No. Lo haré. —No tenía que hacerlo rápido. Ni bien. Retrasaría el trabajo hasta que pudiera encontrar una salida a este lío.

—Revisaremos su primera iteración el próximo viernes.

Dentro de diez días. Vaya, mierda.

—Buena chica —dijo mi madre—. Y William Winford ha estado llamando. Lo invité a un *brunch* el domingo.

—No. —La palabra resonó como un disparo en la oficina de Martell—. Haré esto para él —asentí hacia mi tutor— porque tengo que hacerlo. Pero no voy a conocer a nadie. Y no voy a ir al *brunch.* —De alguna manera, me puse de pie, a pesar de la decepción que me abrumaba—. No si no me apoya a mí y a lo que yo quiero.

Caminé a grandes zancadas hacia la puerta y puse mi mano en el pomo. —Adiós, madre. Dr. Martell, señor Swift, tendré algo para el próximo viernes.

No tenía ni idea de lo que podría ser ese algo.

37

SAM

—¿ESTÁS bien, Sam?

La voz de Kyle me sacó de mi trance de zombi. Giré la cabeza bruscamente para mirarlo en su escritorio. ¿Estaba intentando ver mi pantalla o era yo la que estaba paranoica? Probablemente era paranoia, considerando que apenas había dormido en las últimas nueve noches; aun así, giré mi pantalla uno o dos grados para alejarla de él.

—Bien. Solo cansada, ¿sabes? —intenté sonreírle, pero no sentía la cara. Cada parte de mí estaba entumecida.

—Por CASE, ¿verdad? ¿Cómo van esas modificaciones? ¿Necesitas ayuda?

Eso me espabiló. —No, estoy bien. —Quizás *sí* que me estaba espiando. ¿Le había pedido Martell que me vigilara? El corazón se me aceleró. ¿O Paul Swift? ¿Kyle llevaba un par de zapatillas nuevas? ¿Unas Air Jordan? Olfateé. Era difícil saberlo por encima del olor a zócalos podridos y escritorios de metal oxidado, pero me pareció percibir el aroma del cuero nuevo. Giré mi pantalla un poco más.

—Está bien. —Agachó la cabeza—. Sé que es mucha presión.

No tenía ni la menor idea. Por más que me matara programando para poner en marcha CASE 2.0, no podía meter seis meses de trabajo en diez días. Martell estaría furioso cuando no tuviera novelas nuevas que mostrarle a Paul Swift en la demo del día siguiente. Además, CASE 2.0 seguía sin poder crear artículos científicos de manera confiable.

No podía permitir que Paul Swift —ni nadie— le pusiera las manos encima a CASE 1.0. No si quería que gente como Niall y Qiana, e incluso Heidi, conservaran sus trabajos, que siguieran creando historias que la gente —chicos como Hero en Chicago y aquellos adolescentes en la convención de Florida que hicieron cosplay de Nieven y Greva— amaba. Diablos, libros que yo amaba.

¿Y si Martell cumplía su amenaza? Me estremecí. Sin doctorado, mi posdoctorado era puro humo. Tendría que volver a casa con mi madre y Charles. Ella seguiría presentándome a los Winfords. Y lo que era peor, Kyle o los programadores de SwifTech retomarían CASE 1.0 justo donde yo lo había dejado.

Mi plan era una mierda, y lo sabía. Pero no había nada más que hacer. Apoyé la cabeza, que me daba vueltas, en mi escritorio. Descansaría solo un minuto y luego volvería a empezar.

—¡Sam!

Levanté la cabeza del teclado y parpadeé. Jackson estaba en el umbral de la puerta.

Jackson nunca antes había venido a mi oficina. Me froté los ojos. No, no era una alucinación.

—Buena pinta, Samwise. Me gusta sobre todo la marca del teclado en tu mejilla. Tienes un poco de baba, justo ahí. —Señaló la comisura de sus labios, justo en el borde de su barba.

Con el dorso de la mano, me limpié la humedad.

—¿Jackson Jones? —La silla de Kyle rechinó al hacerse para atrás, y se abalanzó hacia adelante con la mano extendida.

Jackson se la estrechó. —Ese soy yo. Tú debes de ser Kyle.

—Sí. Kyle Anderson. El compañero de oficina de Sam. Es… es

un honor conocerte por fin. —Kyle le sacudió la mano a Jackson de arriba abajo.

La comisura de los labios de Jackson se alzó en una media sonrisa mientras retiraba su mano de la de Kyle con delicadeza. Gracias a Dios que nunca había mencionado nuestra aventura de una noche.

—Vamos, Sam —dijo Jackson—. Vamos a almorzar.

—¿Almorzar?

—Ya sabes, ¿esa comida que se come al mediodía? Aunque parece que no has almorzado mucho últimamente. Vámonos, Sam. Nos vemos, Kyle.

En el pasillo, le pregunté: —¿Qué haces aquí?

—Vine a ver cómo estabas. No respondiste a mis llamadas ni a mis mensajes. ¿Mamá dijo que la mandaste al diablo?

Troté para seguirle el ritmo a sus largas zancadas. —Yo… sí —musité.

—Bien por ti. Por cierto, te ves fatal.

—Gracias. Idiota.

—Es verdad. Y tú y yo siempre somos sinceros el uno con el otro.

Uf. Esa fue una puñalada directa.

Mientras cruzábamos el campus —Jackson tenía un sexto sentido para los camiones de comida—, se lo conté todo. Empecé con Heidi y la oferta de Martell, el ultimátum de Heidi sobre la gira del libro. Continué con el fiasco en la ceremonia de entrega de premios y la amenaza de Martell. La traición de mamá. Acababa de contarle la reunión con Paul Swift programada para el día siguiente y mi plan desesperado para aplacar a Martell con CASE 2.0 cuando llegamos al camión de tamales estacionado en el otro extremo del campus.

—Maldito Martell —gruñó—. Qué cabrón.

—No, es que él… —Había sido una figura paterna para mí desde que entré en el departamento. Pero en esa reunión, me había mostrado dónde residía su verdadera lealtad—. Sí.

Dejé escapar un suspiro tembloroso. Había contado todos los

secretos que había guardado durante meses. Todo lo que quedaba era un cascarón disecado de piel y huesos. Una fuerte brisa marina me habría arrastrado como a una hoja de otoño. —Él tiene todo el poder. No puedo obtener mi doctorado sin él. Tendría que empezar de nuevo en otro sitio. Y de todos modos me pondría en la lista negra. Ningún otro departamento me aceptaría.

Llegamos al principio de la fila y pedimos. Jackson pagó, por supuesto. No tenía energía —ni fondos— para protestar.

Cuando los tamales estuvieron listos, llevamos nuestros platos a una banca a la sombra.

Jackson tomó su tenedor. —¿Todavía quieres tu doctorado? —No había juicio en su tono. Podría haber dicho que sí o que no, y me habría dado el mismo apoyo incondicional de siempre.

Mi corazón se llenó de cemento. —Es mi boleto de salida, ¿sabes? Tengo un posdoctorado preparado en Idaho. Es la única forma en que puedo ser libre para vivir mi vida.

El rostro de mi hermano se contrajo. —¿Cuándo pensabas decírmelo?

Pinché mi tamal. Tragué saliva, superando el nudo en la garganta. —No lo sé. —Probablemente con un mensaje de texto mientras tomaba un autobús para irme de la ciudad. Sería una cobarde al despedirme, como con todo lo demás en mi vida—. No soy como tú, Jackson. No soy fuerte.

—Recuperarte de lo que te hizo Stephen y luego ir a esa gira de libros me parece bastante fuerte. Por no hablar de la increíble IA que creaste.

Resoplé. —¿Todo el asunto de la novela? Fue un accidente. Se suponía que CASE hacía otra cosa.

Se reclinó. —A veces las mejores cosas suceden por accidente. Solo tienes que dejarte llevar.

Ya no hablaba de CASE. Hablaba de su propia vida, de su empresa, de su mujer, incluso la perfecta bebé Valentine era un jodido y feliz accidente.

Pero a mí nunca me había pasado nada accidentalmente maravilloso.

Excepto Niall, y lo había arruinado todo. Un vacío se abrió en mi interior, absorbiendo incluso el pequeño placer del almuerzo con mi hermano.

—Lo que hice con CASE trastornó la vida de mucha gente. No fue un accidente de los buenos. Fue de los que arruinan las cosas para todo el mundo. Como toda mi puta vida.

—No. —Jackson me miró directamente a los ojos—. Eres brillante. Hiciste cosas con la IA que nadie ha hecho antes. Ese libro que escribió cambió la vida de la gente. Incluida la de Noah. ¿Tienes idea de lo difícil que es hacer que un niño de doce años lea?

Clavé la vista en la antena del edificio más cercano. —Supongo que a él también lo engañé. ¿Me odia ahora?

—No, Sam. Él ve tu verdadero yo. Una persona que se preocupa por la gente. Que tiene un talento increíble. Que es fuerte e independiente. Que puede —tragó saliva— tomar sus propias decisiones. No necesitas letras después de tu nombre para estar calificada para hacer eso, para construirte una vida. Para decirle a Martell exactamente dónde puede meterse su ultimátum.

Mi pecho se hinchó como si realmente pudiera ser lo suficientemente valiente como para decirle que no a Martell. Como si pudiera alejarme del camino que me había imaginado desde que era una adolescente.

Dejé que mi mirada vagara por el campus universitario. Los edificios que amaba. Los estudiantes —aunque no había dejado que ninguno de ellos se acercara— tumbados en el césped, caminando en parejas por las aceras. Había esperado cambiarlo por otra universidad, una donde a nadie le importara que yo fuera una Jones. Sin ideas preconcebidas. Sin expectativas. Solo yo y lo que fuera que pudiera hacer con mis manos y mi cerebro. Construyendo mi propio futuro.

El futuro que había planeado se resquebrajó y se hizo pedazos a mi alrededor. Ya no pertenecía a ese lugar.

—¿Todavía juegas a los videojuegos?

Parpadeé ante el cambio de tema de Jackson. —Sí. Cuando no estoy ocupada matándome a programar. Sobre todo RPG.

—¿Recuerdas cómo diseñábamos juegos cuando éramos más jóvenes?

—Ajá. —Respiré a través de una dolorosa oleada de recuerdos, del momento en que Niall y yo habíamos jugado a uno de nuestros viejos juegos en la gira.

—Hablamos de tener una compañía de juegos juntos cuando fuéramos mayores.

—Tú también querías ser piloto de carreras. Pero luego te metiste en el software empresarial. Lo cual fue una completa debilidad.

Señaló con su tenedor hacia el cielo. —Lo que me permitió jugar con coches de carreras. Y hacer un montón de dinero.

—El dinero también es una debilidad. —Pinché mi tamal. No cabría en mi estómago con todas mis esperanzas frustradas.

—Oye, ¿y si lo intentamos? Podría incorporarte a la empresa como un proyecto secreto. Un negocio secundario, extraoficial. Podríamos colaborar en el diseño de juegos. El dinero puede ser aburrido, pero es muy útil para mantenerse fuera de la casa de mamá.

Dejé mi plato en la banca. —Yo… tuve una idea. ¿Qué tal juegos basados en libros? —La idea había rondado mi cabeza desde que escuché el primer libro de Niall y no quise abandonar el mundo de los elfos del bosque. Incluso había esbozado algunas ideas sobre un juego de rol basado en la novela.

—Otras empresas ya crean juegos basados en libros. Incluso hay algunas que hacen esos libros inmersivos de «elige tu propio final».

—Sí, pero con IA, podríamos llevarlo a otro nivel. Sin guion. Adaptativo. Nos asociaríamos con los autores.

Jackson se levantó de un salto. Siempre pensaba mejor de pie. —Es una gran idea. Licenciar el contenido. Contratar a los autores como consultores de historia. Tal vez reutilizar parte del código de CASE. Espera… te pusiste triste por un momento. ¿Qué pasa?

Sentí como si me hubieran arrancado la columna vertebral, dejándome flácida como uno de los peluches de Bilbo Baggins. Me desplomé hacia adelante, con los codos en las rodillas, y hundí la cara entre las manos. Un autor había apoyado la idea; ahora no quería saber nada de mí. —Niall.

—¿Necesito patearle el culo? —gruñó—. Sabía que esa mierda de chico de campo inocente tenía que ser una farsa.

Levanté la cabeza. —No, si alguien necesita que le pateen el culo, esa soy yo. Le hice daño, Jackson. Le hice daño a mucha gente.

Se reclinó en la banca y contempló los soleados terrenos de la universidad. —Quizás trabajar con autores aliviaría tu conciencia culpable.

—Quiero enmendar las cosas.

Asintió. —Ese es el espíritu. Pasa a la acción. Una vez que hayas arreglado tus asuntos, estarás lista para ir a por ese tipo también. Demuéstrale que fue un imbécil por dejarte ir.

Mierda. Al igual que mamá, había visto las fotos de Las Vegas.

Recuperé mi columna. Llené mis pulmones de aire y lo solté en una corta ráfaga. —Tienes razón.

—¿En que el pelirrojo es un imbécil?

—No. En lo de pasar a la acción. —¿Era lo suficientemente valiente como para enfrentarme a Martell? ¿A todos los que tenían expectativas sobre mí? Podría hacerlo si tuviera ayuda. Ser independiente no significaba que tuviera que estar sola.

—Por supuesto que tengo razón. Casi siempre tengo razón.

—Jackson. Escucha. Necesito tu ayuda. Con algo que podría ser un poquito ilegal.

—¿Sí? Suena a tu *modus operandi* estos días.

—Cállate. —Le di un puñetazo en el hombro—. ¿Me vas a ayudar o no?

—Estoy dentro. ¿Qué vamos a hacer estallar?

Oh, solo mi mundo entero.

38

SAM

—¡SEÑOR Jones! ¡Volviste!

Kyle. Sería difícil hacer lo que había planeado con él en nuestra oficina.

Jackson no era ningún novato en esto. —Kyle, ven a charlar conmigo al pasillo para que no molestemos a Sam en su trabajo.

Kyle pasó zumbando a mi lado en una ráfaga de olor a cuero nuevo. Mi vieja silla crujió cuando me acomodé en ella. Iba a extrañar esa silla.

Silencié los altavoces de mi laptop —no podía dejar que Kyle oyera lo que estaba haciendo— y tecleé: *Iniciar rutina de despedida.*

Confirmando. ¿Está segura?

¿Que si estaba segura? Estaba tirando a la basura el trabajo de tres años. Incontables noches en la oficina con Kyle, bebiendo café a litros para alimentar mis dedos que volaban. Días en los que no veía a Bilbo Baggins salvo por la mañana al despertarme y por la noche cuando corría a casa para pasearlo y darle de comer antes de volver deprisa al campus. Había pasado mi último cumpleaños allí, persiguiendo un *bug*.

Por no hablar de toda esa gente a la que le había encantado *Magician in the Machine*. Que se me habían acercado durante las firmas de libros y me habían dicho que los había distraído después de que su esposa los dejó, mientras su abuela estaba en el hospital, cuando tuvieron un mal día en el trabajo. Cerrar a CASE les arrebataría eso.

Pero dejar que Paul Swift tuviera a CASE significaba que los libros escritos por CASE —y, seamos sinceros, por otras I.A. que vendrían— serían más baratos, más rápidos. Desplazarían a los libros escritos por gente como Niall. Sus libros habían conmovido a mucha gente. Incluyéndome a mí.

Era hora de actuar como Lobelia.

Valor.

Mi dedo no vaciló. Mucho. Presioné el botón de Sí.

Una barra de progreso apareció en la pantalla.

La puerta se abrió, haciendo que el corazón se me subiera a la garganta, pero era Jackson. Cerró la puerta. —Envié a Kyle a buscarnos café al local que está al otro lado del campus.

—Debe de ser agradable ser una leyenda de la programación, inspirando la adulación de todo el mundo. —Abrí el cajón de mi escritorio, pero lo único que contenía eran unos cuantos lápices y un ejemplar de *Magician in the Machine*. Cerré el cajón.

—Con adulación o sin ella, con doctorado o sin él, eres una buena programadora. Y eres una buena persona. Caerás de pie después de esto.

—Mi madre no piensa lo mismo.

—Ella solo conoce una forma en que las mujeres pueden abrirse paso en el mundo. Tú le demostrarás que hay un camino diferente. —Jackson se inclinó sobre mi hombro para comprobar la barra de progreso—. Eso es rápido. Debió de ser un programa hermoso.

—Lo fue. CASE era mi bebé. —Uno rebelde y desobediente. Pero mío al fin y al cabo. Aspiré por la nariz.

—Ah, Samwise. Lo siento.

Toqué la barra de progreso con un dedo mientras contaba los últimos minutos de CASE. —Gracias por estar aquí conmigo. ¿Estás seguro de que no necesitas volver al trabajo?

—Para nada. Marlee me cubrirá. La familia es más importante.

Hice una mueca. —Intentaré ser una mejor hermana. Sobre todo ahora que… —Se me cerró la garganta, pero hice un gesto hacia la oficina. Claro, era diminuta, pero había simbolizado mi independencia.

—Si quieres quedarte con nosotros un tiempo hasta que resuelvas las cosas, eres bienvenida.

Cuando se enterara de lo que había hecho, Martell me cortaría la financiación y no podría pagar el alquiler. Quedarme con Jackson sería mejor que volver a casa con mi madre y Charles. Intenté sonreír. —Gracias. Solo por unas semanas, hasta que haya ahorrado para el depósito de un apartamento.

—Una táctica de negociación inteligente. A menos que te pague bien, me quedo con otra persona bajo mi techo. —Gimió—. Y un perro.

Esta vez, mi boca se curvó completamente hacia arriba. —Soy hija de mi madre.

—Vaya que lo eres. —Levantó la barbilla hacia mi laptop—. ¿Cómo vamos?

La barra de progreso desapareció, reemplazada por el botón para borrar los archivos. Permanentemente. —Casi listo.

Se inclinó y miró la pantalla. —¿Tu rutina de destrucción tiene un botón elegante? Debes de haber estado pensando en esto durante un tiempo.

Aparté la vista. —Es solo que… no puedo. Hazlo por mí.

—A la orden. —Su gran mano cubrió el mouse, y el clic resonó en mi pequeña oficina, pinchándome el corazón.

Después de parpadear para quitarme las lágrimas, volví a mirar la pantalla.

CASE se había ido. Tres años de trabajo desaparecieron en el éter.

—Que en paz descanse —dijo Jackson. Transcurrieron treinta segundos de solemne silencio mientras recordaba las largas noches llenas de los clics de mi teclado, los momentos de efervescente descubrimiento, la euforia de analizar un trozo de código perfecto.

Carraspeó. —Imagino que hay algunas cintas de respaldo de las que debemos deshacernos.

—Mierda. Tienes razón. —Alguien podría tomar esos respaldos y resucitar a CASE, igual que cuando una extraña sobrecarga de tensión hace dos veranos había tumbado su servidor principal. Había pasado cuatro horas enloqueciendo hasta que los chicos de informática lo restauraron desde el respaldo.

Evitando la oficina de Martell, guié a mi hermano escaleras abajo hasta el sótano. Jackson apartó la cara de la cámara mientras yo pasaba mi tarjeta de identificación en la entrada de la sala de servidores.

Los ventiladores de los servidores rugían más fuerte que el oleaje en la playa durante una tormenta. El sonido era familiar, casi tranquilizador.

—Afortunadamente —grité por encima del ruido—, el trabajo de los estudiantes de posgrado no merece almacenamiento externo. Las cintas se guardan aquí.

Estanterías llenas de cintas ocupaban una pared de una pequeña habitación trasera. Desde aquella subida de tensión, sabía qué buscar.

—Aquí están. —Sostuve en alto las dos carcasas de plástico de las cintas con mi número de identificación de estudiante escrito en ellas con un marcador permanente. El respaldo y su respaldo. —¿Me las llevo a casa y las quemo?

—Llevártelas a casa. —Jackson resopló—. ¿Y añadir robo a los cargos de destrucción de propiedad universitaria? No, estas mueren aquí. Si todo sale bien, parecerá que los respaldos desaparecieron por error.

—Eso es... —me miró fijamente a los ojos—, ¿si estás segura

de que quieres hacer esto? ¿Tirar a la basura años de tu trabajo? Podríamos llevarnos una de estas copias. Por si alguna vez quisieras retomarlo.

Era tentador. CASE representaba mucho trabajo. Y podría convertir partes de él en los nuevos juegos que Jackson y yo construiríamos juntos. ¿Pero no me sentiría tentada a usarlo todo y hacer CASE 1.1? ¿Y si alguien lo encontraba y hacía su propia versión de CASE? ¿Alguien que no hubiera aprendido las lecciones que yo había aprendido?

—Aprendí mucho sobre la creatividad, sobre la narración de historias, en la gira del libro. CASE arruinará las cosas que amo. Es mejor así. —Las lágrimas me nublaron la vista.

—La informática también es creativa.

—Lo sé. Pero no es lo mismo que el arte. Y hay lugar en el mundo para ambos sin que uno destruya al otro.

Jackson me apretó el hombro. —Siento que tuvieras que aprenderlo por las malas.

Sollocé.

—¿Tienes un desmagnetizador? —Le dio la vuelta al cartucho de la cinta en sus manos.

—¿Un qué?

Jackson puso los ojos en blanco. —Utiliza un gran imán para borrar datos. Si tuvieran uno, probablemente estaría en esta sala. Apuesto a que han estado reutilizando estas cintas desde el principio de los tiempos. Le estoy haciendo un favor a la universidad al sacar estas dos de circulación. Búscame un destornillador, un taladro y un poco de alambre.

Había un destornillador en el escritorio cercano, y se lo entregué. Se puso a trabajar en las carcasas de las cintas. Para cuando regresé después de pestañearle al tipo de mantenimiento para conseguir el taladro, un rollo de alambre y unos alicates de corte, ya tenía los cartuchos abiertos, exponiendo las bobinas de cinta.

Hice una mueca cuando Jackson encendió el taladro para hacer un agujero en la parte trasera de la carcasa de la cinta, justo en el centro de la bobina. El rugido de los ventiladores de los servidores enmascaró el ruido. En su mayor parte. Esperaba que nadie viniera a investigar. Un invitado no autorizado destruyendo propiedad de la universidad sería difícil de explicar.

Jackson se subió a una silla y usó el alambre para colgar uno de los cartuchos de cinta de un conducto de ventilación en el techo. Con un movimiento de muñeca, envió la cinta de plástico desenrollándose hacia el suelo. Agarré el extremo y tiré hasta que la gravedad había hecho suficiente trabajo para que la cinta siguiera fluyendo. Repetimos el proceso con el otro cartucho en otro conducto, y pronto dos montones esponjosos de cinta de plástico se amontonaron en el suelo.

—Ahora esperamos —dijo—. ¿Dónde están las trituradoras?

—Hay una en la sala de correo en cada uno de los pisos principales.

—La gente va a hacer preguntas si andamos por ahí con un fardo de cinta. ¿Tienes una mochila o una bolsa de computadora?

—Arriba.

—Ve a buscarla.

Cuando salí de la escalera, mi corazón acelerado dio un vuelco. Martell estaba en el umbral de mi oficina, con las manos en las caderas. No había manera de pasar a su lado sin que me viera para tomar las bolsas. Tendría que actuar como si nada.

Respirando hondo, caminé hasta situarme detrás de mi asesor, arrastrando mis botas de combate para que me oyera.

—Buenas tardes, Dr. Martell. Con permiso. —Me abrí paso a su lado para entrar en la oficina y fui a mi escritorio.

—Samantha, la estaba buscando. ¿Está todo listo para la presentación de mañana?

—Le envié la presentación esta mañana. —Estaba llena de mentiras sobre las historias que CASE había producido. Manteniendo la cabeza baja, abrí un cajón. Todo terminaría pronto.

—Se veía bien. Sé que no le gusta hablar en público, así que yo me encargaré de la presentación y la demostración. Necesito que esté preparada para responder cualquier pregunta técnica. ¿Está lista?

Levanté la vista hacia él rápidamente mientras sacaba una bolsa de tela de una conferencia a la que había asistido. Podría haberle dicho que no habría nada que demostrar. Pero no estaba cien por ciento segura de que no pudiera encontrar a un estudiante de posgrado para enrollar la cinta de nuevo en su bobina y restaurar a CASE. Además, que me atraparan con las manos en la masa, y con Jackson, que no se suponía que estuviera en la sala de servidores, no sería bueno. Le enviaría un correo electrónico más tarde. Cobarde, pero cumpliría su función.

—Claro, estoy lista. —Lista para salir de allí.

Frunció el ceño. —¿Qué hace con esa bolsa?

Sí que parecía extraño salir con una bolsa vacía. Escaneé la oficina en busca de algo para meter dentro. Una manzana arrugada estaba en la esquina del escritorio de Kyle. La agarré y la dejé caer en la bolsa.

Martell frunció el ceño. —No se va a comer eso, ¿verdad?

—No. —Parpadeé—. *Vamos, neuronas, no me fallen ahora.* —A mi perro le gustan así. No quisiera que se desperdiciara.

Arrugó la nariz como si pudiera oler la manzana podrida. Rápidamente, desconecté mi laptop y la deslicé en mi otra bolsa. —Buenas noches.

—No suele irse tan temprano.

Ya debería estar acostumbrada a mentir. —Yo, eh, quiero descansar bien por la noche. Ya sabe, antes de la gran presentación. —Con el corazón latiéndome con fuerza, pasé a su lado hacia el pasillo.

—¿Vi el auto de su hermano en el estacionamiento?

Maldita sea, maldita sea, maldito Jackson y su auto llamativo. —No, debió ser otra persona.

—¡Qué casualidad! No conozco a nadie en la universidad que maneje un Lamborghini amarillo.

—Mmm. Podría ser uno prestado, supongo. Nos vemos

mañana, Dr. Martell. —Agitando la mano a medias, caminé rápidamente hacia la salida. Abrí la puerta de un tirón y corrí escaleras abajo.

En la sala de cintas, los cartuchos seguían desenrollándose desde el techo. Jackson se apoyaba en el escritorio, jugueteando con su teléfono.

Tiré de un hilo de cinta. —Tenemos que ir más rápido. Me encontré con Martell arriba.

Jackson se guardó el teléfono en el bolsillo y tiró de la otra cinta. —¿Sospecha?

—No ayudó que manejaras tu auto amarillo que grita "mírenme" y lo estacionaras afuera. Pensé que habías renunciado a los autos deportivos cuando nació la pequeña Valentine.

—Lo saqué del almacén ya que hace un día tan agradable. ¿En cuántos problemas te meterás cuando Martell se entere?

—Técnicamente —hice una mueca—, CASE pertenece a la universidad. Y se supone que debemos presentárselo a Paul Swift mañana. Así que… ¿bastantes? —Tiré con más fuerza. Un fino anillo de cinta se aferraba a la bobina.

No parpadeó. —Podría ser peor. Probablemente solo la policía del campus, entonces.

—¿En serio? —Ni siquiera había tenido una multa de estacionamiento—. Apresurémonos.

El cartucho de cinta más cercano a Jackson cayó al suelo con estrépito. —¡Gané! —Levantó los puños en el aire.

Le empujé la bolsa de tela. —Cuidado. Hay una manzana blanda en el fondo.

—Puaj. —Dejó la fruta esponjosa en el escritorio y luego metió el fajo de cinta en la bolsa.

No, no parecíamos nada sospechosos, saliendo de la sala de servidores con nuestras bolsas abultadas. Subí corriendo al piso principal y localicé la sala de correo y su trituradora industrial.

Cuando Jackson metió los fajos de cinta en la abertura, la máquina se puso en marcha con un traqueteo y comenzó a triturar. Solté un suspiro. La trituración fue mucho más rápida que el desenrollado.

Cuando Jackson terminó su cinta, empecé con la mía. Mantuve una mano sobre mi corazón acelerado, presionándolo de vuelta en mi pecho, mientras usaba la otra para alimentar la cinta en la trituradora. Terminaríamos en un par de minutos, y luego arrancaríamos en el Lamborghini de Jackson en un borrón amarillo.

—Samantha. ¿Qué está haciendo? —La voz de Martell me hizo saltar.

Volteé la bolsa sobre la boca de la trituradora para que pasara el último trozo de cinta.

—Eso no es… eso no es CASE. —Sostenía la manzana arrugada en una mano. Su otra mano cubría su vientre, que probablemente se sentía tan revuelto como el mío.

Simpatizaba con él. De verdad. Había sido amable conmigo, casi paternal, desde que llegué al departamento. Había hecho todo lo que me había pedido, y probablemente fue un shock encontrar a su pequeña y dócil estudiante de posgrado destruyendo tres años de trabajo y financiación. Además del capital inicial, los elogios, los artículos que podría haber publicado.

—Lo siento, Dr. Martell. Aprendí mucho en esa gira, y ahora sé que CASE no es algo bueno para los libros. No de la forma en que lo diseñé.

—CASE no le pertenecía. Pertenecía a la universidad. —Lanzó la manzana a la basura como un signo de exclamación.

Contuve el aliento. Nunca me había levantado la voz antes.

Jackson se apartó de la pared, con las palmas de las manos extendidas frente a él. —Mire, Dr. Martell. Pagaremos cualquier restitución que sea necesaria para compensarlo…

—Jackson. —Me interpuse entre él y mi asesor—. Esta es mi pelea.

Asintió y retrocedió, cruzando los brazos y mirando con severidad a Martell.

—Dr. Martell, no puedo seguir con CASE. Es algo malo para

demasiada gente. Dañará la creatividad humana. Y eso es importante.

—También lo es la ciencia. ¡Y los negocios!

—Todos son importantes. Pero ninguno es más importante que los otros.

Su rostro se puso rojo, luego morado. —Voy a llamar a seguridad del campus. Esto es robo. Destrucción de propiedad de la universidad. Su madre estará muy decepcionada. —Levantó el auricular que colgaba de la pared.

Responderle era una cosa. ¿Que me arrestaran? "Decepcionada" era solo el principio.

—Mejor seguir la corriente por ahora —murmuró Jackson—. Tengo experiencia en estas, ah, situaciones.

—¿Cuántas veces te arrestó la policía del campus?

Su mirada se clavó en el techo. —¿Arrestado de verdad o solo… objeto de discusión?

—¿En serio?

—Nueve —dijo.

—¿Fueron arrestos o discusiones?

Abrió la boca para responder, pero Martell colgó el auricular de golpe en su base. —Estarán aquí en breve.

Jackson dejó escapar un suspiro falso. —Esto habría salido mucho mejor para usted si no hubiera hecho eso. Nunca habría tenido que volver a solicitar financiación.

Martell se quedó quieto.

—Pero ahora que el pequeño error de juicio de Samantha se va a hacer público, me temo que los Jones van a tener que sacar algo de músculo.

La sonrisa malvada de Jackson decía que disfrutaría sacando músculo.

Pero mientras me sentaba a su lado en el asiento trasero del auto de la policía universitaria, que se parecía casi exactamente a un auto de policía de verdad con sus luces rojas y azules parpadeantes, y con el oficial hablando por teléfono con alguien que sonaba sospechosamente como del departamento de policía de

San Francisco, Jackson no parecía estar disfrutando de las consecuencias de nuestra aventura.

Había estado intentando destruir solo mi propio futuro, pero de alguna manera también había logrado arruinar los sueños de Martell y convertir a mi hermano en cómplice de mi primera actividad criminal.

Fantástico.

39

NIALL

ENTRÉ CHAPOTEANDO por la puerta giratoria y me detuve para estrujar el faldón de mi camisa sobre la alfombra del vestíbulo del hotel. Un estornudo brotó de mí de forma explosiva. Genial. Algún bicho había logrado atravesar finalmente mis barreras de lavado de manos y desinfectante, como la torrencial lluvia de Seattle a través de mi chaqueta impermeable.

—Dijiste que en Seattle no llovía en mayo —refunfuñé, quitándome la chaqueta ligera. Hice una mueca. Acababa de culpar a Gabi por el clima. ¿Qué seguía? ¿La gente sin hogar y el cambio climático?

Gabi apretó los dientes. —Registrémonos, y luego podemos entrar en calor como lo hacen los de aquí, con una buena taza de café caliente.

—¿Qué eres, Mary Poppins? —gruñí—. No quería café. Quería una ducha, ropa seca y una cama tibia. Y que mi corazón dejara de doler. Definitivamente no quería a Gabi, con su falsa alegría y sus miradas de preocupación—. No necesito una niñera, ¿sabes?

Me examinó de pies a cabeza, desde el pelo húmedo que me goteaba en los ojos hasta mi camisa de cuadros arrugada y mis zapatos de cordones empapados, y cuando volvió a encontrar mi mirada, un escalofrío me recorrió. —Una niñera es exactamente lo que necesitas. Te aguantas conmigo hasta que puedas admitir lo jodido que estás.

—¿Yo, jodido? —Pasé a su lado con paso pesado, arrastrando mi maleta salpicada por la lluvia hasta el final de la fila en la recepción del hotel—. Soy un puto ganador del Premio Tower en su maldita gira de la victoria.

—Ella no vale la pena. —El cabello de Gabi ya se estaba esponjando al secarse—. No vale tu desdicha.

Avancé a trompicones en la fila. —¿No estoy desdichado. No ves que estoy enojado?

Una comisura de su boca se curvó hacia arriba. —¿Es eso lo que es esto? ¿El andar cabizbajo, el esconderte en tu cuarto de hotel por la noche, los suspiros cada vez que pasamos junto a un ejemplar de *Magician in the Machine?*

—Yo no hago eso —espeté. No me había sentido particularmente sociable después de todos los eventos del libro. Pero no suspiraba cuando veía su libro..., el libro de esa *computadora*. Eso hacía que me hirviera la sangre.

Gabi me miró la coronilla. —Estás echando humo.

—Estoy empapado. Y aquí adentro hace calor. —Me tiré del cuello de la camisa.

—¿Sabías que *Magician in the Machine* finalmente entró en la lista de los más vendidos esta semana? Parece que la gente quiere leer un libro escrito por una computadora. O eso, o quieren ver a qué viene tanto alboroto.

—Genial. Eso es jodidamente fantástico. ¿Para qué me molesto en escribir un tercer libro? Sería mejor pedirle a S..., a esa máquina que... que me escupa uno.

—Sería mejor —dijo Gabi, con un tono exasperantemente suave—. Oye, la universidad de San Francisco preguntó si podíamos pasar por allí para dar una charla. Donde hablaste el verano pasado.

Fue como zambullirse en la piscina helada de la cantera. Tirilaba con mi ropa húmeda. —¿Una charla? ¿En San Francisco? ¿En la universidad que financió esa... esa monstruosidad? ¿Donde está S-Sam?

—Pasado mañana. No es gran cosa, ¿verdad? Tomaremos su rama de olivo y les mostraremos quién es el dueño del San Francisco literario. Pista: no son ellos. Ni ella. ¿Tengo razón?

Puede que ni siquiera estuviera allí. Podría estar en Nueva York, conectando su IA en las oficinas de las editoriales. Reemplazándome a mí y a todos los demás artistas que esperaban publicar un libro. Hablé con más confianza de la que sentía. —Cierto.

—¿Entonces les digo que sí?

—Sí, ¿por qué no? —Ese vuelco en mi corazón era emoción por la oportunidad de vender más libros. O una palpitación cardíaca por la enfermedad potencialmente mortal que había pescado. No nerviosismo por volver a ver a Sam. Y, desde luego, no esperanza.

Después de registrarnos, subimos juntos en el ascensor. Cuando Gabi se detuvo en su puerta, sacó un teléfono de su bolso.

—¿Quieres llamar a casa esta noche?

Al principio de la nueva gira, me había quedado despierto toda la noche, acunando el teléfono y leyendo obsesivamente cada artículo de noticias que podía encontrar sobre Sam. Y luego había abierto mis mensajes de texto. Había leído el último de Sam tantas veces que me lo sabía de memoria:

SAM

No puedo expresarte cuánto lamento lo que hice
con CASE. ¿Puedes perdonarme?

Después de arrastrarme por los eventos del día siguiente con una ira gélida acuchillándome el estómago, le había pedido a Gabi que me guardara el teléfono. Indefinidamente.

Por mucho que me hubiera venido bien el consuelo de mamá o del abuelo, no podía confiar en mí mismo con esa tecnología. No cuando estaríamos en su ciudad natal en dos días.

—No, estoy bien.

—¿Quieres que nos veamos en quince minutos para tomar ese café?

—No, yo… creo que pediré servicio a la habitación y me quedaré aquí. Voy a intentar escribir.

Gabi me miró, incrédula. Me había dado demasiado miedo decírselo. Miedo de echarle la sal. Quizá ya no dependía de una musa, pero no había renunciado a todas las supersticiones que tenía sobre mi escritura.

Durante una semana después de enterarme de la verdad sobre Sam, anduve cabizbajo. Mi supuesta musa había resultado ser un anatema para todo lo que amaba, todo lo que representaba. Todo lo que yo *era*. Intencionadamente o no, lo que había creado tenía el potencial de destruirlo todo. De destruirme a mí. A todos mis amigos en el mundo editorial. La granja, el abuelo y mamá, también. No todo de golpe, sino con un adelanto más pequeño por aquí, menos copias vendidas por allá. Hasta que nos rindiéramos.

Luego, cuando vi aquella rueda de prensa con Heidi junto al asesor de posgrado de Sam, la rabia me subió caliente por dentro y me llameó hasta las puntas del pelo. Heidi debería haber estado de mi lado, no del de esa científica informática. No del de Sam.

Yo estaba en Phoenix. Bebiendo una cerveza en el bar a media tarde, echando humo no por el calor del desierto, sino por culpa de Sam. Y había decidido que no necesitaba una puta musa. No necesitaba esperar a que me hormiguearan los dedos. Necesitaba disciplina. Eso era lo que mi padre había necesitado para convertir una idea en un negocio global. Lo que Sam había usado para producir esa IA, CASE. Nadie se quejaba nunca del bloqueo del programador. ¿Y no era mi trabajo tan real, tan válido como el suyo, a pesar de lo que ella pensara?

Subí furioso a mi habitación, saqué un cuaderno del fondo de mi morral, me senté en el escritorio de espaldas a la ventana soleada y escribí. No me molesté en cuestionar la calidad; eran palabras en la página, algo con lo que empezar. Con el tiempo, reuniría el valor para entregarle las páginas a Gabi y averiguar si el nuevo final de la *Batalla de los Elfos del Bosque* era una basura sin inspiración o el comienzo de algo bueno.

Gabi se encogió de hombros y deslizó su tarjeta en la ranura. —Como quieras. Estaré en el restaurante de abajo si cambias de opinión.

—Gracias, Gabi. —Sí que la necesitaba. Y me alegraba de que lo supiera.

Cuando abrí la puerta de mi habitación al final del pasillo —después de solo dos intentos para que la llave funcionara—, miré por la ventana a través de las nubes y la llovizna hacia el resplandor de la Aguja Espacial. La luz de la antena parpadeaba lentamente.

Si ella estuviera allí, ¿se quedaría sin aliento ante la vista? ¿Se sentaría a mi lado en el sofá, tomando mi mano y viendo parpadear esa luz?

Sam.

Sam.

Sam.

Cada destello era una vuelta de tuerca dentro de mí, apretándome el pecho.

Sacudí la cabeza. Ridículo. Sam estaba en camino, con su doctorado en la mano, a ese posdoctorado en medio de la nada, lejos de las consecuencias de lo que había hecho. Lejos de mí.

Dejé mi maleta en la puerta y saqué un cuaderno de mi morral. Rodé la silla al otro lado del escritorio para quedar de espaldas a la ventana. Puse el cuaderno boca abajo y empecé a escribir.

40

SAM

—UY, Sam. ¡Qué divertidas son estas!

Marlee estaba de pie junto a mi tocador, sosteniendo las pantaletas de encaje negro que había usado por última vez en el pajar de Niall. Cuando nosotros…

—Tíralas. —Señalé la bolsa de basura en medio de mi habitación—. Y no te metas en mi cajón de la ropa interior.

Las dejó caer en la caja de mudanza que estaba llenando y metió el resto del contenido —en su mayoría pantaletas de algodón con el elástico escapándose por los agujeros de las piernas— en la bolsa de basura. —Ya salí de ahí. Ya casi terminamos, ¿verdad? Tyler y Andrew deberían llegar en una hora para recoger tus cosas.

—Solo falta el baño y esto. —Abrí de un tirón el cajón de mi mesita de noche. Cuando vi lo que había dentro, me desplomé sobre el colchón desnudo.

—¿Qué pasa? —Marlee revoloteó a mi lado—. Oh.

Nunca había pasado de los primeros capítulos de los libros de pasta dura, pero los escuchaba casi todas las noches. Y a veces —no estaba orgullosa de ello, ¿de acuerdo?— abría los libros en las portadillas con su firma. Él presionaba fuerte con la pluma, y en el ejemplar de *Treachery of the Wood Elves*, imaginaba que podía sentir el surco donde la punta había marcado el papel.

Marlee se dejó caer en el colchón a mi lado. —Todavía lo amas.

—No, yo… —Nunca me dejaría en paz con eso—. No lo amo.

—Sam. —Frotó un círculo en mi espalda—. Eres pésima para mentir.

Bilbo Baggins salió de su escondite debajo de mi escritorio, saltó a la cama y se acurrucó contra mi cadera.

Me froté el ojo. —Hay mucho polvo aquí.

—Sam. ¿Has intentado contactarlo? ¿Pedirle que te perdone?

Sorbí por la nariz y puse mi expresión en blanco. —Claro que lo hice.

—¿Y?

—Y nada. No quiere volver a saber de mí nunca más.

Me abrazó y apoyó la barbilla en mi hombro. —Cuando la cagué con Tyler… ¿recuerdas? ¿Cuando se fue a Texas y consiguió un nuevo trabajo? Lo llamé. Le escribí. Hasta le canté una canción en su buzón de voz. Hice el ridículo por completo. Pero al final funcionó. Deberías intentarlo de nuevo.

Recordé el diciembre pasado, cuando Tyler regresó de Texas. —Te perdonó en persona en la fiesta de Navidad.

—Sí. Supongo que mi canción no funcionó tan bien. Tal vez no intentes eso. Lo que funcionó fue mirarlo a los ojos y pedirle que me perdonara. —Apretó mis hombros—. Piénsalo. Voy a empacar lo del baño mientras tú terminas aquí, ¿de acuerdo?

—De acuerdo. —¿Cómo podría pedirle a Niall que me perdonara en persona? Según los abogados de Jackson, no podía salir del estado.

Conocía a una persona que sabría si él venía a California. Y también necesitaba su perdón.

Saqué el celular de mi bolsillo de los pantalones cargo y revisé las llamadas perdidas hasta que encontré el nombre de Qiana. Presioné «Llamar».

41

SAM

UNA DE LAS cosas buenas de mudarte con tu hermano y tu cuñada es el acceso a disfraces. Algo que necesitaba si iba a pasearme por un campus del que me habían prohibido la entrada. De por vida.

Alicia me prestó unos jeans. Tuve que remangarlos abajo —maldita sea con sus piernas anormalmente largas— y extrañaba los prácticos bolsillos de mis pantalones cargo. Pero no llevar muchas cosas en los bolsillos es algo bueno cuando te arrestan, ¿verdad?

Noah me prestó una sudadera gris con capucha y cremallera que me haría parecer una estudiante más del campus.

Jackson no estaba. De hecho, llevaba fuera como una semana, lidiando con un desastre que había causado su mejor amigo, Cooper. Lo cual era raro, porque Jackson solía ser el que metía la pata, no Cooper. La mayoría de las veces, Cooper tenía que aparecer al rescate para salvar a mi hermano. En fin, Alicia me dio una de las gorras de Jackson con el logo de algún equipo deportivo.

Pasé mi cola de caballo por el hueco de atrás. —¿Cómo me veo?

—Como una chica de mi escuela —dijo Noah desde el asiento trasero de su enorme camioneta.

—Como si estuvieras a punto de robar un banco —dijo Alicia—. Lo único que te falta es un par de lentes de sol enormes. No entiendo por qué tuviste que cambiar de look.

Mi cuñada, tan apegada a las reglas, ya estaba molesta por el lío en el que metí a su marido, así que había evitado decirle que estaba a punto de colarme de nuevo en el campus. Me quedé mirando la consola y musité: —Pensé que necesitaba un cambio.

—No necesitas cambiar. O te quiere tal como eres o no te quiere en absoluto. Y no intentes lo que hizo tu hermano. Nada de grandes gestos. Solo habla con él. Dile que lo sientes. Dile que lo amas.

Marlee, obsesionada con el romance, me había enviado por texto una lista de ideas de grandes gestos el día que me ayudó con la mudanza. —Marlee quiere que lo espere afuera de su hotel. Con una banda de mariachis. ¿O quizás una banda de desfile? El autocorrector pudo haberlo confundido.

Alicia me subió la gorra para despejarme los ojos. —Si quisieras usar tus poderes de programación para el bien, crearías un autocorrector que sugiera cosas que la gente de verdad quiere decir. Pero no vas a contratar una banda, ¿o sí? Solo vas a encontrarte con él para tomar un café. —Señaló por la ventanilla hacia la cafetería. Al otro lado de la calle, más allá de la ventanilla opuesta, estaba la entrada principal de la universidad.

—Claro.

Llamé a Qiana para rogarle que me perdonara. No estaba tan enojada como había pensado. Aunque me hizo prometerle que la visitaría en cuanto pudiera salir del estado. Aún conservaba su trabajo y me había contado de la charla sobre el libro de Niall en la universidad.

Planeaba encontrarlo allí. Cuando estuvimos de gira juntos, él siempre se quedaba a hablar con algunos lectores después. Y no podía dejar que la pequeña complicación de tener la entrada prohibida de por vida al campus se interpusiera en mi camino, ¿o sí?

—Buena suerte —dijo Alicia—. Sé que te escuchará.

Vi la cara de desaprobación de Noah en el espejo retrovisor. —No sé por qué tienes que hablar con él. Se está portando como un idiota al no responder tus mensajes.

Me giré en el asiento para mirarlo. —Cuando haces algo malo y lastimas a alguien, tienes que pedir perdón. Y luego depende de ellos elegir si te perdonan. Así que tengo que pedírselo. Como te pedí a ti que me perdonaras por no contarte lo del libro.

Noah trazó una zona deshilachada de sus jeans con el dedo.

—Llamarás si necesitas que te lleven a casa, ¿verdad? —preguntó Alicia.

—Tomaré un autobús de regreso. No te preocupes por eso.

—Sam. —Alicia frunció los labios—. El único lugar donde Valentine se duerme es en el coche. Me paso la vida en este tanque que tu hermano insistió en que compráramos. Te recogeré, ¿de acuerdo?

—De acuerdo. Gracias. —Estiré la mano hacia el asiento trasero para chocar el puño con Noah y luego acaricié suavemente los deditos de Valentine, acurrucada en su silla de auto. Chasqueó sus labios rosados mientras dormía.

Me deslicé de la camioneta demasiado alta a la acera y los despedí con la mano. Después de que doblaran la esquina, crucé la calle hacia la universidad. Me bajé la gorra hasta los ojos, me subí la capucha sobre ella y, con la cabeza gacha, caminé con paso pesado hacia la biblioteca.

La gente que se dirigía al edificio no eran estudiantes desaliñados como yo. Eran mayores, posiblemente miembros del profesorado o donantes de la universidad. Los hombres llevaban trajes o sacos sport y las mujeres, vestidos. Ni un solo par de jeans como los míos a la vista. Y nada de sudaderas con capucha. Mierda, debería haberle preguntado a Qiana sobre el código de vestimenta.

Un par de policías universitarios estaban justo dentro de las puertas de la biblioteca. Me escanearon brevemente mientras entraba y sentí sus miradas sobre mí mientras me unía al torrente de gente que se dirigía al auditorio. Aceleré el paso para caminar detrás de una pareja mayor, intentando parecer la hija que habían arrastrado para que se culturizara un poco.

Afortunadamente, nadie me cuestionó nada mientras me deslizaba en un asiento en medio del auditorio.

Mi corazón dio un vuelco cuando vi el cabello rojizo de Niall en la parte delantera de la sala. Estaba inclinado, escuchando a una mujer más baja y de cabello oscuro. *¡Mierda!* Había traído a Gabriela. Ella nunca me dejaría acercarme a menos de dos metros de él. ¿Cómo demonios iba a hablar con él?

Las luces se atenuaron y las puertas se cerraron detrás de mí. Consideré salir corriendo e intentar la idea de la banda de mariachis de Marlee en su hotel. Pero justo dentro de la puerta estaba uno de los policías universitarios. Aún no me había visto. Me encogí en mi asiento, sudando en la sudadera de Noah, atrapada como una de las ratas del laboratorio de biología de al lado.

Las luces del frente se intensificaron sobre Niall, encendiendo su cabello en tonos bronce, cobre y oro. Sus pecas se veían pálidas bajo la luz intensa, como si no hubiera estado al sol por un tiempo. ¿Había vuelto a la granja o había estado encerrado en eventos como este? ¿Le habría contado a su abuelo y a su madre lo que yo había hecho? El frío hoyo en mi estómago se hizo más profundo. Odié mentirles cuando estuve allí. Ahora sabían que había mentido. Habían sido tan amables, tan confiados, tan acogedores. Y yo había lastimado a la persona que más amaban.

Lo admito: no escuché mucho de lo que dijo Niall durante su charla. En la oscuridad anónima, lo observaba como una acosadora, deseando no haber arruinado las cosas entre nosotros. Quería desear haber mantenido las cosas estrictamente profesionales entre nosotros, no haberlo besado nunca, no haberme acostado con él, no haber ido a su granja y visto su escondite secreto para escribir en el bosque.

Pero entonces nunca habría conocido su sabor, la sensación de sus dedos callosos en mi piel. El brillo que iluminaba mi oscuridad como un despliegue de luces navideñas. Como fuegos artificiales sobre la bahía. Atesoraría esos recuerdos, como Gollum atesoraba el Anillo, apretándolos contra mi pecho mientras viviera.

Pero a menos que me disculpara por lo que había hecho, que intentara enmendarlo, siempre habría una mancha opaca de arrepentimiento junto a esos brillantes recuerdos.

No habló lo suficiente como para que yo ideara un plan para engatusar a Gabriela, poder disculparme con él y luego pasar al guardia de seguridad para escapar. Las luces se encendieron y comenzó la sesión de preguntas y respuestas.

La puerta trasera me llamaba desde mi visión periférica. Pero ahora el oficial tenía un compañero. Vigilaban la salida, con los brazos cruzados. ¿Me estaban mirando? Me encogí aún más en mi asiento y me quité la gorra. Desentonaba en el mar de trajes.

«Samantha Jones» resonó por todo el auditorio. Levanté la cabeza de golpe. Era esa bloguera otra vez, Kari Singh, y tenía un micrófono.

—…una estudiante de esta universidad. ¿Qué opina sobre la inteligencia artificial?

El pecho de Niall subió y bajó como lo hacía cuando le hacían una pregunta inoportuna. En la primera fila, Gabi se giró y le lanzó a Kari una mirada asesina.

Niall se aclaró la garganta. —La inteligencia artificial tiene muchos usos, como señalaría mi antigua compañera de gira. El reconocimiento de escritura y de voz, por ejemplo. A mi agente, Gabriela Padrón, le encantaría que adoptara un programa de reconocimiento de escritura y dejara de usarla como transcriptora. —Hizo una pausa para la risita de la audiencia.

—La IA tiene el potencial de beneficiar a la humanidad de maneras significativas. Sin embargo, como creativo, debo admitir que me siento receloso de las IAs como CASE. Aunque, como muchos de ustedes, disfruté leyendo *Mago en la Machine* y aprecié su uso único del lenguaje, sus giros argumentales intrigantes e inesperados, creo que las IAs que replican la creatividad humana tienen el potencial de reducirla o eliminarla. Esta es solo mi opinión, y me encantaría un debate sobre el tema entre creativos como yo y programadores como la Sra.... la Dra. Jones y el Dr. Martell. —Sonrió, pero sus ojos estaban tristes.

No me di cuenta de que me había puesto de pie hasta que la mujer en el pasillo me tocó con el micrófono.

Mi corazón latía con fuerza y no podía respirar profundo mientras todas las miradas de la sala se volvían hacia mí. Niall no sonrió, no mostró ninguna otra señal de reconocimiento.

—El per-per-perdón. —Mierda, ¿a dónde iba con eso? Tomé una respiración profunda y le supliqué a mi boca y a mi cerebro que dejaran de luchar por el control—. ¿Qué piensas del perdón?

Frunció el ceño y cada esperanza que había surgido del abismo en mi pecho se marchitó y murió. —¿Te refieres como un tema en mi obra?

—Eh… claro. —La mujer extendió la mano para pedir el micrófono. Lo agarré con más fuerza.

Abajo, al frente de la sala, Niall se giró y dio unos pasos a su izquierda como si estuviera incluyendo a la audiencia en su respuesta. —Como la mayoría de ustedes sabe, la redención, que, en mi opinión, está relacionada con el perdón, una forma de perdonarse a uno mismo a través de la expiación por los propios errores, está presente en los dos primeros libros de la serie. En *Secretos de los Wood Elves*, Nieven descubre que es hijo de un rey lejano. Emprende su viaje para reunirse con su padre. Alerta de spoiler —Niall sonrió, salvaje y peligroso—, al final de la primera novela descubre que la tierra de su padre difiere enormemente de aquella en la que Nieven fue criado. Llena de peligro. Corrupción. Traición. De ahí el título del segundo libro. Pero Nieven, siendo un buen elfo del bosque, cree que puede hacerlo cambiar. Otro spoiler, lo siento, no puede. Y ahora la historia está preparada para una batalla entre ellos. Tendrán que esperar al tercer volumen para ver el resultado. Para ver si el padre de Nieven puede ser redimido. Para ver si Nieven puede redimirse a sí mismo por el peligro que ha traído a sus amigos al llevarlos al reino del mal. —Niall extendió las manos en una falsa disculpa, y varias personas en la audiencia se quejaron.

—Pero… —mi voz resonó por el auditorio, sorprendiéndome incluso a mí misma—. ¿Puede Nieven perdonar a Lobelia?

Murmullos se levantaron de la gente a mi alrededor. En *Traición de los Wood Elves*, Lobelia era una ayudante, una amiga de Nieven. No había hecho nada que requiriera perdón.

—Ah. —Los ojos de Niall brillaron a través del auditorio—. Veo que te has anticipado. Aquí tienes otro spoiler, uno pequeño. En el tercer libro, *Batalla de los Wood Elves*, Nieven descubre el oscuro secreto de Lobelia. Tendrás que esperar al próximo verano para descubrir cuál es ese secreto y si Nieven puede perdonarla.

La mujer en el pasillo me arrancó el micrófono de las manos y bajó un par de filas para dárselo a la siguiente persona. Me hundí en mi asiento, sin importarme la siguiente pregunta ni los policías del campus que seguramente ya me habían reconocido.

Le había dado a Lobelia un oscuro secreto. Por supuesto que eso significaba que Niall no podía perdonarme. Así como había convertido a su padre en un villano en la historia, me había incluido a mí también. Como una traidora.

Humedad en mi mejilla. No. No iba a llorar. No aquí. Quizás más tarde en mi habitación en casa de Jackson y Alicia. Me sequé la gota con la manga de la sudadera de Noah y me puse la capucha sobre el pelo. Entre las cabezas de la gente frente a mí, miré a Niall y mi corazón se hizo polvo.

Le debía una disculpa. Quizás podría encontrar alguna forma de expiar mis culpas, también, y finalmente redimirme. Si salía de allí, le juré a cualquier poder que gobernara la biblioteca que iría a su hotel. Al diablo con la banda, de desfile o de lo que fuera. Me disculparía. Y luego, donaría mi primer sueldo completo a la fundación. Anónimamente. No, a nombre de Niall. No era ni de lejos suficiente, pero era un comienzo.

Pero primero, tenía que salir de allí. No podía disculparme desde la sala de detención de la policía del campus.

Mientras las preguntas continuaban, tracé mi plan de escape. Una puerta a mitad de camino no estaba vigilada. Podría ser un armario. O un pasaje a la siguiente sala, una vía de escape. Esperaría hasta el final, y cuando todos se levantaran, me abriría paso hasta esa puerta lateral. Me deslizaría a través de ella. Si era un armario, esperaría allí hasta que todos se hubieran ido. Si llevaba a otro lugar, la seguiría como Bilbo Bolsón en los túneles de la montaña. De hecho, si pudiera escurrirme por delante de la gente a mi derecha y colarme hasta allí…

La gente a mi alrededor se puso de pie. Era mi oportunidad. Me desplacé hasta el final de la fila y luego me giré en contra del flujo de gente para dirigirme hacia el frente, hacia la puerta lateral. Estaba a solo seis metros de distancia, pero los lectores que se movían hacia la salida trasera frenaban mi avance. —Con permiso —masculló—. Perdón. —Lentamente, avancé centímetro a centímetro hacia la puerta.

Por fin, me paré frente a ella. Agarré el pomo de acero. Lo giré a la izquierda. No cedía. A la derecha. Nada. Empujé. No se movió. Giré y tiré de él hacia mí. No. Estaba cerrada con llave. Giré la manija, sacudiéndola. Por favor, por favor, por *favor*. Nada. Levanté la vista hacia la puerta principal. El primer oficial de policía seguía allí, asintiendo a todos mientras salían. ¿Dónde estaba el otro?

Lo vi, abriéndose paso por el pasillo principal. Encontró mi mirada. *¡Mierda!* Era uno de los policías universitarios que nos había recogido a Jackson y a mí del edificio de ciencias de la computación. Nos había retenido durante más de una hora en su celda que olía a vodka y cloro. Su mirada sombría me dijo que él también me reconocía.

Avanzaba más rápido que yo. La gente se apartaba para él de una manera que no lo hacían para mí. Estaba a unas pocas filas de distancia, y entonces podría cortar a través de la fila vacía de asientos para atraparme.

Miré hacia el frente. Allí había otra puerta. Y esa tenía un letrero rojo de salida. No estaría cerrada con llave. Tendría que pasar junto a Niall y Gabi para atravesarla. Quizás una de las personas en la fila los distraería con una pregunta.

Con la espalda pegada a la pared, me deslicé hacia el frente. A través de las filas de asientos, el oficial hacía lo mismo, con los ojos entrecerrados fijos en mí cada vez que me atrevía a mirarlo. Sin importar lo que hubiera dicho, a Alicia no le haría ninguna gracia recogerme de la comisaría del campus.

Aceleré, empujando a la gente que bloqueaba mi escape. —Perdón. Perdón. ¿Estás bien? Perdón. —Pero seguían viniendo, y ese letrero rojo de salida no parecía acercarse.

Por fin, los cuerpos frente a mí se dispersaron y tuve una vista clara de la puerta. El EXIT rojo sobre ella era la cosa más hermosa que había visto en mi vida. Es decir, hasta que un par de ojos verdes, veteados de oro, encontraron los míos.

—¿Sam?

—Niall. —Todo mi impulso hacia adelante se disipó.

—Srta. Jones. —Una mano de acero se cerró alrededor de mi bíceps.

El oficial de policía. Me arrastraría a esa celda de nuevo. Tendría que llamar al abogado de aspecto escandalosamente caro de Jackson. O —me estremecí— a mi madre. Y para cuando lo resolviéramos todo, tendría uno de esos monitores de tobillo y Niall se habría ido.

No. No hasta que hubiera hecho lo que había venido a hacer. Se acabó el huir. Era hora de enfrentar mis problemas.

Tiré del agarre de hierro del oficial. —Niall, lo siento.

42

NIALL

—NIALL, lo siento.

Sus ojazos suplicaban mientras el guardia la sujetaba con un agarre brutal. Sabía perfectamente lo fácil que se le amorataba su piel clara, ya que yo mismo le había dejado algunas marcas en los muslos cuando me suplicó: «Más fuerte». Sacudí el recuerdo. Ese agarre le iba a dejar un moretón en el brazo.

—Oye —dije—. Modérese. ¿Qué está pasando?

—Lo siento, señor Flynn. —El policía apenas se movió mientras Sam intentaba zafarse del agarre—. La escoltaremos fuera.

—¿Por qué? —Sam pertenecía a ese lugar más que yo, aunque no llevaba a la vista su credencial de estudiante—. ¿Hay algún problema con su identificación?

—No debería estar aquí.

Prácticamente la había retado a venir a verme al aparecer en su universidad. ¿Por qué no habría de estar allí?

—Sam, ¿de qué está hablando?

Ella gruñó y dio otro tirón inútil de su brazo. —Tengo prohibida la entrada al campus, más o menos. Pero eso no es lo importante. Lo importante es que lo siento. Lamento no haber sido sincera cuando empezamos la gira. Y luego debí habértelo dicho cuando nos volvimos… más cercanos. —Lanzó una mirada a Gabi, que tenía los brazos cruzados, una cadera salida y las cejas casi en la línea del cabello.

—Siento que lo que hice con CASE te haya lastimado. Que haya parecido que no valoraba tu trabajo. Tu carrera. Porque sí la valoro. Tus libros son increíbles y no quiero que dejes de escribir. Nunca.

Estaba diciendo todo lo correcto y mi ego ronroneaba como un gato. Pero… —¿Espera un segundo. ¿Por qué tienes prohibida la entrada al campus?

El policía interrumpió. —Acceso no autorizado a la propiedad privada. Robo y destrucción de la propiedad universitaria. —Tiró de su brazo y ella hizo una mueca de dolor.

—Oiga. —Gabi se adelantó, con las manos en las caderas—. No tiene por qué usar tanta fuerza.

—Destruyó más de dos millones de dólares en propiedad intelectual.

Los ojos de Gabi se agrandaron y luego se entrecerraron. —También tiene una familia rica con una manada de abogados elegantes. Tengo la cámara del teléfono y estoy a punto de empezar a grabar. —Sacó su teléfono.

Por una vez, estuve agradecido por la tecnología. El agarre del policía se aflojó. —Ya me voy del campus —dije, levantando las manos en un gesto de *tranquilo*—. Acompañaré a la doctora Jones fuera del campus. No hay razón para hacer una escena mayor delante de todos estos donantes.

Como si no hubiera notado las miradas de la gente a nuestro alrededor, el policía miró a su alrededor y soltó el brazo de Sam. —Solo nos aseguraremos de que abandone la propiedad universitaria.

—De acuerdo. —Me colgué el bolso al hombro—. ¿Estás bien?

Se frotó el brazo. —Estoy bien. Pero no puedes llamarme doctora Jones.

¿Estaba listo para salvar la distancia y llamarla Sam? Tendría que olvidar todas las veces que había jadeado su nombre mientras hacíamos el amor.

Gabi nos guio por la salida, a través de un pasillo y por una puerta trasera que daba al exterior. Era mayo y una brisa fría me golpeó las mejillas, recordándome que no podía caer bajo su hechizo. No podía rodearla con mis brazos y perderme en su aroma a hierbas, en la comodidad de su cuerpo. No hasta que hubiéramos hablado.

Mientras caminábamos hacia el estacionamiento, me incliné hacia Sam. —¿Robo y destrucción de la propiedad universitaria? ¿De qué está hablando ese policía?

—Yo... el doctor Martell recibió una oferta de inversión. De... de tu padre. Quería que añadiéramos más funciones, más géneros. Que enviáramos historias personalizadas a los teléfonos de la gente. Y habrían construido más CASE. Para venderlos a las editoriales. Habrían inundado el mercado con productos baratos, y me preocupaba lo que te pasaría a ti y a tus libros. Yo... no podía permitirlo.

Dejé de caminar. Se me puso la piel de gallina, y no por la brisa de la tarde. —Sam, ¿qué hiciste?

Miró a la lejanía. O quizás estaba mirando hacia el edificio de ciencias de la computación. —Borré el programa. Y destruí las copias de seguridad. Jackson y yo lo hicimos. El doctor Martell no quedó nada contento.

No puedes llamarme doctora Jones. No. —¿No querrás decir que te quitó el doctorado?

—Nunca había aprobado mi tesis. Y ahora nunca lo hará. Estoy fuera del programa.

—¿Pero qué vas a hacer ahora? —Era lo único que ella había deseado. Mi corazón se partió por sus sueños rotos.

Me sonrió torcidamente. —Todavía tengo mis habilidades de programación. Conexiones. Empiezo a trabajar en la empresa de Jackson el lunes. Tuvimos una idea para un... un software. — Vaciló y se detuvo.

Miré de reojo a los policías, que seguían avanzando. Le pasé un brazo por los hombros y la impulsé hacia el auto de alquiler.

—Es un software relacionado con libros. —Habló rápido, con entusiasmo—. Nos gustaría asociarnos con algunos autores y crear juegos de rol basados en sus libros. Usando inteligencia artificial para que las interacciones de los personajes en el juego sean más realistas. No es lo mismo que CASE. Empezaremos desde cero. Es decir, si algún autor está interesado en trabajar con nosotros. Conmigo.

Gabi, que había estado caminando unos pasos por delante de nosotros, se detuvo y se volteó. —Conozco algunos escritores que estarían interesados. Si el dinero es bueno. —Sacó la cadera y cruzó los brazos en una pose de poder.

—Eh, tendrás que hablar con Jackson sobre el dinero. Yo solo soy la programadora. Pero estoy segura de que sería justo.

Gabi levantó una ceja como lo hacía cuando creía que podía aumentar el tamaño del pastel o alguna de esas mamadas de negociación. —¿Quizás necesiten una consultora que los ayude a desarrollar el modelo de reparto de beneficios?

Una comisura de la boca de Sam se elevó en una casi sonrisa. Desbloqueó su teléfono y se lo entregó a Gabi. —Pon tus datos ahí, y te llamaremos la próxima semana.

Gabi sonrió. —Creo que este es el comienzo de una hermosa amistad. —Introdujo sus datos y le devolvió el teléfono—. Si te parece bien, Niall —dijo—, llamaré a un auto. Haré un poco de turismo. Llevarás a Sam a casa, ¿verdad? —Me lanzó las llaves del auto de alquiler.

—¿Te parece bien, Sam? —Todavía tenía mi brazo alrededor de ella, pero casi me tambaleé hacia atrás cuando me impactó con toda la fuerza de esos ojos violetas.

—Sí.

—Pórtense bien, chicos. Que tengan una buena noche, oficiales. —Gabi caminó hacia la esquina justo fuera del estacionamiento, con los ojos en su teléfono y los dedos volando.

Quité el seguro del auto y abrí la puerta del copiloto para Sam.

Los policías observaban desde seis metros de distancia mientras yo rodeaba el capó y me subía al asiento del conductor. Lo eché completamente hacia atrás y me abroché el cinturón de seguridad.

Arranqué el auto. —Vives por aquí, ¿verdad?

—Ya no. Me mudé con Jackson. Hasta que pueda ahorrar lo suficiente para mi propio lugar. —Miró por la ventana y se frotó la nariz con la manga.

—¿Bilbo está bien? —Mi corazón se congeló. Si lo había dejado en un refugio, íbamos para allá en ese mismo instante. Sería la diva que arrastra un perrito de cartera por una gira de libros si era necesario.

—Está bien. Jackson y Alicia tienen un gato que no es mucho más grande que él, y se llevan bien. No lo traje esta noche. No quería que… por si me detenían de nuevo.

—Sam. —Le tomé la mano y la sostuve. Se había arriesgado a ir a la cárcel por venir a verme, para disculparse. Eso tenía que significar algo. Redención.

Un golpecito en mi ventana. El policía de nuevo. Inclinó la cabeza hacia la salida del estacionamiento. Asentí. Tan pronto como se alejó, usé mi mano izquierda torpemente para poner el auto en reversa. No iba a soltar a Sam. No después de lo que había sacrificado por mí.

Con cuidado, conduje el auto hacia la salida y giré a la derecha, sin importarme si era la dirección correcta.

A unas pocas cuadras, me detuve en el estacionamiento de un centro comercial. —Ya estamos fuera del campus, ¿verdad?

—Sí. La policía de verdad patrulla esta zona.

—No estás en problemas con la policía de verdad, ¿o sí?

—Técnicamente, acabo de violar una orden de restricción. Así que, ¿tal vez?

Me recosté en mi asiento y levanté la vista hacia el techo. —¿Por qué lo destruiste, Sam?

—¿Por qué? —Frunció el ceño—. Por muchas razones. Por Qiana y las otras personas de Happy Troll. Por Tamarah Starr y Kate Salazar y por todos los demás escritores en esa sala en la ceremonia de premiación. Por los lectores. Por la creatividad humana y el arte. Pero sobre todo por ti, Niall. Quiero leer el final de la historia.

—Yo también quiero leerlo. —No me refería solo a la historia de los elfos del bosque. Le llevé la mano a los labios y le besé los nudillos.

—¿Puedes perdonarme? Puedes pensarlo. No tienes que decírmelo hoy.

Un calor como oro fundido me recorrió las venas. —Ya lo hice. Gracias por arreglarlo. No muchas de esas personas por las que lo hiciste entenderán todo lo que sacrificaste. Pero yo sí.

Sus labios temblaron. —Gracias —susurró.

—Me gustaría empezar de nuevo si podemos. Sin mentiras. Solo la verdad de ahora en adelante.

—¿Empezar de nuevo? —Arrugó la nariz—. ¿Cómo, desde el principio? En plan: «Hola, soy Samantha Jones, pero puedes llamarme Sam, y soy una programadora que vive y trabaja con su hermano».

Me froté la nuca. —Quizás no tan atrás.

—¿Ah, no? —Seguíamos tomados de la mano, y ella acarició mis nudillos con su pulgar—. ¿Qué tal desde cuando dije que me gustabas? Éramos amigos entonces, creo. Y te besé.

Me incliné sobre la consola central, y ella encontró mis labios suavemente, con vacilación. Pero justo cuando incliné la cabeza para profundizar el beso, se echó hacia atrás.

—Si solo vamos a ser sinceros de ahora en adelante, tengo que decirte, ¿todo esto de empezar de nuevo? —Agitó su mano derecha entre nosotros—. Es un poco tonto porque ya te amo. E incluso si retrocedemos y nos conocemos como amigos primero, seguiré amándote.

El lugar frío en mi pecho se calentó. —Yo también te amo. No quería, no cuando estaba tan enojado. Pero lo hago. —Quizás no quería retroceder en absoluto. Quizás solo quería avanzar, como siempre hacía Nieven—. Te extrañé. La gira no fue lo mismo. ¿Considerarías unirte a mí para la siguiente parte?

—Ah. —Hizo una mueca—. No solo empiezo un nuevo trabajo, que necesito para, ya sabes, comer y todo eso, sino que además no tengo permitido salir del estado.

Una risa surgió de mi vientre. —Ya veo.

Frotó círculos en el dorso de mi mano. —Solo hasta que los abogados de Jackson hagan su magia. Lo han sacado de cosas peores.

—¿Cosas peores? —¿Qué demonios había hecho?

—Podría haber una gran donación a la universidad de por medio. Ayuda cuando tu hermano es fabulosamente rico.

—No quiero hablar de él ahora. Quiero hablar de nosotros.

—Lo siento, yo… ya sabes.

—Lo sé. Es una de las cosas que amo de ti, Sam.

Me alegré de que estuviéramos estacionados porque nos habría metido en una zanja si me hubiera impactado con su mirada de ojos abiertos mientras conducía.

—No puedo creer que todavía… —Se mordió el labio tembloroso.

—Sam. Sam. —Le acuné la mejilla en la palma de mi mano—. Amo cada parte de ti. Porque eso es lo que te hace… tú. Amo tu gran cerebro, especialmente cuando se te va de las manos y dices más de lo que deberías.

—Y yo amo tu gran corazón. —Puso su mano sobre el centro de mi pecho, y yo la sujeté—. Especialmente cuando te hace querer cuidar de todos los que amas.

—Quiero cuidar de ti, Sam. Desearía… —Me detuve. Sam podía cuidarse sola.

—Sé que necesitas hacer esto —dije—. Usar tu cerebro y tus habilidades para crear una nueva vida para ti.

—Una vida para nosotros —dijo—. Ahora somos nosotros dos.

La calidez llenó mi pecho. Hacía dos horas, nunca habría imaginado que podría ser tan feliz. —Deberíamos ir a un lugar más cómodo que este auto de alquiler para hablar de cómo va a funcionar esto.

Su sonrisa se tornó pícara. —Creo que sabemos exactamente

cómo funciona esto. Nos volvimos bastante buenos en la gira. —Deslizó su mano hacia abajo y trazó la cinturilla de mis pantalones caqui.

Mis abdominales se contrajeron y mi pene se endureció. —Quizás deberíamos, ah, disipar la tensión sexual antes de hablar.

—Me parece una idea brillante. —Se inclinó y besó el costado de mi cuello—. Nuestras mentes estarán más claras.

Eso esperaba. En ese momento, mi cerebro estaba demasiado nublado para recordar el camino al hotel. Tuve que confiar en la aplicación de mapas de Sam para que nos guiara hasta allí.

La tecnología no siempre era algo malo.

HORAS más tarde en mi habitación de hotel, me desperté de golpe cuando Sam murmuró: —¿Niall? —Su cabello me hizo cosquillas en la barbilla mientras levantaba la cabeza de mi pecho, que había estado usando como almohada.

—¿Sí? —La lámpara todavía estaba encendida, y la luz brilló en su cabello oscuro cuando se lo aparté de la cara. No se iba a ir, ¿verdad? No ahora, no cuando finalmente habíamos sido sinceros el uno con el otro.

—¿Crees que podríamos volver a la granja? —Arrugó la nariz—. ¿O tu madre y tu abuelo me odian ahora?

Mi corazón acelerado se calmó. —No te odian. Estarán encantados por nosotros. Saben que he estado miserable sin ti. ¿De verdad te gustó la granja?

—Claro que sí. Es parte de ti. Cuando estuvimos allí, fue como si encajaras en tu lugar.

—Sam. —La atraje hacia mí, acomodando su cabeza bajo mi barbilla—. Eres tú la que encajó en mi vida. Cuando te fuiste, una parte de mí desapareció. Sé que no será sencillo averiguar cómo estar juntos, pero lo haremos.

Me abrazó con fuerza. —Nada en nosotros es sencillo. Excepto esto: te amo, y nada, ni siquiera una prohibición de por vida en el campus, nos va a mantener separados.

—¿Ni siquiera la pésima señal de celular en la granja?

—Nop. Un poco de paz y tranquilidad suena perfecto. Siempre y cuando estés conmigo.

—Siempre. —Le acaricié el pelo—. Siempre.

EPÍLOGO

SAM
Dos semanas después

CUANDO LAS PUERTAS del ascensor se abrieron en el sexto piso del edificio de Synergy, la energía era diferente. Extraña. Zumbaba con ira como las lámparas fluorescentes del calabozo de la comisaría del campus. Me estremecí al recordarlo.

La puerta de Jackson estaba abierta, y Marlee y Tyler susurraban en su escritorio, frente a ella.

—Hola, chicos, ¿qué pasa?

Marlee dio un respingo, con los ojos muy abiertos. —¡Sam! ¿Qué haces aquí arriba?

—Tengo una reunión con Jackson. ¿Está listo?

—Oh, ah… —intercambió una mirada con Tyler y luego desvió la vista por el pasillo hacia la oficina de Cooper—. Sí, creo que vas a tener que posponerla.

—¿Por qué? ¿Mi hermano volvió a fallarme? —La semana pasada, se había olvidado de una reunión conmigo y no había regresado después de almorzar con Alicia. Cuando lo molesté por eso más tarde, después de la cena, se había quejado de no tener más privacidad en su propia casa. Justo, ya que yo todavía vivía con él. Pero me aseguré de llevar a Noah al planetario todo el sábado y luego a una película de ciencia ficción esa noche.

Tyler se cruzó de brazos. —Jackson no falla. Solo tiene otras prioridades.

Marlee puso una mano tranquilizadora en el brazo de Tyler. —No es culpa de tu hermano. Esta vez, es Cooper. —Bajó la voz y torció los labios.

—¿Cooper? Nunca lo he visto… un momento. ¿Está de vuelta? —Cooper, que usualmente ayudaba a Jackson a arreglar cualquier cagada que se hubiera mandado, había estado desaparecido desde que empecé a trabajar en Synergy hacía dos semanas.

—Sí, y esta vez sí que trajo el drama. Espera a que escuches lo que él y Ben…

Mi teléfono vibró en mi mano y levanté un dedo. Tenía que asegurarme de que no era el desafortunado pasante que Jackson había contratado para ayudarme. Necesitaba más cuidados que Bilbo Bolsón.

—¿Hola?

—Señorita Jones, soy José, de seguridad. Tiene una visita. Un señor Flynn.

—¿Niall está aquí? Pero él está en… —¿Dónde se suponía que estaba Niall? ¿St. Louis? ¿Kansas City? En algún lugar en el medio del país.

—Está preguntando por usted. ¿Lo hago subir?

—¡Claro que sí! Digo, sí, por favor. Estoy en el seis. —Mi dedo temblaba sobre el botón rojo. ¿Niall estaba en San Francisco? No estaba lista. Me pasé los dedos por el pelo, pero se engancharon en mi moño suelto. ¡Mierda! Me lo solté y me peiné el pelo con los dedos.

Una sonrisa jugueteó en los labios de Marlee. —Mírate. La señorita «no quiero un hombre» está nerviosa porque su novio aparece para conquistarla. —Se apoyó en Tyler, y él la rodeó con el brazo.

—No seas presumida. ¿Me veo bien? —Me alisé la camiseta de Flash Gordon.

—Te ves genial —dijo Tyler. Un hoyuelo se dibujó en su mejilla. Siempre podía contar con que Tyler diría lo correcto.

—Preciosa. —Marlee me echó el pelo por delante del hombro—. Aunque algún día, voy a convencerte de que te replantees esos pantalones cargo.

—Me arrancarás los pantalones cargo de mi frío y muerto… —Detrás de mí, el ascensor sonó y me giré para encontrar a mi vikingo pelirrojo saliendo de las puertas metálicas—. ¡Niall!

En cuatro zancadas de sus largas piernas, me había envuelto en sus brazos. Aspiré su aroma a pino. *Hogar.* Puede que hubiera arruinado mis propios sueños y terminado como una programadora de nivel medio en el edificio de alta tecnología de mi hermano con servidores de poca potencia, pero ahora que Niall estaba allí, yo estaba exactamente donde debía estar.

—Sam —susurró en mi oído. Sus labios me hicieron cosquillas en el cuello y me estremecí.

—Se supone que estás en…

Me besó, y el firme deslizamiento de sus labios me hizo olvidar lo que estaba diciendo. —No podía esperar —murmuró.

—Hola, Niall —dijo Marlee—. Es un placer conocerte en persona.

A regañadientes, lo solté. Las formalidades sociales apestaban. —Niall, esta es mi amiga, Marlee. Se conocieron en una videollamada mientras estábamos de…, mientras viajábamos. —No me gustaba recordar todas las mentiras que había dicho mientras estábamos de gira juntos—. Y su prometido, Tyler, que también es mi amigo.

Niall les estrechó la mano a ambos. —He oído hablar mucho de ustedes dos.

—Quiere saber sobre mi vida y esas cosas. —Arrugué la nariz. En nuestras llamadas telefónicas nocturnas, yo solo quería llegar al sexo telefónico, pero Niall de verdad quería hablar. Lo cual era justo, supongo, ya que no le había contado mucho sobre mi vida mientras habíamos estado juntos en la gira.

—¡Qué tierno! —La voz de Marlee alcanzó ese registro agudo que usaba cuando hablaba de romance.

Puse los ojos en blanco. —No hay nada de tierno en lo que quiero hacerle a mi novio después de dos semanas separados. —Dejé que mi mano se deslizara desde su espalda hasta la curva tensa de su trasero, y lo apreté como una naranja madura. Él me movió para ponerse delante de mí, y el bulto de su erección me rozó la cadera. Se me nubló la mente. Necesitaba ponerle las manos encima. Cuanto antes.

—¿Hay, como, una sala de conferencias vacía o un cuarto de suministros por aquí? —Presioné mi espalda contra él.

Marlee me dedicó una sonrisa odiosa. —Jackson está en la oficina de Cooper, así que pueden ir allí. —Señaló la oficina de Jackson.

—Nos vemos luego, Sam. —La voz de Tyler flotó justo antes de que la puerta de la oficina de mi hermano se cerrara de golpe detrás de nosotros.

El escritorio de Jackson estaba en su habitual estado de desastre, cubierto de hardware y papeles. Tiré de Niall hacia la zona de asientos. El sofá era pequeño, pero serviría para mi propósito. A saber, mi propósito de meterme en los pantalones de Niall.

—Espera. —Nuestras manos unidas me detuvieron en seco. La masa de Niall significaba que tenía mucha inercia cuando quería.

—¿Esperar? ¿Por qué? —Había un matiz desesperado en mi tono, pero no me importaba—. Han pasado *dos semanas*.

—Lo sé, cariño. Estaba tan desesperado por ponerte las manos encima que volé hasta aquí desde Omaha por una noche.

Omaha, cierto. —¿Cómo estuvo la charla del libro? ¿Alguien te pasó su número?

El color en la parte alta de sus mejillas me dijo que alguien lo había hecho. Pero no importaba. Niall Flynn era todo mío, sin importar cuántos kilómetros nos separaran. No tenía que volver a estar celosa nunca más.

—Tengo que estar en Denver mañana por la mañana. Pero quería pasar esta noche contigo.

Mi pecho se llenó de calidez. —Me gusta cómo suena eso. ¿Y todavía nos veremos en la granja en dos semanas?

Me rodeó con sus brazos. —Por supuesto. El wifi es bueno, según el abuelo. Podrás trabajar todo lo que necesites.

—Y tú estarás escribiendo. ¿Me leerás las nuevas palabras por la noche?

—Entre otras cosas. —Acarició mi cuello con su nariz, y la necesidad se acumuló en mi interior.

Tiré del primer botón de su camisa de franela. —Muéstrame esas otras cosas.

Inmovilizó mis manos. —¿No hay algún lugar con un poco más de privacidad? Yo, ah, siento que tenemos público. —Señaló la pared de cristal. Las sombras de Marlee y Tyler oscurecían las persianas cerradas.

—La casa de Jackson está muy lejos. Además, Alicia trabaja allí durante el día. Pero… —la idea me golpeó como un mazazo— mi hermano tiene el baño ejecutivo más increíble.

Lo llevé hacia allí y abrí la puerta con un gesto teatral.

Niall lo entrecerró los ojos, dudando en el umbral. —¿Increíble? Esto no es más grande que mi armario en casa. Y los armarios de la granja se construyeron cuando la gente tenía dos, quizás tres, mudas de ropa.

Miré dentro del espacio de uno por dos metros. —Lo increíble es que tiene una superficie plana. Y una puerta. Ahora entra para que pueda follarte.

—Qué poeta. —Se rio. Pero retrocedió, me acomodó contra su pecho y cerró la puerta con el pie.

—Yo soy la programadora, ¿recuerdas? Tú eres el poeta. Deslúmbrame con algunas palabras.

Y puedes apostar a que lo hizo. ¿Y la mejor parte? Las palabras eran solo la segunda mejor cosa para la que servía su lengua.

EPÍLOGO EXTRA
EL DISCURSO

SAM
Dos años después

MIS MANOS VOLARON sobre el teclado. Estaba en la zona. Arrasando con todo.

Igual que Lobelia.

Jugar con la versión mejorada de Lobelia en el juego de *La batalla de los elfos del bosque*, basado en el nuevo libro de Niall, iba a ser increíble.

Hasta ahora, a los *beta testers* del juego *La traición de los elfos del bosque* les encantaba su bravura en tamaño miniatura. Se volverían locos por la Lobelia de tamaño completo. No podía imaginarme queriendo jugar con ningún otro personaje.

Menos mal que Niall había ideado un monstruo aún más aterrador para que ella y Nieven lucharan en este juego. No veía la hora de programarlo.

Un golpe en la puerta de mi oficina hizo que Bilbo Baggins saliera disparado de su cama debajo de mi escritorio, ladrando y dando vueltas. La interrupción rompió mi estado de concentración. Bajé la vista hacia el panel de control personalizado de mi escritorio.

Había sido idea de Niall instalar el sistema como la luz de «Al aire» de un estudio de grabación. Afuera, sobre mi puerta, una luz verde significaba *Pasa*. No pensaba usar esa. O sea, ¿para qué molestarse en venir a la oficina si no iba a estar programando? Amarillo significaba *Pasa bajo tu propio riesgo*. Ese era el estado por defecto. Rojo, que debería haber estado encendido ahora, significaba *En la zona de programación. No entrar.*

Tal vez las luces se habían dañado. Apenas las habían instalado ayer en mi nueva oficina.

Cuando sonó el segundo golpe y Bilbo Baggins empezó a rasguñar la puerta, mi concentración se rompió por completo. Me levanté, roten los hombros y dije:

—Adelante.

El cabello cobrizo de Niall se asomó por la puerta, seguido por el resto de él. Un poco de rock clásico se coló por la abertura antes de que cerrara y se apoyara en la puerta.

—Lamento interrumpir —dijo, cruzándose de brazos. Se había arremangado la camisa a cuadros para dejar al descubierto sus antebrazos. La protuberancia de sus músculos extensores era mi kriptonita, y él lo sabía.

—No pareces lamentarlo. —Intenté mantener el ceño fruncido, el que asustaba a los pasantes, pero no pude con Niall ahí parado, exhibiendo sus sexi antebrazos como si fueran un manjar.

—Sí lamento interrumpir tu programación. Pero la fiesta ya empezó y prometiste que vendrías.

Se me revolvió el estómago.

—¿Es hoy? ¿Ahora mismo?

—Sabes que sí. —Se despegó de la pared y se acercó al escritorio, con Bilbo Baggins trotando a su lado—. Jackson se esforzó mucho y le gustaría que aparecieras. Tus empleados quieren escuchar unas palabras de su fundadora para celebrar la ocasión. Pasar de un equipo experimental en la compañía de Jackson a tu propio edificio es algo importante.

Lo era, y por eso había aceptado la fiesta. Pero eso no significaba que quisiera dar un discurso.

—No estoy de humor para eso hoy. Habrá demasiada gente.

—Solo es gente que conoces. —Extendió la mano, con la palma hacia arriba—. Vamos. Cuanto antes salgas, antes podremos irnos a casa.

Rodeé mi escritorio con sus tres enormes monitores y tomé su mano.

—¿A casa? ¿Te refieres al apartamento o a la granja?

—¿No nos quedamos en San Francisco una semana más? —Consultó su reloj, el anticuado que le había comprado, con un dial para la fecha—. Todavía estamos en la primera mitad del mes.

Ese era nuestro acuerdo. Nos quedábamos en nuestro apartamento en San Francisco, que era pequeño pero mucho más bonito que mi antiguo lugar cerca de la universidad, las dos primeras semanas de cada mes. Yo podía programar en cualquier sitio, pero había aprendido que, cuando estás empezando una compañía de videojuegos, tus empleados quieren ver a la fundadora trabajando en la oficina.

El resto del tiempo, vivíamos en la granja. A Niall le encantaba la vieja casa, pero después de algunos comentarios del abuelo Jerry sobre las paredes delgadas, él y los Turner habían empezado a construir una casa para nosotros junto a lo que llamábamos nuestro prado, al otro lado del granero.

—Las cosas van bien por aquí. ¿Quizás podríamos escaparnos antes este mes? ¿No está Sally a punto de parir?

—Tú... —levantó las cejas—, Samantha Jones, la chica de ciudad, ¿quieres ver nacer a una cabra?

Hice una mueca.

—La verdad es que no. Pero me gustaría ver a la tierna cabrita después de que nazca.

—Ah, ya veo. —Sus cejas permanecieron en alto—. ¿No te va a llevar tu madre mañana por la noche a comprar un vestido de novia?

Dejé caer mi frente sobre su pecho.

—Me descubriste.

—Sam. —Me levantó la barbilla con un dedo calloso y me miró

a los ojos, sus ojos verdes saltando entre los míos—. ¿No quieres casarte?

—Sí, quiero. —Jugué con el anillo en mi dedo, el que me había dado el mes anterior. Después de enamorarnos tan rápido, habíamos tomado los siguientes pasos con calma. La calma era algo de Niall. Algo que me gustaba. Mucho.

Pasé los dedos por el vello rojizo de su antebrazo.

—Quiero casarme contigo. Pero no quiero la boda grande. ¿No podemos casarnos en el prado? Tú puedes usar una de tus camisas a cuadros y yo mis pantalones cargo.

Su pecho se expandió y luego soltó el aire en un suspiro sobre mi cabeza.

—Puedes usar lo que quieras. Y no me importa si nos casamos en el museo que tu madre reservó, en el granero o completamente desnudos bajo las estrellas. Lo único que quiero es pasar el resto de mi vida contigo.

—Niall. —Me puse de puntillas con mis botas de combate, y él inclinó la cabeza para besarme. Entrelazando mis brazos alrededor de su cuello, puse cada gramo de gratitud, todo mi amor, en ese beso. Murmuré contra sus labios—: Gracias. ¿Y tú se lo dirás a mi madre?

Extrañé el calor de sus labios cuando apartó la cabeza.

—¿Quieres que *yo* le diga a tu madre que vamos a tener una boda al aire libre con ropa opcional?

Pasé los dedos por los mechones rebeldes de la nuca, como a él le gustaba.

—Quiero que le digas a mamá que no haremos su gran boda de sociedad aquí en San Francisco. Tendremos una boda con amigos y familiares en Enchanted Forest. Montaremos una carpa en el prado.

—¿Este verano?

—No. El próximo fin de semana.

—¿El próximo fin de semana?

—El próximo fin de semana. Marlee me hizo ver *Cuando Harry conoció a Sally,* y me di cuenta de que Harry tiene razón. Quiero que el resto de mi vida empiece lo antes posible.

Esta vez, me atrajo hacia él y me besó, su lengua buscando la mía desesperadamente. Después de un minuto, nos separamos, sin aliento.

—El próximo fin de semana. Incluso se lo diré a Audrey.

—Aunque estaba bromeando con lo de estar desnudos. Lo sabes, ¿verdad?

—Sabes que me desnudaría frente a nuestros amigos y familiares por ti.

Me estremecí.

—Lo sé. Pero si todo el mundo te viera desnudo, tendría que pelear por ti con todas las mujeres solteras, y con algunos de los hombres.

Él rio entre dientes.

—Y lo harías.

—Jackson me enseñó a pelear sucio. Ganaría.

—Bien. Podemos reservar el tiempo de desnudez para después de la boda.

—Quizás podrías darme un adelanto de lo que me espera en nuestra noche de bodas.

Sus brazos rodearon mi espalda y me atrajo hacia él.

—¿Aquí? —Me besó, un largo y lánguido deslizamiento de labios y lengua.

Cuando nos separamos para respirar, veía puntos bailando frente a mis ojos.

—O un rapidito en el baño de ejecutivos, cualquiera de las dos.

—Puede que seas la CEO de tu propia y exitosa *startup*, pero no tienes un baño de ejecutivos. —Su voz retumbó en mi oído, espesa como la miel con cristales de azúcar—. Y preferiría ir más lento.

Me estaba derritiendo en un charco ahí mismo, en mi oficina.

—¿Lo prometes?

—Prometido. —Besó el punto bajo mi oreja que me hacía temblar. Luego, su mano recorrió mi espalda, se detuvo en el punto de la base de mi columna que me producía un hormigueo y trazó la curva de mi trasero. Apretó, las yemas de sus dedos jugueteando en la unión de mis piernas.

La parte racional de mi cerebro dio su última batalla.

—¿No tengo que estar en algún sitio?

—Estarías más relajada para tu discurso si yo…

Di un salto hacia atrás.

—¡El discurso! Maldita sea, Niall. —Me alisé la camisa y me arreglé los pantalones cargo. Deseé ser una de esas mujeres que guardan perfume en su oficina. Todo el mundo podría oler mi excitación y saber que habíamos estado jugueteando en mi oficina—. Esta es la venganza por lo de Salt Lake City, ¿no?

—¿Te refieres a aquella vez que me hiciste una paja debajo de la mesa en ese banquete de premios?

Le dediqué una sonrisa maliciosa.

—Era un banquete muy aburrido. Y tú dijiste que no ganarías el premio.

—Tuve que subir al escenario con semen en los pantalones.

—Nadie se dio cuenta. El saco de tu traje lo cubría todo.

—Todo excepto mi cara roja.

—Bah. Valió totalmente la pena cuando me agradeciste solo a mí en tu discurso. Gabi estaba *furiosa*.

Sus mejillas se alzaron en una lenta y pícara sonrisa.

—Vamos. Veamos qué tan bueno es tu discurso cuando solo puedas pensar en… —Y me susurró al oído la cosa más sucia que jamás había escuchado.

Mi sexo se contrajo y jadeé.

—Eso. Quiero eso. Ahora. Por favor.

—Después de tu discurso. Hora de irse, señorita CEO.

Nunca hacía pucheros. No como mi hermana Nat, que los usaba como arma para conseguir lo que quería. Pero mi puchero habría enorgullecido incluso al pequeño Valentine.

—No quiero.

Me dio una nalgada y estaba tan excitada que casi me corrí ahí mismo.

—Da tu discurso como una buena emprendedora y lo haremos dos veces esta noche. Lento.

¿Dos veces? No estaba segura de que mi cuerpo pudiera soportarlo. Pero confiaba en Niall. Me ajusté la cola de caballo.

—Hecho. Seré rápida. Diré las palabras, estrecharé las manos y luego a casa. Para eso de lento.

—Guía el camino, mi amor.

Con la cola en alto como un estandarte, Bilbo Baggins nos guio desde mi oficina hasta el área común. No era ni de lejos tan grande como el atrio del edificio de Synergy —solo tenía una docena de empleados—, así que estaba abarrotada de gente. Y ruidosa con la música rock de Jackson.

En cuanto entré, mi hermano cortó la música. Los rostros se giraron hacia mí, llenos de admiración, respeto y amor. Alicia estaba allí, con Valentine en la cadera; Noah también, y Marlee y su marido, Tyler. Incluso Gabi y Qiana habían viajado desde Nueva York.

Mi madre, con su blusa roja, se abrió paso entre la multitud.

—Samantha.

Llegando tarde a mi propia fiesta, con noticias decepcionantes que compartir, me preparé para lo peor.

—Me alegro de verte —dijo—. A los dos. —Nos atrajo a Niall y a mí a un abrazo de tres personas.

Cuando se apartó, sus ojos azules brillaban en la penumbra. Pero no eran lágrimas de tristeza las que se acumulaban en sus ojos. Eran las mismas lágrimas que derramó cuando Jackson tocó la campana en la bolsa de valores. Cuando colgó el diploma de MBA de Andrew en la pared.

—Abrir tu propia oficina es un logro importante. Estoy orgullosa de ti.

Me apretó la mano y apartó la cara, sacando un pañuelo de su bolsillo para secarse los ojos.

Detrás de ella, Charles sonrió.

—Samantha, será mejor que subas ahí y hagas lo tuyo. Tu

madre no estará contenta si uno de estos fotógrafos le saca una foto con el rímel corrido por la cara.

Mi madre se apoyó en él.

—No debería importar mi aspecto. Es la noche de Samantha. —Parpadeó hacia su marido—. ¿Pero mi maquillaje está bien?

Charles sacó su pañuelo.

—También vas a llorar en su boda, ¿sabes?

—Sobre eso... —Niall se interpuso entre mi madre y yo, y tomé eso como mi señal para marchar hacia la ridícula plataforma que Jackson había alquilado para que yo me parara, como un podio de director de orquesta. «Sin ella, nadie podrá verte, Samwise», me había bromeado.

Tomando una respiración profunda, subí las escaleras para darles oficialmente la bienvenida a todos al nuevo hogar de Magician's Castle Games.

Odiaba dar discursos, pero era el momento de reflexionar y reconocer todo lo que habíamos logrado juntos, desde Jackson, que nos había dado los fondos iniciales y un espacio para trabajar, hasta Niall y los otros autores que nos habían confiado sus historias para convertirlas en juegos. Sin mencionar a los programadores y diseñadores que se habían arriesgado con una fundadora de empresa que nunca había dirigido ni siquiera un puesto de limonada.

Pero nos había ido bien. Nuestro primer juego, basado en *Los secretos de los elfos del bosque*, era una de las diez descargas principales en todas las plataformas importantes. El reparto de utilidades había asegurado que los empleados y autores estuvieran bien pagados. Y yo me había dado el lujo de rechazar cada solicitud de entrevista que había recibido. Jackson se encargaba de eso por mí.

¿Y Niall? Estuvo a mi lado en todo momento. Cuando no estaba yo sentada en primera fila en las charlas sobre sus libros. Una o dos revistas de negocios nos habían llamado una pareja poderosa. Ambos nos habíamos reído de eso. Solo estábamos haciendo lo que amábamos. Juntos.

Algún día, bajaríamos el ritmo y empezaríamos a llenar nuestra casa en la granja con niños. Teníamos tiempo. Teníamos una eternidad.

¡Muchas gracias por leer *Viaja Conmigo!* Por favor, considera publicar una reseña en tu tienda favorita, BookBub o Goodreads. Las reseñas ayudan a otros lectores a encontrar nuevos autores como yo.

El siguiente libro de la serie, *Mándame,* es un jugoso y prohibido romance de vacaciones entre Cooper Fallon y su asistente. (¡Sorpresa!) Sigue leyendo para un adelanto de este regreso a Synergy.

MÁNDAME, SYNERGY LIBRO 4
CAPÍTULO 1

BEN

LOS PROBLEMAS LLEGARON en la forma de un par de hombros anchos.

Incluso encorvados hacia adelante, enmarcando su cabeza gacha, eran anchos y musculosos; sus bíceps apenas contenidos en una camiseta antigua y finísima de los Rolling Stones, metida por dentro de un par de vaqueros en su estrecha cintura. Su ridícula hebilla de cinturón de Austin, Texas, era tan grande como mi mano.

Cuando me juntaba con los otros asistentes administrativos en las pausas para el café, se derretían por el atractivo desenfadado y la personalidad coqueta de Jackson Jones.

Yo no. Eso se lo dejaba a mi jefe.

Espera, perdón, ¿dije eso? Como sea, yo sabía que Jackson Jones era un problema.

Se arrastró hasta mi escritorio y me clavó un par de ojos inyectados en sangre.

—¿Está?

Dios, cómo deseaba que no estuviera. O poder mentir y salvar a mi jefe del nuevo infierno al que Jackson estaba a punto de arrastrarlo.

—¿Puedo ayudarle en algo? —Me puse de pie y me alisé el suéter azul marino de lana merina. No soy un hombre alto, pero de pie, no tenía que estirar el cuello para mirar a Jackson.

Se rio entre dientes.

—No, a menos que tengas una cura milagrosa para el bicho que tumbó a mi hijo, a mi esposa y a la niñera.

—Lo siento, se me acabaron... Oh. Se supone que hoy iba a Boston.

—Sí. Sobre eso...

Hice una mueca. Mi jefe acababa de regresar de un viaje a Asia la semana anterior. No había tenido tiempo de recuperarse del *jet lag*. Y Jackson estaba a punto de pedirle que se subiera de nuevo a un avión para cruzar el país y volver a arruinarle el reloj biológico.

Pero Jackson pensaba que Cooper Fallon era Superman, que podía hacerlo todo: su propio trabajo como director de Operaciones y el trabajo de Jackson también.

No ayudaba en nada que Cooper no hiciera nada por disipar esa idea. Cuando Jackson le pedía que saltara, él preguntaba qué tan alto. Según la asistente ejecutiva que apoyaba a la junta directiva de Synergy, quien había estado allí casi desde el principio, esa había sido su dinámica desde que fundaron la empresa hacía más de una docena de años. Eran socios, pero no era nada parecido a un 50-50. Más bien un 80-20. Y a Cooper siempre le tocaba la peor parte de esa proporción.

—Entonces, ¿puedo entrar?

No me había dado cuenta de que me había puesto frente a la puerta de cristal de la oficina de Cooper, bloqueándole la entrada a su socio. Ojalá pudiera decirle que no para proteger a Cooper de Jackson y de su propio exceso de compromiso, pero Cooper no quería ser protegido de Jackson.

Aunque lo necesitaba.

Deliberadamente, bajé los hombros, que se me habían subido hasta las orejas. Me di la vuelta y toqué la puerta antes de abrirla y asomar la cabeza por la abertura.

—¿Señor Fallon?

Cuando se apartó de su monitor, la luz azul le iluminó el rostro, volviendo su piel, normalmente bronceada, de un tono pálido verdoso. Sus ojos también estaban rojos. No tanto como los de Jackson, pero se notaba que había pasado demasiado tiempo mirando hojas de cálculo. Levantó una mano hasta la unión del cuello y el hombro y se masajeó el músculo de allí. Deseé poder hacerlo por él, pero eso habría violado nuestra regla tácita de no tocarnos.

—Ben, ¿cuántas veces te he pedido que me llames Cooper?

Dejé que una comisura de mis labios se curvara.

—Aproximadamente una vez al día desde que empecé a trabajar aquí hace seis meses, señor Fallon.

—Entonces, unas ciento veinte veces. ¿Y cuántas más tengo que decírtelo antes de que me escuches?

Lo brusco de su tono podría haber asustado a cualquiera. Cooper Fallon era famoso por su impulso implacable y su mal genio. Yo sabía que nunca pasaría de las amenazas a la acción. Tal vez con un ejecutivo como Jackson, pero no con alguien de mi nivel. Lo había observado, probablemente más de lo saludable, y sabía por muchas horas de cuidadosa observación que, aunque su tono era áspero, por lo general mantenía a raya la furia que destellaba en sus ojos azules.

—Oh, sí lo escucho —dije.

Detrás de mí, Jackson se aclaró la garganta y la sonrisa se borró de mi cara.

—Jackson está aquí para verlo. ¿Tiene un minuto? —*Por favor, di que no.*

Se pasó una mano por su cabello besado por el sol y se levantó; su cuerpo de un metro noventa y tres se irguió con elegancia atlética.

—Hazlo pasar.

Contuve un suspiro y abrí la puerta por completo, entrando en la oficina, y dije con más formalidad de la necesaria:

—Puede verlo ahora.

Jackson pasó a mi lado arrastrando los pies.

—Hola, Coop.

Cooper rodeó su escritorio y le dio una palmada en el hombro a Jackson. Tenían aproximadamente la misma altura, dos magníficos especímenes físicos, pero solo uno de ellos me revolvía por dentro cada vez que estaba en su presencia.

Me quedé allí, pegado a la puerta.

—¿Les traigo algo? ¿Café? ¿Un sándwich? —¿Habría almorzado Cooper? Yo había ido a la cafetería con la asistente de Jackson, Marlee, pero no estaba seguro de si Cooper se había movido de su escritorio.

—¿Me traerías un café, por favor? —preguntó Jackson.

—Claro. ¿Qué tal un batido verde, señor Fallon? —Necesitaría los antioxidantes para mantener sus fuerzas si iba a volver a viajar.

Su mirada se posó en mí y un calor se extendió por mi piel. Pero sus palabras fueron cortantes, heladas.

—Sí, por favor. Gracias.

Y entonces, por mucho que odiara hacerlo, salí de su oficina y cerré la puerta, dejando solos a Jackson Jones y Cooper Fallon.

ME FROTÉ la sien palpitante y avancé en la fila del quiosco de café en el imponente vestíbulo de Synergy. Mi mirada subió por el hueco del ascensor de cristal hasta el sexto piso.

Si podía juzgar por la tensión alrededor de los ojos de Cooper, él estaba sufriendo su propio dolor de cabeza. No es que fuera a admitir nunca que era lo suficientemente humano como para sentir dolor. Tal vez podría pasarle un analgésico junto con el repugnante batido verde.

Los batidos: mi pequeña pero importante contribución a la

empresa. Cooper bebía al menos uno al día. Era combustible rápido y eficiente para sus deberes como director de Operaciones de Synergy Analytics. Cooper mantenía Synergy en funcionamiento y, al buscarle sus batidos, yo ponía de mi parte.

Me froté la cara con la mano y miré a través del vestíbulo. ¿A quién quería engañar? No lo hacía por Synergy. Lo hacía por él.

Lo hacía por el destello en esos fríos ojos azules cuando le entregaba el vaso y decía: «Su batido, señor Fallon».

Lo hacía por el enamoramiento que revoloteó en mi estómago en el momento en que le di la mano en mi primer día de trabajo, hacía seis meses. Y a medida que habíamos trabajado juntos, a medida que había llegado a conocer al ejecutivo motivado que haría cualquier cosa por su socio y mejor amigo, que había hecho crecer la empresa a partir de un plan de negocios que escribió en un cuaderno de espiral en su dormitorio de la universidad, que apoyaba a fundaciones que ayudaban a niños en riesgo, esos revoloteos se instalaron directamente en mi corazón y nunca se fueron.

Mi hermana, Mimi, decía que yo vivía con el corazón en la mano, y que me enamoraría de cualquiera que me diera el más mínimo indicio de corresponder a mi atracción.

No era cierto.

Cooper Fallon no me había dado ningún indicio. Siempre era frío y educado. Decía: «Gracias, Ben», al final de cada día. Me había regalado una cesta de quesos cara pero impersonal por las fiestas. A veces me preguntaba por la escuela, pero probablemente tenía que hacerlo ya que la empresa pagaba mi matrícula.

Y aun así, yo devoraba esos destellos de calor cuando le entregaba sus batidos.

Una mujer tomó su café y se alejó del quiosco, y yo avancé, todavía a dos personas de llegar al frente de la fila. Revisé mi teléfono. Diez minutos desde que había dejado a Cooper solo con Jackson.

¿Por qué había intentado ahorrar tiempo bajando al quiosco? El lugar de la calle ya conocía nuestro pedido. Pero había querido mantenerme lo suficientemente cerca para rescatar a Cooper si lo necesitaba. Ja. Cooper Fallon nunca admitiría que necesitaba un rescate. O un maldito descanso de salvar al mundo. Avancé un poco más en la fila y golpeé el suelo con la punta de mi bota chukka para aliviar la energía nerviosa que me hacía querer sacudir a alguien.

Jackson, que se suponía que era el mejor amigo de Cooper, hacía esta mierda todo el maldito tiempo. Siempre había una razón por la que no podía hacer un viaje o presentar algo a la junta.

Cuando me contrataron por primera vez, Cooper lo manejaba sin problemas. Nhưng kể từ khi con của Jackson chào đời vào tháng Hai, Cooper có vẻ nhợt nhạt hơn. No solo su piel, sino todo él. Como si parte de su esencia vital hubiera sido succionada por esa máquina de *La princesa prometida*. Sus movimientos eran más pequeños. Su sonrisa —rara en el mejor de los casos— era ahora inexistente. Incluso ese famoso temperamento de los Fallon se había enfriado, como si ya nada valiera la pena para enfadarse.

Tal vez era solo algo estacional, y Cooper volvería a la vida cuando los días se hicieran más largos y brillantes en el verano. Pero tenía la sensación de que no era eso. Era cosa de Jackson Jones. Me hundí un nudillo en la sien. Maldito Jackson Jones y sus estupideces.

—Hola, Ben. —La voz del barista me devolvió a la realidad. Por fin, estaba al frente de la fila.

—Hola. —No venía al quiosco a menudo, pero supongo que el barista se había propuesto saber el nombre de todo el mundo.

—Soy Kris. —Me guiñó un ojo, y su pelo oscuro le cayó sobre un ojo.

—Ah, claro, lo sabía. Lo siento, Kris. —¿Lo sabía? —. ¿Tienen arándanos?

Kris parpadeó.

—Eh, sí, claro.

—¿Puedes añadir un puñado a un batido de kale, por favor?

—Revisé mi teléfono. Quince minutos, y ningún mensaje de socorro. Tenía que ser una buena señal—. ¿Y me puedes dar también un café solo y un latte descremado? Y un macchiato de caramelo para Marlee. Por favor.

—Entendido. —Echó café recién molido en una prensa francesa—. No vienes muy a menudo. No tan a menudo como me gustaría.

Aparté la mirada de sus manos, a las que mentalmente había estado instando a que se movieran más rápido, y la dirigí a su cara. Tenía un aire a lo Harry Styles con ese pelo alborotado y esos pómulos de infarto. Totalmente mi tipo.

Excepto que no lo era. Ya no. Mi tipo, al parecer, eran los multimillonarios de ojos azules y emocionalmente inaccesibles. Joder. Mi. Vida.

Mi teléfono vibró en mi mano.

MARLEE

Emergencia. Te necesito YA.

—Mierda, lo siento, cancela todo eso. —Le dediqué a Kris una rápida sonrisa. Las comisuras de su boca se torcieron justo antes de que yo corriera por el vestíbulo hacia la zona de los ascensores. Aporreé el botón y me giré para escanear las puertas de los ascensores detrás de mí. *Ábrete, ábrete, ábrete.* Salté sobre las puntas de los pies como si eso fuera a hacer que el ascensor llegara más rápido.

Por fin, una puerta sonó, y corrí a pararme frente a ella. El ascensor estaba lleno, y necesité cada gramo de autocontrol que tenía para no empujar a mis compañeros de trabajo y luego echarlos fuera.

Cuando la cabina finalmente se vació, me metí dentro y presioné el botón del sexto piso, y luego apreté la palma de la mano sobre el botón para cerrar la puerta. No era la primera vez que tenía que volver corriendo a mi escritorio por mi exigente jefe. Pero hoy tenía un mal presentimiento. Maldito Jackson Jones.

Observé cómo los pisos se iluminaban en la pantalla sobre la puerta y respiré hondo. Tal vez estaba siendo injusto con Jackson. A Marlee le caía bien. A todo el mundo le caía bien. Incluido Cooper. De hecho…

Me froté la mano sobre el ardor demasiado familiar en mi estómago. Necesitaba dejar de preocuparme por Cooper. Como la mayoría de las personas de las que me había enamorado, estaba fuera de mi alcance. Además, su corazón ya estaba ocupado, y cuanto antes superara mi ridículo enamoramiento, mejor.

Por fin, las puertas se abrieron en el sexto piso, y salí con el corazón en un puño.

Unas voces alzadas asaltaron la calma habitual del piso ejecutivo. Venían de la oficina de Cooper. Una multitud de personas se arremolinaba cerca de la puerta.

Marlee se acercó a mí trotando sobre sus tacones de aguja rosas. Retorciéndose las manos, susurró:

—¡Santo cielo, Ben! Están discutiendo. O sea, gritándose de verdad, y no respondieron cuando llamé. Tienes que entrar y hacer que paren. Todo el mundo está mirando.

—¿Está Weston ahí dentro? —El director general era el archienemigo de Jackson, y ninguno de los dos se andaba con rodeos cuando no estaban de acuerdo.

—No, solo Jackson y Cooper. Pero estoy segura de que alguien se lo dirá a Weston.

La tensión en mi pecho se alivió. Jackson y Cooper a veces alzaban la voz, pero nunca duraba mucho. Al menos el director general no lo estaba presenciando de primera mano. Cooper podría explicarlo más tarde. Tenía un don mágico con su jefe.

Yo necesitaba conseguir un poco de esa magia con los jefes.

—Vuelvan al trabajo, todos. Aquí no hay nada que ver —anuncié mientras me dirigía a la oficina de Cooper. Algunas personas volvieron a sus escritorios. La asistente de Weston, Julie, más descarada, se quedó cerca.

Levanté una ceja y, lentamente, ella se dio la vuelta y regresó a su escritorio con paso pesado. No se sentó detrás de él, sino que se quedó de pie, mirando, lista para presenciar lo que fuera que estallara cuando abriera la puerta.

Llamé a la puerta, pero estaban gritando demasiado alto para oír nada. Empujé la manilla, pero no se movió. ¿Por qué estaba cerrada con llave?

A regañadientes, pasé mi tarjeta por delante del sensor. Estaba codificada solo para la identificación de Cooper, la de Jackson y la mía. La luz se puso verde. Tomé una respiración profunda, bajé la manilla y abrí la puerta.

Cooper, con la cara roja y los ojos desorbitados, rugió:

—¡Ya no voy a aguantar más tus estupideces! —Golpeó la mano contra su escritorio.

Todo sucedió muy rápido. Cuando repasé la escena más tarde en mi mente, me pareció recordar haber oído un chasquido, como si ese anillo grande y feo que Cooper siempre llevaba hubiera golpeado la cubierta de cristal que protegía la madera.

Independientemente de lo que lo causó, se escuchó un crujido como de fuegos artificiales estallando y luego silencio. Un segundo después, un trozo de cristal cayó por el borde y se clavó en la gruesa alfombra. Le siguieron algunos trozos más pequeños. Cooper miró fijamente la superficie de su escritorio. Luego levantó la vista y escaneó a su mejor amigo de la cabeza a los pies.

Los celos se encendieron en mi vientre. ¿Por qué, incluso cuando Jackson le estaba endosando sus responsabilidades a Cooper, el primer instinto de Cooper era proteger a Jackson? Lo que no daría yo por recibir esa preocupación, ese cuidado.

Mierda, no era momento para que yo suspirara por mi jefe. Tenía que hacer algo para arreglar esto. Pero mis pies se quedaron pegados al suelo. Estaba íntimamente familiarizado con su temperamento, pero hasta donde yo sabía, nunca había golpeado nada.

—Coop…, ¿estás bien? —La voz de Jackson era un susurro fúnebre. Era la primera vez que lo veía inmóvil.

—Yo... lo siento, Jay. Fue un…

Quería correr hacia él, asegurarme de que no estaba herido,

pero la tensión en la habitación era lo suficientemente sólida como para mantenerme clavado en la puerta. La cerré detrás de mí.

—¿Todo bien por aquí?

Claramente no lo estaba. La superficie del escritorio de Cooper brillaba con cristales rotos. Su cara estaba tan blanca como los papeles apilados ordenadamente en su bandeja de salida. Cuando una gota de sangre cayó sobre el escritorio, levantó la mano y la miró como si no estuviera seguro de que le perteneciera.

—Mie... digo, aquí. Déjeme ayudarle. —Mis pies se despegaron de la alfombra, y al segundo siguiente, estaba al lado de mi jefe. Su palma estaba surcada de cortes, con sangre brotando de cada uno.

Busqué mi pañuelo en el bolsillo delantero y lo sacudí para quitarle las arrugas. Dudé un momento —esa regla de no tocar—, pero era una emergencia. Odiaría que tuviera que interrumpir su trabajo para quitar una alfombra manchada de sangre.

Doblé el pañuelo en tres y lo presioné suavemente contra su palma. Su mandíbula se tensó.

—¿Le duele? —Los cortes no parecían profundos, pero no les había echado un buen vistazo.

—No. —La palabra no tenía nada de su habitual nitidez. ¿Estaba en shock?

—Siéntese. —Con la mano que no estaba usando para aplicar presión en su herida, me estiré y empujé su hombro hasta que se desplomó en su silla.

Finalmente, miré a Jackson, que seguía con la boca abierta, mirando a su amigo.

—¿Qué ha pasado? —Mi tono no fue tan respetuoso como debería haber sido con el cofundador de la empresa, pero cualquier cosa que implicara sangre eran circunstancias atenuantes.

Jackson se abalanzó hacia el escritorio y amontonó los trozos de cristal roto.

—Cooper estaba exponiendo un punto con demasiada fuerza. Supongo que debería haber invertido en cristal templado.

Joder, si seguía haciendo eso, iba a tener dos sangrando en mis manos.

—Jackson, pare. Llamaré a mantenimiento para que suba…

—¡Maldita sea! —Cuando Jackson se metió el pulgar en la boca, su codo golpeó la caracola en el escritorio de Cooper. La que yo desempolvaba una vez a la semana, preguntándome cada vez por qué mantenía ese único objeto decorativo en su escritorio. Ya no tenía que preguntármelo. Se cayó del escritorio, rebotó una vez en la alfombra y se hizo añicos al estrellarse contra el suelo de madera.

El silencio que siguió fue aún más fuerte que cuando Cooper rompió su escritorio.

—Lo siento, Coop, yo…

El dolor cruzó el rostro de Cooper. Era la misma expresión que había puesto el día que Jackson llevó a su bebé a la oficina en una de esas mochilas portabebés.

—Olvídalo. Yo… tengo que irme.

—¿Ahora? —Levanté una esquina de mi pañuelo. El sangrado había disminuido—. No puede ir a una reunión así. —Solo Cooper Fallon continuaría su jornada laboral como si nada después de haberse cortado. Envolví los extremos de la tela alrededor del dorso de su mano y los até en un nudo sobre su palma.

—La gente está acostumbrada a verme hecho un desastre. No a ti. —Jackson se pasó la mano por su pelo oscuro—. Escucha a Ben. Siéntate y descansa un minuto. Tengo un poco de whisky en mi oficina. Podemos…

Tan pronto como mis dedos soltaron el nudo del pañuelo, Cooper retiró la mano bruscamente. Sus ojos azules no estaban tan helados como de costumbre cuando se volvieron hacia mí. Probablemente por la pérdida de sangre.

—Necesito… salir. —Se levantó y me rodeó camino a la puerta. Con la mano en el pestillo, se volvió.

Gracias a Dios, se iba a sentar y a ser razonable. Di medio paso hacia él por si se tambaleaba al volver a la silla.

Pero se quedó allí, agarrando la manilla.

—Ben, avisa a la Sociedad de Emprendedores de Nueva Inglaterra que ocuparé el lugar de Jackson como orador principal. Y cambia su reserva de hotel a mi nombre.

Jackson se sacó el pulgar de la boca.

—Coop, no tienes por qué hacer eso.

Cooper le dedicó a su mejor amigo una sonrisa irónica.

—¿No es eso exactamente lo que me estabas diciendo que tenía que hacer antes de... antes de esto? —Agitó su mano envuelta en el pañuelo hacia el desastre de su oficina.

—Pero...

Extendió la palma de la mano. Temblaba. Debía de estar ejerciendo una enorme cantidad de control sobre sí mismo.

—Pasa todas mis reuniones a la semana que viene.

¿Qué diablos estaba pasando?

—Sí, señor Fallon.

Abrió la puerta y salió, cerrándola suavemente detrás de él. Sin bolsa de gimnasio, sin abrigo, sin computadora portátil. ¿Se quedaba en el edificio? ¿Tenía un cuarto secreto para gritar en el sótano?

—Está bien. —Jackson bajó la cabeza—. Puedes decirlo. Soy el peor amigo del mundo.

No pude evitarlo. Le sonreí al imbécil. Era irritantemente adorable.

—Totalmente cierto. Pero te quiere de todos modos.

Levantó la cabeza de golpe y sonrió.

—Sí, ¿verdad? Soy el tipo con más suerte de San Francisco.

Mi sonrisa se borró de mi cara. Y joder que lo era. Lo que no daría yo por recibir el uno por ciento de ese amor. Jackson era demasiado engreído para darse cuenta, pero yo lo había visto desde mis primeros días en la empresa. Cooper moría por su mejor amigo. Su despistado y heterosexual mejor amigo.

—Debería irse de aquí —dije, con tono plano—. Llamaré a mantenimiento para que limpie esto.

—Gracias, Ben. Dejaré que a Coop se le pase el enfado una hora más o menos, y luego hablaré con él.

Si conocía a mi jefe, necesitaba más de una hora. Y supuse que la conseguiría en su viaje de última hora a Boston. Que ahora tenía que programar.

Maldita sea.

Encontraría la forma de ver cómo estaba, incluso en Boston. Porque quizá a Jackson Jones le importaba una mierda lo mucho que había jodido la vida de Cooper, pero a mí sí.

———

Mándame está disponible en edición de bolsillo con tu vendedor favorito.

ACERCA DE LA AUTORA

A Michelle McCraw le encanta leer novelas románticas y trabajar en tecnología. Un día, decidió combinar sus dos intereses, y ahora escribe romance contemporáneo picante y nerd que podría hacerte reír. Sus libros presentan personajes que aman sin vergüenza la ciencia, la ingeniería y la tecnología.

Como autora estadounidense y texana de nacimiento, Michelle ha paleado nieve durante tormentas en Nueva Inglaterra y cambió a una quitanieves en el Medio Oeste. Ahora vive en Georgia, donde NO extraña la nieve EN ABSOLUTO. Disfruta de la lectura, los viajes, beber bourbon y consentir a su perro extraordinariamente mal educado pero adorable. Ha sido finalista en el RWA Vivian Contest, el Contemporary Romance Writers' Stiletto Contest y el Windy City Romance Writers' Four Seasons Contest.

facebook.com / MichelleMcCrawAuthor
instagram.com / MMOWriter
amazon.com / author / michellemccraw
goodreads.com / MichelleMcCraw
bookbub.com / authors / michelle-mccraw